刀锋

[英]毛姆 著
赵青云 译

民主与建设出版社
·北京·

前言

《刀锋》是毛姆的代表作之一。毛姆（1874—1965），英国作家、文艺评论家。生于巴黎，曾在法、英、德等国受教育，1928年起定居法国。1954年，英国女王授予其"荣誉侍从"的称号。他的作品丰富，题材多样，受法国自然主义影响，著名作品有自传体小说《人性的枷锁》，长篇小说《月亮与六便士》《刀锋》等。

第一次世界大战，给人类带来了深重灾难，整个欧洲精神空虚；而随后1929年开始至1933年结束的世界经济大萧条，使西方世界出现精神危机和文化没落。第二次世界大战期间，毛姆到了美国，在南卡罗来纳、纽约和罗德岛等地待了六年。1944年发表长篇小说《刀锋》。在这部长篇小说中，毛姆试图通过一个青年人（拉里）探求人生哲理的故事，揭示精神与实利主义之间的矛盾冲突。小说出版后，反响强烈，特别受到当时置身于战火的英、美军人的欢迎。

在《刀锋》中，毛姆一开始就说明，他在讲一件真实发生过的事情，一个真实的人。这种故事引入的叙事方式自然如流水，如生活本身；拉里的出现仿佛不是故事情节的需要，而是生活偶然地将拉里送到了故事中。故事发生在第一次世界大战前后，拉里是一位飞行员，在军队中，他有一个很要好的战友，在一次与敌人的遭遇战中，战友为了救拉里而牺牲。战友的牺牲给拉里造成了很大的刺激，他开始在内心展开深刻的追问：既然世间有善，为何恶亦相生？退伍后，拉里在故乡感受着美国建设一个"宏伟而繁荣的时代"的热潮，却难以置身其间。他放弃了轻而易举就能得到的优渥的物质生活，执拗地要寻求心中那个让他难以割舍的疑问。他在书籍中发掘，在静思中梳理。为此，他几乎投入了自己全部的精力与热情，甚至解除了与恋人伊莎贝尔的婚约。之后他去了法国，后来，开始周游世界。在印度，他最终踏上了心灵自我完善之路。

毛姆的小说文字明净而故事曲折，洞察人性于幽微，使他成为20世纪有独特地位的作家。阅读《刀锋》，你会发现，小说中的某个人，或者某种经历，就是你自己曾经或者正在经历的生活。你会惊讶地发现，作者把人性研究得这样透彻。

书就是这样，别人说得再怎么好，都不如亲身去体验，即自己去阅读、去看。这样，才能触发你内心的某根神经，引起你的某些回忆，让你受到某些启发。愿这本书，能启发万千读者，选择自己喜欢的生活方式，更好地去生活。

刀锋之利,越之不易

故智者曰:救赎之路充满艰辛

——《羯陀奥义书》

目 / 录

第一章 1

第二章 64

第三章 114

第四章 159

第五章 222

第六章 288

第七章 342

第一章

1

　　以往我从未怀着如此忐忑的心情开始一部小说的创作。我称这部作品为小说，那纯粹是因为我不知道还能称它作什么。这部作品既没有什么丰富多彩的情节，也并非以死亡或婚姻作为结尾。死亡，是一切事物的终结，因此也是故事的全然收场；同样的，婚姻也可以恰如其分地作为一个故事的结尾。虽然那些老于世故的人，总是不公正地对婚姻这种大众喜闻乐见、约定俗成的圆满结局嗤之以鼻，但就大众的世俗观念而言，以婚姻作为结尾已表明该讲的故事都已经讲完了：一对男女，经历了各种悲欢离合，最终结合在一起生儿育女后，兴趣也就转到下一代中去了，不过这次我却无法给读者提供这类结局。这本书讲的是我对一个男子的回忆。我们并非总能常常相见，命运总是让我与他分离很长一段时间之后又猝不及防地与之相遇，并与之进行一些近距离接触，至于我俩分开时他身上都发生了些什么事，我就不得而知了。我如果经过一番想象的操练，是可以通过编造一些情节来使这个故事显得更为连贯流畅，但我并不打算这么做——我只写我知道的。

　　很多年以前我写过一本名为《月亮与六便士》的小说，里面的主人公原型是著名的画家保罗·高更。我对这位法国艺术家只有一些粗浅的了解，因此利用小说家的特权，设计了一系列情节用以更好地描述这位人物。但是在这本书里，我并不打算这么做，我并没有添枝加叶。当然，为了避免在世者的尴尬，我给书里的人物都起了假名，并颇费了些周折，使得书中人物的原型不至于被人认出来。我要描写的这个人物并非名人，他可能一辈子也出不了名。也许当他的生命结束时，他在人世间留下的痕迹也不会比石子投入河水中激起的涟漪更多。如果我这本书还有人读的话，那只是因为它本身所具有的趣味性。不过，这个人物为自己选择的人生之路和他那与众不同的、既坚强又温和的性格，有可能会对他的同胞产生一种持续的影响，以至于在他去世多年之后，人们终于意识到：在我们这个年代曾经生活过这么一位与众不同的人物。那时，我写的这个人物将大白于世，人们如果想多少了解些他早期的生活情况，也许可以在本书里找到答案；如果有传记作家想为我这位朋友著书立传的话，本书有限的记录也能为他们提供一些资料上的帮助。

我并不打算假装书里写的对话是对真实对话一字不差的记录，我从来不记录实际生活中的对话。不过我对于那些在意的事物有超强的记忆力，虽然书中的对话使用的都是我自己的语言，但我相信它们忠实地代表了说话者的心声。我曾经说过，在这本书里我都是如实记录，没有任何虚构。在此，我要对这个说法略作更正。在此书中我让那些人物说的话，并非都是我亲耳听到的，实际上我也不可能听到。我利用了自希罗多德①以来那些历史学家的方法，我这么做的原因也和那些历史学家如出一辙：这种加以创造的对话才能使场景变得逼真生动，如果平铺直叙是达不到这样的效果的。我希望有读者愿意读这本

---

① 希罗多德（约公元前 480—公元前 425）：古希腊历史学家。
——译者注。本书脚注均为译者注。

书，并且我认为使这本书有可读性的做法也是公正的。那些聪明的读者很容易就能识破我在哪些地方用了这类手法，他们只消不予理睬就可以了。

  对于这部书的写作，让我感到棘手的另一个原因是：书中大部分人物都是美国人。了解一个人是非常困难的，我认为除非是本国人，否则你无法真正了解他们。无论男女，他们并不仅仅是他们这个人，还是他们的出生地这个环境的产物。蹒跚学步时所居住的城市公寓或农场、童年时玩儿的游戏、听到的那些世代口口相传的故事、所吃的食物、所上的学校、所进行的运动、所诵读的诗篇以及所信仰的神祇，正是这所有的一切使他们成为了他们，而这些东西不是你道听途说就可以完全了解的，你只有活成了他们，你只有变成了他们，你才能真正了解他们。既然除了观察，再没有其他方法来了解外国人了，那么在书里对他们的描写又如何能令人信服呢？即便像亨利·詹姆斯①这样细致敏感的观察者，而且在英国居住了四十年，也从未成功地创造出一个彻头彻尾的英国角色来。就我个人来说，除了几篇短篇小说外，我从未尝试创造任何除了英国以外的其他国家的人物。如果说我在短篇小说中创作过一些外国角色的话，那是因为在短篇小说中你可以使这些角色概括化，你给读者一个大致的轮廓，让他们自己去填充细节。也许有人会问，我把保罗·高更变成了英国人，为什么不能把本书的人物也变成英国人呢？答案很简单：不，我不能。因为这样一来，他们就不是他们了。我不打算逞能——以美国人的方式来描述这些美国人，我只能以英国人的方式来描述他们。我也不打算以他

---

① 亨利·詹姆斯（1843—1916）：英籍美裔小说家、文学批评家、剧作家和散文家。

们那特殊的美国人说话的口吻来描写他们的对话。在这方面，试图以美国口吻写作的英国作家造成的混乱和试图以英国口吻写作的美国作家造成的混乱一样多。俚语是个大坑。亨利·詹姆斯坚持不懈地在他的那些英国故事里使用英国俚语，可用得都不是地方，所以非但没有起到他所追求的口语化效果，反倒使英国读者觉得这些话读起来既别扭又突兀。

2

一九一九年我去远东的时候恰好途经芝加哥，出于与此书无关的一些原因在那里逗留了两三周。那时我刚出版了一本成功的小说，因此成为时事新闻人物，刚到芝加哥就有记者来采访我。

第二天一早，我的电话铃响了，我拿起了听筒。

"我是艾略特·坦普尔顿。"

"艾略特？我还以为你在巴黎呢。"

"没有。我来芝加哥看我姐姐，我们想请你今天来家里吃午饭。"

"好的。"

他和我约定了时间并给了我地址。

我认识艾略特·坦普尔顿已经有十五年了。如今他已年近六旬，身材高挑、举止文雅、相貌英俊，一头浓密的如波浪般的深色卷发恰到好处地泛起霜花，把他的外表衬托得更加出众了。此人一向衣着考究，平日里衣服都在 Charvet① 购买，西装、皮鞋与礼帽则购于伦敦。他在巴黎左岸有一间公寓，就在时髦的圣纪尧姆街。不喜欢他的人管他叫"掮客"，他非常痛恨这一称呼，感到很愤懑。

他这个人很有知识，颇有品位，而且并不在乎承认早年间，当他第一次落脚巴黎的时候，曾为一些富有的名画收集者出谋划策。通过所在的社交圈，他打听到一些英国和法国的破落贵族打算卖掉上好的名画，恰巧他认识的某些美国博物馆的经理正在寻找这类艺术品，于是他就会从中牵线搭桥。当许多古老的法国和英国家族迫于困境不得不私下里悄悄变卖有布尔②签名的家具或齐彭代尔③亲手打造的写字桌时，他们很高兴能够认识这样一位有文化、懂礼节，行事又很谨慎的人，他可以帮他们处理这类事务。人们自然能够猜到艾略特通过这类交易可以捞到油水，虽然那些有教养的人不会提及此事，但那些不太友善的人则会断言他那间公寓里的一切东西都是用来出售的，只等他请那些有钱的美国佬来吃顿丰盛的午餐，再喝些上好的特酿葡萄酒，一两幅珍贵的画作就会消失不见，或者那只精工镶嵌的抽斗橱就会被一只涂漆橱柜代替。假如有人问起为什么某件艺术品突然不翼而飞了，他就会天衣无缝地解释说，那件艺术品远没有达到他的标准，他已经用别的更好的艺术品把它代替了，并且还要加上一句：老看同样的东西会审美疲劳。

"Nous autres Américains④，"他说，"我们美国人，就喜欢

---

① Charvet：法国历史悠久的著名男装品牌。
② 布尔 (1642—1732)：法国著名家具工匠。
③ 齐彭代尔 (1718—1779)：18 世纪英国著名家具大师。
④ 法语：我们美国人。

变化。这是我们的缺点，同时也是我们的优点。"

一些住在巴黎、声称了解他底细的美国太太说，他家境贫寒，能过上现在的生活全是因为他为人精明。我不知道他有多少钱，但是那位公爵房东一定收了他不少房租，而且那房子里有不少值钱的家具和物件：公寓的墙上挂着华多①、弗拉戈纳尔②、克洛德·洛兰③等法国大师的画作；镶木地板上铺着萨伏纳里④和欧比松⑤出产的华贵地毯；起居室里有一套路易十五时代的家具，上面覆盖着优雅的法式斜针绣品，精美绝伦，据艾略特说，它很可能曾经属于蓬巴杜夫人⑥。不管怎么样，他现在已经有足够多的钱可以过上他称之为"绅士的生活"，而且不必再老想着挣钱了。至于他过去是用什么样的手段才过上如今这样的生活的，除非你想和他断交，否则就最好不要提起。

既然不用再为物质发愁，他就将一腔热情投入到生活——对他而言，也就是社交中去。当年轻时，他踏上欧洲的土地，那些将他介绍给重要人物的推荐信帮他站稳了脚跟，随即他与那些破落的法国和英国贵族的生意来往使他的根基愈发地稳固了。艾略特出身于一个古老的弗吉尼亚家族，母亲那一支据说可以追溯到一位曾签署了《独立宣言》的先祖，因此他凭借着

---

① 华多(1684—1721)：法国洛可可时期最重要的也是最有影响力的一位画家。
② 弗拉戈纳尔(1732—1806)：法国洛可可风格画家。
③ 克洛德·洛兰(1600—1682)：法国巴洛克时期的画家、制图家和雕刻家。
④ 萨伏纳里：16世纪末，为减轻东方地毯进口对法国的经济影响而出现的地毯生产商。
⑤ 欧比松：欧比松是与萨伏纳里同一时期的私人手工地毯商。
⑥ 蓬巴杜夫人(1721—1764)：路易十五的情妇。

这个由头，带着那些推荐信先去拜见了一些美国贵妇。他天生聪明漂亮，舞跳得好，枪打得准，还是一个出色的网球手，能为任何聚会添彩。他买鲜花和高档巧克力送人时总是出手大方，虽然他很少招待客人，但一旦招待起来，总有许多新点子，惊艳不已。他带那些阔太太去索霍街区的波希米亚饭馆，或者去拉丁区的小酒馆，那些太太都很开心。他无时无刻不准备为大家效劳，无论你请他办的事多么麻烦讨厌，他总能欣然应允。他不厌其烦地努力取悦那些老太太，没过多久，他就成了那些富丽堂皇的豪宅里的 ami de la maison①，家养的宠物。他的友善已经到了无可复加的地步：假如你请的客人中有人放了你鸽子，你在最后一刻邀请他来凑数，他也毫不介怀。你大可以放心地把他的座位安排在一个讨厌的老太太身旁，他一定能用他那社交的魅力逗老太太开心，因为他深谙此道。

  他长期住在巴黎，每年赶社交季的末尾去伦敦，在初秋季节里到乡间的豪华大宅跑一圈。只两年多的时间，无论在巴黎还是在伦敦，他已经结识了作为一个年轻美国人所能结识的一切重要人物。那些当初引荐他的太太们惊奇地发现，他的社交圈已经被拓展得如此之广了，不免心中五味杂陈：一方面很高兴看到受自己抬举的年轻门生竟有如此出息，另一方面发现和自己关系一般的上流人物竟和他稔熟得很，心中不免生出小小的不快。虽然他继续热情地为她们效劳，但是她们仍意识到自己已经被他当作往上爬的垫脚石，不禁感到很不自在。她们担心他是个势利鬼。他当然是个势利鬼，一个不折不扣的势利鬼。不仅如此，他还是个不知羞耻的势利鬼：他可以忍受别人对他的当众侮辱，对他人的断然拒绝也可以泰然处之。为了能够去

---

① 法语：家族的朋友。

参加一个他想要去的聚会，或者为了和某个地位显赫、固执暴躁的老寡妇搭上关系，他可以完全不顾别人对他的粗鲁态度而忍气吞声。他不知疲倦、不屈不挠。每当他锁定目标，就会表现得像个不畏山洪、地震、热病和可怕土著的植物学家一样，哪怕冒着失去生命的危险也要得到那株被奉为稀世珍品的兰花。

一九一四年的战争①给了他最终的机会。战争一爆发他就参加了救护队，先是在佛兰德斯，后来又在阿戈讷地区服务。等他一年后回来时，纽孔里已经别上了一条鲜红的勋带，并在巴黎红十字会机构里牢牢地占据了一个位置。那时他手头已经很阔绰了，因此对于那些显要人物赞助的慈善活动出手大方，慷慨捐款。他凭借着出众的品位和卓越的组织才能在任何广受宣传的慈善活动里贡献所长。他参加了巴黎两个入会条件最为严苛的私人俱乐部，并成为巴黎显赫贵妇口中的"亲爱的艾略特"。他终于爬到了社会的顶层。

3

初次遇到艾略特时，我还是个名不见经传的年轻作者，他对我不甚在意。他有个对人过目不忘的本事，当我们在不同的场合相遇时，他会热情地同我握手，但却无意与我有更进一步的交往。比如说，要是我在剧院里见到他，而他那时正同一位显贵待在一起的话，他通常倾向于假装没看见我。后来我在剧

---

① 指第一次世界大战。

作上出人意料地获得了一些成功，立刻就感觉到他对我的态度变得热情多了。

一天，我收到了一封来自他的便笺，邀请我去克拉里奇酒店吃午餐，他每次来伦敦时都住在那里。被邀请去吃午餐的人并不多，也没有什么重要人物。我有一个感觉：他在试探我，看看我在交际场中是否能够玩儿得转。不过从那以后，我的成功给我带来了许多新朋友，我和他见面的次数也增多了。这之后不久的秋天，我去巴黎待了几周，碰巧在我俩都认识的一个朋友家里遇到了他。他问起我的住址，一两天后我收到了他的午餐邀请，这一回是在他的公寓。当我到达时不禁吃了一惊，这次参加聚会的全是一些有头有脸的人物。我不禁暗自窃笑。我知道艾略特凭着他在社交方面的敏感觉察出：在英国，像我这样的作家并没有什么太大的价值，但是在法国可就不一样了。一个作家只凭作家这个身份，就能在法国社交界得到尊重，因此我的身价也就水涨船高了。

随着时间的推移，我们的关系变得相当亲密，但这种关系却从未发展成友谊。我十分怀疑艾略特究竟有没有朋友，因为他只对人们的社会地位感兴趣。当我有机会去巴黎或者他来伦敦时，他不断地邀请我去参加聚会，基本上不是因为聚会上缺一位男性客人就是因为他不得不招待来旅游的美国同胞。我猜这里面有些人是他的老主顾，另一些人他并不认识，可是他们怀里都揣着给他的介绍信。这些人是他生命中需要背负的十字架，让他不得不招待他们，可他又不愿意把他们介绍给那些地位显赫的朋友。当然，打发他们的最好方式是请他们吃上一顿饭，然后再带他们去看场戏，可是就连这也是难以安排的，因为他这位大忙人每晚的社交活动都已经预约到三个星期后去了。再说，他还隐隐约约感觉到，他那些同胞对于这类安排是不会满意的。我既是个无足轻重的作家,所以他不介意把这些烦恼都告诉我。

"美国人写推荐信的时候也太不为别人着想了。我并不是说我不想见这些美国同胞,可是我真不明白为什么还要逼着我那些朋友去见他们呢?"

他给美国同胞们寄去巨篮玫瑰和大盒的巧克力,力图以此作为补偿,可有时仅仅这么做是不够的。每逢这种节骨眼,在他已经告诉我这一切之后,却又天真地邀请我去参加他组织的这类聚会。

"他们特别想见到你,"他在给我的信中阿谀奉承道,"某某太太是位非常有文化的女士,你所有的作品她都拜读过。"

于是某某太太就会对我说,她非常喜欢我写的《佩林先生和特雷尔先生》,并对我的剧作《软体动物》表示祝贺。头一本书是休·沃尔浦尔写的,后一出剧的作者则是休伯特·亨利·戴维斯。

如果我对艾略特·坦普尔顿的描写使读者认为他是个卑鄙小人,那对他来说是不公正的。

他是那种法国人称为"serviable"的人,就我目前掌握的知识来说,这个在英语中没有对应的字眼儿。我查阅了字典,它有乐于助人、热心和善的意思,艾略特就是这样的人。他为人大方,虽然在社交生涯的早期,大量送出鲜花、糖果和礼物的行为未免让人觉得别有用心，但是后来完全没有必要再这么做的时候，他仍然乐此不疲。给予让他感到快乐，他就是一个好客的人。他家的厨子像任何一个巴黎的主厨一样手艺高超。你大可放心，他的家宴准能让你最早品尝到本季的新鲜美味的食材，佐餐的酒也能显示出他超凡的品位。当然，他在选择客人的时候总是以社会地位为重，并不怎么考虑他们是否容易相处，但是他也会费心挑选至少一两位善于调节气氛的高手，所以他举办的聚会总是妙趣横生。有人在背后嘲笑他，说他是个龌龊的势利鬼，但是却很乐于接受他的邀请。他法语说得流利地道，没有一点儿外国口音。他还花了大力气学习英式英语，只有特别敏锐的耳朵才能捕捉到他偶尔露出的美国腔调。只要不涉及公爵或公爵夫人这类话题，他会是一个很好的谈伴。不过既然现在他的社会地位已经无懈可击了，对于这类话题，他也可以谈得轻松有趣，只要保证除了你和他以外，现场再无第三人就行。他说话尖酸刻薄，但也辛辣有趣，那些尊贵人物的丑闻没有一个能逃脱他的耳朵。我从他那儿知道了谁是X公主幼子的真正父亲，谁又是Y侯爵的情人。我敢说，就是马塞尔·普鲁斯特[①]知道的贵族内幕也不会比艾略特·坦普尔顿更多。

当我在巴黎的时候，我俩经常一起吃午饭，有时在他家，有时在饭馆。我喜欢逛古董店，偶尔也会买一两件东西，但主要还是以欣赏为主。艾略特总是兴致盎然地与我同行，他在这方面知识渊博，对于漂亮的东西真心喜爱。我觉得他对巴黎每一间这样的店铺都了如指掌，并且与店主熟识。他热衷于讨价还价，每次我们出发的时候他都会对我说："如果你有什么想买

[①] 马塞尔·普鲁斯特(1871—1922)：20世纪法国最伟大的小说家之一。

的不要自己买,只要给我个眼色,其他的交给我就行了。"

他如果能出半价让我买到想要的东西就会非常高兴。看他砍价是一件很有趣的事情:他一会儿据理力争,一会儿甜言蜜语;时而大发脾气,时而动之以情;他奚落店家,指出货品的瑕疵,扬言今后再也不跨进店里一步;他叹气、耸肩,告诫对方,生气地皱起眉头往门口走。等到最终他大获全胜时却悲伤地摇着脑袋,装出一副无可奈何只能认输的样子,然后会小声用英语跟我说:"赶紧买下来,这个价格就算再加价一倍也是便宜的。"

艾略特是一位热忱的天主教徒。他在巴黎定居不久后就遇到了一位神父,该神父以能够成功地规劝异教徒皈依天主教、带领这些迷途羔羊重返上帝的羊圈而著称,不过他宗教服务的对象只限于那些富人和贵族。他特别喜欢在外面吃饭,而且出了名的风趣幽默,虽然出身卑微,却是权贵家的常客,这样的人当然会引起艾略特的注意。他向一位美国贵妇倾吐心声——这位贵妇恰巧最近在那位主教的指引下皈依了天主教——说他的家族虽然是美国圣公会教徒,但他本人很久以来却对天主教感兴趣。于是这位贵妇安排了一个晚餐,让艾略特得以和神父见面。晚餐只有他们三个人,席间神父谈吐不俗、才华横溢。贵妇将话题引到天主教教义上,神父滔滔不绝,但却绝无卖弄学问之嫌,十分谦逊有礼,并没有拿出神职人员传教的派头,说话的态度反倒更像是普通人之间的谈话。

艾略特发现这位神父对他的情况很了解,不禁受宠若惊。

"旺多姆公爵夫人有一天说起了你,她说你是个非常聪明的人。"

艾略特高兴得脸都红了。他曾经觐见过公爵夫人本人,但从没想到过会给她留下印象。神父提到了信仰的智慧和仁慈的善举,他思想开明、观点现代,还很宽容。他使艾略特感觉教会好似一个入会标准很高的俱乐部,有教养的绅士假如不加入其中的话简直都对不起自己。六个月后艾略特加入了教会,他的皈依再加上对天主教慈善活动的慷慨解囊,为他打开了几扇之前一直向他紧闭的大门。

也许他抛弃祖先信仰的动机并不纯粹,但他这么做时所表现出的虔诚却不容置疑。他每个周日都去那些显要人物常去的教堂做弥撒,定时去忏悔,并且每隔一段时间就要去罗马朝圣。久而久之,他的虔诚终于得到了回报,他被委以教宗侍从之职。他在该职位上勤勤恳恳,最终终于加入了——我想是——圣墓骑士团。他作为天主教徒所获得的成功与他作为 homme du monde① 所获得的成功真是不分伯仲。

我常常自问:是什么原因让这位如此聪明、友善且富有文化的人变成了一个势利鬼?他并非暴发户。他的父亲曾是美国南方地区某大学的校长,而他的祖父曾是颇富威望的神职人员。艾略特非常聪明,不会看不出很多接受他邀请的人只不过是想去蹭顿饭而已,其中的一些人还是一文不值的蠢货,不过他们那些如雷贯耳的贵族头衔使他对他们身上的这些缺点视而不见了。我只能猜想:通过与这些具有古老世系的贵族绅士熟识,通过成为那些贵妇的"家臣",他获得了一种永不落幕的成功之感。我认为在这一切的背后还隐藏着一种充满激情的浪漫想法,这种想法仿佛让他亲眼见到了一位身材瘦弱矮小的法国公爵,作为十字军的一员,跟随圣路易②前往耶路撒冷圣地;或

---

① 法语:上流社会人士。
② 圣路易(1214—1270):路易九世,死后被追封为圣徒,故称"圣路易"。

是一位脾气暴躁、爱好猎狐的英国男爵，其祖先曾跟随亨利八世前往金缕地。跟这些人在一起，他感觉仿佛生活在浩瀚而英武的历史中。我想，当他翻阅《欧洲王室家谱年鉴》看到那些熟识的姓氏的时候，一定会心潮澎湃，因为那些姓氏使他回忆起年代久远的战争、历史上著名的围攻之役、名垂青史的决斗、各国间的尔虞我诈和帝王们的风流韵事。这就是艾略特·坦普尔顿。

5

我正在梳洗，准备去赴艾略特的午餐约，前台突然来了电话，说是他本人正在楼下等我。我不禁感到有点儿奇怪，准备停当后就下了楼。

"我觉得还是来接你比较好，"他一边同我握手一边说，"不知道你对芝加哥是否熟悉。"

我注意到他有一种某些久居国外的美国人所共有的通病，认为美国对于欧洲人来说，是一个麻烦甚至危险的地方，欧洲人是不可能靠自己安全找到路的。

"时间还早，咱们可以先走一会儿。"他建议说。

空气中有一点点儿寒冷，天空没有一丝云彩，在这样的天气里活动活动腿脚是十分令人愉悦的。

"我觉得在见到我姐姐之前，还是先和你聊一下比较好。"当我们沿路走下去的时候艾略特说，"她曾经在我那儿待过一两次，不过当时你可能不在巴黎。今天来吃午饭的人不多，除了你我,就是我姐姐、她女儿,还有格雷戈里·布拉巴宗。"

"那个室内设计师?"我问道。

"对,我姐姐的房子难看得要命,伊莎贝尔和我都想劝说她把那房子重新装修一遍。我碰巧听说格雷戈里现在正在芝加哥,所以让姐姐今天也请他来吃午饭。他这人当然谈不上文雅,不过却很有品味。他曾经为玛丽·奥利方的拉尼堡,还有圣厄斯家族的圣克莱门特·塔尔伯特府做过内部装饰。公爵夫人对他的设计非常满意。你一会儿就能见到路易莎的房子,我简直没法理解她怎么能一直在那房子里住下去,还有,她怎么能忍受住在芝加哥这种地方,我也不能明白。"

根据他的介绍我了解到,布拉德利太太是一位有三个孩子的寡妇,两个儿子和一个女儿。儿子们都已长大并已成了家。一位在菲律宾的政府里工作,另一位像他父亲一样在外交部供职,目前常驻布宜诺斯艾利斯。布拉德利太太的丈夫作为外交官曾在世界很多地方工作过,在罗马任一等秘书多年后,又被任命为南美西海岸一个共和国的美国公使,并死在了任上。

"姐夫去世后,我想让路易莎卖掉芝加哥的房子,"艾略特接着说,"但是她对那房子充满了感情,那房子属于布拉德利家族很长一段时间了。他们家是伊利诺伊古老的家族之一,是一八三九年从弗吉尼亚迁过来的,迁来时获取了一些土地,距离现在的芝加哥大约有六十英里,现在那些土地还属于他们。"艾略特停了下来,盯了我一会儿,想看看我的反应:"我想,你也许会称在此地定居的布拉德利家族为农民。我不太清楚你是否了解,大约在上世纪中期,也就是美国中西部大开发的时候,很多弗吉尼亚人——那些出身良好的年轻人,被未知世界所吸引,离开了让他们丰衣足食的老家。我姐夫的父亲切斯特·布拉德利预料到芝加哥会有一个辉煌的前景,因此加入了这里的一间律师事务所。不管怎样，他给自己的儿子留下了一辈子吃喝不愁的钱财。"

  与其说是艾略特的话语，倒不如说是他说话时表现出来的样子，暗示出当时那位已故的切斯特·布拉德利为加入律师事务所而离开了故乡的大宅和继承的广阔土地是不合时宜的，不过他赚了一大笔钱财，至少可以部分地补偿他的损失。后来有一次，当布拉德利太太给我看艾略特提到的"乡间宅地"的照片时，他显得很不高兴。我在照片里看到的是一幢不起眼的木屋，带着一个漂亮的小花园，但是离房子不到一箭之地还有一个谷仓、一间牛舍、一些鸡棚和猪圈，被一片废弃的荒凉平地所环绕着。我不禁想到，切斯特·布拉德利先生抛弃这些去城里寻找机会是不无道理的。

  我们叫了一辆出租车，把我们拉到一幢褐色的石头房子旁。它是一排房子中的一座，这排房子所在的街道通向湖滨大道。这幢房子又高又窄，一串陡峭的台阶通向它的前门，即便在如此明媚的秋日里，它仍然显得灰扑扑的，没有生气，我不禁纳闷儿居然有人会对它怀有感情。

  一位满头白发、又高又胖的黑人管家打开了房门，把我们领进了客厅。布拉德利太太从椅子上站了起来，艾略特把我介绍给她。她年轻时应该算个美人，五官虽然不够精致，但非常端正，眼睛生得很好看。但她不施粉黛的黄脸已经下垂，身材显然也在同中年肥胖的斗争中败下阵来，不过我猜想她还不肯善罢甘休。她穿的紧身衣使她笔管条直地坐在一把直背椅上，这身残酷的盔甲无疑使她坐硬板凳比坐软沙发更舒服。她穿着一条缀有繁复流苏的蓝色长裙，鲸鱼骨做的高领显得硬邦邦的。她有一头烫得很紧致的白色波浪卷发，头发被精心梳理过。

  其他的客人还没到，因此我们有一搭无一搭地聊着天。

"艾略特告诉我,您是从南边儿过来的,"布拉德利太太说,"您路过罗马了吗?"

"是的,我在那里待了一星期。"

"亲爱的玛格丽塔王后①怎么样?"

我对这个问题多少感到有点儿吃惊,回答说我并不知道。

"噢,难道您没去看她吗?她是一位多么好的女人,当我们住在罗马时,她对我们友善极了。布拉德利先生那时在罗马任一级秘书。您为什么没去看她呢?您应该不会像艾略特那么坏,进不了奎里纳尔宫②吧?"

"那倒不是,"我笑着说,"实际上我并不认识她。"

"您不认识她吗?"布拉德利太太好像不相信她的耳朵似的,"为什么?"

"说实话,作家从不会和国王与王后过从甚密,从来都是这样。"

"但她是一位如此可爱的女人,"布拉德利太太劝诫我说,好似不认识这位贵族人物都是我十分傲慢的缘故,"我敢说您一定会非常喜欢她的。"

正在这时,门被打开了,管家带着格雷戈里·布拉巴宗进来了。

格雷戈里·布拉巴宗这个人可不像他的名字那样浪漫。他是个身材矮小的胖子,脑袋秃得跟个鸡蛋似的,只在两耳旁和脖颈后有一圈卷曲的黑发。红通通的脸上一根胡须也没有,光秃秃的,并且那张脸好像随时都会大汗淋漓。他长着一双敏锐的灰眼睛、两片肉感的肥嘴唇和一个厚重的下巴。他是英国人,

---

① 玛格丽塔王后(1851—1926):意大利国王翁贝托一世的王后。
② 奎里纳尔宫:原为王宫,后为意大利总统府。

有时我会在伦敦的波希米亚式聚会上遇到他。他天性快活、热情友好，非常喜欢笑，不过你很容易就能看出在他那快活喧闹的友好态度下面隐藏着的生意人的精明。他成为伦敦最成功的室内设计师已经有好几年了。他有着低沉洪亮的大嗓门和一双极具表现力的小胖手，伴随着一连串的手势和语言，他会使本来还拿不准的顾客展开丰富的想象力，管保最后能让他们觉得那撤不了的订单反倒是他施给的恩惠。

管家又进来了，手里端着一托盘鸡尾酒。

"咱们不用等伊莎贝尔了。"布拉德利太太端起一杯鸡尾酒说。

"她去哪儿了？"艾略特问道。

"她和拉里打高尔夫去了。她说可能会晚点儿才回来。"

艾略特转身对我说："拉里的全名是劳伦斯·达雷尔①，伊莎贝尔很有可能会和他订婚。"

"我不知道你还喝鸡尾酒，艾略特。"我说。

"通常我不喝。"他一边拿起手中的酒杯啜饮了一口一边冷冷地说，"但是在这个野蛮的禁酒之地②你还能喝什么呢？"他叹了口气接着说道，"居然现在巴黎也有些人家开始用鸡尾酒招待客人了，真是近墨者黑呀。"

"一派胡言。"布拉德利太太说。

她的口气很温和，态度却很强硬，不禁让我觉得她是个有个性的女人。她看他的眼神既充满揶揄又很精明，似乎把他看得很透。我纳闷儿她会怎么看格雷戈里·布拉巴宗。我恰巧看

---

① 拉里是劳伦斯的昵称。
② 野蛮的禁酒之地：指美国。美国禁酒令于1920年1月17日0时生效，1933年废除。

到他进门时以专业的眼光扫了整个房间一眼,然后不经意地抬了抬他那浓密的眉毛。

这确实是一间令人惊异的房间:壁纸、窗帘和软包家具上都是相同的图案,墙上挂着镶嵌在巨大金质画框里的油画,显然是布拉德利一家在罗马时买的,有拉斐尔画派的圣母像、圭多·雷尼画派的圣母像、祖卡雷里画派的风景画和潘尼尼画派的古罗马废墟图。房间里摆着他们旅居北京时的战利品——雕刻过于繁复的紫檀桌子和巨大的景泰蓝花瓶,还有在秘鲁和智利购买的、用坚硬的石头雕刻而成的肥胖人像以及陶制瓶子。除此之外,还有一张齐彭代尔的写字桌和一个有镶嵌工艺的陈列柜。房间里的灯罩都是用白绸做成的,上面有蹩脚艺术家画的身着华多式服装的牧女和牧童。这一切混在一起显得非常丑陋,可又有一种说不出的协调。它给人一种居家的氛围,让人觉得这堆大杂烩有着非凡的意义,它们合成一体,是构成布拉德利太太生命的一部分。

我们刚喝完鸡尾酒,门突然哗的一声被打开了,一个女孩儿走了进来,后面跟着个男孩子。

"我们到晚了吧?"她问道,"我把拉里带过来了,晚饭够吃吗?"

"应该没问题,"布拉德利太太微笑道,"按铃告诉尤金,再加一个位子就可以了。"

"尤金为我们开的门,我已经告诉他了。"

"这是我的女儿伊莎贝尔,"布拉德利太太转身对我说,"而这位是劳伦斯·达雷尔。"

伊莎贝尔匆匆与我握了一下手就急切地转向了格雷戈里·布拉巴宗:"您就是布拉巴宗先生吧?我简直等不及想见您,我太喜欢您为克莱门汀·多尔默家做的装饰了。这个房间是不是很可怕？我已经劝说妈妈重新装修这个房间有好几年了。现在您终于来了芝加哥，这可是我们的大好机会。实话告诉我，您觉得这个房间怎么样？"

我知道布拉巴宗不想回答。他快速瞟了布拉德利太太一眼，后者脸上不动声色，让他摸不着头脑。最终他判断伊莎贝尔是那个说了算的人，于是爆发出一阵欢腾的哈哈大笑。

"我敢说这个房间一定非常舒适宜人，"他说，"但是如果你要我直截了当地回答的话，那我认为它简直糟透了。"

伊莎贝尔是个高个女孩儿，长着一张椭圆形的脸、笔直的鼻子和漂亮的眼睛，那丰满的嘴唇看来是家族的特征。她长得很标致，虽然有点儿胖，但我认为这是婴儿肥，会随着年龄的增长消退。她的双手也胖了点儿，但是结实美丽，短裙下露出了一双粗腿。她皮肤光洁，肤色较深，一定是户外运动和常坐在敞篷车的后座兜风的缘故。她生气勃勃，活泼愉快，她那焕发光彩的青春、嬉戏般的欢乐、对生活的享受使你感受到令人兴奋的愉悦之情。她自然的举止，衬得艾略特的优雅变得很俗气；她青春的气息，使得布拉德利太太那张苍白、长满皱纹的脸变得更加苍老而憔悴了。

我们下楼去吃午餐。看到餐厅，格雷戈里·布拉巴宗不住地眨巴着眼。墙上贴着暗红色的仿毛呢料子的墙纸，挂着一些画工很差的肖像画，里面的男男女女人人一副严肃的苦脸，他们都是已故的布拉德利先生的直系祖先。布拉德利先生本人的画像也挂在墙上，留着浓密的胡须，穿着双排扣长礼服，戴着浆过的白色衣领，整个人显得硬邦邦的。布拉德利太太的画像挂在壁炉台上方，出自一位九十年代的法国画家之手。她身穿浅蓝色的绸缎晚礼服，颈上戴着一串珍珠项链，头发上还别着一枚星形的钻石头饰。她用一只戴着珠宝的手拨弄着蕾丝披肩，那披肩画得非常细致，你都可以数得清每个针脚，另一只手漫不经心地执着一把鸵鸟毛扇子。餐厅里的家具巨大，是由黑色橡木做成的。

"您觉得这套家具怎么样？"我们落座时伊莎贝尔问格雷戈里·布拉巴宗说。

"肯定花了不少钱。"他回答道。

"确实，"布拉德利太太说，"它是布拉德利先生的父亲送给我们的结婚礼物，曾经随我们周游世界：里斯本、北京、基多①、罗马。亲爱的玛格丽塔王后非常喜欢它。"

"它要是属于你，你会怎么做？"伊莎贝尔问布拉巴宗，可是还没等他回答，艾略特就抢着替他回答道："把它烧了。"

接着，他们三个人就开始讨论如何整改这个房间。艾略特想要把它改成路易十五样式的，伊莎贝拉想要一个长餐桌和意大利式的餐椅。布拉巴宗则觉得齐彭代尔样式的家具和布拉德利太太的气质更为相配。

"我一直认为这才是极为重要的，"他说道，"一个人的气质。"接着，他转向艾略特："你肯定认识奥利方公爵夫人吧？"

"玛丽？她是我最为亲密的朋友之一。"

"她想让我为她的餐厅做装饰，我一看到她就想到了乔治二世风格。"

"你说得太对了。上次我去她家用餐，就注意到了她的餐厅，品位真好！"

谈话就这样继续下去。布拉德利太太在一旁听着，但是你无法看出她对这些谈话的看法。我很少发表意见，而那个伊莎贝尔带来的小伙子拉里——我忘了他姓什么，则一言未发。他

---

① 基多：厄瓜多尔首都。

坐在餐桌的另一侧,挨着布拉巴宗和艾略特,我时不时地瞟一眼他。他看起来很年轻,跟艾略特差不多高,大约六英尺[①],身材瘦削,四肢柔软灵活。他是一个长相讨喜的男孩儿,容貌说不上英俊,但也绝非平庸,十分害羞,不太引人注目。我记得自打他进屋以来就没有说过几句话,这引起了我的兴趣。他看起来很自在,并且好似在以一种不张嘴的奇特方式参与大家的谈话。我注意到他的手。他的双手很长,相对于他的个子未免纤细了些,手型很漂亮但却很结实,这是一双画家乐于描绘的手。他体格虽显瘦削但并不给人虚弱的印象,反倒让你觉得他精瘦的身材充满了力量和韧性。他晒成棕色的面庞没有太多血色,在平静时呈现出一种庄重的神情。他的五官虽然端正,但并不引人注目,颧骨很高,太阳穴下陷。他长着深棕色、微微卷曲的头发。他的眼睛看起来比实际的要大,这是因为他眼窝深陷、睫毛又粗又长。他的眼睛生得很奇特,颜色并非像伊莎贝尔和她母亲还有舅舅那样是浓郁的褐色,而是从虹膜到瞳孔都是漆黑色,给人一种强烈的感觉。他的举止有一种自然的风度,十分吸引人,难怪伊莎贝尔倾心于他。她的眼睛不时地停留在他身上,从她的眼神中除了爱慕,我还看出一种宠溺。当他们四目相对时,他的眼中会呈现出一种动人的温柔。

再没有什么比看见一对年轻的爱侣更能打动人了,而我——一个已经步入中年的男人,都禁不住要嫉妒他们,但同时,说不出为什么,我还替他们生出一种惋惜的感觉。这种惋惜的感觉显然很愚蠢,因为我看不出有什么会阻碍他们的幸福。他俩的境遇都不错,应该没有什么理由能够阻止他们结婚并从此幸福地生活下去。

---

① 六英尺:相当于 1.83 米。

伊莎贝尔、艾略特和格雷戈里·布拉巴宗继续聊着重新装饰房子的事，试图让布拉德利太太至少同意在某些方面做些改观，可是她只是和颜悦色地笑笑。

"你们不能逼我，得给我时间好好考虑考虑。"她转身对那个男孩儿说，"你怎么看呢，拉里？"

他扫视了我们一眼，眼睛里充满笑意。

"我觉得装不装修都可以。"他说。

"你这个坏蛋，"伊莎贝尔喊道，"我特意告诉你要站在我们这边的！"

"要是路易莎伯母对现在的装修很满意，那重新装修又有什么意义呢？"

他的问题正好切中要害且十分合理，我笑了起来。他看看我，也笑了。

"你不用因为说了句蠢话就笑成那样儿！"伊莎贝尔说。

他笑得更欢了，我看到了他两排整齐的细小洁白的牙齿。他看了伊莎贝尔一眼，眼神中的某种东西让她脸都红了，而且还屏住了呼吸。除非我看走了眼，她一定疯狂地爱他。但不知为什么，我有种感觉，她对他的感情里除了爱，还有一种母性的情感，这在如此年轻的女孩儿身上出现不禁令人颇感意外。她唇上带着温柔的微笑，重新将注意力转向了格雷戈里·布拉巴宗。

"不要理他，他就是个傻瓜，什么学问也没有，除了飞行以外什么也不知道。"

"飞行？"我问道。

"他在战时是个飞行员。"

"没想到他这么年轻就参战了。"

"确实如此，太年轻了。他很淘气，从学校逃走了，跑到了加拿大，还谎话连篇，让别人以为他已经十八岁了，就让他加入了陆军航空兵团。停战协议生效时他正在法国作战。"

"别用这些无聊的话打扰你妈的客人了，伊莎贝尔。"拉里说道。

"我从小就认识他。他回来的时候身穿军装，衣服上别着漂亮的勋章，简直帅死了！于是我就坐在他家门前，直到他答应娶我，才让他得到片刻安宁。你不知道，竞争可激烈了！"

"行了，伊莎贝尔。"她妈妈说。

拉里向我侧过身来："不要相信她说的任何一个字。伊莎贝尔不是个坏姑娘，可是她在撒谎。"

午餐结束后不久我和艾略特就起身告辞了。

我先前就告诉过他，说想去博物馆看画，他说要带我去。我通常并不想和别人一起去画廊，但是又不好意思说我只想一个人去，于是就答应了。在路上我们谈起了伊莎贝尔和拉里。

"看到两个年轻人如此相爱真是令人感动。"我说。

"他们现在就结婚未免太年轻了。"

"为什么呢？年轻人相爱结婚是一件多么乐趣无穷的事呀。"

"别逗了。她才十九岁，而他呢，刚满二十，连工作都没有。他有一笔很小的收入，一年三千美元，这是路易莎告诉我的。路易莎可不是什么有钱人，拿不出什么富余的钱来。"

"那他可以找份工作呀。"

"这就是麻烦。他不想工作，似乎对无所事事挺满意。"

"他肯定在战争中度过了一段艰难的时光，也许需要休息一阵子。"

"他已经休息了整整一年了，时间够长的了。"

"我觉得他是个不错的孩子。"

"噢，我没有看他不顺眼。他出身很好，父亲是巴尔的摩人,曾经在耶鲁大学拉丁语系任助理教授。他母亲的家族曾经是费城老贵格会成员。"

"你说'曾经',难道他们现在都去世了吗?"

"是的。他母亲因难产过世了,父亲则是在他十二岁那年去世的。他父亲的一位老校友收养了他,那人现在在马文当医生。路易莎和伊莎贝尔就是在那里认识他的。"

"马文在什么地方?"

"在布拉德利老家那里,路易莎每年都到那里去过夏天。她很可怜那个孩子。尼尔森医生是个单身汉,对养孩子这件事一窍不通。是路易莎坚持让他把孩子送到圣保罗学校上学的,每年圣诞节假期她都把那孩子接到这里度假。"艾略特像法国人那样耸了耸肩,"我早就该料到她预见到了这种不可避免的结局。"

我们到了博物馆,注意力也就转到了画作上。艾略特广博的知识和出众的品位又一次给我留下了深刻的印象。他带着我在展厅里四处转悠,好像带着一个旅游团。任何艺术系教授的课程都比不上他的高谈阔论所表现出的教育意义。我只得听着他的教导,心中打定主意要重来一趟,凭自己的喜好看画,度过一段真正愉快的时光。

过了一会儿,他看了看表。

"咱们走吧,"他说,"我在画廊里最多待一个小时,这是人能集中精力欣赏画作的时间极限,以后我们再来看那些还没来得及看的画。"

当我俩分手时,我热情地感谢了他。离开时我也许变得比以前更有知识更有品位了,但无疑更是窝了一肚子的火儿。

当我跟布拉德利太太告辞时,她告诉我,明天伊莎贝尔将邀请一些朋友来吃晚餐,之后还要跳舞。如果我可以来的话,等他们都走了,我还能陪艾略特聊聊天儿。

"你来对他有好处,"她接着说,"他离开美国的时间太长了,觉得在这里格格不入,似乎什么人什么事儿都不太对他的劲儿。"

我同意了。当我和艾略特在博物馆门前分手时,他告诉我他很高兴我接受了邀请。

"我在这座大城市里简直感到无所适从。"他说,"我答应路易莎在她这里住六周,我俩从一九一二年起就没再见过面了,可是现在我却数着日子,盼着能快点儿回到巴黎。那是文明人在这世界上能找到的唯一居所。我亲爱的老朋友,你知道这里的人是怎么看我的吗?他们觉得我是个怪胎。这帮野蛮人!"

我笑着离开了。

第二天晚上,我拒绝了艾略特·坦普尔顿要来接我的请求,安全到达了布拉德利太太家。出发前有人来看我,因此我稍稍晚到了一会儿。当我上楼时,从客厅里传出的喧闹声让我以为来客很多,后来才吃惊地发现,算上我,一共也只有十二位客人。

布拉德利太太身穿绿色的绸缎长裙,脖颈上围着一圈小珍珠项链,显得很华贵。艾略特穿着他那剪裁得很好的小礼服,一副独有的优雅派头。当他和我握手时,一股浓烈的阿拉伯香水味扑面而来。我被介绍给一位长着一张红脸、又高又胖的男士,他穿着晚礼服,一副别扭的样子。他是什么尼尔森医生,不过当时我并没有太在意。剩下的客人都是伊莎贝尔的朋友，他们的名字我当场就忘记了。姑娘们既年轻又漂亮，小伙子们都很精神，不过他们并没有给我留下什么特别的印象，只除了一个男孩儿，我对他有印象也纯粹是因为他又高又壮。他肯定有六英尺三英寸或四英寸高，肩膀极为宽阔。伊莎贝尔看起来很漂亮，她穿着一件白色的丝质晚礼服，又长又窄的裙摆遮住了她肥胖的小腿。礼服的剪裁显示出她发育得很好的胸部，她裸露的双臂稍稍有点儿胖，但是脖颈优美极了。她很兴奋，美丽的眼睛闪烁着欢乐的光芒。毫无疑问，她是一位年轻漂亮、颇具吸引力的姑娘，不过要是不注意的话，以后难免有发胖的趋势。

吃晚饭的时候，我发现自己被安排坐在布拉德利太太和一位平平无奇且害羞的姑娘中间，这姑娘看起来比其他人还要年轻。当我们落座的时候，布拉德利太太为了让大家能更好地沟通，给我介绍了这位姑娘，说她的祖父母也住在马文，她和伊莎贝尔曾经一起上学，名叫苏菲。席间大家隔桌开着玩笑，每个人都大声说话，笑个不停，他们似乎彼此都很熟悉。当布拉德利太太和别人说话时，我也试着同我的邻桌聊聊天，却不怎么成功。她显得比其他客人安静，长得并不漂亮，但却有着一张有趣的脸：一个略略上翘的鼻子、一张阔嘴和一双绿里泛蓝的眼睛。她那简单梳过的头发是沙棕色的，身材很瘦，胸部几乎和男孩子一样平坦。当大家开玩笑时，她也跟着笑，不过却好像有点儿被强迫似的，你可以看出来她并非像所表现出来的那样高兴，我猜想她在尽力同大家打成一片。我摸不透她到底是有点儿傻还是只是太羞怯了，我试了很多话题，可这些话题没一个能成功。最后为了能将谈话更好地进行下去，我请她告诉我这桌上坐的都是谁。

"您认识尼尔森医生吧？"她说。

她指的是一个坐在我对面、挨着布拉德利太太的中年男人："他是拉里的监护人，是我们在马文的医生。他这个人很聪明，发明了许多飞机上用的小零件儿，不过没什么人用这些东西。他不搞发明的时候就喝酒。"

当她告诉我这些的时候，浅色的双眼露出一道光彩，我不禁怀疑她并不像我当初想的那样笨，肚子里还有点儿货。她一个接一个地告诉我那些年轻人的名字，他们的父母都是谁。当讲到男孩子时，还会告诉我，他们上的是哪所大学、在哪里工作。不过这些都是一些很笼统的介绍。

"她很甜美。"或者："他高尔夫打得很好。"

"那个眉毛很浓的大个儿是谁？"

"他？噢，他叫格雷·马图林，他爸爸在马文河边有一幢巨大的豪宅，是个百万富翁。我们很以他为荣，他提升了我们那儿的档次。马图林、霍布斯、雷纳还有史密斯都很有钱。马图林是芝加哥最富有的人之一，格雷是他的独生子。"

她以一种欢快的反讽语调说出那串名字，我不禁向她投去好奇的目光。她感受到了我的目光，脸红了。

"再给我讲讲马图林先生。"

"没什么可说的，他很有钱，很受人尊敬。他为大家在马文建了一所新教堂，还为芝加哥大学捐款一百万美元。"

"他儿子长得不错。"

"他人很好。你绝想不到他的祖父是个住在棚户区的爱尔兰人。他的祖母是瑞典人，曾是饭馆里跑堂的。"

格雷·马图林与其说英俊，倒不如说是引人注目。他外表粗犷，长着一个短而平的鼻子、肉感的嘴唇，拥有爱尔兰人特有的红润肤色；乌黑浓密的头发非常光滑；在浓眉之下，是一双清澈湛蓝的眼睛。他虽然块头很大,但身材比例却很匀称,如果脱掉衣服,一定会展现出一副健美的男性身材。他孔武有力,男子气概十足,令人过目不忘。相比之下,坐在他身旁的拉里,虽然身高只比他矮三四英寸,却显得有些孱弱了。

"他是个万人迷,"我那腼腆的邻座说道,"我知道好几个女孩为了能够得到他,就算动刀子也在所不惜,不过她们没机会了。"

"为什么呢?"

"您难道不知道吗?"

"我怎么会知道呢?"

"他爱伊莎贝尔已经爱到了盲目的地步,可是伊莎贝尔爱的是拉里。"

"那他为什么不去和拉里竞争一下,把他踢出局呢?"

"拉里是他最好的朋友。"

"那局面就有点儿复杂了。"

"对于像格雷这种道德品格高的人是这样。"

我拿不准她说这句话是认真的还是含有某种嘲讽意味。她说话的态度并不粗鲁,既不冒失也不无礼,可仍然给我留下这样一种印象:她这人有一种颇带城府的幽默感。当她和我说话时,我闹不清她真实的想法,我能弄明白的是:她真实的想法,我是永远也猜不出来的。她是个明显缺乏自信的人,而且我有一种感觉,她是个独生女,隐居在一群比她大得多的人中间。我在她身上看到了一种堪称吸引人的谦逊、不显山不露水的气质。如果我没猜错的话,她独处了很久,静静地冷眼旁观那些与她生活在一起、比她年长的人,并且在心中给每一个人下了定论。我们这些成年人很少会意识到,那些年轻的孩子是带着多么冷酷的洞察力来评判我们的。我不禁又望了望她那双绿里带蓝的眼睛。

"你多大了？"我问。

"十七。"

"喜欢读书吗？"我有点儿冒失地问道。

还没等她回答，布拉德利太太为了尽地主之谊，忽然转过身同我交谈起来，我还来不及抽身，晚餐就已经结束了。年轻人立刻一哄而散，跑去做他们感兴趣的事情了。我们四个成年人被留了下来，一起去了起居室。

我很诧异被邀请加入他们的谈话，因为在漫不经心地聊了一些闲篇后，他们转入了一个在我看起来颇为私人的话题。我一时拿不定主意，该不该谨慎地站起身来离开。或许我只不过是一个与此事无关痛痒的听众，他们也许想从我这里得到些建议。他们想讨论的是关于拉里不愿意去工作这件奇怪的事，事情已经发展到了如此地步，以至于马图林先生——也就是格雷的父亲——愿意在自己的办公室为他提供一个位置。这是一个非常好的机会。凭借着才能和勤奋，假以时日，拉里一定能挣下一大笔钱。年轻的格雷·马图林也盼着他这位朋友尽快应下来。

我已忘了大家具体都说了些什么，但是大致内容我还是记得很清楚的。拉里刚从法国回来的时候，尼尔森医生——他那位监护人——就建议他去上大学，可是他拒绝了。他想休息一段时间，这一想法是可以理解的：他度过了一段艰难时光，而且还负了两次轻伤。尼尔森医生认为他还沉浸在惊骇痛苦之中，让他好好休息直至完全恢复也不失为一个好办法。但是日复一日，如今距离他脱掉军装已经一年了。当初，他在军队里表现得不错，回到芝加哥时俨然已成了个人物，因此很多生意人都想为他提供工作机会。他对此十分感谢，可是却无一例外地拒绝了他们，他给出的理由仅仅是他还没有拿定主意到底要干什么。他同伊莎贝尔订了婚，对此布拉德利太太并不感到意外，因为他俩早已相处多年，而且她知道伊莎贝尔爱他。她也很喜欢这个男孩子，并且认为他会使伊莎贝尔幸福。

"她的性格比他强，可以弥补他的不足。"

虽然他俩还很年轻，但是布拉德利太太很愿意他们立刻就结婚，不过得先等拉里找到工作才行。他有一笔很小的钱款，即便这笔钱款增加十倍，布拉德利太太也不愿改变想法。从他们的谈话中我判断出，她和艾略特想从尼尔森医生那里打听出拉里到底想做什么。他们想让他利用对拉里的影响，让拉里接受马图林先生提供的那份工作。

"你们知道我从来做不了拉里的主，"尼尔森医生说，"他从小就什么事都自己拿主意。"

"我知道，你就是让他过于自由了。他没变坏还真是个奇迹。"

尼尔森医生明显喝多了，生气地瞟了她一眼，那张红脸变得更红了。

"我很忙，有自己的事情要做。我收养他是因为他无处可去，而且他父亲还是我的朋友。要知道这个孩子可不是那么容易管教的。"

"我不明白你怎么能这么说。"布拉德利太太辛辣地说道，"他性格非常柔顺。"

"你能对一个从来不和你顶嘴，但却总自行其是，等你生气时就向你道歉，任你发火儿的孩子怎么办呢？他要是我亲生的，我早揍他了。可是我不能打一个在这个世界上举目无亲的孩子，况且他父亲将他托付给我，完全是因为相信我会对他好。"

"这不是问题的关键，"艾略特性急地说，"问题的关键是，他混日子的时间已经够长了,现在他得到了个好机会,那工作准能让他挣不少钱。要是他想和伊莎贝尔结婚,就必须接受那份工作。"

"他必须明白,目前在这个世界上,"布拉德利太太说,"一个男人必须出去工作,何况他现在又身强体健。咱们都知道,南北战争结束后,有些男人从战场上回来后就什么活儿也不能干了,成了家庭的负担,对社会也毫无用处。"

这时我插话了:"那到底是什么原因让他拒绝了那些不同的工作机会呢?"

"没原因。只不过这些工作不能吸引他罢了。"

"那他有什么感兴趣的工作吗?"

"显然没有。"

尼尔森医生又给自己倒了一杯高杯酒①,畅饮一大口后,看着他的两个朋友说:"我能说说我的看法吗?我不敢说我洞察人性,但是有了三十多年的行医生涯后,我觉得在此方面多少还是了解一些。战争改变了拉里。他回来时已不再是离开时的那个人了。他不仅仅是长大了几岁而已,有些事情也改变了他的本性。"

"会是什么样的事情呢?"我问道。

"不知道。他对战争中的经历讳莫如深。"尼尔森医生转向布拉德利太太说,"他跟你说起过这方面的事情吗,路易莎?"

她摇了摇头:"没有。他刚从战场上回来的时候,我们想让他讲讲他的经历,可是他只是以他那特有的方式笑了笑,说没什么可讲的。他甚至都没和伊莎贝尔说过。她试了一次又一次,

---

① 高杯酒:用威士忌或白兰地等高度酒掺水或注水后再加冰块调配而成的酒。

可是他什么都没告诉她。"

对话就这么毫无头绪地进行下去。突然,尼尔森医生看了看表,说他必须告辞了。我本打算同他一起走,可是艾略特坚持让我留了下来。等尼尔森医生走后,布拉德利太太向我道歉,说不好意思用他们家的私事打扰我,恐怕这让我感到厌烦了。

"可是您知道,这真是我的心病啊。"最后她说道。

"毛姆先生是很谨慎周到的,路易莎,你不用担心告诉他任何事情。虽然我不认为鲍勃·尼尔森和拉里的关系有多么亲密,但是有些事我和路易莎觉得还是不要告诉他为妙。"

"艾略特!"

"你已经告诉他这么多事了,不妨把剩下的也告诉他吧。我不知道吃饭的时候你是否注意到了格雷·马图林?"

"他个头儿那么大,很难不让人注意到。"

"他也是伊莎贝尔的追求者。拉里不在的时候,他一直很照顾她。她喜欢他,如果战争持续时间够长的话,她也许早就和他结婚了。他向她求过婚,她既没同意,也没拒绝。路易莎觉得她是在等拉里回来,看拉里的态度再做决定。"

"格雷·马图林为什么没去参战呢?"我问道。

"他打橄榄球时伤到了心脏,倒是不太严重,但是军队不收他。不管怎么说,拉里一回来,他就没机会了,被伊莎贝尔断然拒绝了。"

我猜不透他们期待我对此发表什么意见,因此我什么也没说,艾略特继续说了下去。他那非凡的派头,加上一口牛津腔,使他看起来活像一位外交部的高级官员。

"拉里当然是个好孩子,偷偷跑去参加空军也说明他有股闯劲儿,不过我在识人方面是个行家里手……"他脸上挂着会意的微笑,头一次在言语中暴露了他靠做艺术品买卖而发了财,

"不然我现在怎么会有这么一大笔金边证券①呢?我认为拉里永远也发不了财,既不会有钱,也不会有地位。格雷·马图林就不一样了。他出身很好,来自古老的爱尔兰家族。他们家族中出过一位主教、一位剧作家,还有几位杰出的军人和学者。"

"这些你是怎么知道的呢?"我问道。

"这种事人人都会知道的。"他漫不经心地回答道,"实际上,有一天我在俱乐部碰巧翻了翻《国家传记辞典》,在里面看到了那些人的记录。"

我觉得没有必要把吃饭时邻桌告诉我格雷的祖父是个住棚户区的爱尔兰人、祖母是个瑞典端盘子的这件事说出来。

艾略特继续说道:"我们认识亨利·马图林很多年了。他是个非常好的人,还很有钱。格雷就要进入芝加哥最好的经济行,可以说他的根基相当稳固。他想娶伊莎贝尔为妻,谁都不可否认,这对伊莎贝尔来说简直是天赐良缘。我举双手赞成,我觉得路易莎也一样。"

"你离开美国太久了,艾略特,"布拉德利太太干笑了一声,"你忘了,在这个国家,姑娘们是不会因为她们的母亲和舅舅喜欢谁就和谁结婚的。"

"这种事没什么好骄傲的。"艾略特尖刻地说,"我告诉你,经过三十年的经验,我早就看出以地位、财富和社会环境为基础的婚姻比只以爱情为基础的婚姻要强多了。这事要是发生在法国——这个世界上唯一的文明国家——伊莎贝尔眼都不眨就会嫁给格雷。一两年之后,如果她愿意的话,可以让拉里做她的情人。而格雷呢,可以找一个女明星金屋藏娇。这样一来,就皆大欢喜了。"

---

① 金边证券:国债。

布拉德利太太可不是傻子。她带着狡猾的揶揄态度瞧着她弟弟。

"问题是,纽约剧团只是定期才到这里演出。格雷的房客只能在金屋里不定期地待一待,这可会搅乱全局。"

艾略特笑了。

"格雷可以在纽约证券交易所买个席位。不管怎么说,假如你非要住在美国,我看纽约比哪里都强。"

这之后不久我就告辞了。临走时艾略特叫住了我,问我愿不愿意同马图林父子一起吃午饭。我有点儿摸不着头脑,不明白他为什么要这么做。

"亨利是最好的美国商人之一,"他说,"我觉得你应该认识一下他。他帮忙打理我们的投资有很多年了。"

我并无意认识这对父子,但是又没有理由拒绝,于是告诉艾略特说,我很乐意同他们一起去吃午餐。

7

我在芝加哥逗留期间常去一家俱乐部,那里有一间很好的阅览室。第二天一早,我去那里寻找一两本大学期刊,这种期刊如果不订阅的话很难有机会读到。我到的时间很早,阅览室里只有一个读者。他坐在一张很大的皮沙发椅里,聚精会神地读一本书。我吃惊地认出这人竟是拉里。我怎么也料不到会在这种地方见到他。我路过他身旁的时候,他抬头认出了我,想要站起身来。

"不用不用。"我说道,接着几乎无意识地加了一句,"你在读什么呢?"

"一本书。"他说着,笑了。这是一种非常迷人的微笑,以至于他那敷衍的回答都显得不那么冒犯了。

他将书合了起来,用手挡住了书名,好不让我看见,用那双奇特的、深不可测的黑眼睛看着我。

"昨晚玩儿得好吗?"我问道。

"很好,凌晨五点才到家。"

"这么早就到这里看书,你很勤奋呀。"

"我总到这儿来。这个时候来没有什么人。"

"那我就不打扰你了。"

"您没有打扰我。"他说着又笑了。我感觉他的笑容里有一种非常柔和美妙的东西。他的笑并不是那种夺人眼球的灿烂的笑,他的笑是发自内心的,从心中一直荡漾到脸上。他坐的地方被两侧突出的书架围拢成一个壁龛,他的座位旁还有一把椅子。他把手搭在椅背上:"您愿意坐会儿吗?"

"好的。"

他把手里的书递给我。

"我在读这本书。"

我看了一眼,发现是威廉·詹姆斯写的《心理学原理》。这当然是一部理论性著作,在心理学研究领域占有重要地位,也很有可读性,可是我没有料到这样的书会出现在一个如此年轻的读者手里,而这位读者还是个飞行员——跳舞可以跳到凌晨五点钟。

"你为什么会读这本书呢?"

"我很无知,什么都不知道。"

"你还很年轻啊。"我笑了。

他有很长时间没有说话，这沉默令我感到有些尴尬。正当我准备起身去寻找那几本杂志时，突然有了种感觉：他想告诉我什么事。他好像陷入了某种虚空，一脸严肃专注的表情，好似在冥想一般。我耐心等待着，很好奇他会跟我说什么。他终于开口了，就像我们刚才的谈话并未中断、那段沉默不曾存在过似的。

"当我从法国回来的时候，他们都想让我去上大学。我不想去。在我经历了那些事以后，觉得再也无法回到学校了。不管怎样，我在预科学校里也没学到什么真正的东西。我觉得我无法过那种大学新生的生活，况且那些学生也不会喜欢我的，我也不想为了掩饰自己而装样子，而且我想学的东西，大学老师也教不了我。"

"我知道这是你的私事，轮不到我说话，"我回答道，"可是你刚才说的那番话并没有让我信服。我觉得我理解你的意思，也明白在战场上整整作战两年后，又变成一名所谓的大学新生是一件多么奇怪的事。我不相信他们会不喜欢你。我对美国大学了解不多，但我不认为美国大学生和英国大学生有多大区别。也许美国大学生更活跃些，更喜欢恶作剧，但他们都是有教养、明事理的孩子。而且我相信，如果你不想以他们那样的方式生活的话，只要稍微注意一下人情世故，他们就会乐于让你以自己的方式生活的。我并没有像我那些兄弟一样去上剑桥大学，我有这个机会，可是拒绝了，因为想去看世界。我一直为此感到后悔，我觉得要是当初上了剑桥，可能就不会犯后来的那些错误了。在有经验的老师的教导下，你会很快学到许多有用的知识，否则你将会像没头苍蝇一样四处乱撞，浪费自己的时间。"

"也许你说的是对的，可是我不在乎犯错误。也许做只没头苍蝇反而会找到我想要的东西。"

"你想要什么呢？"

"这是个问题，我还不知道我想要什么。"

我沉默了，对于这样的回答还能说些什么呢？我感到有点儿不耐烦，因为我这个人自小就知道自己想要什么，但转念一想，我又开始责备自己。我有一种直觉：他那迷茫的灵魂似乎正在进行一场斗争，一些似是而非的想法，或者一些说不清的朦胧的感觉，掺杂着不安，搅得他不知何去何从。他以一种奇特的方式激起了我的同情心。我还从没听他说过这么多话，而且直到现在我才感知到，他的嗓音有一种悦耳的音乐性。他的嗓音有很强的说服力，可是又给你抚慰的感觉，再加上那迷人的微笑，和他那富有表现力的漆黑双眸，我完全理解伊莎贝尔为什么会那么爱他了——他身上确实有一种非常吸引人的东西。他转过头来看着我，眼睛里同时带着探究和揶揄的神情，没有一丝尴尬。

"昨晚我们出去跳舞时，你们谈到我了，对不对？"

"谈了一会儿。"

"这就是他们逼鲍勃叔叔来吃晚饭的原因，他讨厌社交。"

"好像有人给你提供了一份非常不错的工作。"

"相当不错。"

"那你打算接受吗？"

"不。"

"为什么呢？"

"我不想。"

我介入了一场与我无关的私人事件。我有种感觉：正因为我是个陌生的外国人，所以他才愿意与我谈论这件事。

"知道吗，当人们什么也干不好的时候就当作家。"我哈哈一笑。

"我没有天赋。"

"那你到底想干什么呢？"

他展现出光彩照人的迷人微笑。

"晃悠。"他说。

我忍不住笑了。

"我可不认为芝加哥是世界上最适合晃悠的地方。"我说，"好了，我不打搅你读书了，我也要去找《耶鲁季刊》了。"

我站起身来离开了。

当我离开阅览室的时候，看到拉里仍然沉浸在威廉·詹姆斯的书中。我独自一人在俱乐部里吃了午餐。我喜欢阅览室里的安静氛围，因此又回到那里抽了支雪茄，消磨了一两个钟头，看看书、写写信。我惊讶地发现，拉里还在读他那本书，似乎我离开后他动都没有动过。当下午四点我走的时候他还在那儿，我不由对他这种超乎寻常的集中力感到震惊。他并没有注意到我的来去。整个下午我有许多事情要做，直到快吃晚饭的时候，我才回到我住的黑石旅馆换衣服。在路上出于好奇心的驱使，我顺便拐进了俱乐部，又走进那间阅览室。阅览室里有很多人正在读报纸或诸如此类的读物。我看见拉里还坐在原来那张椅子上，全神贯注地读着同一本书。这真是太奇怪了！

8

第二天艾略特邀请我到帕尔默饭店同马图林父子一起吃午饭，就我们四个人。亨利·马图林是个大块头，几乎和他儿子一样壮，长着肥胖的红脸膛和一个大下巴。他的鼻子同他儿子一样短钝，显得咄咄逼人，不过他的眼睛要小一些，也没有那么蓝，眼神非常精明。虽然他还不到五十岁，可看起来比实际岁数要老上十年，头发掉得很多，并且已经雪白了。初次见面，他不会给你留下什么好感。看起来他已经成功很多年了，他给我留下的印象是，他是一个粗鲁、聪明、能干且在每一笔生意中都冷酷无情的人。起先，他说话并不多，我猜他是在琢磨我。我有一种挥之不去的感觉：他把艾略特当笑话看。格雷几乎一句话也不说，态度和气，很有礼貌。幸亏艾略特是个社交老手，源源不断地挑起一连串轻松的话题，否则这顿午饭肯定会陷入僵局。我猜他过去一定跟许多美国中西部的商人打过交道，积累了不少经验，花言巧语地诱使他们花大价钱买那些大师的绘画作品。很快，马图林先生放松了许多，发表了一两句言论，显示出他实际上比看起来要活泼些，而且有一种冷幽默。一会儿，话题转到了股票和证券上。我发现艾略特在这方面居然也懂得很多，不过我并不感到奇怪。我很久以前就发现，此人虽然经常说一些无关痛痒的废话，但他可不是个傻瓜。

这时，马图林先生忽然说道："今天早晨我收到了格雷的朋友劳伦斯·达雷尔的来信。"

"爸爸，你怎么没跟我说？"格雷问道。

马图林先生转向我："你认识拉里，对吧？"

我点点头。

"格雷说服我在自己的生意里给他谋了个职位。他俩是非常要好的朋友,他很看重他。"

"他信里怎么说,爸爸?"

"他感谢了我,说他意识到这份工作对年轻人来说是一个非常好的机会。他认真进行了考虑,得出了个结论:他一定会让我失望的,因此还是拒绝这个工作为好。"

"他这么做真傻。"艾略特说。

"是的。"马图林先生说。

"太遗憾了,爸爸。"格雷说,"要是我们能一起工作的话该多好啊!"

"你可以把马拉到河边,可是无法强迫它喝水。"马图林先生看着他的儿子说,那双精明的眼睛变得温柔起来。我意识到这位强硬的商人还有另一面——十分宠爱他这个粗壮的儿子。

他再一次冲我转过身来:"你知道吗,这孩子上周日在我们的球场上打出了低于标准杆两杆的成绩,把我给赢了。要知道,他的高尔夫球还是我亲教的,我真想用我的九号球杆敲他的脑袋!"

他的骄傲溢于言表,我有点儿喜欢他了。

"那场球我全凭运气,爸爸。"

"才不是呢!你把球从沙坑里打出来,落地的时候离洞口有六英寸,这能算运气吗?那一杆打了三十五码远。我想让你明年去参加业余锦标赛。"

"我可没有时间。"

"我是你的老板,不是吗?"

"这我还能不知道?我晚到公司一分钟,你就能把我骂得狗血喷头。"

马图林先生咯咯笑起来。

"他想让你觉得我像个暴君,你可别相信他。"他对我说,"我的生意完全靠我自己,指不上那些合伙人,但是生意却好极了,我很以此为荣。我让这孩子从底层做起,凭自己的真本事往上爬,就像我雇用的任何一个年轻人一样。这样等到了接我班的时候,他才能做好准备。接手我这样的生意需要有很强的责任心,我照看一些客户的投资已经有三十年了,他们都很信任我。说实话,我宁可赔掉自己的钱也不想看他们有任何损失。"

格雷笑了:"有一回一个老姑娘到我们这里来,想要在一个不靠谱的项目上投资一千美元,说这项目是她的牧师推荐给她的。我爸爸不接这活儿,可那老姑娘非投资不可,我爸爸骂了她一通,直到把她骂得哭着走了。这还不算,他还打电话又把那牧师臭骂了一顿。"

"人们谈起我们经纪人来通常没什么好话,但是经纪人和经纪人不一样。我不想让人们赔钱,我想让他们赚钱。可是大多数人完全不懂这一套,让你觉得他们这辈子的唯一目的就是扔掉手里的每一分钱。"

"你认为马图林这个人怎么样?"当那对父子告辞回办公室,我们也走出饭店后,艾略特问道。

"我向来喜欢认识不同类型的人,我觉得他们父子之间亲密的感情很让人感动,这在英国并不多见。"

"他很爱他的孩子。他这人很怪,身上充满了矛盾。他说的那些关于客户的话都是真的。他的客户里有老太太、退休军人和牧师,这样的客户有好几百人。他们把毕生的积蓄都交给他打理。要我说,这些人带给他的麻烦可比付给他的酬金多多了,可是他很看重他们对他的信任,并以此为傲。不过当他要做一笔大买卖并且要从中获取巨大利润时,就没有人能比他更强硬、更冷酷无情了。你在他身上是不会找到一丝怜惜的;他如果想割掉对方身上那一磅肉①,就没有什么能够阻止他。你要是成为他的对手,他不仅会毁掉你,还会在毁了你之后无情地嘲笑你。"

一回家艾略特就把拉里拒绝去亨利·马图林那儿工作的事告诉了布拉德利太太。伊莎贝尔和一些女孩儿吃午饭去了,她回来的时候,他们还在聊着这件事,就把结果告诉了她。我从艾略特转述给我的那场谈话中不难推断出,他肯定以雄辩的口才阐述了自己的观点。他本人虽然已经整整十年不干活了,而且那使他获得了大量财富的营生一点儿也不艰苦,可是他笃信的却是人类进步的基石是勤奋工作这一信条。拉里是个很普通的年轻人,又没有什么社会地位,实在没有理由不遵守这个国家值得称颂的习俗惯例。像艾略特这样有眼光的人物早已看出,美国正步入一个空前繁荣的时代,如果拉里在这个时代刚开始的时候就抢占先机并埋头苦干,等他到四十岁时一定会成为一位大富翁。到那时如果他想退休,像个绅士那样住在巴黎,在杜布瓦大街上买一套公寓,或者在都兰购置一幢城堡别墅,那他就没什么可反对的了。

不过还是路易莎的话更简洁和无可辩驳。

"如果他爱你,那他就会为了你而工作。"

我不知道伊莎贝尔是怎样回答他俩的话的,但是她有足够的常识,能够明白这两位长辈自有他们的道理。她认识的所有

---

① 典出莎士比亚《威尼斯商人》:商人安东尼奥在其商船尽失的情况下,为成全好友巴萨尼奥的婚事,不惜向宿敌、放高利贷的商人夏洛克借债。夏洛克提出若安东尼奥逾期不能还债,就要割掉他胸口的一磅肉作为补偿。

年轻人不是正在学习某些专业，就是已经忙于工作了。拉里不可能仅仅依靠他在军中的优良记录就能度过余生。战争已经结束了，每个人一想起战争就感到恶心，恨不能立刻把它抛到九霄云外。这场讨论的结果是：伊莎贝尔同意最后和拉里谈一次，把事情解决了。布拉德利太太出主意，叫伊莎贝尔让拉里开车送她到马文去。她为起居室订了一些新窗帘，可是尺寸量错了，伊莎贝尔可以去把尺寸重量一遍。

"鲍勃·尼尔森会为你们准备午饭的。"

"我有个更好的主意。"艾略特说，"给他们准备个午餐篮子，让他们在门廊吃饭，吃完后再谈。"

"这样一定很有趣！"伊莎贝尔说。

"舒舒服服地野餐，天底下没几件事能比这更让人感到愉悦的了。"艾略特以一种说教的口吻接着道，"于泽斯老公爵夫人曾经跟我说，再顽固不化的男人在这样愉快的环境中也会变得俯首帖耳。你准备给他们的午餐篮子里装些什么呢？"

"酿馅鸡蛋和鸡肉三明治。"

"太可怕了！野餐怎么能没有肥鹅肝酱饼呀？！你应该给他们准备一道咖喱虾，这是头盘。还有鸡胸肉，配上莴苣心沙拉——酱汁由我来调，吃过鹅肝酱饼后，为了照顾你那美国习惯，可以给他们准备个苹果派。"

"我就给他们准备酿馅鸡蛋和鸡肉三明治，艾略特。"布拉德利太太斩钉截铁地说。

"好吧，记住我的话：他们是谈不出什么的，到时候你只能怪你自己。"

"拉里的胃口并不大，艾略特舅舅，"伊莎贝尔说，"而且我觉得他也并不在乎吃什么。"

"我希望你能明白这没什么值得表扬的，我可怜的孩子。"

她舅舅回答说。

他们最终吃的还是布拉德利太太准备的酿馅鸡蛋和鸡肉三明治。后来当艾略特和我谈起这场短途旅行时,像法国人那样耸了耸肩膀:"我跟他们说过肯定谈不成。我求路易莎在篮子里放一瓶我战前送给她的蒙特拉谢白葡萄酒,可是她根本不听我的。除了一暖瓶热咖啡外,他们什么喝的都没带。你还能指望什么?"

当汽车停在房前,伊莎贝尔走进门的时候,路易莎·布拉德利和艾略特两人正坐在起居室里。当时天刚刚擦黑,窗帘已经拉上了。艾略特正懒洋洋地坐在壁炉边的一张扶手椅上读小说,布拉德利太太则在织着装饰壁炉屏风用的织毯。伊莎贝尔并没有到起居室来,而是径直上楼去了自己的房间。

艾略特透过眼镜上方瞟了他妹妹一眼。

"她可能要把帽子放回房间,估计一分钟就下来。"她说。

好几分钟过去了,伊莎贝尔并没有下楼。

"可能她累了,也许躺下了。"

"你刚才是不是还以为拉里也会进来呢?"

"别烦人了,艾略特!"

"好吧,这可是你的事,不是我的。"

他重新拿起了小说,布拉德利太太也开始织毯。不过半小时后,她突然站了起来:"我觉得最好还是上楼看看她怎么样了,要是她睡着了,我就不打扰她。"

她离开了起居室,很快又回来了。

"她在哭呢。拉里要去巴黎,去两年,她答应等他。"

"他为什么要去巴黎呢?"

"问我有什么用呢,艾略特?我什么也不知道,她什么也不告诉我。她说她理解他,不会当他的绊脚石。我对她说:'如果他能离开你两年,那他不可能非常爱你。'她说:'这没办法,问题是我爱他。'我问:'今天谈完后你还爱他?'她说:'今天的谈话使我更爱他了,妈妈,我敢肯定他也爱我。'"

艾略特想了一会儿:"两年后怎么办呢?"

"我告诉你我不知道,艾略特!"

"你不觉得这结果很难令人满意吗?"

"还用说吗?!"

"现在唯一能说说的就是他俩还都很年轻,两年对他们不会造成太大的伤害,而且在这段时间里,很多事都有可能发生。"

他俩都同意现在最好让伊莎贝尔自己一个人安静地待着,他们本来是要到外面吃晚饭的。

"我不想让她心烦,"布拉德利太太说,"要是她哭得两个眼睛跟桃子似的,别人会起疑心的。"

可是第二天一家人吃过午饭后,布拉德利太太到底还是忍不住提起了话茬,不过并没有从伊莎贝尔那里套出更多实情。

"妈妈,能说的我都说了,再没什么能告诉你的了。"伊莎贝尔说。

"可是他去巴黎要做什么呢?"

伊莎贝尔笑了,她知道这个问题的答案对她妈妈来说有多荒谬:"晃悠。"

"晃悠?你到底是什么意思?"

"这是他告诉我的。"

"真的,我对你实在没耐心了。你要是头脑清醒的话,昨天当场就应该跟他解除婚约,他就是在玩儿你。"

伊莎贝尔看着她左手上的戒指说:"我能怎么办呢?我爱他。"

这时,艾略特加入了谈话。以他那著名的圆滑手段剖析了目前的情况——"不仅仅以舅舅的身份,我亲爱的老朋友,而是以一个通晓人情世故的成年人身份来教导这个未经世事的小姑娘"——但是他取得的成果并不比他姐姐强。我印象中伊莎贝尔好像是这么对他说的,"您还是多管管自己的事吧",虽然语气很礼貌,但是态度很直白。这一切都是艾略特当天晚些时候告诉我的,就在我住的黑石旅馆套房的那间小起居室里。

"当然路易莎说得对,这一切简直没法令人满意。"他接着说,"不过只要放任年轻人基于彼此的感情,而不是基于其他更重要的条件谈婚论嫁的话,这类事情总会发生的。我告诉路易莎不要着急,我觉得事情的结果会比她预料的要好。拉里离开了伊莎贝尔,而格雷·马图林却近在咫尺,只要了解点儿人性,就能知道结果是显而易见的。当你十八岁的时候,你的感情是猛烈的,可并不能持久。"

"你真是世事洞明啊。"我笑着说。

"我可没白读拉罗什富科①的书。你知道芝加哥是个什么样的地方,他们总会碰面的。姑娘们以有人死心塌地地钟情于她们为荣,特别是当她发现,她那些闺蜜里不止一人恨不得立刻嫁给那位追求者时。这么说吧,我问你,人的本性会不会拒绝超越其他人?我的意思是,这就像你要去参加一个聚会,你明明知道这聚会只提供饼干和柠檬水,还特别没意思,可是你就是要去参加,因为你那些好朋友们削尖了脑袋也挤不进去——他们没被邀请。"

"拉里什么时候去巴黎呢?"

"我不知道,我觉得他还没有决定好。"艾略特从衣服口袋里掏出一只由白金和黄金打造而成的细长烟盒,从里面抽出一

---

① 拉罗什富科(1613—1680):法国作家。

支埃及香烟。他才不会抽什么法蒂玛、切斯特菲尔德、骆驼或好彩这样的美国香烟呢。他带着一种暗讽的微笑看着我:"我这话当然不会对路易莎说,但是不妨告诉你,我背地里对那年轻人有种同情。我知道在战时他曾一睹巴黎的风采,要是他被这世界上唯一适合文明人居住的城市迷住了,那也怪不了他。他还年轻,毫无疑问,在结婚安定下来之前,肯定想风流一把。这种想法很自然,很普遍。我会关注他的。我会给他介绍一些重要人物。他举止得当,稍稍指点一二,还是很拿得出手的。我保证会让他见识一下绝大多数美国人没机会见识的东西——法国生活的另一面。相信我,我亲爱的朋友,一般的美国人想进入圣日耳曼大街①比登天还难呢。他才二十岁,还算有魅力。我想我会给他安排一场艳遇——不过是和比他年纪大的女人。这种关系会调教他。我总是认为,对于一个年轻人来说,再没有什么比成为一个成熟女人的情人更好的教育了。当然了,你知道,如果这个女人是个目标女人,也就是上流社会的一位女士的话,那他在巴黎就会立刻站稳脚跟了。"

"这一切你跟布拉德利太太也说了吗?"我笑着问道。

他咯咯地笑了:"我亲爱的朋友,如果有什么事是我能自以为傲的话,那就是处世圆通。我没有告诉她,她是不会明白的,我那可怜的姐姐。有件事我实在不能理解——虽然她半辈子都在和外交人士打交道,在世界上一半国家的首都生活过,可仍然是个无可救药的美国人。"

---

① 圣日耳曼大街:巴黎的一条主要街道,从十七世纪开始,此处成为贵族们兴建住宅的主要地点,后成为法国上流社会的代名词。

9

那天晚上，我去位于湖滨大道的一所石头建成的大宅里赴晚宴。建这座房子的设计师起先似乎想把它建成中世纪的城堡，可是半路上忽然改了主意，决定把它变成瑞士山间的木屋别墅。那晚的客人很多，巨大华丽的会客厅里到处都是雕像、棕榈植物、枝形吊灯、大师名画以及铺了厚软垫的家具。我很高兴地在来客中发现了几个认识的人：亨利·马图林把我介绍给他那身材瘦削、衰老且弱不禁风的妻子；我还同布拉德利太太和伊莎贝尔打了招呼。伊莎贝尔穿着一件红色的绸缎晚礼服，显得很漂亮，这礼服和她那黑色的头发以及深棕色的眼睛十分相配。她看起来兴致很高，没人猜得出她刚刚经历了一场令人心烦意乱的打击。两三位年轻人正簇拥着她，她兴高采烈地同他们聊着天，其中就有格雷。吃晚饭时，她坐在另一桌，因此我见不到她。不过后来，当我们这些男人在咖啡、利口酒和雪茄上消磨掉似乎无穷无尽的时间，终于回到会客厅后，我找到了个机会同她说上了话。我和她并不熟，因此无法将艾略特跟我说的话对她和盘托出，不过我觉得有些话她是乐于听到的。

"那天我在俱乐部里见到你的男朋友了。"我漫不经心地说。

"噢，真的吗？"

她的回答同我一样漫不经心，但是我感到她立刻警觉了起来。她的眼神变得专注，我似乎在那双眼睛里读到了忧惧。

"他那时正在阅览室里读书。他有很强的专注力，给我留下了深刻的印象。我去的时候刚过上午十点，他已经在那儿了。我中午出去吃饭的时候，他还在读书。等我回去、后来又离开去吃晚饭时，他仍在读。我觉得这十个小时里的大部分时间他都坐在那把椅子上。"

"他读的是什么书？"

"威廉·詹姆斯的《心理学原理》。"

她低下头去，好不让我看到这番话在她脸上引起的表情。不过我有种感觉：她似乎既迷惑又同时松了口气。这时主人把我叫走打桥牌去了，等牌打完后，伊莎贝尔同她母亲已经离开了。

几天以后，我去向布拉德利太太和艾略特告别。他们正在喝茶。我进门后不久伊莎贝尔也回来了。大家谈了会儿我即将启程的旅行，我感谢他们在我逗留芝加哥期间热情的招待。时间差不多的时候，我就起身告辞了。

"我和您一起走到药店那里吧。"伊莎贝尔说，"我刚想起来有些东西要买。"

布拉德利太太同我说的最后一句话是："下次您见到亲爱的玛格丽塔王后的时候，请一定向她转达我的问候，好吗？"

我已放弃解释我并不认识那位尊贵的女士，立刻回答说一定照办。

当我们走到街上时，伊莎贝尔微笑着斜瞟了我一眼："您想喝杯冰淇淋汽水吗？"她问道。

"我可以尝尝。"我谨慎地说。

到药店之前伊莎贝尔一直没再开口，由于我也没什么可说的，因此只好一路保持沉默。我们走进药店，坐在一张桌子旁，椅背和椅子腿都是由铁丝扭成的，坐在上面很不舒服。我点了两杯冰淇淋汽水。一些人正在柜台上买东西，还有两三对情侣坐在别的桌旁，不过他们都在忙自己的事。实际上，可以说我俩单独在一起，不会受任何人打扰。当伊莎贝尔装作满意地用吸管吸吮冰淇淋汽水时，我点起一支香烟等待着。我感到她有点儿紧张。

"我想和您谈谈。"她冷不丁地说。

"我猜出来了。"我笑道。

她若有所思地盯了我几秒钟。

"前天晚上在萨特思韦特家，您为什么跟我提起了拉里？"

"我觉得你会对此感兴趣。我想你可能不太明白他说的晃悠是什么意思。"

"艾略特舅舅是个可怕的大嘴巴。当他说要到黑石旅馆找您聊天的时候，我就知道他会把什么都告诉您。"

"你知道，我认识他已经好多年了。谈论别人的事情能让他获得很多乐趣。"

"是这样的。"她笑了，不过笑容一瞬而逝。她牢牢地盯着我，眼神非常严肃："您怎么看拉里？"

"我只见过他三次，看起来，他是个不错的小伙子。"

"就这些？"

她的话语透露出失望。

"那倒不是。不过对于我来说，对他进行评论很难。你看，我并不了解他。当然了，他这人很有魅力。他身上有一种谦和、友善、温柔的东西，很吸引人。他泰然自若，这种气质很少会出现在他这么年轻的人身上。总之，他和我在这里遇到的其他年轻人不太一样。"

当我这样摸索着把脑子里还没有完全成形的想法组织成语言说出来的时候，伊莎贝尔专注地盯着我。我说完后，她轻轻叹了口气，好像如释重负一般，随即冲我飞快地一笑，这笑容非常迷人，还带着点儿淘气的意味。

"艾略特舅舅说，他总是惊叹于您那超凡的观察力。他说什么也逃不过您的眼睛，作为作家，您最大的财富是您对事物的判断力。"

"我觉得另一种财富更有价值，"我冷淡地回答道，"比如才华。"

"您知道，我没人可以好好商量这件事。妈妈只从她自己的角度看问题，她希望我能有一个可靠的未来。"

"这很自然，对吧？"

"艾略特舅舅只从社会地位方面考虑这件事。我自己那些朋友，我是说我的同龄人，他们认为拉里是个失败者。这太伤人了。"

"当然。"

"倒不是说他们对他不好，没人能对拉里不好，但是他们把他当笑话看。他们总是取笑他，可是他看起来一点儿也不在乎，这使他们感到不爽，而他只是笑笑。您知道现在我们俩是什么情况了吗？"

"我只知道艾略特告诉我的。"

"我能跟您说说那天去马文都发生了什么吗？"

"当然可以了。"

时至今日，我已无法完全一字不差地将伊莎贝尔的话还原于此，以下的记录部分来自于我的记忆，部分则借助于我的想象。但是无疑，当时她和拉里的谈话比我现在呈现出来的要多得多，因为在那种情况下，除了主题，人们还会谈些无关紧要着露出一个微笑。

"你说起不想让我难过倒简单,可是你正在让我难过呀。你知道吗,我爱你!"

"我也爱你,伊莎贝尔。"

她深深叹了口气,挣脱开他的臂膀,坐到一边。

"咱们得理智点儿,是男人就得工作,这关乎一个人的自尊。这是一个年轻的国家,人们有责任去建设它。亨利·马图林上次说咱们正步入一个年代,这个年代取得的成果将会使过去所有年代取得的成果显得一文不值。他说咱们国家的进步将没有止境,而且他确信到一九三〇年,美国将成为世界上最富有、最伟大的国家。你不觉得这简直太令人兴奋了吗?"

"确实如此。"

"对一个年轻人来说,从来就没有这样好的机会。我本来以为你一定会为摆在咱们面前的这些工作机会引以为傲的。那将会是多么棒、多么刺激的经历呀!"

他微微一笑。

"你说得都对。阿穆尔和斯威夫特们会生产出更多更好的肉制品,麦考密特们会生产出更多更好的收割机,而亨利·福特则会生产出更多更好的小汽车。每个人都会变得越来越富有。"

"为什么不呢?"

"是啊,就像你说的,为什么不呢?可偏偏我就是对金钱不感兴趣。"

伊莎贝尔止不住笑了。

"亲爱的,别说傻话了,人没有钱怎么生活?"

"我有一点儿钱,这给了我机会,能做自己想做的事。"

"晃悠?"

"对。"他说着,笑了。

"你让我真的不知道该怎么办了,拉里。"她叹了口气。

"对不起,要不是没有办法,我是不会这么做的。"

"你有办法。"

他摇了摇头,接着沉默了一会儿,好像迷失在沉思里了。当他最终开口的时候吓了她一跳:"那些死人看起来死得真彻底。"

"你这是什么意思?"她困惑地问道。

"没什么意思。"他冲她悲伤地一笑,"当你在空中飞行时,有很多时间思考,这时你就会有一些奇怪的念头。"

"什么样的念头?"

"模模糊糊的,"他笑着说,"不连贯、令人困惑的念头。"

伊莎贝尔想了一会儿。

"难道你没想过,工作以后,这些念头也许会变得清晰起来,你也会知道你到底想要什么了吗?"

"我已经想过了。我觉得我可能会去当个木匠,或者去修汽车。"

"噢,拉里,人们会以为你疯了。"

"我不在乎。"

"可是我在乎。"

沉默又一次降临了。这次她用一声叹息打破了它。

"你变了,变得和去法国之前完全不同了。"

"这不奇怪。你知道,我身上发生了很多事。"

"什么事?"

"噢,没什么大不了的。我军队里最好的朋友为了救我死了。我总是忍不住想起这件事。"

"跟我说说吧,拉里。"

他看着她,那双眼里充满了忧伤。

的事；而当谈话涉及主题时，人们则会翻来覆去就同一话题讨论个没完没了。

那天伊莎贝尔醒来后发现天气晴朗，就给拉里打了个电话，说她妈妈叫她去马文办些事，让拉里开车送她去。布拉德利太太叫尤金在午餐篮子里放了一瓶热咖啡，伊莎贝尔特意又加了一瓶马天尼①。拉里新买了一辆敞篷跑车，很以这车为傲。他喜欢开快车，一路上，他把车开得飞快，俩人都兴奋极了。一到马文，伊莎贝尔就开始量要换下的旧窗帘尺寸，拉里则记下数字。干完活儿后，两人把午餐摆在门廊上，这里是个避风的好场所，还可以晒到深秋初冬的暖阳。

那房子坐落在一条肮脏的路旁，一点儿也没有新英格兰老木屋的雅致，它最大的优点就是还算宽敞，住起来比较舒服。门廊外的风景很好，你可以看到一个巨大的带有黑顶的红色谷仓，一丛茂密的老树，在这之上，目力所及的地方是一片褐色的原野。这景致的色调本稍嫌阴暗，但是深秋初冬的暖阳洒下的点点光辉，给它抹上了一层温馨可爱的色彩，在你眼前展现出一片欢欣的景象。这片景致在冬季的时候一定寒冷、荒凉、沉闷；在三伏天里则干燥、闷热、烧灼，唯独在深秋初冬这段日子里，它会奇特地使人感到一种兴奋，因为那广阔的景致仿佛在召唤魂灵到它的深处去游荡探险一般。

他俩像所有健康的年轻人那样，胃口大开地吃着午餐，而且很高兴能够单独待在一起。伊莎贝尔倒咖啡的时候，拉里点燃了他的烟斗。

"现在直说吧，亲爱的。"他说道，眼里闪出一丝顽皮的笑意。

---

① 马天尼：一种调法繁多的鸡尾酒。

伊莎贝尔吃了一惊。

"直说什么？"她尽力装出一副浑然无知的样子。

他低声笑了。

"亲爱的，难道你真拿我当傻瓜吗？我敢打赌，你妈绝对知道你家客厅窗户的尺寸，这不是你让我带你来这儿的真实原因。"

定了定神，她冲他灿烂一笑："我就是想让咱俩能单独待一天。"

"也许吧，但这不是真实原因。我猜艾略特舅舅已经把我拒绝亨利·马图林的事告诉你了吧？"

他说话的语调轻松愉快，使她也能以同样的语调将对话进行下去。

"格雷一定很失望，他觉得要是能和你一起共事就太好了。有朝一日你总得去工作，你耽搁的工夫越长，工作起来也就越难。"

他吸着烟斗看了她一眼，温柔地微笑着，让她摸不着头脑，不知道他到底把这当不当回事。

"你知道吗，我觉得我这辈子不会只想卖债券。"

"好呀，你可以去律师事务所或进医学院。"

"不，我也不想当律师或医生。"

"那你想干什么呢？"

"晃悠。"他平静地回答。

"噢，拉里，别逗了！这可是一件非常严肃的事。"

她的声音颤抖起来，眼里也充满了泪水。

"亲爱的，别哭。我不想让你难过。"

他走过去坐在她身旁，伸出胳膊搂着她。他声音中有一种温柔使她心碎、再也忍不住眼泪了，但是她擦干了泪水，强忍

"我想还是别谈了,不管怎么说,这是一件微不足道的突发事件。"

伊莎贝尔天生容易激动,双眼又一次蒙上了泪水。

"亲爱的,你不高兴吗?"

"不,"他微笑地回答,"只有我让你不高兴的时候,我才会不高兴。"

他拉起她的手。她感到从他那强有力的手中传递出一种如此亲切的感觉,一种如此亲密的深情,使得她不得不咬紧嘴唇,控制着不让自己哭出来。

"我觉得除非把事情搞清楚,否则我是不会得到片刻安宁的。"他严肃却犹豫不决地说道,"这种感觉很难用语言表达,每次我试着这么做的时候就会感到尴尬。我对自己说:'我是谁?我又何必为了这个、那个或其他的什么来搅乱我自己呢?也许我是个喜欢狂想、自命清高的人。难道遵守惯例、顺其自然不更好吗?'然后你又会想起那个一小时前还欢蹦乱跳的年轻人,可是一小时后,他就躺在那儿死了。这一切是如此残酷,如此没有意义。这一切很难不让你自问:生命到底是什么?它到底有没有意义?或者干脆它就是盲目的命运所产生的一个悲惨、愚蠢的错误?"

当拉里用他那富于音乐感的悦耳嗓音,用他那几乎带着痛苦的真诚态度,迟疑不决地讲述那原本并不想透露的心中秘密时,你很难不被他打动。

有一会儿,伊莎贝尔觉得自己不知道说什么好。

"如果你离开一段时间,会不会对你有所帮助呢?"

说出这句话的时候,她感到自己的心在往下沉。

他沉默了很长一段时间才回答道:"我觉得是的。你想对周围的舆论表现得漠不关心,可这并不容易做到。当这些舆论充满敌意时，它们在你心中也会激起敌意，这会让你感到烦恼。"

"那你为什么不离开呢？"

"嗯，为了你。"

"亲爱的，让咱们开诚布公吧，现在在你的生活中并没有我的位置。"

"你的意思是想和我解除婚约？"

她颤抖的嘴唇勉强露出一个微笑。

"不，傻瓜。我的意思是我愿意等你。"

"我也许走一年，也许走两年。"

"没关系，也许用不了那么久。你打算去哪儿？"

他专注地盯着她看，好像要看到她内心的最深处。她用微笑掩饰了她那深深的忧虑。

"嗯，我想我会先去巴黎。我在那儿没有认识的人，所以也不会有人来打扰我。我在部队时，去那儿休过几次假。不知道为什么，我有个念头：在那儿，我脑子里那些混乱的想法会变得清晰起来。这个想法很怪诞，它让你觉得，在那儿你可以好好彻底地梳理一下你的想法，而不会遇到任何阻碍。我觉得在那儿能找到我的路。"

"要是找不到怎么办？"

拉里哈哈一笑。

"那我就承认自己是在白费力，放弃那些念头，遵循我那美国人良好的常识，回到芝加哥，找到什么工作就干什么工作。"

这件事使伊莎贝尔受到了强烈的震撼，当她告诉我这一切时，多多少少有些情绪化。讲完后她可怜巴巴地看着我："您觉得我这样做对吗？"

"我觉得你做了唯一能做的事，不仅如此，你还非常体贴、宽容、善解人意。"

"我爱他,我想让他幸福。您知道,从某个方面说,我并不遗憾让他走。这里有一种对他不利的气氛,我想让他离开这种气氛,不光是为他,也是为我。当人们说他永远不会有出息时,我没办法责怪他们。我恨他们这么说,但是在我内心深处总有一种可怕的恐惧感,因为我觉得他们说得对。不要说我善解人意,我根本不理解他在追求什么。"

"也许你在理智上并不理解他,但是在情感上理解他。"我微笑着说道,"你为什么不直接嫁给他,跟他一起去巴黎呢?"

她眼中掠过一丝笑意:"我太想这么做了,可是我不能。您知道,虽然我不想承认,可是我真的觉得他独自去巴黎会更好。如果尼尔森医生说的是对的,也就是说他正在为一种延迟的惊恐所困扰,那么新的环境和新的兴趣会医治他。等他身心平衡了,就会重回芝加哥,并且像其他人那样去工作的。我也不想嫁给一个一天到晚游手好闲的人。"

伊莎贝尔被规规矩矩地抚养长大,她内心中早已接受了自小就被灌输的条条框框。她并不考虑钱,那是因为她从来不知道没钱买她需要的东西是什么滋味,但是她本能地意识到金钱的重要性。金钱代表着权力、影响力和社会地位。一个人要挣钱是再自然不过的事,这是他日常生活中的责任。

"你无法理解拉里这事并不使我感到惊奇,"我说,"因为我十分确定,他自己也不理解自己。如果他不愿与人谈及他的目标,那是因为这些目标在他心中也是十分模糊的。听着,我并不了解他,这只是我的猜测而已:有没有可能他正在寻找某种东西,但是这东西到底是什么他自己也不知道,甚至他都不能确认这东西到底存不存在。也许他在战争中的遭遇不肯放过他,让他心神不宁。你不认为他好像正在追求一种理想,可这理想躲在疑云之后吗?就像一位正在寻找某颗星宿的天文学家,而这颗星宿存在的证据只是一些数学计算?"

"我感觉有些东西在困扰他。"

"他的灵魂?也许他有点儿害怕自己。也许他对自己的心灵模模糊糊感知到的真相不敢相信。"

"有时他会给我一种奇怪的感觉,他让我觉得他就像个梦游者,突然在一个陌生的地方惊醒了,想不出自己到底在哪儿。战前他是一个那么普通正常的人,他身上的优点之一就是对生活强烈的热情。他大大咧咧,每天都高高兴兴,和他在一起很快乐。他那么温和又那么有趣。到底发生了什么事,把他变成这样了?"

"我说不准。有时一个与整个事件完全不相称的微小因素就会对你产生影响,这取决于当时的环境和你的情绪。我记得有一次在万圣节我去参加弥撒,法国人管万圣节叫亡灵日,那次弥撒是在法国的一个小乡村教堂里举行的,德国人刚刚侵入法国时,曾袭击过那里。教堂里到处都是军人和穿丧服的妇女,葡萄园里是一排排的木制小十字架。在悲伤、庄严的弥撒中,无论男人还是女人都在哭泣。我有种感觉:也许那些躺在小十字架下的亡灵比我们这些活着的人还要好些。我跟一个朋友讲了我的感受,他问我为什么会有这样的感觉。我没法解释,而且我看出他觉得我是个十足的傻瓜。我还记得在一次战役后,我看到一堆法国士兵的尸体。这些尸体一个压一个地堆叠在一起,好像一家破产剧团的牵线木偶。它们被乱糟糟地扔在一个落满灰尘的角落里,因为它们已经毫无用处了。那时我心里想的正是拉里对你说的话:那些死人看起来死得真彻底。"

我不想让读者认为我正在故弄玄虚,故意隐瞒战时在拉里身上发生的并深刻改变了他的事件,以便在我认为合适的时候再写出来。我以为这件事他从未和任何人提起过。但是实际上,在多年以后,他把这件事告诉了一个叫苏珊·卢维耶的女人,我和拉里都认识她。他跟她说一个年轻的空军战士,为了救他而失去了自己的生命。她把整个事件复述给我听,所以我现在也只能写下这些二手信息,还是从苏珊的法语翻译过来的。拉里显然在空军中队和那个男孩儿建立了深厚的友谊,苏珊只知道那个男孩儿的滑稽外号儿,因为拉里就是这么称呼他的。

"他是个爱尔兰人,一个满头红发的小个子,我们总管他叫倒霉蛋。"拉里说,"他比我认识的任何人都活跃,简直就像根通了电的电线。他长着一张滑稽的脸,咧着嘴笑的样子也同样滑稽,你只要看见他就想笑。他是个冒失鬼,喜欢做各种各样疯狂的事,总是挨上级的训。他根本不知道什么叫害怕,每当他从那种千钧一发的险境中死里逃生,他都笑得满脸开花,好像那是世界上最有趣的恶作剧。不过,他是个天生的飞行好手,在空中表现得既冷静又谨慎,教会我很多飞行技巧。他比我稍大一点儿,因此总是保护我。这真是非常滑稽,因为我比他足足高出六英寸,要是我俩打起架来,我一定可以把他揍晕。有一次在巴黎,他喝得醉醺醺的,我怕他自找麻烦,就这么干过一回。

"当我刚加入空军中队的时候有点儿被冷落,我担心自己不能干好,但是他以戏谑的方式鼓励我,让我对自己建立了信心。他把战争看成一场游戏,对德国佬也没有恨意。他非常喜欢打仗,喜欢揍那些德国佬,把他们的飞机从天上打下来对他来说就像个恶作剧。他放肆无礼,非常狂野,还没什么责任心,但是他身上有一种特别真的东西,让你无法不喜欢他。他会慷慨地送给你他身上最后一分钱,就像他会拿走你身上最后一分钱一样。如果你感到孤独、想家或者害怕——就像我有时候那样——他一定会看出来。他的笑容会把他那张小丑脸挤成一团,说的那些话都能说到你心坎里去，让你重新振作起来。"

拉里吸了口烟斗，苏珊等着他继续讲下去。

"我俩曾经耍花招以便能够一起休假，当我们在巴黎的时候，他简直玩儿疯了，我们一起度过了非常愉快的时光。后来有一次，我们应该在三月初休一段假，那是在一九一八年。我们提前就做好了计划，打算大玩儿特玩儿一番。休假的前一天，我们接到命令，飞越敌军防线侦探敌情。突然，我们遇到了几架德国战机，还没等我们搞清楚自己的方位，对方就已经和我们混战在一起。其中一架德国战机想要追上我，但是我抢先开了火。我想看一下那架飞机是不是就要坠毁了，但是却从眼角瞥见另一架德国飞机正朝我追来，我向下俯冲企图甩开它，可是它却风驰电掣向我逼来，我心想：完了！接着，我看见倒霉蛋像一道闪电一样扑向它，火力全开。那些德国战机招架不住，仓皇逃走了，我们也返回了阵地。我的飞机被炮火重创，但是我勉强还能驾驭它，并安全着陆。倒霉蛋的飞机比我先落了地。当我从飞机里出来的时候，人们正把他从飞机里抬出来。他躺在地上，大家在等着救护车的到来。当他看到我时，咧嘴笑了。

"'我把那个追你的笨蛋击落了。'他说。

"'你怎么样了，倒霉蛋？'

"'噢，没什么大不了的，我受伤了。'

"他的脸色看起来像死一样苍白。忽然，他脸上呈现出一种奇怪的神色，意识到死亡已经降临，死亡这个概念从来没有如此清晰地划过他的脑海。大家还没反应过来，他就坐了起来，笑了一声。

"'这他妈怎么可能？！'他说道。

"然后往后一仰，死了。

"他二十一岁，战后打算娶一位爱尔兰姑娘。"

我同伊莎贝尔谈话后的第二天就离开了芝加哥,并动身前往旧金山,从那里乘船前往远东。

第二章

1

直到第二年六月末，当艾略特来伦敦的时候，我才又一次见到了他。我问他拉里是否真的去了巴黎，并得到了肯定的答复，不过被艾略特脸上那恼怒的表情逗乐了。

"我背地里对那孩子有一种同情，他想来巴黎这么好的地方待几年，我也不好责备他，我还准备把他介绍给一些有头有脸的人物。我让他一到巴黎就联系我，可是直到路易莎写信告诉我，我才知道他已经来了。我按照美国运通公司的地址给他写信——这地址还是路易莎告诉我的——让他过来参加一个晚宴，好见见那些我想让他认识的人。我打算先让他在巴黎的法裔美国人社交圈里试试，比如见见艾米莉·德·蒙塔杜尔，或者格蕾茜·德·沙托-加雅尔这些人。可是你猜他怎么说？他说很抱歉不能来，因为他没有带任何出席晚宴的礼服。"

艾略特满以为会在我脸上看到他这番话引起的错愕表情，当他发现我并没有因为这件事感到惊奇时，便傲慢地抬了抬眉毛。

"他给我的信写在一张皱巴巴的纸上，上面印着一个拉丁区小咖啡馆的名字。我回信问他现在的住址，觉得看在伊莎贝尔的面子上，我也得抬举抬举他。我想他可能有点儿胆怯，我实在不敢相信，任何像他那样有点儿常识的年轻人，来巴黎怎么会不带晚礼服？不管怎么说，这里还能找到几个凑合的裁缝，所以我让他来吃午餐，并且跟他说没几个人。你猜他怎么回我？他不仅没有给我地址，还说他从不吃午饭。从此我就没再理他。"

"他现在做什么呢？"

"不知道，说实话，我也不在乎。恐怕他是个彻彻底底不可取的年轻人，我觉得伊莎贝尔要是嫁给他，那一定是个天大的错误。不管怎么说，如果他过得还算可以的话，我早就在里兹饭店的酒吧间或富凯酒店这类地方见到他了。"

艾略特提到的这几个高档地方我自己去了几次，不过也去了其他地方。那年初秋我在巴黎待了几天，最终的目的地是马赛，在那儿我要搭游轮去新加坡。一天晚上，我和几位朋友一起在蒙帕纳斯吃晚饭，饭后去圆顶咖啡馆喝杯啤酒。我环顾四周，突然在拥挤的咖啡馆露台上看到了拉里。他正坐在一张大理石面的小桌子旁，懒散地注视着下面来来往往闲逛的人群。这些人在经受一天的酷暑后，正享受着晚间惬意的清凉。我离开那群朋友，走上前去。他见到我时眼睛亮了一下，脸上浮起迷人的微笑。他请我坐下，我告诉他，我是和另一些朋友一起来的。

"我只是想和你打个招呼。"我说。

"你住在巴黎吗？"他问。

"只是待几天而已。"

"明天能和我吃午饭吗？"

"我还以为你从不吃午饭呢。"

他哈哈笑了。

"你见过艾略特了？一般来说我不吃，我没时间，只喝杯牛奶，吃个奶油蛋卷。不过明天我想请你吃午饭。"

"好吧。"

我们说好明天在圆顶咖啡馆碰面,先喝杯开胃酒,再到大街上找家餐厅吃午饭。我回到那帮朋友那里,和他们聊着天。等我再朝拉里的座位看时,发现他已经走了。

2

第二天上午我过得很愉快。

我去了卢森堡博物馆,花了一个小时欣赏我喜欢的画作。然后我在花园里漫步,重温年轻时度过的时光。一切还是老样子:同样的学生,两两结伴从碎石小路上走过,热烈地讨论着令他们激动不已的作家;同样的孩童,在同样的保姆关心的注视下,滚着同样的铁环;同样的老人,坐在阳光下,读着晨间的报纸,甚至还有同样的戴孝的中年妇人,坐在公共长椅上闲话家常,聊着食物的价格和家里仆人的那些不端行为。接着,我去了剧场,在长廊里看看那些新到的书籍。我看见一些孩子,他们就像三十年前的我一样,在穿着长罩衫的服务员那不耐烦的目光下,尽量多读一页买不起的书。最后,我不慌不忙地在那些亲切而又昏暗的街道上信步而行,一直走到蒙帕纳斯大道,进了圆顶咖啡馆。拉里正在那儿等我。我们一起喝了点儿东西,然后沿街走到一家有户外就餐区域的餐厅吃午饭。

他的肤色比我记忆中的要白些,这使得他那双深陷在眼窝里的漆黑眼睛更加引人注目。他还具有那种在同龄人中罕见的泰然自若的气质,以及同样的纯真坦诚的笑容。当他点餐时,我注意到他的法语非常流利,口音也很地道,便夸赞了他。

"您知道，我以前就会说不少法语，"他解释道，"路易莎伯母给伊莎贝尔请了一位法国家庭女教师。当我们在马文的时候，她要求我们整天讲法语。"

我问他是否喜欢巴黎。

"很喜欢。"

"你住在蒙帕纳斯吗？"

"是的。"他迟疑了一会儿答道。我觉得他不想把他的具体住址告诉别人。

"艾略特生气了，因为你只给他美国运通公司的地址。"

拉里笑了笑，没有说话。

"你每天都在干吗？"

"晃悠。"

"读书吗？"

"嗯。"

"有伊莎贝尔的消息吗？"

"有时候会有，我们都不太爱写信。她在芝加哥过得不错，明年她们会来这里同艾略特住一阵子。"

"这对你来说是个好消息。"

"伊莎贝尔应该没来过巴黎，带她四处逛逛一定非常有趣。"

他对我的中国之行充满了好奇，当我给他讲述我的所见所闻时，他全神贯注地听着。可是当我试着让他讲讲自己的事时，他就不怎么说话了。他话说得很少，让我觉得，他请我吃饭纯粹是喜欢我的陪伴。我感到高兴，但同时也很困惑。我们刚喝完咖啡不久，他就叫来侍应结了账，并站起身来。

"我得走了。"他说。

我们就此分手。同以前相比，我并没有更了解他，也没有再见到他。

3

春天的时候,布拉德利太太和伊莎贝尔去了巴黎,打算和艾略特住上一段时间。那时我并不在巴黎,所以要想把这几个星期发生的事请记录下来,就不得不再一次运用一下我的想象力。

她们比原计划早到了一些时日,在瑟堡登了岸。一向考虑周到的艾略特亲自去迎接。他们过了海关,火车开动了。艾略特自鸣得意地告诉她们,说他已经为她们物色了一个非常好的女仆。布拉德利太太认为这大可不必,因为她们压根儿不需要什么女仆。艾略特听了很生气,立刻尖刻地说道:"你不要刚到就这么烦人,路易莎!没有女仆怎么梳妆打扮!再说我雇安托瓦奈特不只是为了你们,也是为了我。如果你们不分场合乱穿衣服的话,别人会笑话我的!"

说着,他带着轻蔑的神情瞟了一眼母女俩的穿着。

"当然了,你们肯定得买些新衣服。我考虑再三,最好还是去香奈儿。"

"我过去在法国时,总是去沃斯买衣服。"布拉德利太太说。

她还不如不说,因为他根本就不管这一套。

"我已经跟香奈儿说了,并且已经帮你们预定了时间,就在明天下午三点。对了,还有帽子,当然得是勒布的。"

"我不想花太多钱,艾略特。"

"我知道,我来替你们付。我已经打定主意,让你们好好露露脸,毕竟这样我面子上也有光彩。我已经为你们安排了好几场聚会。噢,对了,我跟我那些法国朋友说,迈伦生前是一位大使。他要是能活得长一点儿,肯定会成为大使的,对吧?这么说会比较好。我觉得他们不大可能跟你提起这件事，不过还是提前告诉你一声为好。"

"这太可笑了，艾略特。"

"才不是呢，我可知道这个世界是怎么回事儿！一位大使的遗孀可比一位公使的遗孀气派多了。"

当火车驶入巴黎北站的时候，站在窗边的伊莎贝尔叫道："看，那是拉里！"

火车还没停稳，她就跳下车厢朝他奔去。他紧紧拥抱了她。

"他怎么知道你们要来的？"艾略特不高兴地问道。

"伊莎贝尔在船上给他发了份电报。"

布拉德利太太亲切地吻了吻拉里，艾略特勉强伸出手，潦草地和他握了一下。这时已是晚上十点了。

"艾略特舅舅，拉里明天能来吃午餐吗？"伊莎贝尔用手臂挽着拉里，眼睛亮晶晶的，一脸热切地问道。

"我倒是很乐意，可拉里跟我说过，他不吃午餐。"

"他明天会吃的，对吧，拉里？"

"是的。"他笑了。

"那明天下午一点钟见。"

艾略特重新伸出手来，想要把拉里打发走，可是他放肆地对他咧嘴一笑："我帮你们拿行李吧，再为你们叫辆车。"

"我的车正等着呢，手下人会帮忙拿行李的。"艾略特高高在上地说。

"那好吧，咱们走吧。如果车里还有位置的话，我想送你们到家门口。"

"太好了，拉里！"伊莎贝尔说道。

他俩一起下了月台，后面跟着布拉德利太太和一脸不满、冷冰冰的艾略特。

"Quelles manières[①]！"他自言自语道，觉得在某些情况下，只有法语才能淋漓尽致地表达出他的感觉。

艾略特并不习惯于早起，所以第二天上午十一点钟才穿好衣服。他让自己的用人约瑟夫给布拉德利太太的女仆安托瓦奈特送去一张纸条，请她到书房来，他想和她私下聊聊。当她走进书房后，他小心翼翼地关上了门，将香烟插入一支细长的玛瑙烟嘴里，点燃后坐了下来。

"我想伊莎贝尔和拉里还订着婚呢，是吧？"他问道。

"据我所知是这样的。"

"恐怕我以前没好好跟你说过这个年轻人。"于是，他把他过去如何打算将拉里带入社交界，并以一种恰当的方式使他站稳脚跟的计划对布拉德利太太和盘托出："我甚至还帮他物色了一个非常适合的住处，是小德·雷特尔侯爵的产业。他想把它租出去，因为他要去马德里，在那里的大使馆任职。"

可是拉里拒绝了这一切，而且他拒绝的方式表明他根本不需要他的任何帮助。

"来巴黎却拒绝这个城市提供给他的一切机会，那为什么还要来呢？我真不能理解！我不知道他在干什么，他好像也不认识什么人。你知道他的住址吗？"

"我们只有美国运通公司的地址。"

"像个跑买卖的推销员或者休假的老师。要是有人告诉我，他正和什么不正经的女人混在蒙马特尔的小单间里，我才不会感到奇怪呢！"

"噢，艾略特！"

"那还能有什么解释？他为什么要对自己的住所保密？还不

---

① 法语：什么做派。

愿意和自己同阶层的人交往?"

"你说的这些一点儿都不像拉里。而且昨天晚上你没看出来吗?他像以前一样爱伊莎贝尔,他不可能伪装得这么好。"

他耸了耸肩膀,好像是想让她明白,男人在口是心非这方面的潜力是无穷的。

"格雷·马图林怎么样了?他还在追求伊莎贝尔吗?"

"要是伊莎贝尔愿意的话,他明天就会娶她。"

接着,布拉德利太太告诉了他,为什么她们提前来了欧洲。她发现自己身体不舒服,医生说她得了糖尿病。这不是什么绝症,只要注意饮食、服用适量的胰岛素,她的寿命仍能很长。可自打布拉德利太太知道自己得了无法完全治好的疾病后,就感到了一种焦虑,想尽快看到伊莎贝尔稳定下来。这事她同伊莎贝尔谈了好几次。伊莎贝尔是个理智的人,同意如果拉里在他们约定的两年后还不肯回到芝加哥并找个工作的话,就同他分手。可是布拉德利太太一想到她们要在讲定的时间里,跑到巴黎来抓拉里,并立刻把他带回国,就觉得好像是警察抓逃犯一般,实在有违自己的尊严。她认为那样会使伊莎贝尔显得非常掉价儿。不过要是她们在欧洲度过整个夏天——毕竟伊莎贝尔从孩童时代起就没再来过了——在访问巴黎后,去某个有助于她恢复健康的温泉胜地度度假,然后去奥地利的蒂罗尔待一阵子,从那里再去意大利,在意大利境内好好旅游一番,这样就自然多了。她的想法是,让拉里一路上都陪着她们,这样他和伊莎贝尔就有机会判断一下,经过长时间的分离,他们的感情是否有了变化。而且到了一定的时候,也能看出拉里在经历过游荡的岁月后,是否已经准备好担负起生活的责任了。

"亨利·马图林对拉里拒绝了他给的工作机会这事感到很恼火,但是格雷说服了他,等拉里一回芝加哥,就可以直接去工作。"

"格雷真是个好人。"

"当然了。"布拉德利太太叹了口气,"我知道,他会让伊莎贝尔感到幸福的。"

于是艾略特告诉她,他都为她们准备了什么样的聚会。他将在明天中午举办一个午宴,在本周末还要举办一个盛大的晚宴。他将带她们去沙托-加雅尔府上参加招待会,还给她们弄到了两张在罗斯柴尔德家举办的舞会请柬。

"你也会请拉里一同去的,对吧?"

"他说他没有晚礼服。"艾略特轻蔑地说。

"你就请他去吧。不管怎么说,他是个好孩子,对他太冷淡也没什么好处。这样只能让伊莎贝尔更倔。"

"当然如果你愿意,我会让他去的。"

拉里在约定好的时间来赴午宴了。艾略特是一个讲究礼仪的人,对他表现出刻意的友好。这么做一点儿也不困难,因为拉里一副高兴的样子,兴致勃勃,艾略特的脾气得坏上好几倍,才能不被他这种真心的兴高采烈感染。谈话局限于芝加哥和大家都熟识的一些朋友,艾略特除了显示出一副和蔼可亲的态度,并假装对这些毫无社会地位的人感兴趣外,就没什么事可做了。不过,他并不在乎听一听。说真的,当他们谈起这一对订婚了、那一对结婚了、另一对离婚了这样的传闻时,他不免也有所触动。不过毕竟这些人都是些无名之辈。他知道年轻漂亮的德·克兰尚女侯爵,因为情人德·科隆贝亲王离开自己去娶南美百万富翁的女儿,差点儿服毒自杀——这才是值得谈论的事情呢。

他瞧着拉里,不得不承认他身上带有一种独特的吸引力。他那双深陷的、奇特的黑眼睛,高高的颧骨,苍白的皮肤,以及那富于表现力的双唇，使他想起波提切利的一幅画作。他不禁想到，要是他穿上那一时代的服装，一定会显得非常有浪漫气息。他记起自己曾有过借一位法国贵妇把他打发掉的想法，又想起星期六的晚宴他邀请了玛丽·露易丝·德·弗洛里蒙，不禁狡猾地笑了。这女人集无可挑剔的出身和伤风败俗的行为于一身，虽已年届四十，可是看起来足足年轻了十岁。她有一种精致的美貌，来自于她的一位女性祖先。纳蒂埃曾为她这位祖先画过一幅肖像画，全靠艾略特从中周旋，现在这幅肖像正挂在美国的博物馆里。她性欲旺盛，永不知足。艾略特决定将她的座位安排在拉里旁边。他知道她一定会挑逗他的，绝不会浪费一分一秒。他也邀请了一位英国大使馆的年轻人，认为伊莎贝尔会喜欢他。伊莎贝尔非常漂亮，而那位年轻人是英国人，并且非常富有，所以伊莎贝尔有没有钱就不重要了。

午餐开始时大家喝了些上好的蒙特拉谢白葡萄酒，后来又上了绝佳的波尔多红葡萄酒，借助美酒的醇香，艾略特不禁有些飘飘然，脑子里充满了他想象的各种可能性，这些想法使他感到一阵平静的愉悦。如果一切进展顺利，亲爱的路易莎就没什么可担心的了。她总是和他有点儿不对付，可怜的姐姐，她有时就像个狭隘的乡巴佬，可是他喜欢她，能用他那世事洞明的手腕帮她料理一切，使他感到非常满意。

为了不耽误时间，艾略特早已安排女士们饭后就去买衣服。当大家从桌边站起来时，他用那圆滑的社交技巧暗示拉里：他应该告辞了。不过同时，他也用一种使对方觉得盛情难却、亲切殷勤的态度，邀请拉里参加他举办的两次盛宴。他其实不用如此大费周章，因为拉里马上就接受了他的邀请。

可是艾略特的主意落空了。

当他看到拉里穿着一身漂亮的晚礼服来参加晚宴的时候，

不禁松了口气。他原本紧张地认为,他会穿那套午宴时穿过的蓝色套装。晚宴结束后,他设法将玛丽·露易丝·德·弗洛里蒙引到角落,问她是否喜欢他那位年轻的美国朋友。

"他的眼睛和牙齿很好看。"

"就这些?我把他安排在您旁边,是因为我觉得他是您的菜。"

她狐疑地看着他:"他跟我说,他已经和你那位漂亮的外甥女订婚了。"

"Voyons, ma chère①,一个男人属于另一个女人这种事实,是不会阻止您想办法得到他的,只要您办得到。"

"这就是你想让我干的事儿?我可不会为了你干这种缺德事儿,我可怜的艾略特。"

艾略特咯咯笑了。

"我猜您这么说是因为您那些招数都不管用吧?"

"艾略特,你知道我为什么会喜欢你吗?你有一种妓院老鸨的德行。你不想让他娶你的外甥女。为什么呢?他很有教养,也招人喜欢。不过他实在是太天真了,我敢说,他一点儿都不明白我的暗示。"

"您应该更坦率、更热情点儿,我亲爱的朋友。"

"我的经验够多的了,知道什么人只会浪费我的时间。实际上,他的眼里只有你那位小伊莎贝尔。另外,就咱俩私下里说,她可比我年轻二十岁呢,而且还那么漂亮。"

"您觉得她的衣服怎么样?我亲自为她挑选的。"

"挺好看,也挺适合她。不过当然了,她缺少一种时髦的品位。"

艾略特觉得这话是冲自己来的,因此不能就这么轻易放

---

① 法语:算了吧,我亲爱的。

德·弗洛里蒙夫人走。

他微笑着亲切说道:"一个人只有到了您那种成熟的年纪,才能有您那种时髦的品位呢,我亲爱的朋友。"

德·弗洛里蒙夫人丢下短剑、举起大棒:"不过我敢肯定,在你那强盗横行的自由国度里①,人们可不会错过模仿这种时髦微妙的品位,只可惜学不来。"

她的话使艾略特身上那弗吉尼亚人的血液都沸腾起来了。

虽然德·弗洛里蒙夫人对伊莎贝尔和拉里吹毛求疵,但艾略特其他的朋友们都很高兴和他们认识。他们喜欢伊莎贝尔的清新美丽,喜欢她那充满青春的健康体态,还有饱满的热情;他们喜欢拉里那古雅的容貌,喜欢他良好的举止,还有那不动声色、具有反讽意味的幽默感。他们俩都能说流利地道的法语,这给他们带来了不少方便。在外交圈里生活了这么多年,布拉德利太太的法语足够准确,但还是带有美国口音,可她毫不在乎。艾略特慷慨大方地招待他们。伊莎贝尔非常喜欢她的新衣服和新帽子,尽情享受艾略特安排的一切活动,还能够和拉里快乐地在一起,她感到生活从没有这么有滋有味过。

艾略特认为,早餐只能和陌生人一起吃。除非有特殊情况,布拉德利太太和伊莎贝尔只能在自己的卧室里吃早餐。对

---

① 指美国。

此，布拉德利太太很不以为意，伊莎贝尔却巴不得。有时伊莎贝尔醒来后，会让那位艾略特请来的高贵女仆将她的牛奶咖啡端到布拉德利太太的房间。这样一来，她就可以边喝咖啡边和她母亲聊聊天。她每天都忙忙碌碌，只有这一时刻能够和她母亲独处。

到巴黎一个月后的某天早晨，当伊莎贝尔把前一晚的经历——主要是她和拉里以及一群朋友在各种夜店里玩儿的情景——给她母亲讲完后，布拉德利太太问了一个自打到了巴黎就一直想问的问题："他什么时候回芝加哥？"

"我不知道，他没提起过这件事。"

"那你问过他吗？"

"没有。"

"你害怕问他？"

"当然不！"

布拉德利太太穿着一件艾略特执意要送给她的时髦晨衣，躺在一张长椅上磨指甲。

"你们单独在一起时都聊些什么呢？"

"我俩在一起就够了，不用总聊天。你知道，拉里不喜欢说话。我们俩聊天的时候，主要是我在说。"

"那他这些日子都在干什么呢？"

"我真的不知道，我也不喜欢想这想那。我觉得他日子过得挺高兴。"

"那他住在哪儿呢？"

"这我也不知道。"

"他看起来挺神秘的呀，是吧？"

伊莎贝尔点起一支烟，从鼻孔里喷出一团云雾，冷冷地看着她母亲说："你说这话到底是什么意思，妈妈？"

"你舅舅艾略特认为他有一间公寓,有个女人同他住在一起。"

伊莎贝尔哈哈大笑:"你不会认为这是真的吧?"

"当然不。"布拉德利太太若有所思地看着她的指甲说,"你和他谈起过芝加哥吗?"

"谈过好多次。"

"他有没有暗示过他有回去的打算?"

"应该没有。"

"到十月份,他就在这里待够两年了。"

"我知道。"

"好吧,这是你自己的事。亲爱的,你必须做你认为正确的事,一拖再拖是于事无补的。"她瞟了女儿一眼,但伊莎贝尔不想与她对视。

布拉德利太太冲她女儿温和地笑了笑:"今天你要出去吃午饭,如果你不想迟到的话,最好现在就去洗澡。"

"午饭我和拉里一起吃,我们要去拉丁区的一个饭馆。"

"好好享用午餐吧。"

一小时后,拉里来接伊莎贝尔。他们打了辆出租车,来到圣米歇尔桥,在拥挤的大街上闲逛,直到看见一个非常可爱的小咖啡馆。他们在咖啡馆的露台上坐下来,点了两杯杜本内酒,之后又打车去了一家餐厅。

伊莎贝尔年轻健康,胃口极好,很喜欢拉里为她点的美食。餐厅被挤得满满当当的,她喜欢这种和人们挨得很近的感觉,他们大口吞下食物时那种满足喜悦的表情把她逗乐了。不过,最让她感到高兴的是,她能够和拉里一起坐在一张小桌子旁消磨时光。当她高高兴兴地喋喋不休时,最爱看到他眼中流露出的那种开心的目光。和他自在地厮守在一起多么美妙啊!不过她心中也隐隐感到一丝不安,因为虽然他看起来也是一副自在的样子,可是她觉得,这种自在更多源于周围的环境,而不是她。她妈妈的那些话多少使她受到了一些干扰,虽然看起来她在一本正经地胡说八道,可是却一直在观察着他。他和离开芝加哥时不太一样了,到底怎么不一样,她说不清。他的样子和她记忆中并没有区别,还是那么年轻,那么诚恳,但是他的表情却和以前不同了。并不是说他比以前更严肃了,当他的脸平静的时候总是会显示出严肃的样子,不过现在却出现了另一种宁静的神情。好像他在内心中找到了什么东西,从而表现出以前从未有过的一种从容自在。

当他们吃完午饭后,他提议去卢森堡博物馆逛逛。

"不,我不想去看那些画。"

"那好吧,咱们可以去花园里坐坐。"

"不,我也不想去花园。我想去看看你的住处。"

"没什么可看的,我就住在一个酒店的小房间里。"

"艾略特舅舅说你有一间公寓,和一个美术模特儿混在一起。"

"好吧,那你自己去看看吧。"他哈哈笑道,"那酒店离这里很近,走着就能到。"

他带着她穿过又窄又长、曲折蜿蜒的街道。虽然街道两旁高高的房屋间夹着一条湛蓝的天空,但这些街道仍然显得很昏暗。他们走了一会儿,在一间外表浮夸的小酒店前停了下来。

"到了。"

伊莎贝尔跟着他进了一个狭窄的门厅。门厅的一边有一张桌子,后面坐着一个正在读报纸的男人。那男人穿着衬衫和黄黑条马甲,系着脏围裙。拉里问那男人要门钥匙,他立刻从身后的架子上把钥匙取下来递给他,并带着好奇的目光打量了伊莎贝尔一眼,脸上露出了会意的笑容。显然,他认为伊莎贝尔和拉里要上楼干些不言而喻的勾当。

在爬了两层铺着破破烂烂红地毯的楼梯后,拉里打开了房门,伊莎贝尔进入了一间有着两个窗户的极小的房间。从窗户朝外望去,可以看见对面灰扑扑的公寓楼,楼的一层有一家文具店。房间里有一张单人床,旁边是一个床头柜。除此之外,还有一个带一面大镜子的笨重衣橱、一个带软垫的直背扶手椅。两张窗户的空隙中放着一张小桌子,上面摆着打字机、纸张和一摞书,炉台上还堆着一些平装书籍。

"你坐扶手椅吧,虽然坐起来不太舒服,但那是我最好的椅子了。"他说着,拉了另一把椅子坐了下来。

"你就住这儿吗?"伊莎贝尔问道。

他看着她脸上的表情不由得咯咯笑了。

"对呀。自从来到巴黎,我就一直住在这里。"

"可是为什么呀?"

"住这里很方便。这儿离法国国家图书馆和巴黎大学都很近。"他指着一扇她先前没注意到的门说,"这房子里还有一间浴室。我可以在这间酒店里吃早餐,正餐通常都在刚才我们吃午饭的那家餐厅里吃。"

"这里简直太寒酸了。"

"噢,不,还可以。我需要的都有。"

"可是什么人才住在这种地方呀?"

"我不知道。顶层阁楼里住着几个学生,这里还住着两三个在政府部门工作的老单身汉、一位剧院退休的女演员。另外一间带浴室的房间里住着一个被包养的女人,她的男朋友每隔一周来看她一次,都在星期四。另外,可能还有一些临时住店的客人。这是一个不错的住处,很安静。"

伊莎贝尔有点儿惊慌失措,她发现拉里注意到了这一点,并且感到很有趣,不禁有些生气了。

"桌上那本大部头的书是什么?"她问道。

"那本?噢,那是我的希腊语字典。"

"你的什么?"她叫道。

"行了,它又不会咬你。"

"你在学希腊语吗?"

"对呀。"

"为什么呢?"

"我喜欢。"

他两眼满含笑意地望着她,她也冲他笑了一下。

"你不觉得应该和我说说,这么长时间你在巴黎都干了什么吗?"

"我一直在读书,读了很多,一天要读八到十个小时。我还去巴黎大学听讲座。我认为我已经读了法国文学中所有的重要作品,我还能读拉丁文,至少是拉丁文散文,它们读起来和法文一样简单。当然,希腊文更难一点儿,但是我有一位老师。你来巴黎前,我通常一周有三个晚上会去找他学习。"

"可是这些都有什么用呢?"

"可以让我得到知识。"他笑着说。

"听起来不太现实。"

"也许是不现实,但是从另一方面说,也很现实。再说,这非常有趣。你无法想象,你用希腊原文读《奥德赛》的时候心里感受到的强烈震撼。就像你只消踮起脚尖、伸出双手,就能够到天上的群星似的。"

他从椅子上站起来,好像受到某种占据他全身的兴奋感驱使似的,在这个小房间里来来回回地走起来。

"从上一两个月开始,我一直在读斯宾诺莎的书,虽然我还不太能读懂,但是它给我带来了巨大的喜悦。就好像你把飞机降落在群山中一片广阔的高原之上,那里人迹罕至,空气纯净得犹如芬芳的美酒,令人陶醉。你感觉自己就像个极为富有的人。"

"你什么时候回芝加哥?"

"芝加哥?我还没有想过。"

"你说过,如果两年后你还没有找到你要找的东西,你就会承认你在白费力气,你就会放弃。"

"我现在还不能回去。我已经站在门口了:我看到那广阔的精神家园正在我面前展开,它在召唤我,我等不及要到那里去漫游。"

"你在那里面能找到什么呢?"

"困扰我的那些问题的答案。"他几乎是开玩笑似的看了她一眼,要不是她那么了解他,一定会认为他在打趣,"我想知道上帝到底是不是存在,我想知道为什么这世间存在着恶,我还想知道,我是否拥有一个不朽的灵魂,还是当我死了的时候,灵魂就会消失。"

伊莎贝尔倒抽了一口凉气。拉里的这些话使她感到不舒服,她庆幸他说这些话时语调很轻松,好像在和她日常对话似的,这使她摆脱了尴尬的感觉。

"可是拉里,"她笑着说,"你那些问题,人们已经问过上千年了。如果能找到答案的话,早就找到了。"

拉里咯咯笑起来了。

"别笑了,好像我说了什么蠢话似的。"她尖刻地说。

"恰恰相反,我觉得你的话很明智。可是另一方面,你也可以说,既然对这些问题的答案人们已经追寻了上千年,就说明这些问题是无法被规避的，人们不仅无法停止，而且还会继续追寻下去。再说，人们并不能肯定从没人找到过这些答案。答案总比问题多，而且已经有很多人找到了让他们自己满意的答案了。比如老鲁伊斯布鲁克①。"

"他是谁？"

"噢，只不过是个我在大学里还不知道的人罢了。"拉里轻描淡写地说。

伊莎贝尔不明白他的意思，但是没有深究。

"你这些话在我听来实在太幼稚了。这都是大学二年级学生感兴趣的话题，等他们一毕业就会把这些念头抛到脑后，因为他们得谋生。"

"我不怪他们。你看，我有足够的钱生活，这使我感到很高兴。如果我没钱的话，就得和其他人一样去赚钱了。"

"难道钱对你来说就没有一点儿意义吗？"

"一点儿也没有。"

"你觉得你还要这样生活下去多少年？"

"不好说。五年？十年？"

"那之后呢？你打算用那些知识和智慧干什么？"

"如果我真的获得了智慧，自然就知道用它能干什么了。"

伊莎贝尔情绪激动地绞着双手，身子向前倾着："你大错特错了，拉里！你是个美国人，你的生活不在这里，在美国！"

"等我准备好了就会回美国的。"

"可是你会错过很多机会的！当绝大多数美国人正经历着世界上闻所未闻的精彩冒险时，你怎么能甘心坐在这儿的一摊死

---

① 鲁伊斯布鲁克（1293—1381）：佛兰芒神秘主义神学家，据称著有《属灵的配偶》一书，进一步阐明了他对三一论的见解。

水里呢？欧洲已经完了。咱们美国人才是这世界上最伟大、最强大的民族。美国正在飞速成长，咱们已经拥有了一切。你有义务和责任去建设自己的国家。你已经忘了，你不知道现在美国的生活有多么激动人心。你真的不是因为缺乏勇气、不愿意接受摆在每个美国人面前的工作才退缩的吗？噢，我知道，你也在做某种工作，但那难道不是你逃避责任的一种方式吗？那难道不是一种矫情的懒惰吗？如果每个美国人都像你一样畏缩，那美国会成为什么样的国家呢？"

"你的问题好尖锐，亲爱的。"他笑着说，"我的答案是：并不是每一个美国人都跟我的想法一样，幸亏他们大多数人想要走的是一条常规之路。你所忽略的是：我学习的热情和格雷想要挣大钱的热情一样。如果我想花几年时间来接受教育，就真的变成了国家叛徒了吗？要是等我学成，也会对人们有所贡献吗？当然，这只是个机会而已。不过就算我失败了，也不会比那些想要挣钱却没挣到的人坏到哪里去。"

"那我呢？我是不是对你一点儿也不重要？"

"你对我非常重要。我想和你结婚。"

"什么时候？十年之内？"

"不，现在，越快越好。"

"拿什么结婚？妈妈没钱，什么也给不了我。再说，她就是有钱也不会给我的。她觉得你要是什么活儿都不干，她还接济你是不对的。"

"我不会接受你妈给我的任何东西。"拉里说，"我一年有三千美元，这在巴黎是很多钱了。咱们可以租一间小公寓，找一个做家务的女佣。亲爱的，咱们会过得很快活的。"

"可是拉里，一年三千美元是不够用的。"

"当然够用。很多人没有这些钱还能过日子呢。"

"可是我不想一年只靠三千美元过日子。我想不出来我为什么要过那样的日子。"

"我只要一半的钱就能把日子过好呢。"

"怎么可能!"

她看着这间阴暗的小屋子,不禁厌恶地打了个寒战。

"我是说,我存了一些钱。咱们可以去卡普里岛度蜜月,等到秋天的时候就去希腊,我简直等不及去那儿了。你还记不记得,咱们曾说过要一起周游世界?"

"我当然喜欢旅游,但不是像那样的旅游。我不想坐在蒸汽船的二等舱里,住在三流酒店那没有浴室的房间里,还要在便宜的馆子里吃饭。"

"去年十月,我就是那样走遍了意大利,度过了非常愉快的时光。一年三千美元,足够我们周游世界了。"

"可是拉里,我想要孩子。"

"可以啊,我们可以带着他们一起旅行。"

"你太傻了。"她笑了起来,"你知道生个孩子得花多少钱吗?维奥莱特·汤姆林森去年生了个孩子,她已经够节俭的了,可还是花了一千两百五十美元。你再想想,请个保姆得多少钱?"随着这类想法接二连三地出现在脑子里,她的情绪也越来越激动了:"你太不现实了!你不知道你在对我做什么样的要求!我还年轻,我要享受生活中的乐趣,别人做的那些事我也要做。我要去参加聚会,我要去参加舞会,我要打高尔夫,我要骑马,我要穿漂亮衣服。你有没有想过,一个女孩不能穿得像她的朋友们那么体面,对她来说意味着什么?你能不能明白,一个女孩只能花钱买朋友不愿再穿的旧衣服,或者等哪个好心人出于同情,买件新衣服当礼物送给她的时候,她还要对人家千恩万谢,是什么样的心情?我甚至都无法去家像样的理发店做头发！我可不想坐着公共汽车和有轨电车在街上乱跑，我想有自己的车。你有没有想过，当你在图书馆读你那些书的时候，我能干些什么？在商店橱窗外四处溜达，只看不买？或者坐在卢森堡公园的长椅上，盯着孩子，好不让他们胡闹？还有，咱们是不会有任何朋友的！"

"噢，伊莎贝尔——"他试图打断她。

"再不会有我熟悉的那类朋友了——噢，对了，艾略特舅舅的朋友们会看在他的面上偶尔请咱们去做客，可是咱们是不会去的，因为我没有合适的衣服穿。再说，咱们也没钱回请他们。我可不想认识那帮寒酸、浑身臭气熏天的人，我没什么可和他们聊的，他们也没什么可和我聊的。我想要好好生活，拉里，"她突然意识到他眼睛里的神色，那神色就像以往他看她时那样温柔，只不过现在带着点儿好笑的意味，"你觉得我是个傻瓜，是不是？你觉得我现在又浅薄又可怕。"

"不，我认为你说的这一切都很自然。"

他背靠壁炉站着。她站起身来，径直走向他，站在他面前。

"拉里，如果你现在兜里一分钱也没有，你的工作只能带给你一年三千美元的收入，我眼都不眨就会嫁给你。我会为你做饭、铺床；我不会在意穿什么，我可以一无所有地过日子，我会把这一切都当作乐趣，因为我知道，这只是暂时的，我们会越来越好。可是你要我过的那种日子，我觉得简直是灰暗可恶的，一点儿希望和前途都没有！那意味着我一直到死都要活在单调乏味里！可这一切都为了什么？为了你能成年累月地去寻找你说的那些难以解释的问题的答案！这真是大错特错！男人应当去工作，这就是他活着的理由，这就是他对社会福祉的贡献！"

"这么说，我的职责就是在芝加哥安家，到亨利·马图林的交易所去上班喽？你觉得说服我的朋友买亨利·马图林感兴趣的证券，就是对社会福祉的巨大贡献吗？"

"这个社会需要经纪人，而且这也是一个既体面又受人尊敬的谋生方式。"

"你把一个中等收入的人在巴黎过的生活想象得太可怕了，知道吗，真不是那样的。一个人不穿香奈儿也可以打扮得很漂亮，而且在凯旋门和福煦大街附近，你是找不到那些有意思的人的，他们几乎不住在那里。实际上，只有很少几位住在那儿，因为有意思的人通常不会有太多钱。在这儿，我认识很多人：画家、作家、学生；法国人、英国人、美国人。我觉得，你会发现，他们比艾略特那些没精打采的侯爵夫人还有长鼻子的公爵夫人要有意思得多。你的脑子很灵活，还有一种活跃的幽默感，他们在餐桌上交流思想，你会爱听的，虽然那桌上摆着普普通通的葡萄酒，身边也没有管家和一堆男仆伺候你。"

"别傻了，拉里。我当然会的。你知道，我并不是势利眼。我喜欢结交有意思的人。"

"对，但得穿着香奈儿。你觉得他们看不出你把这种结交当作一种到'有文化的贫民区'去冒险的活动吗？他们不会感到自在的，你也是。从这件事中你唯一能得到的，就是事后可以和艾米莉·德·蒙塔杜尔，或者格雷茜·德·沙托-加雅尔吹嘘一下：你在拉丁区遇到了一些奇怪的波希米亚人，真是有趣极了。"

伊莎贝尔轻轻地耸了耸肩："你说得对。他们跟那些和我一起长大的人不一样，我和他们之间没什么共同点。"

"那咱们还有什么选择呢？"

"就选择咱们开始交往的地方吧。自从我记事起就住在芝加哥，我所有的朋友都在那儿，所有让我感兴趣的事也在那儿，我在那里会感到很自在。我属于那里,你也属于那里。妈妈生病了,她的病不会好了,就算我想离开她也不能离开。"

"你是说除非我回芝加哥,否则你就不会和我结婚了,是吗?"

伊莎贝尔踌躇了一会儿。她爱拉里,她想嫁给他,她全身心都在渴望他。她知道拉里也想要她,她不相信到最后摊牌的时刻,拉里还会逞强。她有些害怕,但是她不得不冒险。

"对,拉里,我就是这个意思。"

他在壁炉上划亮一根法国老式硫黄火柴,一股呛人的气味扑鼻而来。他点燃了烟斗。接着,他从她身边走过,在一扇窗前停住了。他沉默不语,朝窗外看着,时间好像静止了。她还站在原地,望着壁炉架上的镜子,但却似乎看不见镜子里的自己。她的心狂跳着,因为恐惧而感到一阵恶心。

最后,他转过身来:"我希望能让你明白,我提供给你的生活,比你能想到的任何生活都会更加充实。我想让你知道,精神生活是多么令人兴奋,而用生活去体验这些精神,将会使你的生命变得多么丰富。它是没有边际的,这将是无比幸福的生活!只有一件事能同它比拟——当你独自驾着飞机升入高空时,你不停地上升、上升,你周围是无穷无尽的空间,你在这种无边的宇宙中会感到无比兴奋与陶醉。你会感到一种喜悦,用世界上所有的权力和荣耀都换不来。前几天我一直在读笛卡尔——自在、优美、明朗。多美呀!"

"可是拉里,"她绝望地打断了他,"你难道没看出来你对我的要求我根本就做不到吗?我对你刚才说的那些东西一点儿兴趣也没有,而且我也不想对那些东西感兴趣。我得跟你说几次才能让你明白,我只是一个普通的女孩儿!我二十了,再过十年我就要老了。我想趁还没有老,过点儿好日子。噢,拉里,我是那么爱你。你刚才说的那些都是些微不足道的东西,你什么也得不到。为了你自己,我恳求你,放弃这一切吧。做个男人,拉里,去做男人应该做的工作。当别人日积月累、有所成就时,你却在浪费你的宝贵年华。拉里,如果你爱我的话,是不会为了虚无的梦幻把我抛弃的。你已经尝试过这种生活了,跟我们回美国吧。"

"不行,亲爱的,那样我就会死掉,那是对我灵魂的背叛。"

"噢,拉里,你为什么会这样说话呢?只有歇斯底里、不切实际的女人才会这么说话。这种话有什么意义呢?一点儿意义也没有!"

"我说的就是我所感觉到的。"他回答道,眼睛亮晶晶的。

"你怎么还能笑?你难道不知道这是极其严肃的事情吗?现在已经到了关键时刻,咱们怎么处理,会影响到咱们整个的生活。"

"我知道,相信我,我是百分之百严肃的。"

她叹了口气:"如果你不想讲理的话,就没什么可说的了。"

"可是我觉得你说的那些并不是什么真正的道理呀。我觉得你一直在可怕地胡言乱语呢。"

"胡言乱语?"她要不是太难过,简直都要笑出来了,"可怜的拉里,你简直蠢得像头驴一样!"

她缓缓地将订婚戒指从手指上褪下来,把它放在掌心,瞧着它。这是一枚细细的白金戒指,顶端镶嵌着正方形的红宝石,她一直非常喜欢它。

"你要是爱我的话,是不会让我如此难过的。"

"我真的爱你呀!可不幸的是,当一个人要做他认为正确的事时,有时会无可避免地让别人伤心。"

她伸出手来,红宝石戒指静静躺在她的掌心上。

她颤抖着双唇挤出一个微笑："给你，拉里。"

"我要它也没用，你留着吧，作为咱们友谊的纪念。你可以把它戴在小拇指上。咱们还是朋友，对吧？"

"我会永远关心你的，拉里。"

"那你把戒指留着吧，我想把它送给你。"

她迟疑了一会儿，把戒指戴到右手的小拇指上。

"太松了。"

"你可以改一下。咱们现在去里兹饭店的酒吧喝一杯吧。"

"好吧。"

她有点儿吃惊，没想到他俩的关系就这么轻易地结束了。她并没有哭。除了她不再会和拉里结婚以外，好像什么也没有改变。她有点儿不太相信，一切就这么结束了。她甚至因为没有出现什么激烈的场面而感到有些恨意。他俩讨论这些事情时那么冷静，就好像在讨论买一幢什么样的房子似的。她感到沮丧，但同时也感到了一丝满足：毕竟他俩处理此事的方式还算文明。她很想知道拉里现在怎么想，但那向来不是件容易的事。他那平静的面庞、漆黑的双眸好似面具一般。即便她认识他这么多年，也无法把这面具看穿。她从床上拿起帽子，站在镜子前，把它戴上了。

"我只是好奇，"她一边整理头发一边说，"你原先是不是就想解除婚约？"

"不是。"

"我以为那对你会是一种解脱。"

他什么也没说。

她转过身，唇上挂着愉快的微笑："现在，我准备好了。"

拉里转过身锁上了门。他把钥匙交给坐在桌后的那个男人。那男人把钥匙收起来时，眼神里有一种狡黠，装出一副对不轨行为视而不见的样子,难免让伊莎贝尔感到,他认为他俩刚才在楼上肯定干了些什么。

"我觉得那个老家伙一定认为我是个不检点的女孩儿。"她说。

他们打车去里兹酒吧喝了一杯。

他们聊了些无关紧要的话题,一点儿也不拘束,好像两个每天见面的老朋友。虽然拉里天生比较沉默,可伊莎贝尔是个健谈的女孩儿,总有源源不断的闲聊话题,而且她下定决心,绝不能让那种难以打破的沉默出现在他俩当中。她不想让拉里觉得她恨他,出于自尊,她也不想让他认为她受了伤,感到很难过。过了一会儿,她让他开车把她送回家。当她在门前下车时,轻松愉快地对他说:"别忘了,你明天要来和我们一起吃午餐。"

"放心,绝不会忘的。"

于是,她伸出脸颊让他亲吻,然后从大门进去了。

当伊莎贝尔走进起居室时,发现一些客人正在喝茶,其中有两个住在巴黎的美国女人。她们穿着精美的长裙,脖子上挂着珍珠项链,手腕上戴着钻石手镯,手指上套着奢华的戒指。虽然其中一位的头发被染成深深的红褐色,另一位的头发呈现出一种不自然的金色,但是她俩却以一种奇特的方式让人感觉到她们彼此十分相像:两人都刷着厚厚的睫毛膏,涂着鲜艳的唇彩，两颊上抹着胭脂。她们有着因为忍饥挨饿才保持下来的苗条身材，五官清晰尖利，充满了欲望的双眼四处看个不停。看着她们，你会忍不住觉得，她俩的生活就像是一场挽救渐逝韶华的绝望斗争。她们用一种带有金属感的嗓音，大声谈论着浅薄愚蠢的话题，喋喋不休，好像只要一停下来，机器就会停转，那些装扮她们的矫揉造作的人工零件就会噼里啪啦地掉下来，在地上摔得粉碎。客人中还有一位美国大使馆的秘书，比较沉默，显然是因为插不上嘴。他看起来是一位比较圆滑、通晓世故的人。另一位是个又矮又黑的罗马尼亚亲王，对谁都卑躬屈膝。他长着一张黑不溜秋、刮得干干净净的脸和一双黑色的小眼睛，眼珠滴溜溜地乱转，随时准备跳起来为别人送去一杯茶，接过一盘蛋糕，或是点上一根烟，并厚颜无耻、竭尽所能地拍所有人的马屁。他会为参加的一切晚餐买单，只要那晚餐是他想去的，或者邀请人是他阿谀奉承的对象。

　　布拉德利太太坐在茶桌旁，身上穿着一件让她觉得在这种场合未免过于华贵的礼服。她穿这件衣服纯粹是为了让艾略特高兴。她以往日那种非常礼貌却又带着点儿漫不经心的沉着态度，以女主人的身份招待客人。至于她是怎么看待她弟弟这些客人的，我就不得而知了。我对她并不十分了解，她是一个不太爱与人交往的女人。她并不愚蠢，她在许多外国首都住过很多年，可以说阅人无数。我认为，她可能已经用老家弗吉尼亚的标准，精明地把那些人打了分、分了类；我觉得，她一定从那些人的可笑举动中获得了不少乐趣；我相信，她一定不会把那些人的装腔作势当回事，就像她不会把小说人物的悲欢离合当回事一样。当然，那小说的结局一定要好，否则她是不会读的。巴黎、罗马、北京，不会对她的美国气质有任何影响，正如艾略特对天主教的忠诚不会对她那根深蒂固的长老会信仰有任何影响一样。

伊莎贝尔以她的青春、热情和健康的美貌，为这场华丽庸俗的茶会带来一阵清新的活力。她像一阵风一样吹了进来，又好像一位仙女自天而降。那位罗马尼亚亲王慌忙跳起来，为她拉过一把椅子，手忙脚乱地献上自己那份殷勤；那两位美国女士，用她们的尖嗓子和蔼可亲地同她打着招呼，眼睛却上上下下打量着她，对她的穿着进行着评判，没准儿心里正备受打击——她那蓬勃的青春，使她们感到一阵沮丧。而那位美国外交家则在暗自发笑：因为伊莎贝尔把她们衬托得又假又老。但是伊莎贝尔却认为她们非常美。她喜欢她们那富丽堂皇的衣服，喜欢她们那奢华的珍珠耳环，并对她们那种老于世故的姿态感到很羡慕。她不知道，是否有一天她也能具备这种圆熟的优雅。当然，那位罗马尼亚矮子有点儿可笑，不过他脾气很好，虽然他说的那些甜言蜜语都言不由衷，但听着还是挺受用的。人们继续着被打断的谈话，兴致勃勃地聊着，满怀信心地认为所说的话题都是非常有价值的，所说的话也句句在理。他们谈起了参加过的，以及要去参加的宴会；谈起了最近的八卦新闻，把朋友们的老底儿抖个七零八落。那些显赫的名字在他们口中传来传去，他们好像认识所有的人，参与了所有的秘密。一转眼，他们又谈起了最新的戏、最抢手的裁缝、最热门的肖像画家，以及新任总理的新任情妇。伊莎贝尔一脸陶醉地听着，在她看来，这些话题才是文明的，这才是真正的生活。身处物质当中，使她感到一阵战栗的兴奋感，因为这才是真的。

周围的环境也漂亮极了：宽敞房间里铺着的萨伏纳里地毯，富丽堂皇的饰板墙壁上挂着的美丽图画，他们坐的饰有斜针绣的椅子，价值连城的带有镶嵌工艺的家具，抽斗柜和移动茶几，每件东西都值得进博物馆。这个房间一定花了不少钱，但是值得。它的华美、它的品位从没有像现在这样打动她。那是因为她还清晰地记得那间寒酸的酒店小房间,它的小铁床、那把拉里坐的又硬又不舒服的椅子。拉里认为那房间并没有什么不妥,可是它光秃秃的、又阴又暗,真是可怕极了。一想起那个房间,她就感到不寒而栗。

茶会结束了,客人们都走了,只剩下伊莎贝尔、她母亲和艾略特。

"迷人的女士。"艾略特回来后说,他送那两位浓妆艳抹的风流女人出了门,"她们当初刚在巴黎定居时,我们就彼此认识了。我从没料到她们会变得如此出色。咱们国家的女人真令人惊叹,适应能力真强。而且,你现在根本看不出她俩是美国人,还是从中西部来的。"

布拉德利太太扬起了她的眉毛,一言不发地瞟了他一眼。艾略特很机灵,立刻读懂了布拉德利太太的眼神。

"就没人会给你这样的评价,我可怜的路易莎。"他尖刻却不失温情地说,"可老天知道,你有多少机会!"

布拉德利太太撇了撇嘴。

"恐怕我让你伤心失望了,艾略特。但是说实话,我很满意我现在这个样子!"

"Tous les goûts sont dans la nature①。"艾略特嘟囔着。

"我想我应该告诉你们,我已经和拉里解除婚约了。"伊莎贝尔说。

"啊,"艾略特喊道,"明天的午餐安排怎么办?我怎么才能在这么短的时间里再去请一个人?"

"噢,他明天还是会来吃午餐的。"

---

① 法语:人各有志。

"在你们解除婚约之后？这不太合规矩吧？"

伊莎贝尔咯咯地笑了。

她一直看着艾略特，因为她知道她妈妈的眼睛正在盯着她，她可不想和她对视："我们没有争吵。今天下午，我们好好讨论了一下，得出了结论——我俩不合适。他不想回美国，想留在巴黎，还说想去希腊。"

"为什么？雅典可没有什么值得参加的社交活动。说实话，我从来都不对希腊艺术感兴趣。某些希腊化时代的东西还有点儿颓废的魅力，倒挺吸引人。不过菲迪亚斯的东西可不怎么样。"

"看着我，伊莎贝尔。"布拉德利太太说。

伊莎贝尔转过身去，面对着她母亲，脸上挂着似有似无的微笑。布拉德利太太在她脸上看了半天，但却只嗯了一声。她看出来伊莎贝尔并没有哭过，她看起来很平静。

"我认为你摆脱了婚约是件好事，伊莎贝尔。"艾略特说，"我本来想尽全力帮助你们的，但我从不认为他配得上你。他远没到你的标准，而且从他在巴黎的所作所为来看，他这辈子是不会有什么出息的。凭你的容貌和社会关系，你会找到比他更好的人。我觉得你的决定是明智的。"

布拉德利太太看了她女儿一眼，眼神中不无焦虑。

"你不是因为我才这么做的吧，伊莎贝尔？"

伊莎贝尔断然摇了摇头。

"不，亲爱的妈妈，我这么做全是为了我自己。"

那时我已从远东回来了,准备在伦敦待一段时间。

一天早晨,大约在伊莎贝尔和拉里取消婚约两周后,艾略特给我来了个电话。听到他的声音,我并不感到奇怪,因为他一向喜欢在社交季快要结束的时候来英国。他告诉我布拉德利太太和伊莎贝尔也来了,如果我能在晚上六点钟去他们那里喝一杯的话,他们会很高兴的。当然了,他们住在克拉里奇酒店。

恰巧那时我正住在那一带,于是我漫步走过花园巷,穿过梅费尔那些安静、雅致的街道,一直走到酒店门口。艾略特住在酒店套房里,每次来伦敦,他都住这间套房。套房的护墙板是像雪茄盒那样的深褐色,陈设显示出一种低调的奢华。当酒店侍应生把我带入房间时,房间里只有艾略特一人。他告诉我,布拉德利太太和伊莎贝尔购物去了,随时都会回来,接着又告诉了我伊莎贝尔和拉里解除婚约的消息。

按照艾略特秉持的那种浪漫老派的规矩,人们既然解除了婚约,就应该保持一定距离,可是那两位年轻人根本不管这一套。解除婚约的第二天,拉里不仅来吃了午餐,言谈举止同以前比也没有丝毫改变。他还是那么愉快、殷勤、严肃又不失亲切。他像往常那样,带着一种温情对待伊莎贝尔。他表现得既不厌烦也不伤心,并没有一副愁眉苦脸的样子。而伊莎贝尔呢?也同样一点儿不沮丧。她像往常一样高高兴兴,笑起来还是那么轻松愉快,开起玩笑来让人一点儿也看不出她刚刚做了一个果断、至关重要的人生决定。艾略特对这一切压根儿搞不明白。从他们谈话的只言片语中他发现,他们居然不打算取消两人之间原定的任何约会。一抓住机会他就赶紧把这事对他姐姐讲了。

"太不体面了。"他说道,"他们不能这样四处乱跑,好像还没解除婚约似的。拉里应该知道,他没有这个权利了。再说,这样会毁了伊莎贝尔的机会。那个在英国大使馆工作、叫小福瑟林甘的小伙子,他明显被伊莎贝尔迷住了。他很有钱,而且人脉很广。如果他知道伊莎贝尔解除了婚约,不出我的预料,肯定会来追求伊莎贝尔。我觉得你应该好好和伊莎贝尔谈谈。"

"我亲爱的,伊莎贝尔已经二十了,而且她知道如何既不冒犯你、又提醒你只需管好你自己的事。她这个绝招我可对付不了。"

"那是因为你从小就没有教育好她,路易莎!再说,这可是你自己的事。"

"伊莎贝尔可不这么认为。"

"我简直要发火了!"

"我可怜的艾略特,你要是有个成年女儿的话就明白了。驾驭她比驾驭一匹胡乱尥蹶子的马还麻烦呢!至于想猜出她脑子里究竟在想什么——我看,还是装出一副什么也不懂、老迈昏庸的样子更容易些。当然,她就是这么看你的。"

"但是你跟她谈过这事儿了吧?"

"我谈过了。她笑了我一通,告诉我她真没什么可跟我说的。"

"她伤心吗?"

"这我不知道。我只知道她睡得着、吃得香。"

"好吧,记住我的话吧:要是你纵容他们这样下去,没准哪天他俩就会私奔,和谁也不说,就把婚结了。"

布拉德利太太忍不住笑了。

"这里为随便胡搞提供了许多便利,但是对结婚却设置了重重障碍。这一定让你松了口气吧?"

"就应该这样。婚姻是一件严肃的事情,它关乎着家族的牢固和国家的稳定。但是,要想使婚姻持续下去,就不能对婚外关系进行惩罚,而要睁一只眼闭一只眼。我可怜的路易莎,卖淫这件事——"

"够了,艾略特。"布拉德利太太打断他说,"我对你那些关于淫乱在社会和道德上所体现的价值这类看法不感兴趣。"

就在这时,他想到了个可以把伊莎贝尔和拉里分开的好主意,因为他们的这种交往,在他看来十分不妥,让他觉得难以忍受。巴黎的社交季就要结束了,那些上流人物都会去温泉胜地或多维尔待一阵子,然后再去位于他们祖先建在都兰、安茹或布列塔尼的城堡度过夏天最后的日子。

通常,艾略特会在六月末来伦敦,可是他这人有很强的家庭观念,又非常爱他姐姐和伊莎贝尔,所以他本来已经准备好牺牲自己,待在巴黎,只要她们愿意留在那儿,虽然那些重要的人物都已经离开了。可是现在,他突然发现,他既可以为对方着想,同时也不用牺牲自己。他向布拉德利太人提议说,他们三个应该立刻去伦敦,因为那里的社交季正值高潮,新的朋友和新的兴趣会把伊莎贝尔的注意力从那场讨厌的纠缠里拉出来。而且报纸上说,最著名的糖尿病专家此时也会在伦敦,布拉德利太太正好可以去看病。这个理由无疑是他们匆忙离开巴黎的最好借口,伊莎贝尔也无法拒绝。布拉德利太太立刻同意了这个提议。她也被伊莎贝尔搞糊涂了。她闹不清楚,她是真的像她所表现出来的那样满不在乎,还是悲伤、生气、感觉受到了伤害;或者她表现出来的那些样子,只不过是个假象,用来掩饰受伤的感觉。布拉德利太太只能同意艾略特的观点:新环境和新朋友会对伊莎贝尔有好处。

伊莎贝尔和拉里在凡尔赛宫参观了一天,当她回家时,发现她舅舅正忙着打电话。艾略特告诉她,他已经为她妈妈和一位著名的糖尿病专家约了时间,就在三天后,并且在克拉里奇酒店订了一间套房,他们隔天就得走。当艾略特把这个聪明的决定沾沾自喜地告诉伊莎贝尔时,布拉德利太太瞧着她女儿,可是她脸上什么表情也没有。

"噢,亲爱的妈妈,你能去见那位医生,我真是太高兴了!"她以惯常那种似乎一刻也不能等的急匆匆的样子喊道,"当然了,你绝对不能错过这个机会。再说,能去伦敦也太好了,咱们要在那里待多长时间呢?"

"没必要再回巴黎了,这里一周内一个人影儿也没有了。"艾略特说,"我想让你们和我一起住在克拉里奇,一直到社交季结束为止。伦敦在七月里总会举办一些盛大的舞会,当然还有温布尔登网球赛,接着是古德伍德赛马会和考斯周帆船赛。我敢肯定埃林厄姆一家会邀请咱们,乘坐他家的帆船去考斯;而班托克一家每年都会为赛马会举办大型宴会。"

伊莎贝尔看起来很高兴,布拉德利太太也放了心——看来,她并没有把拉里记挂在心上。

艾略特刚说完这些,那对母女就进了门。

我已经有十八个月没有见过她们了。布拉德利太太比以前瘦了一点儿,脸色更苍白了,一副憔悴的样子,看起来不太好。但是伊莎贝尔却像鲜花那样完全绽放了。她那小麦色的肌肤、浓密棕色的秀发、闪烁的淡褐色双眸、光滑的肌肤,无一不让你感觉到青春的喜悦、生命本身所带来的乐趣,使你不由自主地微笑起来。我有个荒唐的想法:她好像一颗金黄色、汁水饱满的梨,已经熟透了,正等着有人把她摘下来。她周身散发着温暖的光,让你觉得伸出手去触摸她时,会感受到一种舒适的质感。她看起来比以前要高了一些,我说不清是因为她的鞋跟更高了,还是因为心灵手巧的裁缝用他那高超的剪裁技巧遮住了她的婴儿肥。她的姿态自然优美,一看就知道从小喜欢户外运动。一句话:她是个性感迷人的年轻女人。如果我是她母亲,会认为现在是她出嫁的最好时机。

我很高兴能有个机会回报布拉德利太太在芝加哥对我的热情招待。我邀请他们三位在某个晚上和我一起去看戏,还打算请他们吃个午餐。

"你得抓紧时间,我亲爱的朋友。"艾略特说,"我已经通知朋友们,说我们已经到了。我敢肯定,不出一两天,我们的行程就会被安排得满满的,一直到社交季的结束。"

我知道艾略特的意思是,到那时,他们可就没时间跟我这样的人混在一起了。我笑了。艾略特瞟了我一眼,从他的眼神中,我看出了一丝不易觉察但确凿无疑的傲慢。

"当然了,每天晚上六点,你都会在这里找到我们,我们很愿意你来做客。"他有礼貌地说。不过言下之意是,作为一个写书的,我还是待在自己该待的地方为好,不要不请自来。

兔子急了也咬人。

"你一定要跟圣奥尔弗德家联系一下。"我说,"我听说他们想卖掉家里那幅康斯特布尔的《索尔兹伯里大教堂》。"

"眼下我不买任何画。"

"我知道,不过我认为你会帮他们把这幅画卖出去的。"

艾略特的双眼里闪出一丝寒光。

"我亲爱的朋友,英国人是个伟大的民族,不过他们不会画画,而且永远也学不会。我对英国画派不感兴趣。"

7

接下来的四周,我没怎么见到艾略特和那母女俩。

他做的事真可让她们引以为傲。他带她们去苏塞克斯的一所豪宅度周末,另一个周末则去了位于威尔特郡的另一所更加奢华的宅邸。他带着她们坐在王室包厢里看戏,因为她们是温莎王室一位小郡主的客人。他还带着她们和一些地位十分显赫的人一同赴宴。伊莎贝尔参加了好几场舞会。他在克拉里奇酒店招待了一系列客人,当这些名字出现在第二天的报纸上时,可谓引人注目。他还在西罗饭店和大使馆举办晚宴。

他做的这些事情都很正确,它们让伊莎贝尔比以前成熟了许多,否则她就会无法招架这些华贵高雅的场面。艾略特精心做的这一切并非出于私心,而是为了将伊莎贝尔从那场不幸的恋爱事件里拉出来,他很可以为此而自夸。不过,我感到除此之外,他还想在他姐姐面前显示一下他在时尚方面以及和那些权贵交往方面是多么拿手。他是个极其出色的主人,并十分乐意展示他出众的待客技巧。

我参加了一两次他的聚会,并偶尔在晚上六点钟去他那间克拉里奇酒店套房做客。我发现伊莎贝尔总是被一些年轻人簇拥着,他们要么是身穿漂亮军装的近卫骑兵旅士官,要么是衣着相对朴素的外交部人员。就是在这样的场合下,有一次,她把我拉到了一边。

"我想跟您说点儿事。您有时间和我吃顿午饭吗?"

"任何时间,只要你方便。"

"去一个安静点儿的地方。"

"咱们开车去汉普顿宫①,在那里吃午饭怎么样?现在正是汉普顿宫花园一年四季中最美的季节,而且你还可以参观伊丽莎白女王的御榻。"

她同意了,我们约好了日期。可是到了那天,天公却不作美。本来一向温和的天气突然起了变化,天空灰蒙蒙的,还下起了毛毛雨。我给她打了电话,问她愿不愿意改在城里吃饭。

"这样的天气咱们是无法坐在花园里的,而且宫殿里会很昏暗,也看不清那些画。"

"我已经在很多花园里坐过了,而且对那些大师的作品也看够了。咱们在城里吃饭就行。"

"好的。"

我开车接上了她。我知道一家小酒店,那儿的饭菜还不错,于是我们径直把车开到了那里。在路上,伊莎贝尔以她那惯有的活泼态度谈起了她参加过的聚会和遇到的人。她的话让我感到她挺机灵,很有城府,可以目光敏锐地觉察到各色人等的可笑之处。

由于天气不好,酒店里几乎没什么客人,餐厅里就只有我们两位。这家酒店餐厅的特色是提供英国家常菜。我们吃的是味道鲜美的羊腿,配着绿豌豆和新鲜的土豆,还有一大盘加了德文郡奶油的苹果派。这一切再加上一大罐淡啤酒,真是美味极了。

等我们用完餐,我提议去空无一人的咖啡室坐一坐,那里有舒服的扶手椅。咖啡室里很冷,不过可以点火。我擦亮一根火柴,点燃了壁炉,跳动的火苗让这间阴暗的屋子变得宜人多了。

---

① 汉普顿宫:前英国皇室官邸。

"好了,"我说,"现在你可以告诉我,你想同我谈些什么了。"
"和上次一样,"她咯咯笑道,"拉里。"
"我猜也是。"
"您知道我们解除婚约了吧?"
"艾略特告诉我了。"
"妈妈松了口气,艾略特舅舅很高兴。"

她迟疑了一会儿,接着开始复述她和拉里之间的谈话,那些谈话我已尽量真实地呈现在读者面前了。

读者也许会感到奇怪,她竟然会对一个不怎么熟识的人吐露心声。我并没有见过她多少次,除了那次在药店,我以前也没和她单独相处过。不过我对此却并不感到惊奇。一方面,很多作家都知道,人们总是更倾向于将秘密告诉他们,而不是别的什么人。我不知道这是什么原因,也许在读过这些作家的一两本作品后,人们觉得和他们建立了某种亲密的关系;另一方面,人们也许将自己戏剧化成了小说中的某个角色,并想象着那些被创造出来的角色会向作者吐露心声,因此他们也应该这么做。我觉得,伊莎贝尔知道我喜欢她和拉里,他们那年轻的活力打动了我,我对他们的遭遇深表同情。她知道艾略特不可能是一个友善的听众,因为他不会为了一个随意抛弃难得的大好机会、不愿进入上流社会的年轻人而浪费时间。她母亲在这方面也帮不了她。布拉德利太太是个很有生活原则和常识的人。她的常识告诉她,如果你想在这个世界上生活下去,就必须接受这个世界的规矩。做的事情都和别人不一样,那肯定是不牢靠的。她那严苛的生活原则让她确信:男人必须去工作,凭借着能力和积极的态度,就会有机会挣到足够多的钱,确保他的妻儿过上与他地位相称的生活,并且让他的儿子们受到相应的教育,以便长大后能进入一个体面的社会阶层,过一种正直清白的生活。等他死了时,还可以为他的遗孀留下不愁吃穿的遗产。

伊莎贝尔的记忆力很好。她和拉里之间进行的那场漫长的讨论如同刻在了她的脑海里,那场讨论包含了许多不同的话题。我默不作声地一直听她讲完,中间只有一次停顿,那是因为她问了个问题。

"谁是雷斯达尔?"

"雷斯达尔?他是个荷兰的风景画家。怎么了?"

她告诉我说,拉里曾经提到过他。他说至少雷斯达尔找到了他正在寻找的那些问题的某种答案。她跟我说,当她问谁是雷斯达尔时,拉里回答得非常潦草。

"您觉得他是什么意思?"

我灵机一动。

"你确定他说的不是鲁伊斯布鲁克吗?"

"可能吧。他是谁?"

"他是十四世纪的一位佛兰芒神秘主义者。"

"噢。"她失望地说道。

这个答案对她毫无意义,但是对我却不一样。它第一次向我暗示了拉里的思想为什么会有了转变。当伊莎贝尔继续讲她和拉里之间发生的那些事时,我的耳朵虽然仍在注意地听着,但我的脑子却开始忙着分析他提到的那个人可能意味着什么。我不想夸大这个人在谈话中被提到的作用。他也许提到那位"狂喜的教师",是为了占据一个有利的论点;另一个作用伊莎贝尔应该也没想到——当他对伊莎贝尔说,鲁伊斯布鲁克不过是一个他在大学时还不知晓的人物时,他明显是想敷衍她。

"您觉得这些都是怎么回事呢?"当她全部说完后问道。

我在回答前停顿了一会儿。

"你记得他说过，他只是想晃悠吗？如果他和你说的都是实情，那他的晃悠包含着某些非常艰苦的工作。"

"我知道是这样的。可是您不觉得，他要是努力做些实实在在的工作，不就可以有一份很体面的收入吗？"

"世上有一些人，他们就是非常奇怪的。有一些罪犯，他们实施各种计划，一刻不得闲，就是为了把自己送进监狱去。等他们出来以后，没多久，他们就又把自己送了回去，周而复始。如果他们把这种勤奋、智慧、耐心和谋略用到正道上，他们早就在社会上占据重要位置，过上出人头地的生活了，但是他们就是要那么干，因为他们喜欢犯罪。"

"可怜的拉里，"她咯咯笑了，"你不是说，他学希腊语是在阴谋策划抢银行吧？"

我也笑了。

"不，当然不是。我想跟你说的是，世界上有一类人，他们的内心有一种强烈的欲望，会迫使他们干一些奇特的事情。他们不由自主，必须得这么干。他们可以为了心中的渴望牺牲任何事情。"

"甚至牺牲爱他们的人吗？"

"嗯，是的。"

"这不是和彻底的自私差不多吗？"

"我不知道。"我微笑着说。

"拉里学一种已经不再被使用的语言又有什么用呢？"

"一些人只是喜欢知识，不管这种知识有没有实际用途。可这不是什么不光彩的爱好。"

"如果这知识并不能为你所用，那它有什么好处呢？"

"也许他觉得有用。也许只是掌握了知识就会使人感到满足，就如同只要制作出一件艺术品就会让艺术家满足一样。也许这是迈向某种目的的一步。"

"如果他想获取知识,为什么不去上大学呢?当他从战场上回来时,尼尔森医生和我妈妈都希望他能去上大学。"

"在芝加哥,我跟他谈过上大学的事。他觉得拿到个学位对他没什么用。我似乎感觉到,他明确地知道他想要什么,可是又觉得他想要的东西在大学里学不到。你知道,就学习这方面来说,有的狼喜欢在群居中学习,有的狼则宁愿在孤独的生活中学习。我觉得,拉里是那种走不了别的路,只能走自己的路的人。"

"我记得有一次我问过他,愿不愿意写作。他笑了,说他没什么可写的。"

"这可是我听过的最不靠谱的理由。"我笑了。

伊莎贝尔做了个不耐烦的手势,她情绪不佳,连最温和的玩笑也不愿开了。

"我最不明白的是他怎么变成了这样?在战前,他和其他人没什么两样。您绝不相信,他网球打得特好,还是个相当不错的高尔夫球手。他以前做的事情和我们大家一样,是个特别正常的男孩儿,没理由不长成个正常的男人。不管怎么说,您是个小说家,您应该能解释这一切。"

"我有多大本事?我又怎么能解释人性中那无边无际的复杂性呢?"

"这就是我今天找您谈的原因。"她接着说,好像没有听到我刚才那句话似的。

"你难过吗?"

"不,也不能说是难过。当拉里不在时,我感觉一切还好。不过当我和他在一起时,我觉得自己非常脆弱。现在这感觉变成了一种疼痛,就好像你好几个月都没有骑过马了,然后你突然又骑了一次，骑的时间还很长，下马后会有一种身体僵硬的感觉。这感觉并非痛苦，也远非无法忍受，但是你就是总会感觉到它。我会克服它的，我就是一想到拉里把自己的生活毁了，就感到十分气愤。"

"也许他并不会毁掉自己的生活。在他面前的是一条漫长艰辛的道路，但是在路的尽头，他也许会找到他想要明白的东西。"

"那是什么呢？"

"你还没明白吗？在我看来，他在和你说的话里，已经清楚地暗示过了——上帝。"

"上帝啊！"她带着不可置信的惊奇叫道。我俩说的是同一个词，可是意思却截然不同，这有一种喜剧效果，让我俩忍不住都笑了。但是伊莎贝尔立刻又变得严肃起来，而且我感觉到，在她整个的态度中含有一种恐惧。

"到底是什么让您这么认为的？"

"我只是在猜测而已，但是你让我告诉你，作为一个小说家我是怎么想的，我就说了。不幸的是，你不知道在战争中发生了什么，使他完全改变了。我觉得那事情对他而言是一个始料未及的打击。我想告诉你，在拉里身上无论发生了什么，都使他感觉到了生命的无常，还有一种痛苦。他想要搞明白，在这世界上，对于罪恶和悲伤是否可以补救。"

我看出伊莎贝尔不喜欢我把谈话带到这个话题上来。这使她感到尴尬和难堪。

"这想法不是很不正常吗？世界怎么样，人们就要怎么样地来接受它。如果我们活着，我们就该尽量地活好。"

"也许你是对的。"

"我就是个非常普通的女孩儿，我想要过得快活。"

"看来你俩彼此的性情不相容,在结婚前发现这一点无疑是好的。"

"我想结婚,想要孩子,还想过一种——"

"过一种像现在这样的生活,这是仁慈的上帝乐于让你过的。"我微笑着打断她。

"这种生活并没有什么害处呀,对吗?它实在是令人愉快,我很满意现在这种生活。"

"你们就像两个打算一起度假的朋友,只不过一个想去爬格陵兰岛的雪山,另一个却想去印度的珊瑚海岸钓鱼,显然无法达成一致。"

"不管怎么说,我可能会从格陵兰岛的雪山上得到一件海豹皮大衣,但我十分怀疑印度的珊瑚海岸是否有鱼可钓。"

"那得走着瞧。"

"您为什么会这么说?"她问道,略微皱了皱眉,"您说话好像总有所保留。当然,我知道,在这件事中,扮演光彩角色的不是我,而是拉里。他是个理想主义者,他有着美妙的梦想,就算不会美梦成真,曾经做过梦也会让人感到激动。我呢?则是冷酷的、唯利是图的和现实的。生活中的那些常识并不是十分讨人喜欢的,对吧?不过您可能忘了,付出代价的那个人是我。拉里会脚步轻快地追逐那如云雾般光彩熠熠的梦想,而我呢?跟跟跄跄地紧跟其后,还得在过日子上精打细算、量入为出。可我想要好好享受生活呀!"

"我没有忘,真的。多年以前,当我还年轻的时候,我认识一位医生。他的医术不赖,可是却不出诊。他成年累月地泡在大英博物馆的图书室里,每隔相当长的一段时间就会写一本自认为是科学的或哲学的大部头著作,可是没人对他写的书感兴趣,他只好自费出版。他死之前写了四五本这样的书,而这些书一点儿用处也没有。他的儿子想参军，可是没有钱去上英国陆军军官学校，所以只好去当一名普通士兵，最后在战争中死掉了。他还有个女儿，长得非常漂亮，我都被她迷住了。她去当了演员，可是没有天分，跟着一个二流剧院全国各地跑场子，演的都是些小配角，拿着少得可怜的薪水。他的老婆，多年来做着肮脏枯燥的苦工，身体也被毁掉了。那姑娘只能回家，一边照顾她妈，一边做那些她妈再也干不动的脏活累活。这简直是对生命的毁坏和浪费，而且毫无意义。当你决定不走寻常路时，就如同打赌一样。很多人都会去赌博，但是赢的没有几个。"

"妈妈和艾略特舅舅认为我做得对，您觉得呢？"

"我亲爱的，我的判断对你有什么影响呢？对你来说，我几乎是个陌生人。"

"我把您看作一个与此事利益无关的旁观者，"她说着，脸上浮现出令人愉快的笑容，"我想要得到您的赞同。您认为我的选择也是对的，是这样的吗？"

"我觉得对你来说是对的。"我说，同时确信她不会从我的话语中感受到那一丝轻微的差别。

"那为什么我会有一种良心不安的感觉呢？"

"你有吗？"

她的嘴唇上还留着笑意，但现在却是一种悲伤的微笑了。她点了点头。

"我知道这只是一种常识。我知道任何理智的人都会认为我做了唯一能做的事。我知道从每一个现实的角度来看，从世俗的观点来看，从基本的社会礼节来看，从是非判断来看，我做了我应该做的。可是在我内心深处，有一种不安的感觉：如果我要是个更好的人，如果我要是更公正、更无私、更高尚，我就会嫁给拉里,过他那种生活。如果我要是足够爱他的话,丢掉世界,我都不会在乎的。"

"你也可以反过来想。如果他足够爱你的话,他也会毫不迟疑地做你想要他做的一切。"

"我也是这么对自己说的,但是不管用。我想,也许从天性上说,女人比男人更容易牺牲自我。"她咯咯笑了,"就像路得站在异邦的麦田里①。"

"那你为什么不冒险一试呢?"

我们的谈话一直非常轻松,就好像在聊一位我们都认识的朋友,而发生在他身上的事与我俩毫无关系似的。甚至当她谈到与拉里的对话时,用的也是一种轻松愉快的口吻,为了使那对话更为生动,还夹杂着幽默,似乎并不想让我认为,她说的这些事情有多么严肃。但是现在,她的脸变得苍白了。

"我害怕。"

我们都陷入了沉默。一股寒意顺着我的脊梁骨往下滑。每次当我碰触到隐藏在人们内心深处的最真实的情感时,这种奇怪的现象就会发生。我心中生起一种恐怖和敬畏的感觉。

"你爱他爱得深吗?"我问道。

"不知道。我对他不耐烦,很生他的气,可是我控制不住地想要和他在一起。"

沉默又一次降临了,我不知道说什么好。

我们所在的这间咖啡室很小,带有蕾丝花边的厚重窗帘遮

---

① 典出《圣经·旧约·路得记》。摩押女子路得嫁给侨居摩押的犹太夫妇所生之子,丧夫后随婆婆拿俄米迁居犹大,在前夫的亲戚大财主波阿斯的麦田中捡拾麦穗来养活婆婆。婆婆知晓后,一力撮合她与波阿斯成亲,为了不违背婆婆的命令,她嫁给了波阿斯。

住了光线。墙上铺着带有大理石纹路的黄色壁纸，挂着老式的运动插画，家具都是红桃心木的，皮椅已经显得有些陈旧了，房间里有一股淡淡的霉味。这一切都使人奇怪地联想起狄更斯小说中的咖啡馆。我拨旺炉火，又添了些煤。伊莎贝尔突然开了口。

"知道吗，我原来以为，到了紧要关头，他就会服软的。我知道，他这人很脆弱。"

"脆弱？"我叫道，"是什么让你这么认为呢？他下决心走自己的路，整整一年时间顶住了所有朋友和熟人的非议。"

"和他在一起的时候，我想做什么就做什么。只用一只小拇指，我就可以让他围着我转。我俩做什么事情，都不是他领头。他是个随大流的人。"

我点起一支香烟，看着吐出的烟圈，它变得越来越大，直到消失在空气中。

"妈妈和艾略特认为，我和他解除婚约后，还同他一起到处乱跑，这种做法不合体统，可是我觉得这没什么大不了的。我一直认为，到最后他一定会投降的。我相信，当他那死脑筋终于意识到我说的话不是开玩笑，他就会屈服了。"她稍稍停顿了一下，脸上带着一种恶作剧式的笑容，"如果我告诉您一件事，您不会被吓坏吧？"

"应该不会。"

"当我们决定要去伦敦时，我给拉里打电话，问他能不能和我一起度过在巴黎的最后一晚。当我把这安排说出来时，艾略特舅舅认为这极其不合适。妈妈则认为这毫无必要。当她认为某事毫无必要时，意思就是完全不同意我做这事。艾略特舅舅问我们要去干什么。我说我们要去吃个晚饭，然后去几家夜店玩儿玩儿。他让妈妈阻止我去。妈妈说：'如果我阻止你去，你会听话吗？''不，亲爱的妈妈，'我说，'我不会听的。'于是她说：'我就料到会这样。那我的阻止还有什么用吗？'"

"你妈妈看来是个通晓人情、不钻牛角尖的女人。"

"可以这么说吧。当拉里来接我时，我到她的房间跟她说晚安。我化了点儿妆，你知道，在巴黎不这么做的话，就会显得有点儿不合时宜。她从头到脚打量了一番我的穿着，使我感到有点儿不安，好像她已经精明地猜出了我将要干什么。可是她什么也没说，只是亲了我一下，祝我度过一个愉快的夜晚。"

"你干什么了？"

伊莎贝尔迟疑地看了看我，好像在掂量她应该说出几分实情。

"我觉得我打扮得很好看，而这将是我最后的机会了。拉里在马克西姆餐厅订了座位，晚餐特别好吃，每一道菜我都很喜欢，我们还喝了香槟。我们聊个不停，至少我是这样，拉里被我逗得直笑。他让我喜欢的一个优点就是，我总能把他逗乐。我们还跳了舞。当我们在那里玩儿够了后，就去了马德里城堡。我们在那儿遇到了几个朋友，于是就和他们在一起玩儿，喝了更多的香槟。然后大家一起去了金合欢俱乐部。拉里舞跳得特别好，我们是一对匹配的舞伴。周围热腾腾的空气混着音乐，再加上酒精的魔力，使我感到轻飘飘的，有点儿无所顾忌。我把脸紧贴在拉里的脸上，我知道他想得到我，我也非常想得到他。我有了个主意，并感觉这个主意其实一直都在我的潜意识里。我想要带他回家，一旦到了房间里，那不可避免的事情一定会不可避免地发生。"

"相信我，你这话够委婉了。"

"我的房间离艾略特舅舅的房间和妈妈的房间足够远，所以我知道是不会有什么风险的。等我们回到美国，我就可以给拉里写信，说我怀孕了。这样一来，他就不得不回美国和我结婚。等他回家后，我相信不用太费劲就能留住他，特别是妈妈还生病了。'我以前居然没想到这个方法，真是个傻瓜！'我对自己说，'当然了，这样一来就都妥了。'当音乐停下来的时候，我还在他怀抱里。然后我说，天已经晚了，明天中午我们还要赶火车，因此最好现在就回家去。我们上了一辆出租车。我蜷缩在他怀里，他用胳膊搂着我。他吻了我，亲了又亲、亲了又亲——噢，这简直是天堂！好像一眨眼，车就到了门前。拉里付了账。

"'我走路回去。'他说。

"出租车突突地开走了。我伸出双手，环住了他的脖子。

"'你不想上去喝最后一杯吗？'我说。

"'好的，如果你愿意的话。'他说。

"他按响了门铃，门开了。他打开灯，我们走了进去。我看着他的双眼，那双眼是那么的诚恳、那么的朴实，充满了信任，一点儿也没料到，我正在给他下圈套。我觉得我不能在他身上使这样卑劣的伎俩，这就像从一个小孩子手里夺走糖果似的。你知道我是怎么做的吗？我说：'噢，最好你还是回去吧。妈妈今晚不太舒服，如果她睡着了，我不想把她吵醒。晚安。'我把脸伸过去让他亲吻，然后把他推出了门。这件事就这样结束了。"

"你感到遗憾吗？"我问。

"我既不感到高兴也不感到遗憾，只是身不由己。我感到做那件事的并不是我，好像是一种冲动把我控制住了，在指挥我这么做似的。"她冲我咧嘴一笑，"我觉得您可以称之为'我的善心'。"

"想必是这样的。"

"看来我的善心要承担相应后果,我相信以后它会更为小心的。"

我们的谈话就这样结束了。也许对伊莎贝尔来说,可以毫无顾忌地把这件事讲给人听是种安慰,不过这也是我能够给她提供的唯一帮助了。可是我觉得自己做得还不够,因此决定再说些话安慰安慰她。

"知道吗,"我说,"当人们在恋爱中发现所有的事情都变得很糟糕的时候,就会感到非常难过,而且还会觉得永远也过不了这个坎儿。但是你要是知道大海能做什么,你一定会感到非常惊奇。"

"这话是什么意思呢?"她微笑着问。

"爱情不是个好水手,会在航行中迷失自己。当你和拉里被大西洋隔开的时候,就会惊奇地发现,原先那难以忍受的痛苦,竟变得如此微不足道。"

"这是经验之谈吗?"

"来自我那风雨飘摇的过去。每当我爱而不得、倍感煎熬时,就会立刻登上一艘远洋客轮。"

雨并没有要停下的迹象,看来伊莎贝尔终于可以不用去参观汉普顿宫里那些高贵的陈设,更不用去瞻仰伊丽莎白女王的御榻,直接回伦敦就可以了。自那以后,我又见过她两三次,不过都是有别人在场的时候。然后,我感到在伦敦待得有些厌烦了,于是去了蒂罗尔地区[①]。

[①] 位于奥地利西部与意大利北部的阿尔卑斯山区。

第三章

1

自那以后有十年的时间,我既没有见过伊莎贝尔,也没有见过拉里,倒是不时与艾略特见面,次数比以前还要多,个中缘由以后再和读者讲。每次见面,我都可以从他嘴里得知伊莎贝尔的情况。但是对于拉里,他就什么也不知道了。

"我所知道的就是他还住在巴黎,但是我应该不会碰到他,毕竟我们平时去的地方不一样。"他加了一句,脸上不无得意的表情,"他堕落得如此彻底,真是一件令人感到悲哀的事情。他的出身很好,如果经过我的一手打造,肯定会很有出息。不管怎么说,伊莎贝尔总算幸运地摆脱了他。"

我交友不像艾略特那样挑三拣四,在巴黎有些熟人,而那些人根本入不了他的法眼。我经常来巴黎,虽然停留的时间很短,但在这些日子里,我也向一些认识的人打听过拉里的消息,问他们是否碰见过他。他们与他只是泛泛之交,并没有谁与他有过深的交情,也没有人能告诉我他的任何消息。我去了一家他以前经常去的餐厅,那儿的人告诉我,他已经有很长时间没来了,他们认为他可能已经离开巴黎了。我也没在蒙帕纳斯大道上的任何一家咖啡馆里见过他,住在附近的人会经常光顾这些咖啡馆。

拉里本来打算等伊莎贝尔一离开巴黎就去希腊的,但后来改变了主意。多年以后他告诉了我,她离开后他都干了些什么。但我现在就要把这些事写下来,因为我觉得,按事情发生的顺序去写是更为便利的。他在巴黎度过了整个夏天,一刻不停地读书,这样的日子一直持续到深秋。

"我觉得应该放下书本,休息一下了。"他说,"我已经整整两年时间每天读书八到十个小时了,所以我去了一个煤矿。"

"你去了什么地方?"我高声问道。

他看到我一副吃惊的样子不禁笑了。

"我觉得干上几个月的体力活对我有好处,那将是一个让我能够梳理自己想法的好机会,能够和自己和解。"

我默不作声。

我不知道那是不是真正的原因,还是因为伊莎贝尔拒绝和他结婚,才使他迈出了那意想不到的一步。实际上,我并不知道他到底有多爱她。许多人在恋爱时,总能找出各种理由说服自己:去干自己想干的事才是最明智的。我想这就是世界上存在着这么多婚姻悲剧的原因。他们就像那些把自己的事情托付给骗子的人,就因为那骗子恰好是他们很亲密的朋友。他们不愿意相信骗子首先是骗了,然后才是朋友这个道理。他们宁可认为,虽然骗子对别人是不诚实的,但是不会这样对待自己。拉里足够坚强,不会因为伊莎贝尔而牺牲掉属于自己的生活,但是也许他没有想到,失去她的痛苦比他原来预料的要深许多。也许他像我们中的大多数人一样,既想要鱼也想要熊掌。

"好吧,那你接着说吧。"我说道。

"我把书和衣服放入几只大箱子,让美国运通公司把它们存放起来。然后往行李袋里装了一套衣服和几件内衣,就上路了。我的希腊文老师有一个妹妹,嫁给了一个煤矿上的经理,就在朗斯附近,他给我写了一封引荐信。你知道朗斯这个地方吗?"

"不知道。"

"它在法国北部,离比利时的边境不远。我只在那里过了一夜,就在车站的旅馆里。第二天,我就搭乘汽车去了煤矿的所在地。你去过采矿村吗?"

"去过英国的。"

"估计哪里的都差不多。那里有煤矿、经理住所、一模一样的两层小房子排列成行,单调乏味的景象让你的心都沉下去了。那儿还有一座新建成的、十分难看的教堂和几个酒吧。天气阴郁寒冷,我到的时候还下着毛毛雨。我去了经理办公室,呈上引荐信。经理是一个肥胖的矮个子男人,两颊红润,看起来对食物情有独钟。他们那里正缺人手,很多矿工都在战争[①]中丧生了。有很多波兰人在那里干活儿,我估摸有两三百人。他问了我一两个问题,似乎对我是美国人这一事实不太满意,并对此充满怀疑。不过,他妻子的哥哥在信里为我说了很多好话,所以他还是很高兴地收下了我。他想给我派个地面的活儿,可是我跟他说我想下矿。他说如果我以前没有干过这类活儿的话,肯定会吃不消的。我说我对此已做好了心理准备,然后他决定让我去给一个矿工当助手。这其实是未成年的男孩儿干的活儿,可那里没有什么男孩儿。他这人很不错,问我是否找到了住处。当他知道我还没有住处时,就在一张纸上写了个地址,并跟我说,地址上的女人会给我找到一张床铺的。那女人是个矿工的遗孀,丈夫在战争中被打死了,两个儿子现在就在矿上干活儿。

"我背起行李袋,按地址所给的方向走去,找到了那所房子。一个高个儿枯瘦的女人为我开了门。她的头发花白,长着又大又黑的眼睛,五官端正,年轻时应该长得不错。她的样子

[①] 指第一次世界大战。

虽然有些憔悴，但要不是两颗门牙掉了，看着应该还不算太坏。她告诉我没有空余的房间了，楼上的两个房间分别住着她自己和两个儿子，但是楼下的房间还有一张空床，前提是我得和一个波兰人住在一起。她领我去看楼下的那个房间，我看出它是由原来的起居室改成的。我本来想要个单独的房间，可是现实容不得我挑剔了——外面的毛毛雨已经变成了下个没完的小雨。我已经被淋湿了，不想再出门被浇个透心凉，于是接受了那张床铺，并安顿了下来。他们的厨房兼作起居室，里面摆了几把摇摇晃晃的椅子。院子里有个储煤的棚子，那里也兼作浴室。两个男孩儿和波兰人已经吃过午饭了，不过她说等到了晌午，我可以和她一起吃午饭。后来我就坐在厨房里抽烟，那女人则一边干活儿一边给我讲她家里的事。

"下班的时候，波兰人和男孩儿们回来了。波兰人先进了屋。当他走过厨房时，那女人告诉他，我将和他住在一个房间。他一句话没说，只是冲我点了点头，从铁架上拿起一把大壶，径直去棚子里冲洗去了。那两个男孩儿虽然一脸阴郁的表情，但是长得却很好看，看起来也很友善。他们觉得我是个怪人，因为我是从美国来的。他们其中一个十九岁，刚刚退伍几个月，另一个十八岁。

"波兰人回来后，那俩男孩儿就出去冲洗了。波兰人的名字又长又拗口，不过他们都管他叫考斯蒂。他是个大块头，比我高两到三英寸，体格健壮。他长着一张苍白的肉墩墩的脸、一个又扁又短的鼻子和一张大嘴。他的眼睛是蓝色的，由于眉毛和睫毛上的煤灰没洗干净，看起来就好像化了妆似的，浓黑的睫毛衬得那对蓝眼珠非常醒目。他是个丑陋、粗俗的家伙。

"那两个男孩儿换过衣服后就出去了。波兰人坐在厨房里，一边抽烟斗一边读报纸。我兜里揣了本书，于是也拿出来读了起来。我注意到他时不时地瞟我一两眼,突然,他放下了报纸。

"'你读什么呢?'他问道。

"我把书递给他,让他自己瞧。这是一本名叫《克莱夫王妃》的书,是我在巴黎车站买的,它很小,正好可以装进兜里。他瞧着那本书,然后又好奇地瞅瞅我,把书递了回来。我注意到一抹带有讽刺意味的微笑浮上了他的唇边。

"'这本书有意思吗?'

"'挺有意思的,我觉得还挺吸引人的。'

"'我在华沙上学的时候曾读过它,简直无聊透了。'他的法语非常好,几乎没有波兰口音,'现在我只读报纸和侦探小说。'

"勒克莱尔夫人——也就是我们的房东——一边照看锅里的汤,一边在桌旁补袜子。她告诉考斯蒂,是煤矿经理介绍我来的,并且把我和她说的那番话又告诉了他一遍。他一边抽着烟斗一边听着,不时用那双湛蓝的眼睛瞧着我。那双眼睛既冷酷又颇有城府。他问了我几个问题,当我告诉他从没在矿上干过时,他的嘴角又露出了讽刺的微笑。

"'你不知道你将要干的活儿是什么样的,人们但凡有别的出路是不会下矿的。不过这是你的事,而且毫无疑问,你这么干自有你的理由。你在巴黎时住在哪儿?'

"我告诉了他。

"'原先曾有一段时期,我每年都去巴黎,但总是住在林荫大道附近。你去过拉鲁饭店吗?那是我最喜欢的餐厅。'

"我听了有点儿吃惊,你知道,那餐厅可不便宜。"

"何止不便宜。"

"我估计他看出了我的吃惊,因为他再一次露出了嘲讽的微笑,不过显然他认为没必要向我解释。我们漫无边际地闲聊着,过了一会儿,那两个男孩儿回来了,我们一起吃了晚餐。吃过饭后,考斯蒂问我想不想和他去小酒馆儿喝杯啤酒。

"那是一间大房子,一边是吧台,另一边有几张镶有大理石台面的桌子,一些木头椅子围在这些桌子旁。屋里有一架机械钢琴,刚才一定有人往里投过一枚硬币,因为现在那架钢琴正刺耳地奏着一首舞曲。除了我们这桌外,屋里只有另外三桌人。考斯蒂问我会不会打贝洛特①,以前在巴黎时,我有一些学生朋友,他们教过我,于是我告诉他我会。他提议我们赌一局,谁输了就请对方喝杯啤酒。我同意了,他叫侍者拿来一副牌,我连输了两杯啤酒。接着,他又提议赌钱,他的牌很好而我的运气很差,虽然我们的赌额很小,但我还是输了几法郎。我输掉的钱和啤酒让他来了兴致,开始说起话来。没过多长时间,我就通过他的言谈举止感到他是个受过教育的人。当他再一次提起巴黎时,就开始问我是否知道这里、知道那里,还谈到了几个我在艾略特家碰到的美国女人,那时候路易莎伯母和伊莎贝尔还住在艾略特家。很显然,对那几个美国女人,他可比我熟识得多。我不知道他是如何落魄到现在这种地步的。时间还不算太晚,但是第二天我们得在黎明时就起床。

"'走之前咱们再来一杯啤酒吧。'考斯蒂说。

"他一边小口啜饮啤酒,一边用那双精明的小眼睛凝视着我,看起来像一头性情暴躁的猪。

"'你为什么会来这个破烂煤矿里干活儿呢?'他问我。

"'为了积累经验。'

"'Tu es fou, mon petit②。'他说。

"'那你为什么在这儿工作呢?'

---

① 贝洛特:盛行于法国的一种纸牌游戏。
② 法语:你疯了,我的小家伙。

"他耸了耸那宽阔难看的肩膀。

"'我从小就进入了贵族军事学校,我爸爸是效忠于沙皇的一位将军。在一战中,我曾经是名骑兵军官。我忍受不了毕苏斯基[①],和几个人一起密谋干掉他,可是被叛徒出卖了。那些被抓住的人都被他枪毙了,而我及时越过边境逃了出来。摆在我面前的只有两条路:要么参加外籍军团,要么下矿挖煤。我只能两害相权取其轻。'

"我刚才已经跟他讲了我会在矿下做什么,但当时他没有作声,可现在却将胳膊肘立在大理石台面的桌子上,对我说:'跟我掰个腕子。'

"我知道这个比赛力气的古老游戏,伸出手掌和他对握起来。他笑了:'不出几个礼拜,你的手就没这么嫩了。'

"我使尽全力,却无法和他那巨大的力量抗衡,他慢慢地将我的手压倒在桌面上。

"'你还挺有力气的。'他十分顾及我的颜面:'没有多少人可以坚持这么长时间。听着,我的助手干活儿不怎么样,他是个弱不禁风的矮小法国人,手无缚鸡之力。明天你和我一起去上班,我会让工头把他换掉,把你替上来。'

"'我没问题。'我说,'可是你觉得他会这么做吗?'

"'为了钱就会。你手头有多余的五十法郎吗?'

"他向我伸出手,我从钱包里拿出一张钞票。一回到家我们就睡觉了。这一天我过得很累,所以睡得特别熟。"

"你觉得那活儿很累人吗?"我问拉里。

"刚开始我的腰都要累断了。"他咧嘴一笑,"考斯蒂跟工头

[①] 毕苏斯基(1867—1935):一战期间波兰军事将领,1926年发动军事政变,建立独裁统治。

交涉了一番，我成了他的助手。那时，考斯蒂在一个大约有酒店浴室那么大的空间里工作，要想进去，就得经过一个隧道。那隧道非常矮，所以必须四肢着地爬过去。那里面就像炼狱那么热，我们光着膀子干活儿，只穿一条短裤。考斯蒂那又白又肥的躯干看着让人恶心，活像一条巨大的蛞蝓。气动切割机的轰鸣声在那样窄小的空间里简直震耳欲聋。我的工作就是把他切下来的煤块收集到一个篮子里，然后拖着满篮子的煤块爬过隧道，一直把篮子运到隧道口，等运煤机过来的时候把煤倒进去，然后煤就会被运到升降机那里去。我只去过那一个煤矿，所以并不知道是不是所有的煤矿都采用这个程序，在我看来这很不专业，而且那活儿可真叫累。活儿干到一半时，我们就停下来休息，吃午餐和抽烟。当一天的活儿终于干完、离开矿井时，我一点儿也不觉得遗憾。洗澡是让人觉得最幸福的一件事，我觉得我的脚一辈子也不会洗干净了，它们就像油墨一样黑。当然了，我的双手也起了水疱，疼得要命，不过后来治好了。我也渐渐习惯了这份差事。"

"你坚持了多长时间？"

"我干那活儿只干了几个星期。运煤机是由一个拖拉机拉着的，这样才能把煤运到升降机那里去。拖拉机手是个很差劲的机械工，那拖拉机的引擎老是坏。有一次，他怎么也不能把引擎修好，简直不知道该怎么办了。我正好在这方面是个好手，就过去看了看，半小时就把引擎修好了。工头把这事告诉了经理，他把我叫过去，问我懂不懂汽车方面的事，结果我得到了机械工这份工作。当然，这工作也很乏味，不过却很简单。由于他们再也没有引擎方面的麻烦了，所以他们对我很满意。

"考斯蒂因为我离开了很生气，我跟他配合得很好，他也习惯了跟我一起干活儿。那时我已经和他很熟了。我整天跟他一起干活儿，吃过晚饭后再一起去小酒馆儿，还和他共用一个房间。他是个有趣的家伙，是那种可以吸引你的人。他从不和其他波兰人混在一起，我们也不去波兰人经常去的咖啡馆。他无法忘掉自己曾经是个贵族，还曾是个骑兵军官，他瞧不起他们。很自然，那些波兰人也恨他，可是他们拿他没办法。他像头公牛一样壮，如果打起架来，甭管有没有刀，他一个能顶他们半打。不过，我还是认识了他们中的一些人。那些人告诉我，他是个骑兵团军官这事固然不假，但是他可不是因为什么政治原因而离开波兰的。他被踢出华沙军官俱乐部并被革除军职是因为打牌作弊。他们警告我不要和他玩牌，还说他避开他们的原因是他们知道他的底细，而且谁也不愿意和他打牌。

"我和他玩牌一直在输，虽然不多，你知道，一晚上只有几法郎，不过每次他赢了，总坚持付酒钱，所以我并没有什么损失。我觉得我输牌是因为运气差，要不然就是我的牌技不如他好。不过打那以后，我一直保持警惕，最终确认他确实在作弊。但是你知道吗，我这辈子也搞不清他是怎么玩儿的那些花活儿，他这人相当聪明。我知道他不可能总抓到好牌，就像山猫一样盯着他。而他呢，则像个狡猾的狐狸。我猜他已经看出来有人警告过我了。一天晚上，我们打了一会儿牌后，他带着一副相当冷酷和挖苦的微笑——好像除了这种笑，别的笑法他都不会——看着我说：'你想让我教你几手吗？'

"他拿出一副牌，叫我随便说个数字和花色，然后洗好牌，让我从中抽一张。我抽出的那张牌的数字和花色和我说的一模一样。他又玩儿了两三个小把戏，然后问我是否会玩扑克游戏。我说会，于是他发了我一手牌，我一看，里面有四个 A 和一个 K。

"'你是不是想用你那手牌赌个大价钱？'他问。

"'当然,赌我所有的钱。'我回答道。

"'你会傻眼的。'他把手中的牌亮了出来:同花顺。他是怎么做到的,我真的不知道。看到我一脸惊奇的表情,他笑起来了:'如果我是个骗子的话,你输得连裤子都没了。'

"'也差不多了。'我咧嘴笑着说。

"'不过是点儿零钱罢了,还不够在拉鲁饭店吃顿晚餐的呢。'

"我们还是每天晚上打牌,打得很高兴。我得出了个结论:与其说他耍花招是为了赢钱,还不如说是为了其中的乐趣。把我当傻子耍,给了他一种奇怪的满足感。他看出我知道他在耍花招,但不知道这花招是怎么耍出来的,这简直把他逗坏了。

"可是这只是他的一面,实际上,他的另一面才让我对他感兴趣,而且我觉得这两面不太调和。虽然他吹嘘自己只读报和看侦探小说,但他其实是一个有文化的人。他很健谈,语言刻薄、苛刻,带有讽刺意味,不过听他说话是一件很令人高兴的事。他是一名虔诚的天主教徒,床头上挂着十字架,每个周日都去做弥撒,星期六晚上则喝得酩酊大醉。

"我们去的那家小酒馆儿在周六晚上简直人满为患,空气里充斥着浓重的烟味。顾客中有腼腆的中年矿工和他们的家人,有成群的大吵大闹的小伙子,还有围桌打牌的人,他们汗流满面、大喊大叫,后面坐着观战的妻子。人群和噪音使考斯蒂起了奇妙的变化,他变得严肃起来,开始谈论——在我看来他最不可能谈论的话题——神秘主义。我对此一无所知,只是在巴黎时读过一篇梅特林克[①]写的关于鲁伊斯布鲁克的文章。但是

[①] 梅特林克(1862—1949):比利时剧作家、诗人、散文家;1911年获得诺贝尔文学奖,他的作品多涉及死亡和生命意义的主题。

考斯蒂谈起了普罗提诺①、亚略巴古人德尼斯②，鞋匠雅各布·伯麦③和艾克哈特④。听这个被自己的阶层抛弃、穷困潦倒、尖酸刻薄的粗壮流浪汉谈论事物的本来面目，谈论天人合一的幸福是一件奇妙的事。这对于我是崭新的经历，我感到既困惑又兴奋。我就像一个躺在黑暗小屋的床上、刚从梦中醒来的人，忽然看到从窗帘的缝隙中射进来的那道阳光。我知道只要把那窗帘拉开，沐浴在灿烂朝阳光辉下的原野就会在我面前展开。可是每当我在他清醒时提到他说过的那些话时，他就会冲我大发脾气。他的双眼满怀恶意：'我那时候胡说八道了什么我都不知道，现在怎么会讲得清呢？！'

"但是我知道他在撒谎，他完全知道他说的是什么，他知道的很多。当然，那时他喝醉了，但是不喝酒，他的眼中就不会出现那种异样的神情，那种入迷的表情也不会出现在他那张丑脸上，不过并不仅仅如此。我永远不会忘记他第一次以那样奇怪的方式跟我说话的情景，因为他说了一句话，把我吓坏了。他说这世界并不是被造出来的，从虚无中只能产生虚无，无中不可能生有，世界只不过是永恒本质的表象。这个说法倒也没什么，可是他又加了一句：恶就像善一样，是天意的表象，并没有区别。在那个肮脏喧闹的小咖啡馆里，在机械钢琴的舞曲伴奏声中，听到这样的话是十分奇特的。"

---

① 普罗提诺（205—270）：新柏拉图主义代表人物。
② 亚略巴古人德尼斯：耶稣的使徒圣保罗在雅典亚略巴古山上传道时皈依基督教的信徒，后任雅典主教。
③ 雅各布·伯麦（1575—1624）：德国神秘主义哲学家。
④ 艾克哈特（1260—1327）：德国神秘主义神学家，认为"存在即神性"。

2

　　为了使读者能得到片刻休息,我准备另起一节,不过我这么做完全是为了使阅读更为方便,因为拉里的话并没有讲完。借此机会,我想告诉读者,他在诉说这些事情时不慌不忙,常常小心地选择他要使用的词汇。我当然无法一字不差地将这些话复述下来。不过我已尽力,希望不仅能够再现这些事件,还能将他谈话时的样子再现出来。他的语调很丰富,嗓音有一种音乐的特质,十分悦耳动听。他说话时几乎不打手势,只是抽着他的烟斗,呼出烟雾,不时停下来重新将烟斗点燃。他直视着你,那双黑眼睛时常会流露出愉悦但又有些古怪的神情。

　　"法国那片荒凉无聊的地区终于迎来了春天。虽然春天到得有点儿晚,天气还很冷,依然经常下雨,但是偶尔降临的一两个明媚春日,使人不愿再离开地面,坐着那摇摇晃晃的升降机,下到几百英尺深的那蜿蜒曲折的地洞里,同一身肮脏的矿工混在一起。春天虽然来了,但是来得很迟疑,好像摸不准这片肮脏阴郁的地区是否欢迎它的到来。它就像一朵花,一朵种在花盆里的水仙或是百合,被摆放在贫民窟的一个窗台上,你不知道它能在那里干吗。

　　"一个星期日的早晨,我和考斯蒂躺在床上——每逢周日我俩都睡懒觉。当时我正在读一本书,考斯蒂突然出人意料地跟我说:'我想离开这儿,你和我一起走吗?'

　　"我知道很多波兰人会在夏天离开这里,回国收麦子,但是现在日子还早,而且考斯蒂不可能回波兰。

　　"'你要去哪儿呢?'我问。

"'先走着再说。越过比利时边境进入德国，沿着莱茵河往下游走。咱们会找到一个农场度过夏天的。'

"没用一分钟我就决定了。

"'听起来不错。'我说。

"第二天我们就向工头辞了工。有个家伙愿意用他的背包换我的行李袋。我把一些不要或装不进背包的衣服送给了勒克莱尔夫人的小儿子，他的身材和我差不多。考斯蒂留下了一个袋子，把他想要的东西装进了背包。第二天，我们一喝完勒克莱尔夫人给我们准备的咖啡就上路了。

"一路上我们并不匆忙，因为我们知道，除非到了割干草的日子，否则是不会有农场愿意收留我们的。于是我们慢慢悠悠地穿过法国和比利时，取道那慕尔和列日，并通过亚琛进入了德国。我们每天走路不会超过十到十二英里，沿路看见喜欢的村庄就留宿。我们总能在小客栈里找到一张床，在小酒馆里找到吃的和啤酒。总体来说，一路的天气都不错，在矿下待了好几个月，能在户外享受新鲜空气真令人心情愉悦。我以前从没意识到绿色的草地有那么好看；还没完全长出叶子的树木枝条，被似有若无的嫩绿色薄雾笼罩着，是那么可爱。考斯蒂开始教我德语，我相信他的德语说得和法语一样好。我们一路走，他一路告诉我周围的事物用德语怎么说：一头牛、一匹马、一个人，等等。他还会重复教我一些简单的德文句子，这使我们觉得路上的时间比较好打发，而且等我们到了德国之后，我至少已经可以用德文点我想要的东西了。

"科隆并不在我们的必经之路上，但是考斯蒂执意要去那里，据说是为了那一万一千名贞女①。可等我们一到那儿，他就花天酒地去了，我足有三天没见到他。等回到我们租的工人出租房时，他的脾气简直坏透了。他打过一架，一只眼睛乌青，嘴唇上还有个大口子。我可以告许你，他更难看了。他栽倒在床上，一连睡了二十四小时，然后我们沿着莱茵河谷朝达姆施塔特②走去。他说那儿不错，我们有最好的机会可以找到活儿。

"这一路我感到愉快极了。天气一直很好，我们漫步在各个城市和乡村。当到了景色宜人的地方时，我们就驻足欣赏。我们在能找到的地方过夜，有一两次睡在了厩楼的干草堆上。我们在路边的小客栈吃饭，当路过红酒产区的时候，就不喝啤酒，改喝红酒。我们和在酒馆里认识的人称兄道弟，考斯蒂的性格带有一种粗鲁的愉悦，很容易就赢得了他们的信任。他和他们玩儿斯开特，这是一种德国扑克的玩儿法。他直爽粗犷，嘴里开着玩笑，赢着他们的钱，可是他们很喜欢他那些下流笑话，因此并不介意。我则和他们聊天，练习自己的德语。我在科隆买了一本英德对话语法书，德文已有很大的进步。

"那天晚上，由于考斯蒂肚子里装了好几升白葡萄酒，又开始以一种近乎病态的方式谈论起诸如人类无法摆脱孤独、灵魂的黑暗一面和最终天人合一的极乐境界这样的话题。可是第二天早晨，当青草上还挂着露水，我们在令人愉悦的乡野间穿行，我试着让他再给我讲讲昨晚那些东西时，他气得差点儿揍我一顿。

---

① 一万一千名贞女：典出基督教女圣徒乌尔苏拉的传说。据传匈奴入侵东南欧时，科隆有十一名（一说一万一千名）童女因坚持基督教信仰而被匈奴杀害，乌尔苏拉是她们的首领。科隆有圣乌尔苏拉教堂，相传藏有殉教童女的遗骸。

② 达姆施塔特：德国西部城市。

"'闭嘴,你这个傻瓜!'他说,'你为什么想听那些胡言乱语?来,咱们该学习德语了。'

"你可不敢跟一个拳头有汽锤那么大、说打人就打人的家伙争论。我见过他发怒。我知道他能把我打晕,并且知道,当我昏迷躺在阴沟里的时候,他不把我的兜翻干净是不会罢休的。我对他真是摸不着头脑。当葡萄酒松开他舌头的时候,他就会谈起那些妙不可言的话题,那时他会扔掉平时的粗言秽语,就像扔掉他那身肮脏的矿工服一样,并以一种文雅的方式讲话,甚至非常雄辩。我相信当时他说那些话时是十分真诚的。我不知道这个念头是怎么到我头脑里来的,但我认为,他下矿干那些苦活儿累活儿是为了使他的身体得到苦修。我觉得他痛恨自己那个粗壮丑陋的肉体,想要折磨它;而他所有的欺骗、怨恨和冷酷都是为了对抗——我不知道你会怎么称呼这个东西——在他心中深深扎根的圣洁本能,对抗既令他害怕又令他着迷的对于上帝的渴望。

"我们不慌不忙地一路向前走着。春天已经快过去了,枝头长满了树叶,葡萄园里的葡萄也在渐渐成熟。我们尽可能地走泥土路,路上的尘土越来越厚,我们已经到了达姆施塔特的边界地带。考斯蒂建议最好现在就去找个活儿干,因为我们的钱已所剩不多。其实我口袋里还有几张旅行支票,但是我已下定决心,不到万不得已时绝不用它们。每当我们看到有可能会收留我们的农舍时,就会上前打听他们需不需要人手。不过我得说,我俩看上去并不怎么吸引人。我们一身臭汗、脏了吧唧,考斯蒂看上去就像个可怕的恶棍,而我也好不到哪里去,所以我们一次又一次地遭到拒绝。有一回在一个地方,一位农夫说他愿意雇用考斯蒂,但是不想要我。考斯蒂说,我俩是兄弟,是不会分开的。我跟他说没关系,可是他就是不愿意,这使我感到很惊讶。我知道考斯蒂有点儿喜欢我,虽然我不明白为什么,因为我不像是那种对他有用的人,但也没想到他喜欢我能到为了我拒绝一份工作的地步。当我们继续上路时,我感到有点儿良心不安,因为我其实并不喜欢他,说实话,我觉得他这人挺讨厌的。当我试着说些话表示我很高兴他能那么做时,他骂了我一顿。

"后来我俩终于时来运转。

"我们穿过一个位于山谷的村庄,来到一个又大又旧、样子很奇特的农舍门前,那农舍看起来还不算太坏。我们上前敲了敲门,一个女人把门打开了。我们像往常一样询问他们要不要帮手,说我们不要报酬,能提供食宿就行。使我感到吃惊的是,那女人并没有像别人那样砰的一声关上门,而是让我们等着。她向屋里喊了一声,一个男人出来了。那男人上上下下把我俩好好打量了一番,接着就问我们是从哪儿来的,要看我们的证件。当他看到我是美国人时,又打量了我好几下,好像对此不太满意。不过,他还是请我们进去先喝杯酒再说。

"他把我俩带进厨房,我们坐了下来。那女人拿来一个大肚酒壶和几个玻璃杯。他说他雇用的人被牛顶伤了,现在正躺在医院里,丰收季过了以后才能康复,现在什么活儿也干不了。战争中死了那么多人,其他人又去了莱茵河两岸新建的工厂,想找个干活儿的人真是难上加难。这个情况我们是知道的,而且就指着这个呢。长话短说,他同意收留我们。这个农舍有许多房间,但是我猜他不想让我们住在里面。不管怎样,他告诉我们干草棚里有两张床,我们可以在那儿睡。

"农场的活儿并不累。我们要照料一些猪和牛,要维修坏了的机器。除此之外,还有一些杂七杂八的农活儿,但是我有休息的时间。我喜欢那芬芳的绿色原野,在傍晚时,我经常一边在上面溜达一边冥想。日子过得很不错。

"这家的人口包括:老贝克尔、他的老婆、他守寡的儿媳和她的几个孩子。贝克尔是个长着花白头发的肥胖男人,快五十了。他参加过战争,由于腿受过伤,现在走路还跛着脚。伤腿让他很疼,只能靠喝酒减缓疼痛,每次都是喝高了才上床。考斯蒂和他混得很熟,他俩经常在晚饭后一起去小客栈,一边痛饮葡萄酒一边打斯开特。贝克尔太太曾经是这家的用人,他们是从孤儿院把她领来的。贝克尔的前妻死后不久他就娶了她。她比他年轻很多,从某种角度说,长得还可以。她身材丰满,两颊红润,一头金发,一副欲望得不到满足的样子。没过多久,考斯蒂就得出结论说,在她身上大有可为。我告诉他别犯傻,我们好不容易找到了个好工作,不能丢掉它。他只是嘲弄我,说贝克尔满足不了她,她正找人呢。我知道指望不上他能保持体面,但是警告他要小心点儿。也许贝克尔看不出他想要干什么,但是他那守寡的儿媳眼睛里可容不下一粒沙子。

"儿媳的名字叫艾丽,是个又矮又胖的年轻女人,二十出头,长着黑色的眼睛和黑色的头发,一张方脸,脸色灰黄,表情阴郁。她还在为凡尔登战役中死去的丈夫戴着孝。她非常虔诚,每个周日的早晨都步行去村里参加早弥撒,下午又不辞辛苦地去参加晚祷。她有三个孩子,最小的一个是她丈夫死后才降生的。她吃饭时要不是为了斥责这几个孩子,绝不张嘴。她很少干农场里的活儿,一天里大部分时间都在看孩子,晚上独自一人坐在起居室里读小说,不过要敞着门,这样如果有孩子哭叫她会听见。这两个女人彼此相恨。艾丽看不起贝克尔太太,因为她是个弃儿,以前还是这屋里的用人,一想到现在她居然成了女主人,有权发号施令,就感到痛恨不已。

"艾丽是个富裕农夫的女儿,嫁到这里时带来好多嫁妆。她没有上村里的学校，而是去兹温根堡的文科中学里上的学，所以她受到了不错的教育。可怜的贝克尔太太十四岁就来了这所农场，勉强会读会写，这是那两个女人之间的又一个不和谐音符。艾丽绝不会放弃任何一个卖弄学问的机会，贝克尔太太则会气得涨红了脸，问她一个农夫的老婆知道这些知识有什么用。这时，艾丽就会看着她丈夫的军籍牌——她特意用铁链把它穿起来戴在手腕上——阴郁的脸上满是悲苦的表情："我可不是什么农夫的老婆，我不过是个农夫的遗孀罢了，一个为自己国家捐躯的英雄的遗孀。

"可怜的贝克尔不得不停下手里的活儿，求这两位安静下来。"

"但她们是怎么看你的呢？"我打断拉里的话头问道。

"噢，她们认为我从美国军队里开了小差，再也回不了美国了，或者认为我曾经蹲过大牢，所以才不会介意和贝克尔还有考斯蒂到小客栈里去喝酒。她们觉得我不想引起他人注意，以免当地治安官会来盘问我。当艾丽发现我正在学德语时，就搬出她以前的学习课本，说她愿意教我。于是每天晚饭后，她和我会一起去起居室，把贝克尔太太一人留在厨房里。我大声朗诵课本，她给我纠正发音，并试着解释我不能理解的那些单词。我猜她这么干与其说是为了帮助我，还不如说是为了刺激贝克尔太太。

"在那段时间里，考斯蒂正试着挑逗贝克尔太太，但是毫无进展。她是个本性欢快的女人，很愿意和他逗趣，他和女人交往时有一手儿。我猜她已看出来他想干什么，不免有点儿得意。但当他有一次偷偷掐了她一把时，她告诉他放老实点儿，还给了他一记耳光，那记耳光可够狠的。"

拉里停了一会儿，有点儿害羞地笑了。

"我从不认为自己是那种吸引女人的男人,不过我看出贝克尔太太喜欢上我了,这让我感到很不舒服。一方面,她比我大很多,另一方面,贝克尔对我们不赖。我没法儿不注意到,她在餐桌上给我们分发食物时,我盘子里的东西总比其他人的多。她还总想找机会和我独处,以一种你可以称之为挑逗的方式冲我微笑。她问我有没有女朋友,还说像我这样的年轻人一定非常想到那种地方快活一下。至于什么地方,你肯定能明白。我只有三件衬衫,它们都已经很破旧了。有一次她说,我穿得这么破破烂烂实在有违体面,如果我把衬衫拿给她,她很愿意帮我缝补一下。艾丽听到了她说的话,等下次她和我单独相处时就对我说,如果我有什么要缝补的衣物,她可以帮我,我说不用麻烦了。但是过了一两天,我发现我的袜子被人补好了,衬衫也打上了补丁,被整整齐齐地放在干草棚里的架子上,那架子是我们拿来放个人物品的。至于这件事是她俩谁干的,我就不知道了。我当然不会把贝克尔太太做的那些事情当回事儿,她是个脾气非常好的中年女人,我觉得她不过是想表现一下她身上的母性罢了,但有一天考斯蒂对我说:'听着,她想要的不是我,而是你。我一点儿机会也没有。'

"'别胡说八道了。'我对他说,'她那年纪都能当我妈了。'

"'那又怎样?小伙子,上啊,我不会挡你道儿的。她也许不再年轻了,不过身段儿倒是真不错。'

"'闭嘴!'

"'你为什么犹豫不前呢?希望不是因为我的缘故。我是个哲学家,不会在一棵树上吊死的。我也不会指责她,毕竟你更年轻。我也曾年轻过,Jeunesse ne dure qu'un moment①。'

---

① 法语:青春稍纵即逝。

"看到考斯蒂对我不愿相信的事如此笃定，我有点儿不高兴。我对这个局面感到束手无策，突然又记起了一些以前没太注意的事情：艾丽曾经说过一些话，当时我不曾留意，但现在我明白了——她一定看出了这一切。每次我和贝克尔太太单独在厨房时，她总会突然出现，我有一种她在监视我们的感觉，这令我很不舒服。我觉得她想抓住我们的把柄。她恨贝克尔太太，只要能抓住一点儿机会，就会搅起轩然大波。我当然知道她不可能抓住任何把柄，不过她是个恶毒的妇人，谁知道她会怎么在贝克尔面前制造谣言呢？我不知所措，只能装傻，假装不明白贝克尔太太的意图。我在农场里过得很快乐，也喜欢干那些农活儿，我可不想在丰收季节结束前就离开那里。"

听到这里我不禁笑了起来。我可以想象出拉里那时的样子：穿着打满补丁的衬衫和短裤，脸和脖子在莱茵河谷骄阳的照射下呈现出一种小麦色光泽，他的身体修长而柔软，那双深陷的眼睛黑亮亮的。我相信他这副样子一定使那位白皮肤、金头发、胸脯丰满的威严主妇欲火中烧。

"那么，后来怎么样了呢？"我问道。

"夏天正在悄悄过去，我们忙得不可开交：先是把干草割下并堆成垛，接着樱桃就成熟了，我和考斯蒂爬上梯子采摘它们，那两个女人把它们收集到大筐里，贝克尔则把它们运到兹温根堡去卖。然后我们又割黑麦，当然了，还得照顾那些动物。我们黎明前就起床，一直干到太阳下山。我猜贝克尔太太已经放弃了我，我总和她保持一定距离，只要这距离不远到使她感到冒犯就行。晚上的时候我实在太困了，没法儿读多少德文。晚餐过后不久，我就离开农舍回干草棚睡觉。大多数的晚上，贝克尔和考斯蒂都会去村里的小客栈，等考斯蒂回来的时候，我早就睡着了。干草棚里非常热，所以我都是光着身子睡觉。

"一天夜里我被惊醒了,刚开始我不知道发生了什么事,迷糊着。我感觉一只热乎乎的手捂住了我的嘴,有个人在我的床上。我刚把那手拉开,一张嘴就堵了上来,我感到一双臂膀环抱着我的身体,贝克尔太太那对大乳房压在我身上。

"'Sei still①,'她说,'别出声。'

"她紧紧压着我,用火热丰满的嘴唇吻我的脸,双手在我身上摸来摸去,双腿和我的腿缠在一起。"

拉里停了下来,我咯咯地笑了。

"那你怎么办呢?"

他不好意思地微笑着,甚至脸也有点儿红了。

"我还能怎么办呢?我听见睡在旁边床上的考斯蒂发出了沉重的呼吸,我以前读到'约瑟的处境'②时总觉得有点儿可笑,没想到现在这种事竟出现在我的身上。我只有二十三岁,也不可能大吵大闹把她从床上踢下去,也不想伤害她的感情,因此就做了她想让我做的事。

"事后,她从床上溜下去,踮着脚尖出了干草棚。老实告诉你,我松了口气。要知道,我被吓坏了。

"'天啊,'我说,'这真是场冒险。'

"我想可能贝克尔回家时已经喝醉了,倒在床上昏睡过去。不过他俩睡在一张床上,要是半夜他醒来,发现老婆不见了……还有艾丽,她总是说她睡眠不好,要是她半夜醒了,听见贝克尔太太下了楼,出了农舍……突然,我好像明白了什么:当贝克尔太太和我在床上的时候,我感觉有一片什么金属类的

---

① 德语:别出声。
② 约瑟为《圣经·旧约》中的人物,因长相俊美,受到主母勾引。约瑟不从,反遭主母陷害。

东西贴在我的皮肤上。我当时并没有在意,要知道在那种情况下,没人会在意这类事情,而且我也没有想过那会是什么东西。现在我开始想了。我坐在床沿上,发愁地考虑着这一切将会产生的后果,然后,我突然惊跳起来:那片金属是艾丽丈夫的军籍牌,她一直戴在手腕上。刚才在我床上的不是贝克尔太太,而是艾丽!"

我实在没忍住,哈哈大笑起来。

"你可能觉得挺好笑,"拉里说,"我可不。"

"你现在回过头去看,是不是觉得也挺有意思的?"

他嘴上浮现出一抹不太情愿的笑意。

"也许吧。可是这也太可怕了,我不知道这件事会有什么后果。再说,我不喜欢艾丽,我觉得她一点儿吸引力也没有。"

"可是你怎么会把两人搞混呢?"

"当时屋里一片漆黑,除了让我闭嘴,她什么话也没说过。她俩都是身材肥胖的女人。我觉得贝克尔太太对我有意,但从没想到艾丽也会打我的主意——她总是一副对她丈夫念念不忘的样子。我点起一支烟,思索着眼前的这个局势,越想越觉得不对劲,觉得最好还是离开为妙。

"我以前总是埋怨考斯蒂,因为叫醒他非常不容易。过去我俩在矿上时,为了上班不迟到,我得玩儿命摇晃他,才能把他摇醒。不过现在我衷心感谢他睡觉如此之沉。我点燃灯笼开始穿衣服,把我的东西胡乱塞进背包——我并没有太多东西,所以一分钟不到我就塞好了——我把背包背好,穿着袜子走出干草棚,下了梯子才把鞋穿上,又把灯笼吹灭了。

"那是一个漆黑的夜晚,天上没有月亮,但是我认识那条通往村子的路。我朝村子走去,走得飞快,想趁人们起床四处走动之前穿过它。那里离兹温根堡只有十二英里远,我到那儿时，整个城市才刚刚醒来。我永远不会忘记那次夜行。路上除了我的脚步声外，什么声音也没有，只偶尔会从周围的农场里传出一两声公鸡的啼鸣。接着东方泛起了鱼肚白，天空不再那么漆黑，但是太阳的光线还没有显露出来。然后破晓了，太阳在一片鸟鸣声中升了起来，郁郁葱葱的绿色乡村、草场、树林，还有田野里的麦子，仿佛都镶上了金丝银线，沐浴在凉爽的晨光里。

"在兹温根堡我喝了一杯咖啡，吃了一个面包卷，然后走到邮局给美国运通公司发了封电报，让他们把我的书和衣服寄到波恩去。"

"为什么是波恩呢？"我打断了他的话。

"当我们去莱茵河谷的时候曾在那儿停留过，我很喜欢那里。我喜欢阳光洒在城市屋顶和河水里的样子，喜欢它那窄窄的街道，喜欢它的住宅和花园，喜欢两旁种满栗子树的林荫道，也喜欢波恩大学那富有洛可可风格的建筑。那时我就觉得能在那里待一段时间不失为一件乐事。但是我想，在到波恩之前，我得先好好收拾一下自己，让自己变得体面一些。我就像个流浪汉，那副模样是不可能在旅馆里租到房间的。所以我先坐火车去了法兰克福，给自己买了个行李袋和一些衣服。我在波恩断断续续待了一年。"

"那你从矿上和农庄的经历里得到什么启示了吗？"

"得到了。"拉里一边微笑一边点头说道。

但是他并没有具体讲给我听，那时我对他已经比较了解了：他愿意讲的东西才会讲。当他用一种冷静的半开玩笑的方式回避你的问题时，再怎么问也是没用的。我必须提醒读者，他跟我说的这些事都是在十年前发生的。当我再一次遇到他时，并不知道他都去了哪里、干了什么，我以为他已经死了。要不是我和艾略特的友谊,要不是他持续告诉我伊莎贝尔的生活状态,我是不会想起拉里的,我肯定早已忘记这个人的存在了。

3

伊莎贝尔和拉里解除婚约后,在当年的六月初就同格雷·马图林结了婚。虽然艾略特不愿在社交季最高潮的时候离开巴黎——这意味着他将错失许多场盛大的聚会——但是他那强烈的家庭责任感不允许他忽视应尽的家庭义务。伊莎贝尔的哥哥们远在海外,无法从他们的工作中抽身,于是送外甥女出嫁的任务理所当然地落在了舅舅的身上,虽然这意味着他要跋山涉水到芝加哥来。考虑到那些法国贵族上断头台时都穿着盛装华服,艾略特特意跑到伦敦,为自己定制了一件新的晨间礼服、一件鸽灰色双排扣马甲和一顶丝质礼帽。一回到巴黎,他就请我去他家,看看这身行头在他身上怎么样。我到的时候他正在苦恼,因为他那颗经常戴在领带上的灰色珍珠和他专为婚礼买的鸽灰色领带不相配——太靠色了。我建议他换成镶钻祖母绿别针。

"如果我只是个客人,那当然可以。"他说,"可是我要送外甥女出嫁,只有珍珠才合适。"

这门婚事让他非常高兴,因为与他的处世哲学相符合。他谈起它时的口吻就如同一位孀居的公爵夫人谈起拉罗什富科的子嗣与蒙莫朗西^①家的千金那门当户对的亲事似的。为表示他的满意,他不惜高价收购了一幅纳蒂埃的佳作作为结婚礼物,那是一幅画工精妙的法国王室公主肖像画。

亨利·马图林已经为小两口在阿斯特街上购置了新房,这座房子离布拉德利太太家很近,离他在湖滨大道那宫殿似的豪宅也不远。可喜的是,格雷戈里·布拉巴宗那段时间恰巧也在芝加哥(其实我十分怀疑这个巧合不过是艾略特和他密谋的结果),所以一切装修装饰全部都托付给了他。当艾略特回欧洲时,放弃了法国的社交季,直接来了伦敦,并随身带来了新房的照片。格雷戈里·布拉巴宗尽情发挥、大展拳脚:整个起居室完全采用了乔治二世的风格,富丽堂皇;图书室同时也是格雷的办公室,设计上显然是受到了慕尼黑阿玛琳堡的影响,除了没地方放书以外,其他一切都装饰得恰到好处;要不是卧室里摆着两张床,路易十五来这间格雷戈里为美国小两口设计的房间与蓬巴杜夫人幽会时,一定以为到家了;不过伊莎贝尔的浴室肯定会让那位法国国王大开眼界——天花板、墙壁和浴缸都是玻璃的,墙里面有许多银色的鱼在金色的水生植物中来回游弋。

"当然这房子不算大,"艾略特说,"但是亨利告诉我,装修和家具让他花了十万美元。对某些人来说,这可是一笔巨款了。"

婚礼在圣公会教堂举办,可谓该教堂主持过的最盛大华丽的结婚仪式。

"当然和在巴黎圣母院举行的婚礼不能比,"他沾沾自喜地说,"但是对一场新教徒婚礼而言,可谓不失品位。"

---

① 蒙莫朗西:蒙莫朗西公爵(1493—1567),法国陆军元帅,是弗朗索瓦一世、亨利二世和查理九世的三朝重臣。

本地报纸对这场婚礼也进行了大量报道。艾略特漫不经心地将报纸剪报丢给我。他给我看结婚照片：伊莎贝尔胖乎乎的，穿着婚纱，不过还是很漂亮；格雷身躯庞大，但是身材很好，穿着一身正装，显得有些不自在；还有一些新婚夫妇和伴娘的照片，以及他们和布拉德利太太、艾略特的合影。布拉德利太太穿着华贵的礼服，艾略特则手持高礼帽，以他那特有的优雅姿态站立着。我询问布拉德利太太身体怎么样了。

"她瘦了好多，脸色也不好，但是身体还不错。当然筹备婚礼给了她不少压力，不过现在婚礼结束了，她也可以好好休息了。"

一年以后，伊莎贝尔生了个女儿，按照当时的潮流，取名为琼；两年后又生了个女儿，也按当时潮流，取名为普里西拉。

亨利·马图林的一个合伙人死了，另两个合伙人在压力下不久就退了休。于是他开始名副其实地独自掌管生意，其实以前他也一向是说一不二的。现在，他实现了怀抱已久的野心，把格雷升做合伙人，公司从来没有如此欣欣向荣过。

"他们挣起钱来易如反掌，我亲爱的朋友。"艾略特跟我说，"格雷今年二十五岁，每年已经可以挣到五万美元了，这还只不过是刚开始而已。这可不是什么一时的繁荣，这是一个自然的发展进程。"

他胸中充满了少有的爱国热情。

"亨利·马图林不可能永远都活着，他有高血压。你知道，等格雷四十岁的时候，名下就会有两千万美元。富比王侯啊，我亲爱的朋友，富比王侯！"

艾略特一直同他姐姐保持极有规律的通信，年复一年，并不时地将她告诉他的消息讲给我听。格雷和伊莎贝尔过得很幸福，孩子们也很可爱。艾略特很高兴地发现他们现在过着一种极为适宜的生活:他们极尽奢华地招待客人,同时也被极尽奢华地招待。他带着满意的神情告诉我,伊莎贝尔和格雷三个月里从没单独吃过晚饭。不过这场如旋风般的狂欢被马图林太太的去世打断了。亨利·马图林娶了这位苍白无趣但出身富有的女人,为自己在芝加哥博得了一席之地,而他的父亲不过是个来自农村的乡巴佬罢了。为了表示对她的尊敬,这对年轻的夫妇一年中从未邀请六个以上的客人来吃晚餐。

"我经常说晚餐八个人最合适,"艾略特说,决定看事物好的一面,"八个人的晚餐足够亲密,大家可以随便聊聊;同时人数又足够可以称为一个聚会。"

格雷对他的妻子很大方。当他们的第一个女儿出生时,他送给伊莎贝尔一枚方形钻戒;第二个女儿出生时,则送了件貂皮大衣。他工作很忙,很少有时间离开芝加哥。但是一旦能度假,就带着伊莎贝尔和孩子们去亨利·马图林在马文的豪宅。亨利非常疼爱他的儿子,有求必应。某个圣诞节,他送给儿子一个位于南卡罗来纳的大农场,以便他在狩猎季节可以去那里打两周野鸭子。

"我们美国的商业巨子,就如同伟大的意大利文艺复兴赞助人一样,他们也是靠贸易发了财。比如美第奇家族①,法国有两位国王将自己的女儿嫁给了这个杰出的家族,并不觉得有失身份。我仿佛已经看到欧洲的贵族与我们美国的百万公主携手的日子。雪莱是怎么说的?'世界的伟大时代重新开始,黄金的岁月复又来临。'"

亨利·马图林管理布拉德利太太和艾略特的投资项目已经

---

① 美第奇家族:意大利佛罗伦萨十五世纪至十八世纪中期在欧洲拥有强大势力的名门望族。

有好多年了,他们对他那已被事实证明的聪明头脑满怀信心。他从不做投机买卖,而是把他们的钱投在可靠的证券上。随着证券的升值,他们惊喜地发现,自己那些相对来说略显寒酸的投资金额已经涨了很多。艾略特告诉我,不费吹灰之力,他一九二六年的资产就比一九一八年时增长了两倍。

　　他已经六十五岁了,头发业已花白,脸上也有了皱纹,生出了眼袋,但是他仍然顽强地与岁月做斗争。他的身材依旧高挑、身姿依旧挺拔。他保持良好的生活习惯,十分在意自己的仪容仪表。只要伦敦还有最好的裁缝为他裁衣,只要私人美容师还能为他刮脸和理发,只要按摩师还能每天早晨为他那优雅的身体做护理,使他保持良好的状态,他就绝不会向岁月的摧残低头。他早已经忘了他曾如此自贬身价地在生意中担当掮客的角色,通常他倾向于暗示别人,他年轻时曾在外交部门工作过。当然他从来没有对人明着这么说,因为他不会傻到去撒一个有可能被戳穿的谎言。我必须承认,如果有一天,我有机会画一幅大使的画像,一定会毫不犹豫地选艾略特作为我的模特。

　　但是世事无常,那些曾经帮助艾略特青云直上的贵妇们虽然还健在,但都垂垂老矣;那些英国贵族夫人都已经成了寡妇,失去了丈夫的庇护,只能向儿媳投降,纷纷退回到切尔滕纳姆①的乡间别墅或摄政公园的简单住宅里;斯塔福德家族②的宅邸成了博物馆,寇松家族③的宅邸成了一家机构的办公地点,而德文希尔家族④的宅邸则正在出售;艾略特以前经常在考斯

---

① 切尔滕纳姆:英格兰中西部自治市镇。
② 斯塔福德家族:英格兰著名贵族世家。
③ 寇松家族:英国贵族世家。
④ 德文希尔家族:英格兰贵族世家。

周帆船比赛里乘坐的那条船也已经易了手；占据时尚舞台的风云人物已经对艾略特这样年纪渐长的人不屑一顾了，他们觉得他既烦人又可笑。他们虽然仍然愿意来参加他在克拉里奇饭店精心准备的午宴，但是他已经明显地看出，他们之所以来只是为了彼此见面，而不是为了见他。他已不能像以前那样，从写字台上堆积的请柬里挑挑拣拣。更多的时候，他只能独自一人屈辱地在酒店套房里用餐，而这是他不愿为外人所知的。当社交界因为某个丑闻而对有地位的英国贵妇关上大门时，她们通常就会发展出对艺术的爱好，与画家、作家和音乐家交往起来。艾略特高傲得很，可不会用这样的做法来糟践自己。

"遗产税和发战争财的黑心商人把英国上流社会给毁了。"他对我说，"人们好像不再在乎自己的交往对象了。伦敦还有一流的裁缝、鞋匠和帽匠，我相信在我的有生之年，他们还会一直存在着。但除此之外，英国完了。我亲爱的朋友，你知道吗，圣厄斯府上竟然由女仆伺候用餐了[①]。"

他说这话时，我们正离开卡尔顿府联排公寓[②]，我们刚刚在那里赴过午宴，席间发生了一件不幸的事件。我们那位贵族东道主收藏了很多名画，一位名叫保罗·巴顿的美国年轻客人，提出想欣赏一下这些画作。

"您有一幅提香[③]的作品，是不是？"

"我们曾经有一幅，不过现在它在美国了。一个犹太老头儿出了很高的价钱，当时我们的手头有点儿紧，所以管事儿的就

[①] 贵族的宴席中，一向由男仆上餐，在高档饭店亦是如此。
[②] 卡尔顿府联排公寓：在二战前，这里是伦敦最时髦的寓所，历史上有不少知名房客。
[③] 提香（1488—1576）：意大利文艺复兴后期威尼斯画派的代表画家。

把它卖出去了。"

我注意到艾略特怒发冲冠地狠狠瞪了那位喜笑颜开的侯爵一眼,猜到买画的人就是他。当他听到有人竟这样形容他这位祖先曾在《独立宣言》上签字的弗吉尼亚人时,不禁怒火中烧。他这辈子还没受过这样的侮辱。更糟糕的是,那个保罗·巴顿恰巧偏偏是他恨之入骨的一个人。这个年轻人在战后不久来了伦敦,二十三岁,金发碧眼,非常英俊,气质迷人,是个跳舞好手,并且还很有钱。他手里拿着一份推荐信去见艾略特,而他则怀着一片天生的善心对他,把他介绍给了几个朋友。这还不算,他还暗示了他好几个有用的绝招,都是从以往的经验中挖掘出来的。比如对那些上了年纪的贵妇稍稍用点儿心;那些地位显赫的人说话时,不管这些话多么冗长乏味,也要表现出一副洗耳恭听的样子,因为这样可帮助一位初来乍到者敲开上流社会的大门。

不过保罗·巴顿要进入的世界可不再是艾略特经过顽强的毅力才打入的那个世界了,毕竟一代人已经过去了。现在的世界正醉心于取悦自己。保罗·巴顿以他那充沛的精力、讨人喜欢的外貌、迷人的风度,只用了几个星期的时间就取得了艾略特通过长年累月的不懈努力才取得的成果。很快,他就不再需要艾略特的帮助了,甚至都不愿意费心隐藏这一点。当他们碰面时,保罗仍然表现得很高兴,不过是用一种漫不经心的态度,这种态度最招年长人的恨。艾略特不以好恶而以是否能为聚会添彩来挑选客人。既然保罗·巴顿如此受欢迎,他偶尔也会请他来参加每周的午宴。可是这位成功的年轻人很是抢手,一连两次在最后的时刻放了艾略特的鸽子。艾略特自己也经常这么做,所以心里很清楚,他一定是有了更好的去处。

"你肯定不相信,"艾略特气得直冒烟儿,"但是以上帝起誓,他现在见我时是一副高我一等的样子。那可是我!"接着又气急败坏地说:"提香?提香?他要是看到一幅提香的画儿才不会看出那是谁画的呢!"

我从来没见过艾略特如此生气,我猜他的愤怒源自他认为保罗·巴顿早已知道买画的人是他,故意恶意地问起那幅画,好等那位爵爷回答的时候看他的笑话。

"他算什么东西,不过是个肮脏小人势利鬼罢了!在这个世界上,我最厌恶和看不起的就是趋炎附势。要不是我,他能成为现在这样儿?你信不信,他父亲就是个做办公家具的。办公家具!"他说这个词时,极尽挖苦嘲讽:"可当我告诉人们,他在美国什么也不是,他的出身非常低贱时,人们根本不在乎。记住我的话吧,我亲爱的朋友,英国的上流社会已经死了,就跟已经灭绝的渡渡鸟一样。"

在艾略特眼里,法国现在也不怎么样。那些在他年轻时认识的贵妇们,如果还活着的话,已经屈服于桥牌(他所讨厌的一种扑克游戏)、祷告和照看她们的孙子孙女了。工厂老板、阿根廷人、智利人、与丈夫分居或离婚的美国女人住在原来贵族们居住的宅邸里,一掷千金地请客狂欢。艾略特吃惊地发现,在他们的宴会上到处都是操着南腔北调说法语的政客、毫无餐桌礼仪的记者,甚至还有戏子。贵族家庭的子嗣娶开店的女儿为妻,却不以为意。巴黎充满了乐趣,这倒不假,可是这是怎样低档的乐趣。年轻人疯狂地追求享乐,觉得再也没有比从一个拥挤不堪的小夜店转战到另一个拥挤不堪的小夜店更有趣的事了。他们喝着一百法郎一瓶的香槟,和城里的一帮乌合之众挤在一起跳舞,一直跳到凌晨五点。烟雾、热气和噪音搅得艾略特脑袋疼。这再也不是那个他三十年前认作精神故乡的巴黎了,再也不是那个善良的美国人死后去的巴黎了。

4

但是艾略特有一种判断力。他心中的直觉告诉他，里维埃拉即将再一次成为权贵和风尚人士的度假胜地。他对那片海岸很熟悉，因为他每次从罗马回来时，总要在蒙特卡洛[①]的巴黎饭店或者在某个朋友位于戛纳的别墅里住上几天，他去罗马是为了履行教皇法院赋予他的职责。那时正值冬季，据他听到的最新传闻说，里维埃拉将会成为一个夏季的避暑胜地。那些大酒店不断在开张，夏季访客的名字出现在《巴黎先驱报》的社会新闻栏里，艾略特读着那些名字，面露赞许之色。

"我已经受够了这个世界的纷纷扰扰，"他说，"现在已经到了该去欣赏大自然美景的人生时刻了。"

这话听起来有点儿令人费解，并不是他的真心话。艾略特一向认为，自然是社交生活的绊脚石。他对那种眼前明明摆着摄政时期的五斗橱和华多的绘画作品，却还要跋山涉水地去看一个湖或是一个山的人感到不可思议。

当时他手头正有一大笔闲钱。亨利·马图林看到他那些朋友们在证券交易所里只一晚上的工夫就发了大财，不禁大为恼怒，再加上儿子的撺掇，最终向时局低了头，渐渐抛弃了以往那种谨慎的保守主义，也急忙搭上了这辆顺风车。他写信给艾略特，表示他仍像以往那样反对投机赌博，但眼下这场金融风潮可不是赌博，他笃信这是这个国家永不枯竭的财力造成的。他的乐观主义是建立在常识的基础之上的。他看不出有什么能阻挡住美国的发展。他高兴地告诉艾略特，他已经为亲爱的路

[①] 蒙特卡洛：摩洛哥公国的一座城市。

易莎·布拉德利凭保证金额度购买了一些可靠的证券，现在她已经挣了两万美元了。在信的末尾他说，如果艾略特想挣点儿小钱，并允许他根据自己的判断行事的话，他敢保证结局是不会让他失望的。善于引经据典的艾略特用王尔德的一句话回复了他：我可以抵抗住任何事物，只除了诱惑。这件事的结果是：从那以后，他一改多年的习惯，不再将注意力放在同早餐一起送来的《巴黎先驱报》的社交栏目上，而是转向了股市市场报告。他交由亨利·马图林代办的交易大举成功，不费吹灰之力就赚了五万美元。

他准备拿这笔钱在里维埃拉买一幢房子。这一世外桃源般的地点就明智地选在昂蒂布①——位于戛纳和蒙特卡洛之间，从这里去那两个地方都很方便。很快，他选的这个地点就成了时尚的中心。不过他的选择到底是出于上帝之手还是只凭借了自己敏锐的直觉，那就说不清了。

乡野郊区带花园的别墅不符合他挑剔的口味，于是他在老城区买了两套可以看海的房子，并把它们打通，合并成了一栋。他在房子里装上了现代的中央暖气系统、好几间浴室和美国风尚强迫负隅顽抗的老欧洲就范的卫生设施。那时酸洗工艺正在风行，于是他为那幢房子配置了一套经过适度酸洗的古老的普罗旺斯风格家具，但是面料却是现代风格的。这是艾略特经过深思熟虑后，向现代风格做的谨慎的妥协。不过，他仍然接受不了毕加索或布拉克那样的画家。他们那些乱七八糟的画显然误导了那些狂热的支持者——"太可怕了，我亲爱的朋友，太可怕了"——他本人经过长时间的权衡，已将画作的收购范围拓展到了印象派画家的作品，所以这幢新房子的墙上挂了不少

---

① 昂蒂布：法国东南部海港。

非常美丽的画作。我记得有一幅莫奈画的河上行舟，一幅毕沙罗画的塞纳河上的码头和桥，一幅高更的大溪地风景画，还有一幅雷诺阿的非常迷人的少女像，那女孩金黄色的头发披散在身后。当他的房子装饰好后，显示出一派清新愉悦的气质，十分与众不同，而且还有一种简洁感。但是谁都看得出，这种简洁感不花大价钱是出不来的。

接着，艾略特一生中最辉煌的时刻来临了。他把他那手艺非凡的主厨从巴黎带了过来。很快，他家宴会里的食物在里维埃拉首屈一指的消息不胫而走，传遍了四方。他让管家和男仆都穿上肩膀上有金色带饰的白色制服，他举办的宴会非常奢华但也非常有品位，从不流俗。

地中海岸边游荡着欧洲各地来的贵族：有些是因为这里宜人的气候，有些是在国内遭到了流放，还有些则是因为某件过往丑事或一桩不合适的婚姻而宁愿旅居国外。他们中有的来自俄国的罗曼诺夫皇族，有的来自奥地利的哈布斯堡皇族，有西班牙的波旁王族，有两个西西里王族和一个帕尔马王族，有些人是英国温莎王室和布拉干萨王室的王子，有些人是来自瑞典或希腊的王室成员，艾略特招待他们。这里还有没有王室血统的王子和公主、公爵和公爵夫人、侯爵和侯爵夫人，这些人来自奥地利、意大利、西班牙、俄国和比利时，艾略特也招待他们。在冬季，瑞典国王和丹麦国王会在这片海岸逗留一段时间，西班牙的阿方索十三世也会不时前来，艾略特同样招待他们。当他以优雅的宫廷礼仪向这些高贵的人物行礼时，总带着美国公民的那种人生而平等的独立风范，不卑不亢，令我颇为欣赏。

经过多年的漫游，我在费拉角买了一幢房子，因此可以经常见到艾略特。那时我的地位已受到了他的肯定，有时他会邀请我参加一些规格非常高的聚会。

"就算来帮我个忙吧,我亲爱的朋友。"他会这么说,"当然了,我和你一样明白,这些贵族会毁了聚会,可是其他人喜欢,而且我觉得应该给这些可怜的人点儿面子,虽然上帝知道他们并不配。他们是世界上最忘恩负义的人,会利用你。等你对他们没用的时候,他们就会把你扔了,就像扔一件破衬衫似的。他们会接受你数不清的帮助,可是他们中没有一个会回报你的,哪怕是举手之劳。"

艾略特花了很大力气同地方当局搞好关系。本地行政长官以及当地主教和副主教也经常光临他的聚会。那位主教在进入教会前曾是一位骑兵军官,在战争中指挥过一个团。他是一个面色红润、身体肥胖的男人,喜欢使用军营里粗鄙的语言,而他那位忠于苦行、面色惨白的副主教,则在一旁如坐针毡,唯恐他说出什么不体面的话来。当他的上级滔滔不绝地讲述那些心爱的故事时,他的脸上就会露出不以为意的微笑。但是这位主教管理他的教区很有一套,雄辩的口才在布道时打动人心的能力,与在饭桌上用俏皮话逗得人前仰后合的能力不相上下。他很赞许艾略特在宗教事务上虔诚慷慨地捐赠,也很喜欢他那友善的性格以及餐桌上提供的食物,因此两人成了好朋友。艾略特因而以此自夸,毕竟他在两个世界里都取得了成功。也许我可以冒昧地这么说:既成功地迎合了财神也虔诚地满足了上帝。

艾略特很为他这幢新房子感到骄傲,迫不及待地想让他姐姐来看看。他总是希望能够得到她的赞许,他想让她看看他现在的生活品位,也想让她看看现在与他交往的那些贵胄。这是对她以前的那种犹豫态度的最好的答复。她现在肯定不得不承认他成功了。他给她写信,邀请她带着格雷和伊莎贝尔一起来。由于他没有多余的房间,所以他们不能和他住在一起,但是可以和其他客人一样,住在附近的海角酒店。布拉德利太太回信说,她能够旅游的日子已经结束了,由于身体的原因,最好还是待在家里。格雷也来不了——生意好得不得了,根本不可能离开芝加哥,只能在原地待着。艾略特非常疼爱姐姐,她的来信立刻引起了他的警惕。他写信询问伊莎贝尔。她给他回了电报,说她妈妈的身体虽然不太好,每周都得卧床一天,但是目前并没有什么危险,经过精心照料,还可以活很长的时间。而格雷确实需要休息,既然他的父亲可以照看一切,他休个假应该没什么问题。所以虽然今年夏天他们无法来,但是明年夏天她和格雷会来的。

接着,在一九二九年十月二十三日,纽约股票市场崩盘了。

那时我正在伦敦。起先居住在英国的人并没有意识到这个情况有多么严重,或者说会产生多么可怕的后果。就我本人来说,虽然很懊恼损失了相当数量的钱,但那只是账面上的。等尘埃落定,我的现金并没有损失太多。我知道艾略特在股市上投了不少钱,担心他损失惨重,但是直到我们都回到里维埃拉过圣诞节时,我才有机会见到他。他告诉我,亨利·马图林死了,格雷破产了。

我对生意之类的事情懂得不多,所以恐怕在复述艾略特给我讲述的那些事件时,会让人读来有点儿困惑。据我的理解,这场使公司破产的灾难之所以发生,部分是由于亨利·马图林的固执己见，部分是由于格雷的莽撞轻率。起先，亨利·马图林不愿相信纽约股市的崩盘是真的。他对自己说，这不过是纽约经纪人耍的把戏，好把他们那些乡巴佬同行打个措手不及。因此，他咬紧牙关，将更多的钱投入了市场。他对那些听任自己被纽约无赖打得落荒而逃的芝加哥经纪人大发雷霆。他向来以不会使那些跟着他的建议理财的小客户——有固定收入的寡妇、退休的军官等诸如此类的人——损失一分一厘而自豪，于是他自掏腰包来弥补他们的损失。他说他已经准备好破产，他会东山再起的，但是如果让这些信任他的小人物们变得一无所有，他将永远抬不起头来。他认为他的行为是高尚大度的，但其实这只不过是自负，他巨大的财富像雪一样融化了。一天晚上，他犯了心脏病。他已是六十多岁的人，可工作和玩乐起来都不要命，饮食无度，酷爱饮酒。在经过几个小时痛苦的挣扎后，他最终死于冠状动脉血栓。

　　现在只剩格雷一人收拾残局了。他过去做的事情就是大量投机，并没有他父亲的见识与经验，现在却只能直面这个巨大的困难了。最终，他挽救自己的努力付之东流，银行再也不愿意借给他钱了。交易所的老手告诉他，唯一的办法就是放弃，后面发生了什么事我就不知道了。以我的理解，他因为无法偿还债务，最终被宣告破产。他已经将自己的房子做了抵押，很高兴把它转手给了承押人。他父亲在湖滨路以及马文的房子也以他们能够卖出的价钱卖掉了。伊莎贝尔卖了所有的珠宝，剩下的只有在南卡罗来纳的那个农场了。那个农场在伊莎贝尔的名下，而且找不到买主。

　　格雷彻底出局了。

　　"那你的情况如何呢，艾略特？"我问。

　　"噢，我没什么可抱怨的。"他轻松地回答道，"老天爷饿不死瞎家雀。"

我没有再问下去，毕竟他的财务状况是他自己的私事，不过我猜想，他的损失应该和我们其他人差不多。

大萧条①起先并没有对里维埃拉造成很大的影响。我听说有两三个人损失惨重，很多度假别墅冬季都关了门，还有几家正在待价而沽。酒店远远没有客满，蒙特卡洛的赌场也在抱怨本季的盈利很差。但是没过一两年，大萧条的危害就显露了出来：一家地产中介公司告诉我，从土伦②到意大利边境沿海一线，共有四万八千幢大大小小的房屋在等着转手卖出；赌场的股价一落千丈；各大饭店纷纷打折，徒劳地想要吸引客人到来；在那里能见到的外国人全都穷得不能再穷，他们分文不花，因为锄子儿没有；店铺主人也陷入一片绝望之中。可是艾略特既没有解雇他的仆人，也没有像其他人那样，削减他们的工资。他像往常一样用美酒佳肴款待贵族和有权势的客人，还从美国进口了一辆新车，付了很多关税。他慷慨解囊，协助当地主教举办慈善事业，为没有收入的家庭提供免费食物。实际上，那场几乎动摇了半个世界的经济大危机似乎没有对他的生活造成任何影响。

我后来碰巧知道了个中缘由。那时候艾略特已经不怎么去英国了，只是一年中会花两个星期的时间到那里买衣服。他每年秋季和五六月份会在巴黎的公寓里住上一段时间，这段时间，他的朋友们恰巧也不在里维埃拉。

他喜欢里维埃拉的夏天，一部分原因是可以游泳，但我认

---

① 大萧条：指1929年至1933年之间发源于美国的经济大危机，后来波及整个资本主义世界。
② 土伦：法国东南部港湾都市。

为最主要的原因还是炎热的天气可以让他有机会沉浸在穿艳丽服装的快乐里，而这些颜色一向是他为了遵守礼仪而被迫避之不及的。夏天里，他会穿着颜色醒目的长裤出场：红的、蓝的、绿的、黄的，上面搭配着与之撞色的衬衫：淡紫色、紫罗兰色、深褐色，以及其他颜色。当别人恭维他的穿衣品位时，他就像个被称赞演技出神入化的女演员那样，用一种不以为意的优雅风度笑纳了。

我在春季回费拉角的途中路过巴黎，在那里住了一天，于是邀请艾略特一起吃午饭。我们在里兹饭店的酒吧间里见了面，那里不再到处充斥着寻欢作乐的美国大学生，而是像个首演失败、被人遗弃的没落剧作家。我们先喝了杯鸡尾酒，现如今这已成为大西洋两岸共有的习惯，艾略特也已向其妥协，然后我们点了午餐。餐后艾略特建议去逛逛古玩店，我跟他说我没钱买那些东西，不过很愿意陪着他。我们步行穿过旺多姆广场，他问我是否介意去趟 Charvet，他在那里定制了些衣服，想去看看是否已经做好了。

他定制的是一些绣有他名字首字母的内衣裤。内衣还没有做好，但是内裤已经送来了。店员问艾略特是否想看一看。

"好的。"他说。当店员去取货时，他又加了一句："我是让他们按照我给的花样来做的。"

内裤被拿过来了，在我看来，除了是真丝的，和我在梅西百货里买的在样子上并没什么区别。不过引起我注意的是在E.T. 两个缠绕的字母之上，还绣着一个伯爵的冠冕。我什么也没说。

"很好，很好。"艾略特说，"等内衣做好了，一起给我送来吧。"

我们离开了商店。

艾略特面带微笑向我转过身来:"你注意到那个冠冕了吗?实话说,我刚才让你陪我进店的时候把这茬儿给忘了。我原先没有机会跟你提起,教皇陛下仁慈地将我祖先的爵位重新授予了我。"

"你祖先的爵位?"我吃惊地问,一时忘了礼貌。

艾略特不高兴地扬了扬眉毛。

"你难道不知道吗?我母亲那支是德·劳里亚伯爵的后裔,他曾随腓力二世去英国,并且娶了玛丽女王的侍女为妻。"

"你是说咱们的老朋友'血腥玛丽'①吗?"

"只有异教徒才这么称呼她。"艾略特硬邦邦地回答道,接着又说,"我好像没跟你说过,九月二十九号那天我是在罗马度过的。我觉得那时候去罗马很无聊,因为大家都不在那里,但是幸亏我的宗教责任心超过了世俗的享乐之心。梵蒂冈的那些朋友告诉我,经济危机就要来了,让我赶紧把美国的证券都抛售掉。想到天主教廷有两千年的智慧,我一刻都没有耽搁。我给亨利·马图林发去电报,让他把我所有的证券都卖掉再买进黄金。我同时也给路易莎发了电报,让她也如法炮制。亨利给我回电报,问我是不是疯了,并告诉我,他什么也不会做的,除非我再确认一遍我的指示。我马上给他回电报,强制他立刻照着我说的去做,并在做好后电报回复我。可怜的路易莎没有理会我的建议,付出了痛苦的代价。"

"所以当经济危机来临的时候,你高枕无忧了?"

"有一个美国俚语,我亲爱的朋友,看来你可能没机会使用

---

① 血腥玛丽(1516—1558):玛丽一世,腓力二世的妻子,1553—1558年在位。玛丽登上王位后,立即宣布恢复天主教,并对新教徒大肆屠杀,被新教徒称为"血腥玛丽"。

了,不过形容起我的情况来倒是极为贴切。我'毫发无损'。实际上,用你们英国人的话说,我'捞了一大笔'。那之后,在一个合适的时机,我只花了原价的零头又把那些证券买回来了。我认为得到的这一切只能归功于上帝之手,因此觉得有必要做些事情来回馈上帝。"

"噢,那你做了什么呢?"

"你知道,领袖收回了蓬蒂内沼泽的大片土地。我感觉教皇陛下非常担心那里的居民没有地方去做礼拜。长话短说,我建了一座罗马风格的教堂,是我知道的普罗旺斯一个教堂的翻版,每一个细节都做得非常精致,整个教堂堪称珍宝,不过这话我没和别人说过。这个教堂敬献给圣马丁,因为我很幸运地找到了一块古旧的彩色窗玻璃,上面刻画的就是圣马丁割袍为赤裸的乞丐遮体的情景。由于它具有的象征意义是如此恰如其分,我将它买了下来,并带到了那个教堂,把它放在了圣坛上。"

我没有打断艾略特去问他:圣徒那值得宣扬的善举和他在关键时刻抛售证券从中赚了一大笔钱有什么关系,而且他将钱献给上帝就如同付给代理人佣金一样。不过像我这样平凡的人是很难理解那种晦涩的象征主义的。

他接着说了下去:"当我荣幸地将教堂的照片呈现给教皇大人时,他十分亲切地对我说,他一眼就看出我是一个极有品位的人,而且他很高兴能在如今这样一个堕落的时代发现一个既对教廷无比虔诚又具有少见的艺术天赋的人。这真是令人终生难忘的经历啊,我亲爱的朋友,终生难忘的经历。不久以后,当教皇大人暗示我,他将十分高兴地授予我爵位时,我简直不敢相信。作为一个美国公民,我觉得还是低调些好,不要对外使用这个称号,当然在梵蒂冈除外,因此我禁止约瑟夫称呼我为伯爵先生。我相信你也值得我信任,因为我不愿让这件事传出去。但是我不想让主教大人认为我对他赐予的荣誉不珍惜，所以完全是出于对他的尊重，我将伯爵冠冕绣在我的内衣上。我可以毫不避讳地告诉你，作为一个美国绅士，能将冠冕藏于朴素的条纹内衣之下，我还是感到了一丝骄傲。"

我们就此分手道别。

艾略特告诉我，他将于六月底回里维埃拉，可是并没有这么做。他只是派了仆从先从巴黎赶往里维埃拉，自己则打算悠闲地开车前往，以便到达时一切早已准备妥当。这时他突然收到了伊莎贝尔的电报，说她母亲病危了。艾略特不仅非常喜欢他的姐姐，正如我以前所说的，还有一种很强的家庭责任感。他立刻乘坐第一班从瑟堡出港的船，经纽约到达了芝加哥。他写信跟我说，布拉德利太太病得非常重，瘦得简直让他认不出了。她可能还能坚持几周甚或几个月，但是不管怎样，他觉得一定要守着她，直到最后一刻为止，这虽然很悲伤，但是这是他的职责。他说芝加哥的炎热天气比他预想的要好得多，没有什么可打交道的意气相投的人更不在话下，因为在目前这种状况下，他早已无心于此了。他说他那些美国同胞应对经济大萧条的态度令他感到失望，他希望他们能以更加镇定的态度来对付这场不幸。鉴于没有比站着说话不腰疼更容易的事了，我认为艾略特大可不必对他的同胞如此苛刻，特别还是在目前比以往任何时候都富有的情况下。在信的末尾，他让我捎信给他的几个朋友，并请我千万不要忘了告诉那些遇到的人，为什么他整个夏天都不在里维埃拉的家里。

一个多月后，我又收到了他的来信，他告诉我，布拉德利太太已经过世了。他的信写得既真诚又充满情感，我从没想到他可以如此诚恳、朴素、高尚地表达自己。不久以后，我就见识到他虽然势利、做作，但却不失为一位善良、真诚和充满情感的人。在信中他告诉我,布拉德利太太的身后事办得有点儿混乱。她的长子是个外交官,由于大使不在,正在东京代替大使执行公务,因此无法离开他的职位。她的二儿子坦普尔顿在我刚认识布拉德利一家的时候,曾在菲律宾供职,现在已经被召回华盛顿,在美国国务院担任一个较为重要的职位。在他母亲病危的时候,曾带妻子赶回芝加哥,但是葬礼一结束就被迫匆匆赶回首都了。在这种情况下,艾略特觉得有必要留在美国,一直到所有的事情全部理顺为止。布拉德利太太已经将她的财产平分成三份,留给了她的三个孩子。不过看来,她在一九二九年的经济危机中损失的财产可不是个小数目。幸运的是,他们为马文的农场找到了个买主,艾略特提到这个地方的时候称它为"亲爱的路易莎在乡村的祖宅"。

"当一个家庭不得不和祖上的宅地分离,总是一件值得悲伤的事情。"他写道,"但是近年来,我已经目睹很多英国朋友这么做了。因此,我觉得我的外甥们和伊莎贝尔也会凭借和他们一样的勇气和达观之心接受这个无法避免的结果。Noblesse oblige[①]。"

他们也十分幸运地处理掉了布拉德利太太在芝加哥的房子。很早以前,那排房子就计划要被拆掉,并在原地址上盖一大片公寓,布拉德利太太的房子恰巧就在其中。可是这个计划因布拉德利太太不可动摇的决心而被搁置下来:她坚持要死在生前居住的房子里。布拉德利太太刚一咽气,该项目的发起方就跑来报价,他们立刻接受了这个价格。尽管这样,伊莎贝尔继承的财产还是少得可怜,入不敷出。

经济危机爆发后,格雷想去找份工作。他想去那些在这场

---

① 法语:是贵族就得行为高尚。

金融风暴中幸存下来的经济行里谋份职位,哪怕是个办公室的职员也行,可是处处碰壁;他乞求老朋友的帮助,希望他们能帮他找到一份哪怕是职位卑微、薪水低廉的工作也行,但这也是徒劳。为躲避灾难所付出的疯狂努力最终击垮了他,沉重的焦虑感和屈辱感使他的精神崩溃了。他头疼欲裂,一天二十四小时什么事情也做不了。等这可怕的头疼终于结束后,他变成了一个无用之人。在伊莎贝尔看来,他们目前能做的最好的打算就是带孩子们去南卡罗来纳的农场,待在那里,直到格雷恢复健康为止。在光景好的时候,农场每年种粮所带来的收益就有一万美元,但是现在那里早已变成了一片遍布沼泽和桉木的野地,只能吸引那些打野鸭的冒险家,没有买家愿意收购它。自经济危机爆发以来,他们就时不时地住在那里。现在他们提出要回到那里居住,直到就业的条件变好些,格雷能够找到工作为止。

"我不能允许他们这么做,"艾略特写道,"知道吗,我亲爱的朋友,他们过着猪一样的生活。伊莎贝尔没有仆人,孩子们没有家庭教师,只有几个黑女人在照料他们。所以我让他们住到我巴黎的公寓里去,并建议他们一直住到这个荒诞的国家有起色为止。我给他们留下一个仆人,还把我的厨房女仆留给他们——我可以很容易地再找到一个。实际上,她是一个非常不错的厨子。我来负担他们的日常生活所需,这样伊莎贝尔就可以用她那点儿小钱为自己买几件衣服,并安排一些家庭的menus plaisirs[①]。当然,这意味着我将花更多的时间待在里维埃拉,这样一来,和你见面的机会同过去相比也就变得更多了,我亲爱的朋友。伦敦和巴黎已经变成了现在的样子,待在里维

[①] 法语:小小的享乐。

埃拉让我觉得更自在些，况且只有在那里才能遇见和我说同一种话的人。我当然会不时去巴黎待几天，但是我并不介意在里兹饭店里凑和住一下。我很高兴在长时间的劝说后，格雷和伊莎贝尔终于接受了我的建议，等一切准备就绪，我就把他们都带回来。他们的家具和画（这些画的质量都非常可怕，我亲爱的朋友，大多数看起来都不像真品）在下下周就要被卖出去，同时我觉得让他们再住在这个房子里未免太痛苦了，于是我把他们带到德雷克酒店和我住在一起。等我们到了巴黎，我就会帮他们安顿好一切，然后就会回里维埃拉。别忘了代我向你那些王室邻居们问好。"

谁会否认，艾略特这个极端的势利眼，同时也是一位最善良、最贴心、最慷慨的人呢？

第四章

1

艾略特把马图林一家安顿在他那位于巴黎左岸的宽敞公寓后，在年底回到了里维埃拉。他建这座房子时只为方便自己居住，没有多余的房间可以提供给四口之家，所以，即便他想让他们和他住在一起，客观情况也不允许。我认为他并不为此感到后悔。他清楚地意识到，他一个人比拖着一个外甥女和外甥女婿更受人欢迎；另外，如果家里一直有两个客人的话，就很难再组织那种小型的私人聚会了（这种聚会可是他花费了很大精力才组织起来的）。

"对于他们来说，在巴黎安顿下来更好，这样也更便于他们习惯那种文明的生活。另外，两个孩子也到了上学的年纪。我已经为她们在公寓附近找到了一所学校，那是一所非常不错的学校。"

在这种情况下，我一直到来年春天才见到伊莎贝尔。由于一些工作上的原因，我要在巴黎待上几个星期。我在旺多姆广场外的一个酒店里租了两间房，不仅因为那里交通方便，还因为它有一种气质。这是一个带有中心庭院的古老大型酒店，原先曾经是一个有两百年历史的客栈。它的浴室远不够豪华，排水系统也不尽如人意；卧室里的床铺是漆成白色的铁架床，铺着老式的白色床罩；巨大的法式带镜衣橱看着很寒酸，但是会客室的家具都是上好的老家具：华丽的沙发、扶手椅都还是拿破仑三世时的老物件。虽然我不能说它们坐上去很舒服，但是它们非常绚丽迷人。住在那样的房间里，我感觉就像住在旧时法国作家的小说里一样。当我注视着摆在玻璃罩里的帝国时钟时，想象着一位穿着荷叶边长裙的卷发美女也曾看着表针的移动，等待着拉斯蒂涅的到来，这个破落贵族出身的冒险家在巴尔扎克那一本又一本的小说里平步青云。而巴尔扎克笔下的卞雄医生在作家心目中俨然已经成了一个活生生的人。当他躺在床上，已到弥留之际，嘴里还在呼唤着："只有卞雄医生才能救我！"这位医生可能也曾在这间屋里为一个贵族老寡妇看舌诊脉，她为了一个诉讼案从外省来到巴黎见律师，因患了风寒而请那位医生登门为她诊疗；在那张书桌旁有可能坐着一位害相思病的女人，穿着蓬蓬裙，头发中分，她正充满激情地给朝三暮四的情郎写信；也有可能桌边坐着的是一位身穿蓝色双排扣长礼服、打着领结、脾气暴躁的老绅士，正在信中斥责他那挥霍无度、不切实际的儿子。

  我到的第二天就给伊莎贝尔打了电话，问是否可以在下午五点钟去她那里饮茶。我已经有十年没见到她了。当沉稳的管家把我带进起居室时，她正在读一本法国小说。一见到我，她就站了起来，同我打着招呼并握住我的双手，脸上挂着温暖而迷人的微笑。我并没有见过她多少面，只和她独处过两次，但是她立刻就让我感到我俩并非泛泛之交，而是相识多年的老朋友。过去的十年已经缩短了一个年轻女孩和中年男人之间的距离，我已经不再感到那种年龄的明显差异了。她以一种圆通讨喜的态度对待我，仿佛我和她是同龄人一样。不出五分钟，我们的谈话就变得坦诚、无拘无束，仿佛我们是经常见面的同伴。

  她身上已经有了一种轻松、沉着和自信的气质。不过最让我感到吃惊的是她容貌上的变化。我记得她是一个漂亮健壮的女孩，有发胖的趋势。不知道是因为她意识到了这一点，痛下决心减了肥，还是因为生孩子这件事在她身上产生了不同寻常但令人高兴的效果，她现在拥有了一个人人艳羡的苗条身段，当下的穿着又使她的身材更显苗条了几分。她穿着一条黑色的丝质裙子，既不过于时髦又绝非平庸，只消一眼我就看出这衣服出自巴黎一流的裁缝之手。她以一种随随便便的自信态度穿着这条裙子，就像那些天生注定穿奢侈衣服的女人一样。十年前，即便是在艾略特的指导之下，她穿那些华贵的衣服也还是难免有炫耀之嫌，而且你看得出，那些衣服令她有点儿不自在。玛丽·露易丝·德·弗洛里蒙再也不能说她缺少时髦的品位了，现在她那涂成玫瑰色的指甲尖儿都在诉说着这种品位。

她的五官变得精致了，我从没在哪个女人脸上见过像她那样笔挺漂亮的鼻子。她的额头和眼角没有一丝皱纹，皮肤虽然不像十年前那样有一种年轻人的光泽，但是质地仍然非常好。这显然要归功于润肤乳、护肤霜以及面部按摩，这些护肤手段使她的肌肤显得柔软娇嫩、有一种近乎透明的感觉，异常迷人。她紧致的双颊淡淡抹了层胭脂，嘴唇微微上了点儿颜色。她那充满光泽的棕色秀发按照时兴的样式剪得很短，并烫成了大波浪。她的手指上没有戴戒指，我记起艾略特说，她把所有的首饰都卖了。她的双手虽然不是很纤细，但是手形很漂亮。那时女人们都喜欢在白天穿着短裙，我看到她穿着香槟色长丝袜的双腿纤细笔直，腿形非常好看。不少长相清秀的女人都毁在一双粗腿上。伊莎贝尔年轻时身材上最大的缺点现在意想不到地消失了，如今倒成了她的优势。事实上，她从一个漂亮、健康、生气勃勃、招人喜欢的女孩儿变成了一个美丽的女人。她的美貌在某种程度上归功于打扮技巧、生活自律以及禁欲节食，不过努力付出的艰辛并不那么难以忍受，因为结果实在太令人满意了。她那优雅的举止、曼妙的身姿很可能是有意为之，可是看起来却浑然天成。我猜想这四个月的巴黎生活为她那多年积累的、使自己充满魅力的技巧又添上了浓重的一笔，并画上了完美的句号。现在，艾略特即便用最挑剔的眼光也挑不出她什么毛病来，只剩下赞美；而我这个不那么吹毛求疵的人，则觉得她简直美极了。

格雷去蒙特枫丹打高尔夫了，伊莎贝尔告诉我，他随时都会回来。

"你一定要见见我的两个小女儿。她们去杜伊勒里花园了，不过很快就会回来。她们非常可爱。"

我们的谈话从一件事跳到另一件事。她很喜欢住在巴黎，艾略特的公寓也很舒服。在离开之前，他已经带他们结识了很多意气相投的朋友，而这些朋友都经过了他的精心挑选。现在，伊莎贝尔和格雷已经有了一个愉快的社交圈。他可谓强迫他们以他平日里的习俗尽情地享受生活。

"你知道吗，我们过着奢侈的生活，可实际上早已破了产。一想到这些，我就觉得太可笑了。"

"情况有那么差吗？"

她咯咯笑了，让我回忆起十年前那轻松、欢乐、惹人喜爱的笑声。

"格雷已经一贫如洗，而我每年的收入恰恰就是拉里向我求婚时的收入。我当时还因此不肯嫁给他，觉得靠这点儿钱根本活不下去。可是现在呢？我还有两个孩子要养。你说这是不是很可笑？"

"我很高兴你能以玩笑的方式来看待这件事。"

"你有拉里的消息吗？"

"我？没有。自从你上次来巴黎以后，我就再也没有见过他了。他的朋友，我认识的不多，而且我也向他们打听了他的消息，但那也是在很多年以前了，何况他们也对他的情况一无所知。如今他已消失无踪了。"

"拉里在芝加哥的银行里有一个账户，我们认识那儿的经理。他说他不时会收到从一些地方发来的汇票：中国、缅甸还有印度。他似乎正在周游世界。"

我问了一直想问的问题，没有丝毫迟疑。毕竟如果你想了解什么事情的话，最好的方法就是开口去问。

"你现在后悔当初没有嫁给他吗？"

她迷人地微笑着："我和格雷过得很幸福，他是一个非常出色的丈夫。你知道，在经济危机发生之前，我们一直过着十分愉快的生活。我们喜欢同一类人，也喜欢做同样的事。他的性格非常好，而且被人宠爱是令人惬意的，他现在爱我还如同刚结婚时一样。他认为我是世界上最好的女孩儿，你无法想象他有多好多贴心，他曾经对我慷慨得令人好笑。知道吗，他觉得我太好了，没什么东西能够配得上我。自打我们结婚，这么多年来他从没有对我说过一句刻薄严厉的话。我是非常幸运的。"

我私下里怀疑她这么说也许是因为在回答我的问题，于是我换了个话题。

"给我讲讲你的孩子们吧。"

话音刚落，门铃就响了。

"她们回来了，你自己瞧吧。"

不一会儿孩子们就进来了，后面跟着保姆。首先我被介绍给了琼——那个年纪稍大一些的小姑娘，然后是普里西拉。她们轮流握着我的手，礼貌地向我微微屈膝行礼。她们一个八岁、一个六岁，个子在同年龄的孩子中算高的。伊莎贝尔当然个儿高，我记得格雷也是个大个子。不过她们的容貌不算特别出众，就是一般孩子的样子。她们看起来比较瘦弱，长着同父亲一样的黑头发和同母亲一样的棕褐色眼睛。陌生人的出现并不使她们感到害羞。她们急切地给伊莎贝尔讲在公园里玩儿的情景，同时眼馋地看着伊莎贝尔为喝茶准备的美味点心，那些点心我们还没有碰过。当她们被允许挑一个喜爱的点心时，两个小家伙显现出不知道挑哪个好的犹豫劲头儿。她们表露出来的对母亲的依恋之情非常可爱，母女三人依偎在一起，好像一幅迷人的图画一般。当她们吃完精心挑选的小蛋糕后，伊莎贝尔让保姆把她们带走，她们不用一句劝说就乖乖离开了。这给我一种印象：伊莎贝尔对她们说一不二，她们自小就是这样被养大的。

她们走了后，我就像人们经常做的那样，夸奖了孩子们几句。伊莎贝尔带着明显很高兴、但又有几分漫不经心的神色接受了我的恭维。我问他格雷是否也很喜欢巴黎。

"还不错。艾略特舅舅给我们留了一辆车，所以他每天都可以去打高尔夫。他还参加了旅行者俱乐部，在那里打桥牌。当然了，艾略特舅舅在这间公寓里给我们提供的一切简直是意外获得的幸运。格雷的精神受到了沉重的打击，仍然被可怕的头疼折磨着，即便是能找到工作，估计也不能胜任，这让他感到很苦恼。他想要去工作，他觉得应该去工作，没有地方要他让他觉得很屈辱。你看，他认为工作是男人的责任，如果他不工作还不如死了，他不能忍受自己竟成了市场上的滞销货。他接受我的劝说到这里来，是因为我说适当休息和改变环境能帮助他回归正常生活，但是我觉得除非他找到工作，否则是不会感到幸福的。"

"恐怕这两年半你过得相当艰辛。"

"你知道，经济危机刚爆发时，我根本不相信发生的一切。

对我来说，我们家会被这场危机毁了简直是不可思议的。我能理解其他人被毁掉，但是我们也会被毁掉，这简直是不可能的事。我一直认为到最后会有转机，我们会幸免于难。接着，最后的致命一击来了，我觉得活着真的是不值得，我认为我无法面对未来，它太可怕了。有两星期的时间我完全陷入了悲哀之中。天啊，失去了所有心爱的东西，生活中再也没有乐趣可言，要一无所有地过下去，这真是太可怕了！两星期快要过去的时候，我对自己说：'去它的，我再也不想这些倒霉事了！'我向你发誓，我真的再也没想过。我也不后悔。当我们有钱时，生活中有很多乐趣。现在这样的日子一去不复返了。"

"不过住在时尚街区的豪华住宅里，不花一分钱免费使唤着能干的管家和出色的厨子，这一切就好忍受多了，而且还穿着香奈儿的衣服，对不对？"

"Lanvin①，"她咯咯笑了，"看来十年里你没什么变化呀。我猜像你这样喜欢冷嘲热讽的家伙是不会相信的，要不是为了格雷和孩子们，我也许不会接受艾略特舅舅的帮助。用我那每年两千八百美元的收入，我们可以很好地管理农场。我们也许会种植大米、黑麦和玉米，还会养猪。不管怎样，我可是出生在伊利诺伊的一家农场里，并且是在那里长大成人的。"

"也许吧。"我微笑着，实际上我知道她出生于纽约一家非常昂贵的诊所。

正在这时，格雷进来了。我确实在十二年前只见过他一两次，但是在艾略特家我总能见到他和伊莎贝尔的结婚照（艾略特把这张照片镶在一个华丽的相框里，放在钢琴上，旁边还摆着瑞典国王、西班牙王后和德·吉斯公爵的签名照），我对他可

---

① Lanvin：法国时装品牌，于 1889 年创立。

谓记忆犹新。看到他时我吃了一惊：他的发际线已经退到了太阳穴附近，头顶上的头发也秃了一小块；脸又红又肿，还有个双下巴。由于多年的养尊处优和大量饮酒，他长胖了很多，幸亏他那非凡的身高拯救了他，使他免于显得过于臃肿。不过最引起我注意的是他的那双眼睛。我还清楚地记得，当世界展现在他的面前而他却对它不屑一顾时，那双爱尔兰人特有的湛蓝眼睛闪烁着信任与坦诚。可是现在，我在那双眼睛里似乎只能看到失望和困惑，即便我不知道出了什么事，大概也能猜到他身上的某些经历已经摧毁了他对于自己和世界秩序的信心。我感到他有一种羞怯感，好像做错了什么事，虽然这事是在不知情的情况下做的，但是他却为此感到羞愧。很显然，他的精神受到了破坏。

他热情友好、高高兴兴地同我打了招呼，好像我是一个老朋友似的，但这给了我一种印象：他喧闹的热情只不过是一种社交习惯，和他内心的真实感受经常不相符。

饮料被端进来了，他给我们每个人调制了一杯鸡尾酒。他刚刚打了几轮高尔夫，对自己的成绩很满意，没完没了、啰啰嗦嗦地讲述着打球的一些细节：他是如何克服了重重困难，把球打进一个洞里的。伊莎贝尔做出饶有兴味的样子听着。过了几分钟，在同他们约好某天一起吃饭看戏后，我就离开了。

2

我形成了一种习惯，一星期要去看伊莎贝尔三到四次，通常都在下午，那时我一天的工作也结束了，而她通常都独自在家，很高兴能有人陪她一起闲聊。艾略特介绍给她相识的那些人都比她大很多，我发现她并没有几个年龄相仿的朋友。我的朋友在晚饭之前通常都很忙，而且我觉得同伊莎贝尔聊天比去俱乐部和那些爱抱怨的法国人打桥牌有意思多了——他们其实并不特别喜欢外国人的打扰。她那种把我当作同龄人的迷人态度使谈话变得很轻松，我们一边开着玩笑一边乐，拿彼此打趣，时而谈论自己，时而谈论共同认识的人，有时也谈论书籍和绘画，度过了许多愉快的时光。

我性格中的缺点之一是：无法习惯于人们丑陋的长相。不管一位朋友的性情如何随和，多年的亲密交往也绝不能使我忽略他那口坏牙和歪鼻子；相反，我总是很喜欢相貌清秀的人，特别是在彼此熟识二十年后，他依然秀美的眉毛或两颊优美的线条照样会带给我喜悦的感受。所以，我每次和伊莎贝尔见面时，她那毫无瑕疵的橄榄形面庞、如同奶油般润滑的肌肤和闪烁着温情的淡褐色双眸总会让我再一次感到赏心悦目。

接着，一件意想不到的事发生了。

3

在所有的大城市中,都存在着许多独立的群体,就如同一个大世界被分割成了许多更小的世界。每个小世界中的人们彼此交往,却不与外部的人往来。他们就像生活在海峡中彼此不能通航的孤独小岛上。在我的经验中,再没有哪个城市比巴黎更具有这样的特点了。上流社会很少会允许外来者进入他们的内部;政客有他们独立的腐败小圈子;大大小小的资产阶级,彼此常来常往;作家们聚集在一起(只消看看安德烈·纪德[①]的日记就能感觉到与之私密交往的人,均与其职业有关,除此之外,他很少和从事其他职业的人有亲密的接触);画家与画家同桌共饮;音乐家与音乐家彼此往来。在伦敦也是这样,不过程度要轻得多,并非总是物以类聚,人以群分。在很多家宴的餐桌上,你会同时见到公爵夫人、女演员、画家、国会议员、律师、时装设计师和作家。

我的生活境遇使我在不同的时期接触到了不同的社会群体,可以说巴黎所有的圈子我都有所涉及,不论是那个谨慎的、不引人注意的小团体——它的活动中心就在现在称为福煦大街的地方——还是泡在拉鲁饭店和巴黎咖啡馆里的喜欢四处漫游的见多识广之士,抑或是扎堆在肮脏、喧闹、快活的蒙马特尔的一些家伙,甚至通过艾略特,我还得以一窥位于圣日耳曼大街的那个神秘世界。不过我最喜欢的还是活跃在蒙帕纳斯大道上的人们。我年轻时曾住在贝尔福狮像附近的公寓里,从公寓五层那小小的房间望出去,可以看到一片广阔的公墓。蒙

[①] 安德烈·纪德(1869—1951):法国作家,1947年获诺贝尔文学奖。

帕纳斯的特点是具有一种外省城市特有的宁静气氛，现在对我来说仍是这样。当我穿过它那昏暗狭长的敖德萨路时，就会回忆起那个破破烂烂的小苍蝇馆子，我们曾聚集在那里会餐，有画家、插画师、雕塑家，只有我一个人是写书的（虽说有时阿诺德·本涅特①会偶尔加入我们）。我们会待到很晚，兴奋、荒谬、愤怒地讨论着绘画和文学。这种回忆使我的心都疼了起来。直到如今漫步在这条街上，看着那些年轻人——那时我曾和他们一样年轻——仍不失为一种乐事，我还会私下里以他们为对象编故事。每当我无事可做时，就会打辆车去那里的穹顶咖啡馆坐一坐。

　　那里不再像以前一样到处都是波希米亚式的人物了，附近的小商贩常来这里，塞纳河右岸的外地人也会跑过来，想要见识一下早已不存在的世界。当然，这里还会有学生，就像从前一样，也有画家和作家，不过大多数都是外国人。你坐在椅子上，周围说俄语、西班牙语、德语、英语的人几乎和说法语的人一样多。我有个感觉，他们谈论的就是四十年前我们谈论的那些话题，只不过马奈②代替了毕加索、阿诺德·本涅特代替了纪尧姆·阿波利奈尔③。这景象让我心向往之。

　　我在巴黎待了两周后，一天晚上又来到穹顶咖啡馆，那时露台上挤满了人，我不得不坐在靠近门口的地方。天气晴朗而温暖，法国梧桐的枝条上已抽出了嫩芽。空气中有种巴黎特有的慵懒、轻快、自由自在的气息，使我内心感到一种宁静，这种宁静不会让你感到昏昏欲睡，反而使你觉得欢欣兴奋。

---

① 阿诺德·本涅特（1867—1931）：英国作家。
② 马奈（1832—1883）：法国画家，印象主义的奠基人。
③ 纪尧姆·阿波利奈尔（1880—1918）：法国著名诗人。

一个男人走过我的座位。突然，他站住了，咧嘴一笑，露出一口洁白的牙齿说："哈喽！"我面无表情地看着他：他又高又瘦，没带帽子，深褐色的头发乱蓬蓬的，急需修剪；褐色的浓密胡须把他的上唇连同下巴全部盖住了；前额和脖子被晒得黝黑。他穿着一件磨损的衬衫，没戴领带；一件破破烂烂的外套和一条破旧的灰色宽松长裤，看起来就像一个流浪汉，我百分百肯定以前从来没见过这个人。我把他看作是那种一无是处的人，在巴黎穷困潦倒。我估计他想用一个悲惨的故事从我这里骗几法郎好去填饱肚子，再为今晚谋张床。他站在我面前，两手插兜，露出一口白牙，一双黑眼睛里全都是戏谑的表情。

"你不记得我了？"他说。

"我从来没见过你。"

我打算给他二十法郎，但不想让他胡诌，说我俩认识。

"我是拉里。"他说。

"天呐！快坐下！"

他咯咯笑了，上前一步坐在了我桌旁的空椅子上。

"喝点儿东西。"我招手叫服务员。

"你一头乱发，满脸胡子，叫我怎么认得出来呀！"

服务员来了，他点了一杯橘子水。我注视着他，那双奇特的眼睛让我恢复了记忆：眼睛的虹膜和瞳孔一样黑，使他的双眸显得既热烈又让人琢磨不透。

"你在巴黎多长时间了？"我问道。

"一个月。"

"你要留在这里吗？"

"待上一段时间吧。"

当我问这些问题时，脑子也在转个不停。我注意到他的裤脚都磨破了，大衣的肘部全是洞，他那副潦倒的样子和我在东部港口见到的流浪汉没什么不同。那时候想忘记经济危机还不是件容易的事，我猜想是不是一九二九年的那场灾难让他身无分文了。我对此很担心，而且我也不是一个旁敲侧击的人，于是直接问道："你现在一分钱也没有了吗？"

"不，我很好。你为什么会这么想呢？"

"你看起来好像急需一顿饱饭，衣服也像是从垃圾堆里捡来的。"

"我看起来有这么糟糕吗？我从来没有注意到这一点。实际上我已经打算给自己买些日用的东西了，就是一直没这么做而已。"

我觉得他要么是害臊，要么是自尊心作祟，但是我看不出自己为什么要纵容他这样胡说八道。

"别犯傻了，拉里。我不是百万富翁但也不是穷光蛋。如果你缺钱，我可以借给你几千法郎。我不会因此而破产的。"

他哈哈大笑起来。

"多谢多谢，不过我真的不缺钱，我的钱花不完。"

"经济危机没有影响到你吗？"

"噢，没有。我的钱都买了政府债券，我不知道它们是否跌了，我从来没问过。但我知道山姆大叔①就像个正统老派的人一样，一直在为我的债券息票付款。实际上，过去几年我的花销非常少，现在手头已经有一大笔钱了。"

"那来巴黎之前你在哪里呢？"

"印度。"

"噢，我听说了，伊莎贝尔告诉我的。她好像认识你芝加哥银行的经理。"

---

① 指美国。

"伊莎贝尔？你什么时候见过她？"

"昨天。"

"她不会在巴黎吧？"

"她就在巴黎，住在艾略特·坦普尔顿的公寓里。"

"太棒了，我想见她。"

虽然我俩说话的时候，我一直很小心地观察着他，但是在他眼中我只看出了一种非常自然的惊喜之情，没有任何其他更复杂的情感。

"格雷也在。你知道他们结婚了吗？"

"知道。鲍勃叔叔——我的监护人——写信告诉了我，不过他几年前就去世了。"

我意识到尼尔森医生的去世切断了他和芝加哥以及朋友们之间的唯一联系，他很可能对这之后发生的事情一无所知。我告诉他伊莎贝尔生了两个女儿，亨利·马图林和路易莎·布拉德利死了，格雷精神崩溃了，也告诉了他艾略特的慷慨义举。

"艾略特也在巴黎吗？"

"不在。"

四十年来头一回艾略特没有在巴黎过春天。虽然看起来比实际年龄要年轻些，但他毕竟已经七十岁了，就像其他这个年龄的老人一样，他有时也会感到疲倦和不舒服。渐渐地，他戒掉了除了散步以外的所有运动，对自己的健康状况感到焦虑。医生一周来看他两次，在他左右臀部上轮流注入当时流行的保健药剂。每回吃饭的时候，无论在外面还是在家里，他都要从衣服口袋里掏出一个小金盒，取出一粒药片吞下去，那架势仿佛在进行一场宗教仪式。医生建议他去位于意大利北部的温泉小城蒙特卡蒂尼疗养，这之后他还打算去趟威尼斯，想为他那个罗马式的教堂找一个式样相配的洗礼盆。他发觉自己每一年都更易于离开巴黎了，因为这里的社交生活让他很失望。他不愿意混迹于老年人之间，非常痛恨参加只有他这个年龄段的人参加的聚会。他也不喜欢年轻人，认为他们索然乏味。如今，他人生的大部分乐趣都在他修建的那座教堂上。他在它上面倾注了发自内心深处的激情，为它购买艺术品。他一想到这么做是为了上帝的荣耀，就感到一阵安心的舒适。他在罗马找到了一个蜜黄色的石质圣坛，还是个老物件；又在佛罗伦萨找到了一幅锡耶纳画派的三折圣像画，挂在圣坛的上方。为了这幅画，他讨价还价了六个月。

接着，拉里问我格雷是否喜欢巴黎。

"恐怕他在这里感到无所适从。"

我试着向他解释格雷的情况是如何震惊了我。他听着，双眼眨都不眨地凝视着我，仿佛陷入了沉思。不知道为什么，我感觉他不是在用耳朵，而是在用某种更内在、更敏锐的器官倾听。这个感觉有点儿奇怪，让人不舒服。

"你还是自己去看吧。"我最后说。

"嗯，我很想见到他们，应该可以从电话簿里找到他们的住址吧？"

"如果你不想把他们吓得掉了魂儿，也不想把孩子们吓得哇哇大叫的话，最好先把头发理一理，还要刮掉你的胡子。"

他哈哈笑道："我想到了这一点，我可不想让自己的出场如此引人注目。"

"你最好再顺便买身新衣服。"

"看来我看着确实有点儿寒酸。当我离开印度的时候，发现自己只剩身上这套衣服了。"

他看了看我的衣服，问我是哪个裁缝做的。我告诉了他，但是那裁缝在伦敦，所以这个信息对他来说并没有什么用。我们撇开了这个话题,然后他又把话题重新转到了格雷和伊莎贝尔身上。

"我经常和他们见面,"我说,"他们在一起很幸福。我还没有机会和格雷单独谈过话。我敢说,不管怎样他也不会和我谈起伊莎贝尔,但是我知道他非常爱她。他在平静的时候神色是非常沉郁的,眼睛也充满了疲惫焦虑,但是每次当他看伊莎贝尔的时候,双眼和脸上都会浮现出温柔体贴的神情,这很令人感动。我有种感觉:在艰难的时刻,她自始至终都如磐石般坚定地站在他身旁,他永远不会忘记这份支持。而且你会发现,伊莎贝尔变了。"

我没有告诉他,她现在变得比以往任何时候都漂亮。我不知道他是否能够敏锐地感知那个漂亮健壮的女孩儿是如何把自己变成了一个如此优雅、精致、美丽的女人。有些男人不相信技巧可以帮助女人更具有女性魅力。

"她对格雷非常好,煞费苦心想帮他恢复自信。"

天色渐晚,我问拉里是否愿意和我一起吃晚饭。

"不,谢谢。"他回答说,"我必须走了。"

他站了起来,友善地冲我点了点头,走到咖啡馆外的人行道上去了。

第二天我去见了伊莎贝尔和格雷,告诉他们我看见拉里了。他们和我一样大吃一惊。

"要是能见到他就太好了！"伊莎贝尔说，"咱们立刻给他打电话吧！"

我想起自己忘了管他要地址，伊莎贝尔把我埋怨了一顿。

"就算我问他，他也不见得会告诉我，也许我潜意识中意识到了这一点。"我笑着反驳说，"还记得吗，他从不喜欢告诉别人他住在哪里，这是让人觉得奇怪的地方之一。他可能随时都会来的。"

"确实是这样。即便是在以前的时候，你也不能指望他会出现在你预料的地方。"格雷说，"今天他还在这儿，可明天他就走了；你刚还看见他在房间里，可过一会儿，你转过身来想打招呼时，他早已消失得无影无踪了。"

"他一直是个最让人头疼的家伙，否认这点显然是无济于事的。"伊莎贝尔说，"看来咱们只能等着了，他愿意来的时候自然会来的。"

那天他并没有来，第二天、第三天也是一样。伊莎贝尔责怪我在编故事，说这让人很心烦。我向她发誓说，我根本没有编什么故事，还试图找出他不肯露面的原因，当然，那些原因很难让人信服。我私下里纳闷儿，是不是他考虑再三，觉得还是不要见格雷和伊莎贝尔，于是跑到别处去了，或者干脆离开了巴黎。我已经有预感，他这辈子绝不会在什么地方落脚，只要一时兴起或灵光一闪，他会立刻拔腿就走。

最终他还是来了。

那天正好下雨，格雷没有去蒙特枫丹打高尔夫。我们三个坐在一起，伊莎贝尔和我正在喝茶，格雷在啜饮掺了巴黎水①的威士忌。这时管家打开了门，拉里慢悠悠地进来了。伊莎贝

---

① 巴黎水：法国一种带气泡的矿泉水。

尔大叫一声，跳起来扑进他的怀抱，在他双颊上各亲了一口。格雷那张红脸变得更红了，热情地握着他的手。

"哎呀，拉里，见到你真是太高兴了！"他说着，强烈的情感使他的嗓音都有些哽咽了。

伊莎贝尔咬着嘴唇，我看出她正竭力控制着不让自己哭出来。

"喝杯酒吧，老伙计！"格雷声音颤抖地说。

他们终于见到了这位漫游者，我被他们因此表现出来的激情感动了。我猜拉里意识到他在他们心目中所占的重要地位一定也很高兴。他快活地笑着，不过我也清楚地看出，他同时也很冷静。

他注意到了摆在桌上的茶具。

"我还是来杯茶吧。"他说。

"噢，得了，你不需要茶，"格雷叫道，"咱们要喝瓶香槟。"

"我更想喝茶。"拉里微笑说。

他的镇静影响了其他人，这也许是他所希望的，他们平静了下来，但还是充满喜悦地瞧着他。我并不是说他对他们那自然流露的热情只报以漫不经心的冷淡，恰恰相反，他表现得极为热诚可爱。但是我同时感觉到，他的态度里有一种只能称之为疏远的东西，这代表了什么我还搞不清。

"你为什么不立刻来看我们，你这个可恶的家伙？"伊莎贝尔嚷道，装出一副愤愤不平的样子，"过去五天里，我一直在窗户边儿溜达，看看你来没来。门铃一响，我的心就跳到了嗓子眼儿，可是最后我能做的就是再把它咽下去。"

拉里咯咯笑了。

"毛姆先生说我看起来实在太邋遢了，你的管家是不会让我进门的，所以我飞到伦敦给自己做了些新衣服。"

"你真不必这么做,"我笑着说,"你可以去春天百货或者美丽园百货买成衣。"

"我觉得既然要做一些新衣服,不妨干脆做高档的。我已经有十年的时间没有买过欧洲服装了。我找到你的裁缝,说我想要一身西装,三天内就要做好。他说得两周才行,最后我们达成协议,四天把衣服做好了。我一个小时前刚从伦敦回来。"

他穿着一身蓝色的哔叽西服,依照他高挑的身材剪裁得非常合体;一件白色的软领衬衫,打着丝质的蓝领带,脚上穿的是棕色的皮鞋。他把头发理短了,胡子也刮得很干净,看起来不仅非常整洁,甚至可以说十分考究,和我刚见他的样子大相径庭。他非常瘦,颧骨显得更高了,两个太阳穴也更为凹陷,深陷在眼窝里的眼睛比我记忆中的要大,尽管如此,他看起来非常不错。实际上,那被太阳晒得黝黑的肌肤和没有一丝皱纹的脸,使他看起来惊人地年轻。他只比格雷小一岁,两人现在都三十出头,但是格雷看着比实际年龄要老十岁,而他则恰恰相反。由于身躯肥胖,格雷活动起来显得缓慢沉重,但是拉里的行动却轻松自如。他的态度带着孩子气的欢乐和惬意,但同时又有一种宁静。十年前,这种宁静并没有在他身上出现过,因此特别引起了我的注意。

谈话继续进行着。他们是多年的老朋友,有着许多相同的记忆,所以他们之间的谈话就如同没有被阻隔的流水一样自然流淌。格雷谈着芝加哥的琐闻,伊莎贝尔则说起了一些微不足道的八卦,话题从一个跳到另一个,中间夹杂着轻快的笑声。我不断观察拉里,虽然他的笑声非常爽朗,饶有兴味地听伊莎贝尔愉快地聊天,可他的态度给人一种奇怪的超然之感。我觉得他并没有装腔作势,他是个非常自然的人,不屑于那么做,而且他的真诚是显而易见的。我感觉在他内心深处有什么东西,我不知道该称之为悟性、感知力还是一种奇怪的、使人不受外物影响的自然力。

孩子们被带来同拉里认识一下，她们向他礼貌地微微屈膝行礼。他温和的双眼带着动人的柔情看着她们，她们握住他伸出的手，一脸严肃地盯着他看。伊莎贝尔高兴地告诉他，两个孩子的功课都很好。然后给了她们一人一块饼干，就让保姆把她们带走了。

"等你们睡觉时，我会去给你们读十分钟的故事书。"

见到拉里她很高兴，不希望有人来打搅。两个小女孩儿走上前去跟她们的爸爸说晚安。那个长着一张红脸的肥胖男人伸出双臂将孩子们搂在怀里亲吻，这情景真让人动容，谁都看得出他满怀骄傲地宠爱她们。当两个孩子离开后，他转向拉里，唇边渐渐浮起了甜蜜的笑容："她们还不错，是吧？"

伊莎贝尔深情地望了他一眼。

"如果我放任格雷不管的话，他会把她俩宠坏的。他宁可让我挨饿，也要让孩子们吃上鱼子酱和鹅肝酱。这个残酷的家伙会这么干的。"

他微笑着看着她说："你知道自己在撒谎。连你踩在脚下的泥土都是我的珍爱之物。"

她回看了他一眼，知道这一切都是真的，而且为此感到高兴。真是幸福的一对儿。

她坚持要留我们吃晚饭。我觉得他们三人可能更愿单独相处，所以推辞了，可是她不同意。

"我要让玛丽在汤里再加一个胡萝卜，这样就够四个人喝了。今天的晚餐是鸡肉，你和格雷可以吃鸡腿，我和拉里吃鸡翅，玛丽再做一个足够大的四人量蛋奶酥就行了。"

格雷好像也不想让我走，于是我就装出一副被说服了的样子——其实我是很想留下来的。

当我们等着厨子准备晚餐时,伊莎贝尔把我告诉拉里的那些事大致又给他讲了一遍。虽然她用一种尽量欢快的语调讲述那个悲惨的故事,格雷的脸上还是现出了一副悲伤沮丧的神情。她试着让他开心起来。

"不管怎么说,现在这一切已经结束了。我们化险为夷,还会有一个不错的未来。等情况一有好转,格雷就会找到一个很棒的工作,挣到很多钱。"

管家端来了鸡尾酒,在痛饮几杯后,那个可怜的家伙终于振作了起来。我发现拉里虽然也端起了酒,却几乎一口也没碰。格雷并没有注意到这一点,又递给他一杯。晚饭准备好了,我们洗了手坐在餐桌前。格雷让管家拿来一瓶香槟,可是当管家想将拉里的酒杯斟满时,他说不想喝酒了。

"噢,你一定要尝一尝。"伊莎贝尔说,"这是艾略特舅舅最好的酒,只有非常特殊的客人来了才能喝。"

"说实话,我更喜欢喝水。在东方住了这么长时间,能喝上安全的水是一种享受。"

"今天可是个值得庆祝的日子。"

"那好吧,不过我只能喝一杯。"

晚餐非常好吃,可是我和伊莎贝尔都注意到拉里吃得非常少。伊莎贝尔意识到刚才拉里一直在听她说话,并没有机会谈到自己,于是现在开始询问这十年来他都在做些什么。他坦率热情地回答问题,但回答得很简略,显然不想告诉我们太多。

"噢,你知道,我只是四处闲逛。我在德国待了一年,又在西班牙和意大利住了些日子,然后去了东方,四处漫游。"

"你来巴黎前在哪儿呢?"

"印度。"

"你在那里待了几年?"

"五年。"

"你是不是在那里有很多乐趣?"格雷问,"猎老虎了吗?"

"没有。"拉里微笑着说。

"你在印度待了五年,究竟在那里干了些什么呢?"

"到处游玩儿。"他回答说,一副开玩笑的样子。

"魔绳术表演[①]怎么样?"格雷问,"你去看了吗?"

"没有。"

"那你都看到什么了?"

"很多东西。"

于是,我问了个问题。

"瑜伽修行者真的拥有在我们看来是超自然的力量吗?"

"这个我无法知道。我唯一能告诉你的是:印度人普遍相信这一点,但是他们中的大智慧者并不认为这类能力有什么重要的,反而认为这种能力有可能阻碍精神上的修行。我记得他们中的一位曾跟我说,有一个瑜伽信徒想渡河,但是没有钱付给船夫,因此被拒绝了。于是,他直接踩在水面上,一直走到了河对岸。给我讲这件事的瑜伽修行者十分轻蔑地耸了耸肩说:'这类奇迹的价值,也不过就和付给船夫的渡河费一样罢了。'"

"但是你相信那个瑜伽信徒真的走过水面了吗?"格雷问。

"跟我讲这件事的瑜伽修行者对此深信不疑。"

听拉里说话是一件令人愉悦的事,因为他悦耳的声音富于音乐性。他的嗓音柔和、浑厚却不低沉,而且具有与众不同的

[①] 魔术绳表演:也称通天绳,一种印度魔术。变魔术者可让柔软的绳子笔直竖起,不停地升上天空,并令一同表演的小男孩儿像爬竹竿一样爬上绳子。

丰富语调。晚餐结束后，我们去起居室喝咖啡。我从没有去过印度，因此渴望听到更多关于它的信息。

"你有没有和作家还有思想家打过交道？"我问道。

"我注意到你把他们分成了两类人。"伊莎贝尔开我的玩笑说。

"是的，我愿意和他们打交道。"拉里回答说。

"那你怎么和他们沟通呢？用英语吗？"

"那些最有趣的人，即使他们能说英语，说得也不怎么样，更甭提能听懂多少了。我学了印度斯坦语，当我去南方的时候，还学了一些泰米尔语，和人们交流得还不错。"

"你现在能说几种语言了，拉里？"

"噢，不知道，大概六七种吧。"

"我还想知道更多关于瑜伽修行者的事。"伊莎贝尔说，"你有没有和他们中的任何人有过亲密的交往？"

"亲密到我认识了一些把自己生命中最美好的时光都奉献给了修行的人。"他微笑着说，"我在一位瑜伽修行者的阿室罗摩里度过了两年的时间。"

"两年？什么是阿室罗摩？"

"我觉得你可以把它称作修道院之类的隐居处。修行者们在庙里单独居住，这些庙通常都在森林里或喜马拉雅的山坡上。也有一些修行者会收门徒。一些被瑜伽修行者的虔诚感动了的施主为了积善行德，会为他建造一个屋子，或大或小。追随他的门徒会和这位修行者住在一起，他们晚上就睡在门廊上，如果有厨房的话就睡在厨房里，有些门徒干脆就睡在树底下。我住在一个小棚子里，仅能容下我的折叠床、一张桌子、一把椅子和一个书架。"

"那个隐修地在哪里呢？"我问道。

"在特拉凡哥尔①,是一个有着青翠的群山、幽深的峡谷和缓缓流动的蜿蜒河流的地方。在山上有老虎、豹子、大象和野牛,不过隐修地位于一个泻湖里的岛上,周围环绕着椰子树和槟榔树,离最近的城市有三四英里远,可是人们还是从城里甚至更远的地方赶来拜见瑜伽修行者,步行或乘坐牛车。修行者想说话的时候,他们就认真倾听;如果他不说话,他们就坐在他脚边,彼此分享着平静和幸福。这平静和幸福就像光芒一样,从隐修者的身上发散出来,仿佛晚香玉的芬芳在空气中飘荡。"

格雷在椅子里不自在地挪动了一下身体,我猜这个新话题让他觉得不太舒服。

"喝杯酒吗?"他问我。

"不,谢谢。"

"好吧,我可得喝一杯。你呢,伊莎贝尔?"

他那沉重的身躯从椅子里站起来,朝摆放着威士忌、巴黎水和玻璃杯的桌子走去。

"那里还有其他白人吗?"

"没有,我是唯一的一个。"

"你怎么能忍受两年的时间呢?"伊莎贝尔问道。

"我感觉两年时间一眨眼就过去了,以前有些日子才让我觉得度日如年呢。"

"那你这么长时间都在干什么呢?"

"读书、长时间地散步、在泻湖上划船。我也会冥想,不过冥想是非常累人的。两三个小时的冥想会让你精疲力竭,就好像开车跑了五百英里似的,那时你只想休息。"

伊莎贝尔微微地皱了皱眉,感到困惑不解,我说不准是否

---

① 特拉凡哥尔:印度西南部一地区。

她还感到有点儿害怕。我认为她开始意识到,几个小时前踏入这个房间的拉里,虽然样子没变,还是那么友善和坦率,但早已不是原来她认识的那个直言不讳、在她看来有点儿任性但却非常令人愉快的拉里了。她以前把他弄丢了,当再一次见到他时,她认为原来那个拉里又回来了。她觉得虽然周围的环境已经变了,但他还是她的。可是现在,她好像在竭力追逐一缕阳光,当她终于把它抓在手里时,它却从她的指缝里溜掉了,她不禁感到有点儿灰心失望。那天晚上我一直在观察她——看着她总能让人感到赏心悦目——我注意到她的目光落在他那修剪得非常整齐的头上,盯着那对紧靠头颅的小耳朵,眼神中充满怜爱。当她的目光停留在他那凹陷的太阳穴和紧致的双颊上时,眼睛里的表情又起了微妙的变化。她看着那双又长又细的双手,虽然瘦削但却非常刚健有力。她的目光又游移到那富有表现力的双唇上,唇形丰满优美但并不肉感,然后是平静的前额和轮廓鲜明的鼻子。他穿着那身新西装,虽然不像艾略特那样给人优雅整洁的感觉,但却自有一种轻松自如的气质,仿佛那身衣服他每天都穿在身上,已经穿了整整一年。我感觉他使伊莎贝尔心中生出一种母性的本能,而这种本能我却从未在她和她的孩子们之间看到过。她已经是一个经验丰富的女人,而他看起来还像个孩子。我似乎从她身上读出了一种母亲的骄傲,因为她那成年的儿子谈吐非凡,而别人都在洗耳恭听。至于他都说了些什么重要的东西,我看她一点儿也没听进去。

可是我的问题还没有问完。

"你那位瑜伽修行者是什么样的呢?"

"你是说他的长相吗?嗯——他不高,身材中等,浅棕的肤色,胡子刮得很干净,留着一头剪得很短的白发,除了一条裹腰布以外什么都不穿,可是他看起来干净整洁得如同布克兄弟①广告画里的年轻模特似的。"

"那他身上有什么东西特别吸引你呢?"

在回答这个问题前,拉里盯着我足足看了有一分钟。他那深陷眼窝的双眼好像要刺穿我的身体,一直看到我灵魂深处去。

"圣洁。"

他的回答使我感到有点儿不安。在这个摆着昂贵家具、墙上挂着名画的房间里,这个词好像是从楼上邻居家破裂的浴室管道里通过天花板渗漏下来的一滴水。

"圣徒的事迹我们都读过很多:圣方济各、圣十字约翰,不过那都是几百年前的人了。我从没想到现在居然会遇到一个,头一回我意识到拉里是一个圣徒。这真是一个奇妙的体验。"

"那你从圣洁中能获得什么呢?"

"平静。"他漫不经心地说,微微笑了一下,接着突然站起身来,"我得走了。"

"噢,别走呀,拉里。"伊莎贝尔叫道,"时间还早呢!"

"晚安。"他说,脸上还带着笑意,没有理会她的挽留。他亲吻了一下她的面颊:"我这一两天还会来看你的。"

"你住在哪儿?我给你打电话。"

"噢,别麻烦了。你知道在巴黎接通电话多么困难,而且我住的地方电话总是坏。"

看到拉里如此干净利落地回避了这个问题,我不禁在心中笑了。他对自己的住址三缄其口的做法确实让人觉得有点儿奇怪。

我提议后天傍晚请他们一起去布洛涅公园吃晚饭。温暖芬芳的春日里,在户外的树荫下用餐是十分愉快宜人的,格林可

---

① 布克兄弟:创建于1818年,是第一家提供成衣服装的美国经典品牌。

以开车载我们一起去。我和拉里一块儿离开了,我想和他一起再走上一段路,但是我们刚走到大街上,他就同我握了握手并快速离去。我只好上了一辆出租车。

5

我们约好了先在伊莎贝尔的公寓里碰面,喝杯鸡尾酒后再出发。我比拉里到得早些,并打算带他们去一个非常时髦的餐厅。我猜想伊莎贝尔一定会为今晚做好准备,鉴于所有的女人都会盛装打扮,她肯定不会甘拜下风,可是她只是穿了一条普普通通的羊毛裙子。

"格雷又头疼了,他很痛苦,我不能离开他。"她说,"我跟厨娘说她给孩子们做完晚饭就可以走了,我必须自己给格雷做点儿吃的,并劝他吃掉。你和拉里自己去吧。"

"格雷在床上躺着呢吗?"

"没有,他头疼的时候从不上床躺着。老天知道,那是他唯一应该做的事,可是他就不。他在书房呢。"

书房面积不大,上了护墙板,整个房间全部用棕色和金色装饰,是艾略特从一个法国旧城堡那里学来的。书籍拒读者于千里之外,全部装在上锁的镀金网格书架上,不过也许是因为大多数的书都是十八世纪的春宫画。这些书的书皮是当代摩洛哥皮革做的,装帧很漂亮。

伊莎贝尔把我带进书房。格雷弓着身子坐在一张大皮椅上,身边的地板上散落着一些图片。他紧闭双眼,一张红脸变得十分苍白，很明显，他正忍受着巨大的痛苦。他挣扎着要站起身来，我连忙制止了他。

"你给他吃阿司匹林了吗？"我问伊莎贝尔。

"那药对他没用。我有个美国方子，可是也不太管用。"

"噢，亲爱的，别麻烦了，明天就会好了。"他说道，勉强笑了笑，"十分抱歉让你们扫了兴。"他对我说："你们快一起去布洛涅公园吧。"

"别逗了，"伊莎贝尔说，"你觉得我会在你这么难受的时候跑去吃饭喝酒吗？"

"可怜的女人，"格雷说，"看来她是爱上我了。"

突然，他的脸扭曲了，你似乎都能看到剧痛正撕裂他的头颅。门被轻轻地推开了，拉里走了进来。伊莎贝尔告诉了他格雷的情况。

"噢，真糟糕。"他充满同情地看了他一眼，"没有什么东西能减轻他的痛苦吗？"

"任何东西也减轻不了我的痛苦。"格雷说，眼睛依然紧闭着，"你们唯一能做的事就是让我自己一个人待着。你们走吧，今晚好好享受一下。"

我觉得这是唯一合理的处理方式了，不过伊莎贝尔肯定不会忍心这么做。

"能让我试试帮帮你吗？"拉里问道。

"没人能帮得了我。"格雷虚弱地说，"这痛苦简直要杀了我，有时我真希望上帝就让我这么死了。"

"也许我刚才说错了，我的意思是我要试着让你最终能自己帮助自己。"

格雷慢慢张开他的双眼，看着拉里。

"可是你怎么能做到这一点呢？"

拉里从兜里拿出一枚银币,把它放进格雷手里。

"手掌向下握拳,手指紧紧抓住这枚银币。不要和我对着干。不用太用力,就是握拳把硬币抓住就好。我数到二十以前,你的手会松开,硬币就会掉下来。"

格雷照着他说的样子做了。

拉里坐在写字台边开始数数。伊莎贝尔和我站在一旁。一、二、三、四……当他数到十五时,格雷的手还没有变化,可是接着,那手稍稍抖动了一下,我甚至不能说我看见,只能说我感觉到他蜷在一起的手指有些松动了,大拇指从其他手指旁移开了。

现在,我明显地看到他的手指在抖动,当拉里数到十九时,硬币从格雷手中掉落并滚到了我的脚旁。我捡起来看了一下,硬币很重,形状怪异,一面有粗糙的浮雕,是亚历山大大帝年轻时的头像。格雷茫然地盯着他的手。

"我没有松开手让硬币掉落,"他说,"它是自己掉下去的。"

他坐在那里,右手臂放在皮椅的扶手上。

"你坐在那椅子里舒服吗?"拉里问道。

"当我头疼得要死时,坐在这里才能感觉稍微好一点儿。"

"那么,让你自己快速放松一下吧。什么也不用做,放轻松,不要抗拒。我数到二十以前,你的右臂会离开椅子扶手,直到举过你的头顶。一、二、三、四……"

他用那银铃般的、富有音乐性的声音慢慢数着数。当他数到九时,我们看到格雷的手抬起来了,可以看到他的手抬到离扶手大约一英寸的地方,然后停了一两秒钟。

"十、十一、十二……"

手又抖动了一下,接着整个手臂开始缓缓向上移动,已经完全离开了椅子扶手。

伊莎贝尔握着我的手,有点儿被吓着了。眼前的现象真的很奇怪,手臂的动作看起来并非出于格雷自己的意愿。我从来没有见过在梦游中走路的人,但是我可以想象,他动作的样子会和格雷的一模一样。这动作看起来并非出于人的意愿,一个人很难将胳膊抬起得如此慢又如此平稳,我感觉是一种潜在的、意识之外的力量在举起这只胳膊。这种动作的状态就像气缸里的活塞在缓慢地前后移动。

"十五、十六、十七……"

声音缓慢而有规律,就像细小的水珠滴答滴答地从坏了的水龙头里缓慢而有规律地滴落下来似的。格雷的手臂一点儿一点儿地举起来,一直举过他的头顶。当拉里数到二十时,手臂好像自由落体般跌落回椅子扶手上。

"不是我把手臂举起来的,我无法控制它。"格雷说,"是它自己举起来的。"

拉里的脸上浮起了一层淡淡的微笑。

"这无关紧要,不过我觉得你现在可能会相信我了。那枚希腊硬币呢?"

我把硬币给了他。

"把硬币握好。"

格雷把硬币接了过来。拉里看了一眼手表:"现在是八点十三分,六十秒内你会感到眼皮发沉,你会不由自主地闭上眼睛睡着。然后你会睡六分钟,在八点二十分醒来,之后你的头就不会疼了。"

我和伊莎贝尔谁也没有说话,只是紧盯着拉里,他也没再说什么,只是把目光锁在格雷身上,但好像又没看着他。他的目光似乎已经穿越了格雷的身体,看向了更深更远的地方。一种怪异、可怕的静寂充斥了整个房间,就像夜幕降临时花园里那些无声无息的花朵。突然，我觉得伊莎贝尔握着我的那只手握得更紧了。我瞟了一眼格雷，他的眼睛闭上了，呼吸轻松而平稳——他睡着了。我们站在那里，时间好像静止了。我突然很想抽烟，可是不能。拉里一动不动，双眼望向我所不知道的地方，要不是他的眼睛睁着，我会以为他已经精神恍惚了。突然，他放松了下来，双眼恢复了以往的神情，低头看了看表。当他这么做的时候，格雷也睁开了眼睛。

"天啊，"他说，"我一定睡着了。"

接着，他站了起来，我发现他脸上的苍白已经褪去了。

"我头不疼了。"

"很好。"拉里说，"抽根烟吧，然后咱们就可以一起去吃饭了。"

"这是个奇迹，我感觉精神很好。你是怎么做到的？"

"这不是我做到的，这是你自己做到的。"

伊莎贝尔换衣服去了，我和格雷喝着鸡尾酒。虽然拉里很明显地表现出不想再提刚才那件事，可是格雷却坚持要讲讲刚才在他身上都发生了些什么，对此他完全无法理解。

"知道吗，我开始根本不相信你能做这些事。"他说，"我同意让你试试只是为了避免烦人的争论。"

他继续讲头疼发作时所忍受的极度痛苦，以及头疼过后他会变得多么虚弱。他无法明白刚才他是如何又一次感受到了那个强壮的自我的。

伊莎贝尔回来了，她穿着一件我以前没有见过的衣服，是一件紧身的马罗坎平纹绉白色长裙，裙摆是喇叭口向外蓬出的黑纱，拖曳在地面上，我觉得她一定会给我们这群人增色不少。

马德里城堡的气氛非常欢乐，我们的兴致都很高。拉里说着一些无关紧要的笑话，逗得我们直乐，以前我从来没见他这样过。我猜他这么做是想转移我们的注意力，不想让我们总想着刚才他表现出来的那种魔力。可是伊莎贝尔是个不达目的不罢休的女人。如果方便的话，她愿意配合拉里，不过她并没有打算放弃满足自己的好奇心。当我们吃完了晚饭，喝着咖啡和利口酒时，她觉得美味的食物、拉里喝的那杯葡萄酒以及朋友间的谈话已经削弱了他的戒心，于是她用那双亮晶晶的眼睛紧紧盯着他："现在跟我们说说，你是怎么治好格雷的头疼病的吧。"

"你自己看到了。"他微笑着回答说。

"你是在印度学会这些的吗？"

"是的。"

"他总是很痛苦。你觉得能一劳永逸地治好他吗？"

"不知道，也许可以吧。"

"那会完全改变他的生活。如果他总一头疼就头疼两天，什么也干不了，那他是不可能保住一份像样的工作的，可是除非去工作，否则他是不会感到幸福的。"

"你知道，我可无法施魔法。"

"但是刚才你已经做到了，我亲眼所见。"

"那不是魔法。我只是将一个想法传给了格雷，剩下的都是他自己做的。"他转向格雷问道，"明天你打算干什么？"

"打高尔夫。"

"我明天下午六点来找你，咱们聊聊。"

接着，他冲伊莎贝尔迷人地一笑："伊莎贝尔，我已经有十年没和你跳过舞了。你想不想看看我还会不会？"

6

打那以后我们经常见到拉里。接下来的一周,他每天都来公寓和格雷单独在书房里谈上半个小时。看来他想说服格雷——这是他笑眯眯说的原话——放弃那痛苦不堪的头疼,而格雷则像孩子般信赖他。从格雷透露的只言片语,我感觉拉里也在试图帮他重新树立已然破碎的自信心。这样大约过了十天,格雷又开始头疼,那次恰好拉里直到傍晚才来。格雷的头疼得并不是特别厉害,但是现在他只相信拉里那奇怪的魔力,觉得要是他在场的话,几分钟就能使他摆脱痛苦。可是他们没有拉里的地址,于是伊莎贝尔给我打电话,可我对此也一无所知。最后,拉里终于来了,并解除了格雷的痛苦。格雷问他要地址,以便下次发生相同的情况就可以立刻把他叫来。可是拉里微笑着说:"给美国运通公司打电话留个信息就可以了,我每天早晨都和他们联系。"

后来伊莎贝尔问我,为什么拉里不愿意别人知道他的地址。以前他就这么做过,但实际上他当时只是住在拉丁区的一个三流旅馆里,并没有干什么见不得人的勾当。

"我也不知道。只能没有依据地凭空想象。"我回答说,"也许某种奇怪的本能促使他觉得住处也是私密精神的一部分。"

"看在老天的分儿上,你这话到底是什么意思?"她烦躁地大声说道。

"你难道没有注意到,他跟我们在一起时虽然表现得轻松愉快、友善合群,可是身上仍会散发出一种超脱冷漠的感觉,似乎他并不想对我们敞开心扉,而是将他灵魂中的某些部分隐藏了起来,这些东西使他与我们疏离。我不知道他隐藏的是什么——一种矛盾、一个秘密、某种渴望还是某种认知？"

"我从小就认识他了。"她不耐烦地说。

"有时在我看来他就像个了不起的演员，在一出闹剧里出色地扮演着某个角色，就像埃莉诺拉·杜丝①在《女店主》里做的那样。"

伊莎贝尔低头沉思了一会儿。

"我明白你的意思了：大家在一起很高兴，认为他就像我们中的任何一个人一样彼此喜欢，可是突然你发现他就像一缕烟一样，当你想抓住它时，它却从你指缝中溜走了。你认为是什么东西把他变得这么奇怪了？"

"也许是某种非常普通的东西，以至于大家平时都对之视而不见。"

"比如？"

"比如美德。"

伊莎贝尔皱起了眉头："我希望你不要再说这类词，它让我感到胃里直犯恶心。"

"也许你感到的是心底的一阵刺痛？"

伊莎贝尔长久地注视着我，好像要看穿我的思想似的。她从身旁的桌子里取出一支烟，点燃它，身体往椅背上一靠，看着盘旋的烟雾消失在空气中。

"你想让我走吗？"我问。

"不。"

我看着她沉默了一会儿。我很喜欢看她那形状漂亮的鼻子和线条优美的下颌。

"你很爱拉里吗？"

---

① 埃莉诺拉·杜丝（1858—1924）：意大利舞台剧女演员。

"你居然问这种问题,这辈子我从没爱过第二个人。"

"那你为什么和格雷结婚呢?"

"我总得嫁人啊。他对我着了迷,我妈也希望我嫁给他,而且每个人都劝我彻底甩掉拉里。我很喜欢格雷,现在也一样。你不知道他有多好。世界上再也没有第二个人能像他那样宽容贴心了。他看起来脾气很坏的样子,对不对?可是他对待我就像天使一样温柔。当我们还有钱的时候,他总盼望我能向他要东西,这样他就能享受到送我礼物时的那份愉悦了。有一次我说要是我们有一艘游艇就好了,那样就可以周游世界,一定很有趣。要不是那场经济危机,他肯定早给我买了。"

"他好得简直令人难以置信。"我低声咕哝道。

"我们一起度过了非常好的时光,为此我会永远感激他。他令我感到十分幸福。"

我看着她,没有作声。

"我并不爱他,但是没有爱情也能过得很好。在我内心深处渴望的是拉里,不过只要见不到他,这种渴望就不会打搅到我。你还记得你曾经对我说,三千英里的海面不仅会使我俩分离,也会使爱而不得的痛苦变得容易忍受吗?我起先以为那不过是句风凉话罢了,但是它确实很有道理。"

"如果看到拉里会使你感到痛苦,那是不是应该明智点儿,别再见他?"

"但是这是一种如在天堂般的痛苦。再说,你知道他是什么样的人。他就像个躲避阳光的影子一般,不知哪天就不见了,咱们也许好几年都见不到他。"

"你从没想过和格雷离婚吗?"

"我没有任何理由和他离婚。"

"你这样的理由是不会阻止贵国妇女同她们的丈夫离婚的,

只要她们愿意。"

她笑了："你说她们为什么这样做？"

"你难道不知道吗？因为美国女人要求她们的丈夫必须做到十全十美，而英国女人只希望她们的管家做到这一点就行了。"

伊莎贝尔傲慢地把脖子使劲儿往后一仰，我担心她脖子都要断了。

"就因为格雷不会自我标榜，你就认为他一无是处吗？"

"这你就错了。"我立刻打断她说，"我认为他身上有一种让人动容的品质，他具有深沉的爱的能力。当他看着你的时候，只消瞟他一眼就能看出他对你的爱有多深，对你是多么死心塌地。他比你更爱你们的孩子。"

"看来你马上就要说我是个不称职的母亲了。"

"恰恰相反，我认为你是个出色的母亲。你会留意孩子们是不是健康，是不是高兴；你照顾她们的饮食，注意她们是否会消化不良；你使她们变得有教养；你给她们读书，还带她们祈祷；如果她们生病了，你会立刻找医生为她们看病，还会亲自照看她们，但你不会像格雷那样全身心都扑在她们身上。"

"没有必要全身心扑在孩子身上，我是人，所以我也把她们当人来对待。如果一个母亲的生命中只有孩子，那对孩子是没有任何好处的。"

"说得在理。"

"实际上她们崇拜我。"

"我已经注意到了。你是她们的偶像，你那么漂亮、那么优雅，还那么迷人。不过她们和你相处的时候，没有和格雷相处时的亲密感。她们崇拜你不假，但她们更爱他。"

"他当然很可爱。"

我喜欢她坦率的回答。她最令人称道的优点之一是：当别人赤裸裸地说出真相时,她从不会感到被冒犯。

"经济危机后,格雷的精神崩溃了。有好几周他在办公室一直工作到深夜。我一个人坐在家里,感到痛苦和害怕。我怕他会开枪自杀,因为他感到非常屈辱。要知道,格雷和他父亲曾经对他们的公司、他们的职业操守和精准的判断力感到非常自豪。我们丢掉了所有的钱还不算最坏的,他无法接受的是,所有信任他的人也全都破了产,他觉得他理应有更好的预判。我无法让他明白,这些并不是他的错。"

伊莎贝尔从包里掏出一管口红,给双唇上了上色。

"不过这并不是我想告诉你的。我想说的是,我们只剩下那个农场了,当时我认为唯一能拯救格雷的办法就是让他离开办公室,于是我们把孩子送到我妈那里,自己去了农场。他一直很喜欢那儿,但我们从来没有单独去过,总是带着很多朋友在那里一起度过美好时光。格雷是一个很好的射手,可是当时他无心打猎。他过去常常独自一人到沼泽地上划船观鸟,一去就好是几个小时。他会沿着河道上下漫步,身旁是淡黄色的灯芯草,头顶是湛蓝的天空,有时河水就像地中海的海水那么蓝。每次他回来后都不怎么说话,只说那里真是美极了,可是我能体会他的感觉:他的心被大自然的优美、广阔和宁静打动了。日落之前的某个时刻,沼泽地的上空被染上了迷人的色彩。他常常站在那里凝视着眼前的一切,心中充满了神赐般的喜悦。他在那些孤独而神秘的树林里长时间地散步,那些树林好像出自梅特林克之笔,如此灰暗、如此寂静,简直有点儿可怕;在春天的某个时期——长度不会超过两周——山茱萸开满了花,桉树的枝条也抽出了嫩叶,那种鲜绿配上浅灰的西班牙铁兰,仿佛是一首欢歌;地上铺着由大朵的白百合以及野生杜鹃织成的花毯。格雷无法表达这一切对他意味着什么,实际上这意味着整个世界,这个美丽的世界让他沉醉了。我知道我表达得并不好,但是我可以告诉你,看到那个魁梧粗壮的男人陶醉于这样纯真优美的情感真的令人感动,会使我流下泪来。如果天堂里真有一个上帝,那么格雷一定和他靠得很近。"

伊莎贝尔给我讲述这些的时候显得有点儿激动,她掏出一个小手绢,小心地拭掉挂在眼角的两滴晶莹的泪珠。

"你是不是把这一切都浪漫化了?"我微笑着说,"我觉得你说的这些思想和情感是你希望他拥有的。"

"如果他没有这样的思想和情感,我如何能发现呢?你知道我是什么样的人:除非我双脚切切实实踩在人行道上,身旁一路下去都是巨大的玻璃橱窗,里面陈列着帽子、毛皮大衣、钻石手镯和黄金镶嵌的化妆盒,否则我是不会感到幸福的。"

我笑了,然后我们沉默了一会儿。

接着,她把刚才的话题拾了起来:"我是永远不会和格雷离婚的。我们一起经历了那么多,而且他非常依赖我,这让人感到很受用,知道吗,这会让你生出一种责任感。再说……"

"再说什么?"

她瞟了我一下,眼中闪过一丝顽皮的神情。我感觉她拿不准我会怎样评判她将要说出的那些话。

"他在床上表现得很不错。我们已经结婚十年了,可他还像刚结婚时那样充满爱意和激情。你不是曾经在一出戏里说,男人对同一个女人的兴趣不会超过五年吗?哼,你不知道自己在说什么。格雷对我的感觉还像我们刚结婚时一样,这令我感到很幸福。也许从外表你看不出我是一个喜欢感官享受的女人。"

"你错了,我看得出来。"

"这并不是什么见不得人的特点,对吗?"

"恰恰相反。"我探寻地看着她,"你十年前没嫁给拉里,会不会后悔？"

"不，嫁给他将是疯狂而愚蠢的。当然了，如果我当时知道后面会发生什么事的话，我就会和他私奔，一起过上三个月，然后永远地让他在我的生命中消失。"

"我认为你没有那么做是幸运的，也许你会发现根本无法打破你们之间的羁绊。"

"我不这么认为，这只不过是肉体上的吸引罢了。你知道，摆脱欲望的最好办法就是满足它。"

"你难道没有意识到你是个占有欲很强的女人吗？你跟我说格雷具有一种深沉的、诗样的情感，而且还是一个炽热的爱人，我确定这两样对你来说都很重要。但是你还没有告诉我对你而言更重要的东西，而格雷具备的那两个优点加起来都无法和它相比——那就是你对他的控制。你已牢牢将他掌控在你那虽不纤细但也很美丽的双手里了，可是拉里却总能逃过你的掌心。你是否记得济慈①的诗歌：鲁莽的爱人，你永远永远无法吻到我，虽然我已近在咫尺。"

"你总是觉得你懂的比实际知道的还多。"她有些不悦，略显尖酸，接着又说，"女人要想把男人抓在手心里只有一个办法，而且你也知道。我索性明说了吧：她第一次和他上床并不能说明什么，第二次才能算数。如果那时她抓住了他，才算真正把他抓住了。"

"你的确抓住了个不一般的信息。"

"我社交很广，耳濡目染。"

"我能请教一下你是从哪儿听到的吗？"

---

① 济慈（1795—1821）：19世纪初期英国诗人，浪漫派的主要成员，与雪莱、拜伦齐名。

她极尽嘲弄地笑了一下。

"一个我在时装发布会上认识的女人告诉我的。时装店女店员跟我说,她是全巴黎最聪明的包养情妇,于是我下定决心要和她认识一下。她的名字叫阿德里安娜·德·特罗那。你听说过她吗?"

"从来没有。"

"看来你的自我教育不够全面呀!她已经四十五岁了,绝对谈不上漂亮,可是看上去比艾略特舅舅认识的那些公爵夫人还要显得尊贵。我坐在她身旁,拿出美国女孩儿那种活泼冲动的劲头儿,跟她说我必须和她说话,因为我一辈子也没见过像她那样美的人。我告诉她,她就像一尊希腊雕像那样完美。"

"你脸皮可真够厚的!"

"起先她摆出一副硬邦邦、傲慢冷淡的样子,可是我照样表现得简单天真,于是她那硬邦邦的态度就融化了。我们愉快地聊了一小会儿,等时装表演结束的时候,我问她愿不愿意哪天跟我一起去里兹饭店吃个午饭,我跟她说我很艳羡她那优雅时髦的风度。"

"你以前见过她吗?"

"从没有。她不愿意和我吃午饭,说巴黎到处都是恶毒的风言风语,这对我没什么好处,不过她很高兴我能邀请她。当她看到我的嘴唇因失望在微微颤抖时,就说她很愿意招待我在她家吃午饭。我做出一副因她如此亲切友好而备受感动的样子,她轻轻地拍了拍我的手。"

"你去了吗?"

"当然了。她家住在福煦大街上,房子十分小巧可爱,还有一位长得和乔治·华盛顿很像的管家。我一直在那里待到下午四点,我们把头发散开,脱掉紧身衣,来了一场纯粹的女孩儿间的八卦聊天。那天下午我收获颇丰，都可以写一本书了。"

"那你为什么不写呢？内容肯定很适合在《女士家庭杂志》这类书籍上刊登。"

"你这个傻瓜！"她笑出了声。

我沉默不语，沉思了一会儿。

"我怀疑拉里是否真的爱过你。"随即我说道。

她坐直了身子，脸上那愉快惬意的神情消失了，双眼射出愤怒的光。

"你说什么？他当然爱我！你认为当一个女人被人爱着时，她会不知道吗？"

"噢，我敢说他只是在某种程度上爱你。他和你关系很亲密，和其他女孩儿从没有过如此亲密的关系，你们从小就在一起玩儿了，他觉得理应爱上你，毕竟他是一个有正常性取向的人。你们长大后肯定会结婚，这是再自然不过的事情。如果你们结婚，你们之间的关系不会有任何变化，只不过是同住在一个屋檐下，同睡在一张床上罢了。"

伊莎贝尔的怒气渐渐平息了一些，等着我继续讲下去。考虑到女人们都喜欢听关于爱情方面的事情，我继续着这个话题："伦理学家总是试图说服我们，性欲和爱情这件事并没有太大的关系，他们更倾向于把它看作是一种附带现象。"

"看在上帝的分儿上，你在说什么呢？"

"有些哲学家认为：人的意识是伴随着大脑的运动出现的，且受大脑运动的支配；反之，意识并不会对大脑运动产生任何影响。这就像树在水中的倒影，没有树，倒影就不会存在；可是倒影不会对那棵树有任何影响。我觉得世界上存在着柏拉图式的爱情这一说法纯粹是一派胡言。当人们说激情消失后爱情仍会存在，那说的不是爱情，而是别的什么感情，比如依恋、友谊、共同的爱好和品位，习惯，特别是习惯。两个人出于习惯继续他们的性关系这一做法，就如同他们在饭点儿会感到饥饿想吃饭这一行为一样，并没有什么区别。当然，世间存在着没有爱情的肉欲。肉欲不是激情，是性本能的自然结果，而且和人类所具有的其他动物性没什么两样。所以说，当丈夫根据天时地利偶尔偷个腥，妻子就在那里上蹿下跳、大呼小叫是十分愚蠢的。"

"这一情况仅适用于男人吗？"

我笑了。

"如果你非要打破砂锅问到底的话，我只能承认男女都一样，这就如同烤鹅时用的酱汁，公鹅和母鹅有什么不同呢？不过通常男人这么做的时候不涉及感情问题，而女人则不同。"

"那得看什么样的女人。"

我没有接她的话茬，继续说下去："除非爱充满了激情，否则那就不是爱，而激情只会因受到阻碍而不是得到满足变得一发不可收拾。'你的爱将永恒，而她的美貌永存'，你是如何理解济慈在《希腊古瓮颂》里的这句诗的？他告诉古瓮上的情人不要感到悲伤，因为她是可遇不可求的。不管那情人如何疯狂地追求，她只会躲避他，因为他们永远地被囚禁在由大理石雕刻成的——在我看来——冷漠无情的艺术品上了。你和拉里之间的爱就如同保罗和弗兰切斯卡①或罗密欧与朱丽叶之间的爱情，幸运的是，你们并没有一个和他们一样可怕的结局。你嫁

---

① 保罗和弗兰切斯卡：但丁《神曲》中的人物，弗兰切斯卡为了家族利益不得不嫁给又老又丑的乔凡尼，但却与其弟保罗相爱，最后两人被乔凡尼捉奸并杀死。

给了有钱人，而拉里则四处漫游去寻觅塞壬[1]那神秘歌声的谜底，激情并没有介入你俩当中。"

"你怎么知道呢？"

"激情是不计代价的。帕斯卡尔说心灵自有其逻辑，且它的逻辑不受道理支配。如果我理解正确的话，他的意思是当心灵被激情所控制，它就会编造出貌似合乎逻辑的理由，而且还会毫无疑问地推断出这样一个真理：为爱抛弃世界是值得的。它使你相信：忠诚不是什么大不了的事儿，耻辱的代价微乎其微。激情具有破坏性，他毁掉了安东尼和克莉奥佩特拉、特里斯坦与伊索尔德、帕奈尔与吉蒂·奥谢。如果激情不能毁灭就会消失。到那时当事者才会悲哀地发现，多少生命中的时光已经被荒废，多少名誉已经被毁于一旦，自己曾经心怀恐惧地忍受着嫉妒之火；吞下了无数屈辱的苦果；耗尽了毕生的柔情；将灵魂深处最丰富的情感全部注入到一个乏味愚蠢的人身上，那人不过是个悬挂了很多梦想的木头钉子罢了，实际上连块黏糊糊的口香糖都不如。"

我还没有结束这场高谈阔论就已经发现伊莎贝尔根本没有好好听我说话，而是在开小差琢磨自己的事情。不过她一开口就让我吃了一惊："你觉得拉里是不是还是个童男子？"

"我的天呐，他已经三十二了。"

"我敢确定他是。"

"何以见得？"

"这种事女人靠直觉就能知道。"

"我认识一个前途无量的年轻人，多年以来他使一个又一个

---

[1] 塞壬：古希腊神话中人首鸟身的海妖，用美妙的歌声迷住水手，使航船触礁沉没。

的美女相信，他从来没有拥有过其他女人。他跟我说这个方法百试不爽。"

"我不在乎你怎么说，我相信自己的直觉。"

天色已晚，格雷和伊莎贝尔要和朋友们一起吃晚饭，所以她不得不去梳妆打扮了。我无事可做，因此在宜人的春夜里沿着拉斯佩尔大道散起步来。我从来不太相信女人的直觉，她们的直觉总是和她们的欲望搅和在一起，让我觉得十分不靠谱。当我想到伊莎贝尔最后说的那句话时，忍不住笑了。我想起了苏珊·卢维耶，我已经好几天没见过她了。要是没什么事的话，她应该愿意和我一起去吃晚饭再看个电影。我拦住了一辆在大街上寻客的出租车，把她的地址告诉了司机。

7

在本书的开头我就提到了苏珊·卢维耶，我认识她已经有十到十二年了，现在她应该快四十岁了。她长得并不漂亮，实话说她长得很丑。她的个子对于法国女人来说，未免太高了点儿。她的上身很短，胳膊长腿长，一副笨拙的模样，好像不知道如何摆放她那过长的四肢似的。头发的颜色全凭一时的兴致，不过大多数情况下是红棕色。她长着一张小小的方形脸，突出的颧骨擦着鲜艳的胭脂，一张大嘴上涂着厚厚的口红。这一切听起来是如此没有吸引力，但实际上并不是这样。她的皮肤很不错，还有一口雪白整齐的牙齿。她那双湛蓝的大眼睛是五官中最漂亮的，因此她画了眼影，还涂了睫毛膏，借此来突出这个优点。她看起来精明、活络且友善，虽然性情柔和但也绝不好惹——在她那种境遇中生活，必须不能太软弱。

她父亲曾是政府部门里的一个小官员，很早就去世了。她母亲守寡后回到了安茹农村老家，靠微薄的抚恤金生活。苏珊十五岁的时候，到一个裁缝那儿当学徒。那裁缝就住在离村子不太远的镇上，所以她每个星期日都可以回家。在她十七岁那年，有一次休了两周的假，在假期里她被一个到此地消夏并进行风景写生的艺术家勾引了。她早已明白自己身无分文，结婚的机会很渺茫，所以当夏季快结束、那个画家问她愿不愿意和他一起去巴黎时，她眼都没眨就答应了。

他把她带到蒙马特尔，在一片密集得如同鸽子笼似的工作室中找一间住了下来。她同他在那里度过了愉快的一年。可是到年底时，那位艺术家告诉她，由于一幅画也没卖出去，他再也负担不起包养情妇的奢侈生活了。她对此早已有所准备，因此并没有感到惊慌失措。他问她是否想回家，当她说不愿意的时候，他告诉她，住在同一栋楼里的另一个画家看上了她。他所说的那个画家曾经挑逗过她两三次，不过都被她打发过去了。她打发他的手法颇为圆滑，并没有让他当众出丑。再说她对那个画家也谈不上讨厌，于是平静地接受了这个建议，毕竟搬行李不用花钱打车了。

她第二个情人比第一个年纪要大很多，但还能看得过去。他让她当模特，给她画出各种画像：穿衣服的、不穿衣服的。她和他一起度过了愉快的两年时光。她骄傲地认为，正因为以她当模特，他才取得了第一次真正意义上的成功。她给我看了复制品，那是从介绍那幅画的画报上剪下来的，真品已经被一家美国画廊收购了。这是一幅真人大小的裸体画，她以马奈笔下女模特的姿态躺在那里。那位画家很快就发现她的身材比例有一种有趣的现代感，于是夸张地把她的身材画得更为瘦削，把她已然很长的四肢拉得更长，更加突出了她的高颧骨，而那双湛蓝的眼睛已经大到了不切实际的地步。从复制品中我自然看不出真品的本来色彩，但是构图确实十分雅致。这幅画虽然引起很多争议，但也使画家出了名，并因此娶了一位仰慕他的有钱的寡妇。对于男人总要考虑自己的前途这件事，苏珊表示十分理解，因此没费多少周折就接受了这段关系的终结。

如今她已经了解了自己的价值。她喜欢艺术家的生活，也很喜欢摆姿势当模特。当一天的工作结束后，和画家及他们的老婆或情人一起坐在咖啡馆里，听他们谈论艺术、辱骂画商、讲下流笑话是一件非常惬意的事情。在这种场景下，她已经预料到会和第二个情人分手，因此也做好了打算。她看中了一个单身的年轻人，觉得他有天分。有一次当他独自一人在咖啡馆的时候，她瞅准机会向他说明了目前自己的状况，然后开门见山直奔主题，建议他俩应该住在一起。

"我二十岁，是个过日子的好手儿。我会帮你省钱，还可以免费当你的模特。看看你的衬衫，脏得不成样子，而你的工作室更是一团糟，你需要一个女人照料你。"

他知道她是个不错的女人，而且被她的提议逗笑了。她看出来他有点儿动心。

"不管怎么说，试试总没有坏处。"她说，"如果不合适，咱俩也不会有什么损失。"

他是个抽象主义画家，给她画的肖像充满了正方形和椭圆形，脸上只有一只眼睛，还没有嘴。他把她画得像个几何体，颜色只用黑、灰、棕，纵横交错的线条让你很难分辨出那是一张人脸。她和他一起住了一年半之后就主动离开了。

"为什么？"我问她，"你不喜欢他吗？"

"喜欢,他是个不错的年轻人。不过我认为他不会有什么发展,他只是在重复自己而已。"

她觉得找到下家并不难,对此很有信心。

"我总是找画家。"她说,"我只和一位雕塑家待了六个月,不知道为什么,我觉得那六个月一点儿意思都没有。"

她每次和情人分手都不会有什么不快,这使她很满意。她不仅是一位好模特,还是一个好主妇。她喜欢在那些临时居住的工作室里干活儿,把屋子收拾得井然有序使她感到很骄傲。她厨艺也很好,可以用很少的钱做出一顿美餐。她为那些情人补袜子、钉衬衫上的纽扣。

"我不懂为什么艺术家就得邋里邋遢的。"

她只有一次失败的经历。那是一个年轻的英国人,比其他艺术家都有钱,而且还有辆车。

"但是我俩在一起的时间不长,他老爱喝醉酒,变得非常令人讨厌。"她说,"如果他是个好画家的话,我还可以忍受。可是,亲爱的,他的画难看极了。我跟他说我要走了,他就开始哭,说他爱我。

"'我亲爱的朋友,'我对他说,'你爱不爱我一点儿都不重要,重要的是你没有天分。回英国开个杂货店吧,你很适合干那个。'"

"他怎么说?"我问道。

"他勃然大怒,叫我滚蛋。但是我的建议是非常中肯的,你知道,我希望他能接受它。他不是个糟糕的人,只是个糟糕的画家。"

当一个生性快活的女人,具备生活常识和温和的性格,就会使她的人生旅途显得不那么艰难,但是苏珊选择的职业和其他人的职业一样,也有高峰和低谷。比如她遇到的那个斯堪的纳维亚人，竟使她不小心坠入了爱河。

"他简直像神一样美，我亲爱的。"她跟我说，"他高得跟埃菲尔铁塔一样，肩膀宽阔，胸膛结实。他的腰很细，用两只手就可以合抱过来，腹部和我的掌心一样平坦，有着专业运动员那样的肌肉。他长着一头卷曲的金发，身上的皮肤像蜜一样。他画画儿也很不错，我喜欢他的笔触，非常潇洒，而且用色大胆。"

她下定决心要和他一起生个孩子。对此他不同意，但是她说这事愿意自己负责。

"当孩子出生时，他很高兴。孩子非常可爱，粉扑扑的、金发碧眼——就像父亲一样，是个女孩儿。"

苏珊和他一起生活了三年。

"他这人有点儿蠢，有时还有点儿烦。不过他脾气很好，还长得那么美，所以我对他的缺点一点儿也不介意。"

后来他接到一封来自瑞典的电报，说他父亲病危，让他马上回去。他发誓会回来，并把所有的钱都留给了她，但她预感到他永远不会回来了。整整一个月没有他的任何消息，然后她收到了一封信。信上说他的父亲已经去世了，留下了很多棘手的身后事。他觉得应该留在家里陪伴母亲，做做木材生意，这是他的职责所在，并随信附上了一张一万法郎的汇票。苏珊不是一个容易向绝望低头的女人。她很快得出结论：身边留个孩子只会给她添麻烦，于是她把孩子带到母亲那里，并留下汇票当抚养费。

"这当然令人心碎，我爱那个孩子，但是人活在世上得现实一点儿。"

"然后呢？"

"噢，我熬过去了，找到了个朋友。"

可是接着她又得了伤寒。说起这个病的时候,她总是称之为"我的伤寒",那口气仿佛是一个百万富翁在说"我在棕榈海滩的豪宅"或是"我的松鸡猎场"似的。她差点儿死了,在医院里躺了三个月。离开医院的时候,她一无所有,瘦得皮包骨,一阵风都能把她吹倒。她的精神崩溃了,除了哭什么也干不了。她现在成了个对谁也没有用的人,既不能当模特,也没有什么钱。

"哎呀呀,我度过了一段艰难的时光。"她说,"幸亏我还有一些好朋友,但是你也知道,那些艺术家是什么样的,他们很难保持收支平衡。我从来不是个漂亮女人,当然,我有自己的风韵,可是我不再是二十多岁的年轻姑娘了。后来我碰到了那位立体派画家,他已经结过婚又离婚了。他放弃了几何画法,变成了一个现实主义画家。他觉得可以请我当模特,他说一个人很孤独,愿意为我提供食宿。我向你保证,我高兴极了。"

苏珊一直和他住在一起,直到认识了一位制造商。制造商是被一位朋友带到工作室里来的,看看有没有可能会买一两幅前立体派画家的作品。苏珊为了能够促成这笔买卖,尽力向他献殷勤。他无法当场拍板,说还会再来一趟。两周以后他果然来了,不过这一次她感觉到他的目的不是画而是她。当他离开的时候,带着一种特殊的热情握了下她的手。第二天,她在去市场买菜的路上被那位朋友拦住了。他告诉她,那位制造商对她很有意,等下次来巴黎的时候想带她出去吃晚饭,因为他对她有个提议。

"你觉得他看上我什么了?"她问道。

"他是个现代艺术的爱好者,曾经见过你的肖像画,这给他留下了很深的印象。他是个外省生意人,对他来说,你代表着巴黎、艺术、浪漫,总之代表着里尔①所缺乏的一切。"

"他有钱吗?"她以她那理智的方式问道。

"很有钱。"

"那好,我答应和他吃晚饭,听听他想说什么总没坏处。"

他带她去了马克西姆餐厅,给她留下了深刻的印象。她打扮得并不张扬,环顾四周的女人,她觉得自己看起来蛮像个值得尊敬的已婚妇女。他点了一瓶香槟,这让她觉得他是个绅士。当他们餐毕喝咖啡的时候,他向她提出了那个建议,而她觉得很不错。

每两周他都会来巴黎参加董事会,晚上一个人就餐非常孤独,如果他想有女性的陪伴,就只能去妓院。作为一个已婚有两个孩子的男人,他认为这种方式既不令人满意也不符合他的身份。他们共同认识的那位朋友已经跟他讲了关于她的一切,他认为她是个行事谨慎的女人。他已经不再年轻,不打算再同那些轻浮的女孩儿纠缠不休了。从某种程度上说,他是个现代画作品的收集者,而她与现代艺术的联系使他有惺惺相惜的感觉。说完这些之后,他直奔主题:他准备为她租个公寓,再配上家具,每月给她两千法郎作为日常开销。作为回报,他希望每两周她陪他一个晚上。苏珊一辈子也没有过这么多的日常花销,她在脑中飞快地盘算了一下:有了这些钱,她不仅可以在吃穿用度上提高一个档次,还可以供养她的女儿,并且存下一笔钱以备日后不时之需。不过她还是踌躇了一小会儿,正如她所说,她一直在混画家圈子,现在却要当一个商人的情妇,在她的头脑里,这难免有点儿掉价儿。

"C'est à prendre ou à laisser,"他说,"同不同意由你。"

---

① 里尔:法国北部城市。

他并不令她反感,而他胸前佩戴的玫瑰形荣誉军团勋章证明他还是个人物,于是她微笑了。

"Je prends,"她说,"我同意。"

虽然苏珊一直住在蒙马特尔,但是现在她觉得有必要和过去做个了断。于是她在蒙帕纳斯租了一间公寓,就在大街边上,是个两室套房,带着一个小厨房和一个浴室。公寓在六层,不过配有电梯。对苏珊来说,浴室和电梯——虽然一次只能装两个人,速度比蜗牛还慢,只能上不能下——代表的不仅是奢华,还有一种时髦优雅的感觉。

在他们相处的最初几个月里,阿希尔·戈万先生(这是那位制造商的名字)每次来巴黎时还会定一间酒店,在苏珊满足了他激情浪漫的需求后,他会回到酒店房间独自睡觉,并在那里待到第二天,等火车再把他拉回到冷静的商业竞争和平静温馨的家庭生活中去。不过后来,苏珊指出他这是在毫无理由地浪费钱。如果他在公寓里待到第二天再走,不仅会省下一笔开销,也不用那么颠簸。这个提议非常中肯。他很高兴苏珊能够体谅他觉得是否舒适——在冬天寒冷的深夜跑到街上打车确实是一件痛苦的事;同时,他还很赞赏她这种不愿浪费钱的态度。这是一个不仅仅为自己打算也为情人打算的好女人。

阿希尔·戈万先生有理由对自己和苏珊的这种关系感到满意。通常他们会到蒙帕纳斯一些不错的餐厅里吃饭,但苏珊有时也会在公寓里给他准备晚饭，他觉得那些饭菜都非常可口。在温暖的傍晚，他脱掉外套只穿衬衫吃饭的时候会有一种放纵的波希米亚的感觉。他很喜欢买画，不过苏珊看不上的画也绝不会让他买，而很快他也发现了她的鉴赏力。她从不和画商打交道，而是直接把他带到画家的工作室里，因此他可以用一半的价钱买到画。他知道她在存钱，当她告诉他，经过几年的积蓄，她已经在老家买了一小块儿地时，他很为她感到骄傲。他知道每个法国人的心里都渴望能拥有自己的土地，她现在也拥有了它，这使他对她的尊敬又加深了一层。

而苏珊呢，也很满意。她对他既谈不上忠诚也谈不上不忠诚，也就是说，她很小心地不与其他男人建立长久的关系。不过要是碰上了吸引她的男人，她也不会拒绝同他们上床，但从不让他们在公寓里过夜，这是有关脸面的事。她觉得是那个有钱有势的男人，才使她过上了这么安定体面的生活，她理应这么做。

我之所以认识苏珊是因为她的一位前画家情人恰巧和我很熟，她给他当模特时，我常常坐在他们的工作室里。我隔三差五就能见到她，不过直到她搬到蒙帕纳斯，我才逐渐和她熟识了。阿希尔先生——这是苏珊对他的称呼——看来读过我一两本被翻译成法文的小说。有一天晚上，他邀请我同他们一起吃饭。他是个小个子男人，比苏珊矮半头，长着铁灰色的头发，留着整洁的灰色小胡子，身材发福，挺着啤酒肚，不过整个人并不显得臃肿，反倒给人一种生活富足的印象。他以那种矮胖男人特有的姿态昂首阔步，显然觉得自己很不错。晚餐很丰盛，他这人也挺有礼貌。他告诉我，他很高兴我和苏珊是朋友，他一眼就看出我举止得体有教养，我如此看得起苏珊也使他很高兴。哎呀，因为生意的原因，他简直被拴在了里尔，这可怜的女人总是一个人待着,如果她能和一位有文化的男士接触,他会甚为宽心的。虽然他是个生意人,可是他一直仰慕艺术家。

"Ah,mon cher monsieur[①],美术和文学一直是法兰西母亲最荣耀的孪生子,当然了,还有她那超凡的军事艺术。我,一个羊毛用品制造商,可以毫不犹豫地表明自己的态度:画家和作家与将军和政治家是平起平坐的。"

再没有比这更漂亮的话了。

苏珊是不会听从雇个女仆做家务这类的建议的,部分原因是考虑到经济上不合算,部分原因(其实这是最主要的原因)是她不想让任何人染指她的家务事。在她看来,那毕竟是她的私事。那间由时髦的现代家具装饰的小公寓被她打理得干干净净,她的内衣也是自己亲手做的。虽然当时她不再需要当模特赚钱了,可是手里有大把的闲工夫却让她感到难受,因为她是一个勤勉的女人。很快,一个念头出现在她脑子里:她已经给那么多画家当过模特了,为什么不自己也画一画呢?于是她买了帆布、画笔、颜料,立刻着手画起来。有时我请她吃饭,会特意早到一点儿,就会看见她穿着罩衫在忙于画画。

就像子宫里的胚胎会重演物种演化的过程一样,苏珊所有情人的画风也在她的作品中得到了重演。她画风景画时就重演风景画情人的画风;画抽象画时就重演现代派情人的画风;她还照着一张明信片画了一幅《停锚帆船》,画风是那位斯堪的纳维亚情人的。她的画工不好,但是有很好的色彩敏感力,即便这些画作并不是很好,但她从中得到了很多乐趣。

阿希尔先生鼓励她,想到他的情妇可以成为一名艺术家,不禁感到非常满意。在他的坚持下,她将一幅作品寄给了秋季

---

① 法语:啊,我亲爱的先生。

沙龙。当那幅作品被展出时，他俩都非常骄傲。他给她提出了很好的建议。

"不要像男人那样画画，亲爱的，要像女人那样画。"他说，"不要试着在作品中表现力量，而要满足于迷人的特质。还有，一定要真诚。在商业行为中，尔虞我诈或许能取得成功，但是在艺术中，真诚不仅是最好而且是唯一通向成功的途径。"

我写下这些时，他们的关系已经持续五年了，彼此都很满意。

"他当然不会令我感到兴奋，但是他很聪明而且有钱有势。"苏珊说，"我已经到了要考虑自己境遇的年纪了。"

她这人很有同理心而且非常善解人意，阿希尔先生对她的判断力有很高的评价。当他跟她说起生意上的事或家庭中发生的事时，她总是悉心倾听。当他的女儿考试不及格时，她同他一起伤心落泪；当他的儿子与一位有钱家的姑娘订了婚时，她同他一起欣喜若狂。阿希尔先生本人就娶了同行的独生女，原本的竞争对手联合起来成了生意伙伴，取得的利润对双方都有好处。他的儿子通晓事理，明白幸福婚姻的基石要建立在物质的基础上，这当然使他感到满意。他向苏珊坦白，说他想把女儿嫁入贵族之家。

"为什么不呢？她有那么多财富。"苏珊说。

阿希尔先生帮忙把苏珊的女儿送进一家女修道院开设的学校，在那里她可以受到很好的教育。他许下诺言，等她长到一定年龄，就会出钱让她去接受培训，以后可以作为打字员和速记员谋生。

"她长大了肯定会非常漂亮，接受教育、让她学会摆弄打字机对她不会有什么坏处。"苏珊告诉我，"不过她还很小，一切还没有定数，也许她还没那个气质呢。"

苏珊说话讲究分寸,留有余地。她让我自己去猜那弦外之音,我想我应该没有猜错。

在意外地与拉里相遇一周之后,一天晚上,我和苏珊吃罢晚饭、看完电影,一起坐在蒙帕纳斯大街上的精选酒店里喝啤酒,突然看见他慢悠悠地走了进来。出乎我的意料,苏珊深吸一口气,大声叫住了他。他走到我们桌旁,亲了亲她,并同我握了下手。苏珊一副不相信自己眼睛的样子。

"我能坐这儿吗?"他说,"我还没有吃晚饭,想来这儿吃点儿东西。"

"噢,见到你太好了,mon petit①,"她说,眼睛都亮了,"你是从哪儿冒出来的?这些年怎么一点儿消息也没有呢?我的上帝,你可真瘦!我还以为你死了。"

"我没死。"他回答道,眼睛亮晶晶的,"奥黛特还好吗?"

奥黛特是苏珊女儿的名字。

"噢,她已经长成大姑娘了,很漂亮。她还记得你呢。"

"你从来没跟我说过你认识拉里。"我对她说。

"我为什么会跟你提起他?我从来不知道你也认识他。我和他可是老朋友了。"

拉里点了鸡蛋和培根当晚餐。苏珊给他讲了自己和女儿这

---

① 法语:我的孩子。

些年的经历，他脸上带着那惯有的迷人笑容倾听着。她告诉他，她已经安顿下来，并开始画画了。

接着她转向了我："你是不是觉得我有进步了？我当然不是什么天才，但是同很多我认识的画家相比，我的天分也不在他们之下。"

"你卖出过画吗？"拉里问。

"我不用靠卖画为生，"她轻快地说，"我有收入。"

"幸运的女人。"

"不，我并不幸运，而是聪明。你一定要来看看我的画。"

她在一张纸上写下地址并让他发誓一定要去看她。由于异常兴奋，她一直语速很快地喋喋不休。接着，拉里向侍者要来了账单。

"你这就要走了？"她大声说道。

"是的。"他微笑着说。

他付了账，向我们挥挥手就离开了。我笑了。他这种前一刻还和你在一起，下一刻毫无解释就离开的做法让我觉得很有趣。他的离开总是如此突然，好像融化到空气中一样。

"为什么他这么快就走了呢？"苏珊苦恼地说。

"也许有个女孩儿在等着他。"我开玩笑地说。

"这是废话。"她从包里拿出化妆盒开始用粉扑扑脸，"要是哪个姑娘爱上了他，我可得深表同情。哎呀呀。"

"你为什么这么说？"

她盯着我看了一分钟，脸上那种严肃的表情是我很少见到的。

"有一回我就差点儿爱上他。你爱上过水里的倒影、一缕阳光或是天上游走的云彩吗？我差一点儿就爱上了，即便现在想起来还会后怕得发抖。"

让谨慎见鬼去吧,要是我说不想知道个中缘由岂不是有违人性?我暗中庆幸,多亏苏珊不是个沉默寡言的人。

"你到底是怎么认识他的?"我问道。

"噢,好多年前我就认识他了,有六七年了吧,具体时间我忘了,那时奥黛特才五岁。当时我正和马塞尔同居,他俩彼此认识,在我给马塞尔当模特的时候,他经常会来工作室坐坐,有时还会请我们去吃晚饭,不过你从来不知道他什么时候来,有时好几周都不来,有时两三天就会来。马塞尔喜欢他来工作室,说他在的时候他会画得更好。然后我就得了伤寒,出院后我度过了一段非常艰难的日子,不过这我已经都告诉过你了。"她耸了耸肩膀说,"有一天,我跑了很多画室,想找到一份工作,但是没人要我。一整天我只吃了一个牛角面包,喝了一杯牛奶,而且也没钱付房租了。然后我就在克里希大街上碰见了他。他停下来问我过得怎么样,我告诉他我得了伤寒,然后他说:'你看起来急需好好吃一顿。'他眼里的那种神情和那种语调让我崩溃了,我开始哭起来。

"我们当时就站在玛丽埃特餐馆门前,他拉起我的胳膊把我带进去,找了个桌子坐下来。我太饿了,都能吞下一头牛,可是当鸡蛋卷被端上来时,我发现自己什么也吃不下去。他强迫我吃了一点儿蛋卷并递给我一杯红酒。我感觉好点儿了,又吃了些芦笋。我给他讲了所有的遭遇:我实在太虚弱了,皮包骨,一副可怕的样子,没法当模特;我也不可能再找到男人。我问他是否愿意借路费让我回老家,至少在那里我还有个女儿。他问我是否愿意回去,我说当然不愿意。我妈肯定不想收留我,物价那么高,她那点儿钱活起来已经很艰难了,再说奥黛特的抚养费早已花光了。不过要是我出现在家门口,她也不会赶我走的,她能看出我病得有多厉害。他看了我很长时间,我想他就要跟我说不能借钱给我了。

"接着,他开口了:'我知道一个小地方,就在乡下,你愿意和我去吗?带上你的孩子。我正好要休个假。'

"我简直不相信自己的耳朵。我已经认识他很多年了,他从没有对我有意过。

"'就我现在这样儿?'我说,忍不住笑了,'我可怜的朋友,我目前对任何男人一点儿用处也没有了。'

"他冲我微笑,你注意过他的微笑有多么迷人吗?甜得就像蜜一样。

"'别傻了,'他说,'我不是那个意思。'

"我当时哭得那么厉害,话都说不出来了。他给了我路费,让我把女儿接过来,然后我们一起去了乡下。他带我们去的那个地方非常迷人。"

苏珊向我描述了他们去的地方,那里离一座小城有三英里远,小城的名字我已经忘记了,他们乘车去了那里的一家客栈。那破破烂烂的客栈就在河边,前面有一片草坡直通水面。草坡上长着悬铃树,他们经常在树荫下野餐。在夏季,画家们来此地写生,不过他们到的时候还早,所以客栈里只有他们这几个客人。这家客栈的食物非常有名,所以周日的时候,人们通常会驱车到此大吃一通。但是平日里他们那幽静的生活就很少被人打扰了。有了美味的食物、酒和良好的休息,苏珊的身体不再那么弱了,而且能和孩子住在一起也令她非常高兴。

"他对奥黛特特别好,我有时候都得让那孩子不要太烦人,可是他似乎从不在乎她的纠缠。他俩在一起时就像两个小孩一样,惹得我发笑。"

"你们平时都干些什么呢?"我问。

"噢,可干的事多着呢。我们经常划船去钓鱼,有时我们借客栈老板的雪铁龙去城里。拉里喜欢那里的老房子和广场。小城非常静谧,唯一能听到的声音就是你踩在鹅卵石上的脚步声。那里有一家路易十四时代的市政厅和一个老教堂,在小城边上还有一座勒诺特尔建造的带花园的城堡。当你坐在广场上的咖啡馆里时,感觉好像回到了三百年前,而停在路边的雪铁龙看起来根本不属于这个世界。"

在一次这样的出行之后,拉里对苏珊讲述了那位年轻飞行员的故事,这事我已经在前面提到过了。

"我不明白他为什么会把这件事告诉你。"我说。

"我也不知道。战时城里建过一家医院,在墓地里陈列着一排又一排的小十字架。我们过去看了看,但并没有待多久,一想到那么多年轻的男孩子躺在那里,就让我感到毛骨悚然。回家的路上拉里很沉默,他平时就吃得不多,那天他更是动都没动晚饭。我记得很清楚,那是一个美丽的、星光灿烂的夜晚,我们坐在河边,白杨树那白色优美的身影在黑夜的衬托下更迷人了。拉里抽着烟斗,突然,毫无征兆地,他开始给我讲起他那位朋友,以及他是如何为了救他而牺牲了的。"苏珊喝了一大口啤酒,"他是个奇怪的人,我永远也无法理解他。他曾经喜欢给我读书,有时在白天,当我给女儿缝补衣服的时候;有时在晚上,在我把她送上床后。"

"他都读了些什么?"

"噢,什么都有。塞维尼夫人①的信件、圣西门②的回忆录,你想想我是个什么样的人——我从前除了报纸什么也不读,后来偶尔会读本小说,那是因为我怕工作室里的人谈起这些东西

---

① 塞维尼夫人(1626—1696):法国作家。
② 圣西门(1675—1755):法国政治家、作家。

时我什么也不懂,会被他们当作傻瓜。我以前从来不知道读书竟如此有趣。那些旧时的作家并非想象中那么呆头呆脑。"

"谁会这么想象?"我暗自笑着说。

"后来他让我和他一起读。我们读了《费德尔》和《贝蕾妮丝》①,他读男人的角色,我读女人的角色。你不知道这多有趣。"她天真地加了一句,"当我因为悲惨的情节而哭泣时,他经常以一种奇特的眼神看着我。当然了,这全都是因为我当时还太脆弱了的缘故。知道吗,我现在还留着那些书呢,不过直到如今我还是不能阅读塞维尼夫人的某些信件,因为他曾经以那样动人的声音为我读过,面前是静静流淌的河水,对面有美丽的白杨树——没有这一切,叫我怎能读下去呢?想到这些,我的心就感到刺痛。现在我明白了:那些日子是我这辈子度过的最美好的时光;那个人是最甜美的天使。"

苏珊觉得自己越来越激动了,害怕我会笑话她,其实她错了。她耸了耸肩,微笑着继续说:"你知道,我总是下定决心,等到了一定年龄,没有男人再愿意和我睡觉的时候,我就会同宗教讲和,并忏悔我的罪过。可是世界上没有任何东西可以让我忏悔和拉里犯下的罪过,没有、没有、没有!"

"可是就你刚才所讲的,我并没看出有什么可忏悔的呀。"

"我连一半儿还没讲完呢。你知道,我生来体质就不错,再加上整日在户外活动,吃得好、睡得香,又没什么烦心事,三四周的时间我就恢复得和以前一样健康了。我的气色也很好,脸颊上有了血色,头发也恢复了光泽,我感到自己才二十岁。每天早晨拉里都在河里游泳,我常常在岸边看着他。他身材很

---

① 《费德尔》《贝蕾妮丝》:法国伟大诗人、古典主义悲剧大师拉辛的悲剧代表作。

好,虽然不像斯堪的纳维亚人有运动员那样的身材,但是他也很强壮,并且极为优雅。

"当我身体还非常虚弱的时候,他对我很耐心。不过既然我已经恢复得很好了,我看不出还要让他继续等着干什么。我给了他一两个暗示,示意我已经准备好了,可是他似乎不明白我的意思。当然了,你们盎格鲁—撒克逊人和别人不太一样,你们既粗鲁又敏感,想抵赖也没用,你们从来都不是好情人。于是我对自己说:'也许这是他的体贴之处,他为我做了这么多,还让我把孩子一起带来,也许他并无心让我回报什么,可是这是他的权利。'于是一天晚上,大家准备回去睡觉的时候,我对他说:'你今晚想让我去你的房间吗?'"

我笑了:"你倒是说得挺干脆。"

"我不可能让他到我的房间来,因为奥黛特在里面睡觉呢。"她率直地回答道,"他用那双温和的眼睛看了我一会儿,然后微笑着说:'你想来吗?'

"'你觉得呢——你的身材那么好。'

"'好吧,那来吧。'

"我上了楼,脱掉衣服,沿着走廊溜进他的房间。他正躺在床上,一边读书一边抽烟斗。看到我后,他把书和烟斗放下,挪动身体给我腾出了位置。"

苏珊沉默了,我不便发问,不过等了一会儿她又说了下去。

"他是个奇怪的情人,非常甜蜜,充满深情,甚至很温柔,有男性气概但并不狂热——如果你明白我的意思——一点儿也不下流。他就像个血气方刚的学生似的,这有些可笑,但也十分动人。当我离开他的时候,我觉得我应该感谢他而并非他应该感谢我。我把门关上时,看到他又把书拿了起来。"

我笑了。

"很高兴让你取乐了。"她板着脸说,不过她脾气好,开得起玩笑。她突然笑着说道:"我发现如果让他来找我,那我得永远等下去。于是每当我想要的时候,就直接走进他的房间,然后上床。他对我总是很好。一句话,他也有人类的本能,不过他就像个因为过于关注别的事情而忘了吃饭的男人,如果你把一顿好饭端到他面前,他还是会很有胃口的。我知道男人爱上我时是什么样,如果我说拉里爱上了我,那我纯粹就是个傻子。他并不爱我,但我觉得他已习惯和我相处。一个人生活在这世界上必须现实点儿,我对自己说,要是我们回巴黎后,他能让我和他同居就好了。我知道他会让我带着孩子,我很喜欢这一点。我的直觉告诉我,爱上他是一件傻事,你知道,女人总是很不幸的,一旦坠入爱河,大多数就变得不可爱了,所以我下定决心时刻保持警惕。"

苏珊猛地吸入一口烟,然后从鼻孔里又把烟喷了出来。天色渐渐晚了,很多桌子都空了,不过吧台那边还流连着一群人。

"一天早晨,吃过早饭后,我正坐在河边缝衣服,奥黛特在一边儿玩着拉里给她买的积木,他突然朝我走了过来。

"'我是来和你说再见的。'他说。

"'你要去什么地方吗?'我吃了一惊,说道。

"'是的。'

"'是暂时的吗?'我问。

"'你现在已经恢复得很好了。这里还有些钱,足够你过完夏天,帮你回巴黎重新开始。'

"有那么一刻,我实在太沮丧了,简直不知道说什么好。他站在我面前,用他特有的方式坦率地微笑着。

"'是我做什么让你生气了吗?'我问他。

"'没有,千万不要这么想。我有工作要做。在这里咱们共

同度过了愉快的时光。奥黛特,过来,跟叔叔说再见。'

"她太小了,并不明白这意味着什么。他把她抱到怀里亲吻她,接着又亲了亲我,回了酒店。一分钟不到,我就听到车开走的声音。我低头看了看手里的钞票,一共一万两千法郎。这事来得太突然,我根本没时间反应。'去他娘的!'我对自己说,感谢老天,至少我没让自己爱上他,但是我对这件事实在摸不着头脑。"

我忍不住笑了:"你知道,我曾为自己博得了点儿幽默的小名声,就因为我简简单单叙述事实。对大多数人来说,事实如此意外,他们还以为我在开玩笑呢。"

"我看不出你这话和那件事有什么联系。"

"这么说吧,我认为拉里是我见过的唯一完全客观无私的人,这使他的行为看起来很怪异。我们并不习惯于与这样的人相处,因为他们不信上帝,但为人处世却只为了上帝的爱。"

苏珊盯着我:"我可怜的朋友,你喝多了。"

第五章

1

我在工作上三天打鱼，两天晒网。巴黎的春天非常宜人，香榭丽舍大街上的栗子树花朵遍布枝头，洒在街道上的阳光如此明媚。空气中弥漫着欢乐的气氛，这是一种轻快且转瞬即逝的欢乐，甚至带有一种不带粗野的肉感，使你的脚步变得愈发轻松，感官也更加敏锐起来。我与不同的朋友交往，感到非常快乐，心中充满对往日时光的美好追忆，至少在精神上重获青春。我全身心都浸在令人愉悦的享受中，岂能傻到让工作来毁了这些好事——时光毕竟不会倒流。

伊莎贝尔、格雷、拉里和我一起参观了很多名胜古迹，我们去了尚蒂伊①和凡尔赛宫，还去了圣日耳曼德佩教堂和枫丹白露，这些地方离我们的住处都不太远。不管我们去哪儿，都会找地方吃一顿丰盛的午餐。

格雷人高马大，吃得很多，酒也喝得不少。他的精神状况由于拉里的治疗，或者仅仅出于时间的流逝，已经有了很大好转：折磨人的头疼已经消失，我刚来巴黎时他眼中那迷茫忧虑的神情也不见了。他说话不多，偶尔会啰啰嗦嗦地给我们讲冗长的故事。当我和伊莎贝尔闲聊说俏皮话时，他就会放声大笑。

---

① 尚蒂伊：指尚蒂伊古堡，位于法国巴黎郊区最大的树林腹地。

他很愉快，虽然不能算个有趣的人，但是脾气好，很容易取悦，让人没法不喜欢他。你可能不太愿意和他一起消磨一个乏味的夜晚，但是很高兴能和他一起度过六个月的时光。他对伊莎贝尔的爱令人感动，他折服于她的美貌，并且认为她是世界上最聪明、最迷人的生物。他对拉里的感情可以用虔诚这个词来形容，打一个不太恰当的比喻，好似忠诚的狗对待它的主人一般。

拉里看起来也很高兴，我感觉他好像在度假，把自己从头脑中那些繁复的念头中释放出来，平静地享受着愉快的时光。他的话不多，不过没关系，他的陪伴顶得上千言万语。他是如此自得又如此高兴，他的给予已满足了你所有的要求。我知道得很清楚，正是因为他的陪伴，我们的这段时日才如此美好，虽然他并没有说什么警言妙语，但是没有他，我们的日子将是无聊枯燥的。

不过有一次，我们从这种短途旅行回来的路上发生了一个场景，令我感到十分吃惊。那天我们参观完沙特尔大教堂，正往巴黎赶。格雷开着车，拉里坐在他身边，我和伊莎贝尔坐在后面。一天的参观让我们都感到有点儿疲惫，拉里伸出手臂搭在座椅顶端。这个姿势让他的手腕从衬衫袖口露了出来。那手腕纤细但却很结实，棕色的手臂上覆盖着少许柔软的汗毛，阳光在上面洒下了一层金色。

伊莎贝尔突然一动不动，这引起了我的注意，不禁瞟了她一眼。她好像被催眠了一样，呼吸变得急促起来，双眼死死盯着那长着金色汗毛的结实手腕，盯着那只纤长优美但却充满力量的手。我从没有在任何人的脸上见过她那种贪婪饥渴的表情，那是一张充满欲望的脸。我以前从没想过她那漂亮的五官会呈现出这么一副放纵的、沉湎于肉欲的模样，与其说这是人的表情，还不如说这是兽的表情。美色从她脸上消失殆尽，那张脸显得既丑恶又恐怖,充分显示出这只母兽正在发情,我感到有点儿恶心。她根本无暇顾及我的存在,注意力全在那只随随便便搭在椅背、却点燃了她狂热欲望的手上。接着她的脸一阵痉挛,浑身颤抖了一下,紧闭双眼跌坐回角落里。

"给我支烟。"她用一种我几乎认不出来的沙哑嗓音说道。

我从自己的烟匣里取出一支烟,点燃后递给了她。她贪婪地抽着,一路上看着车窗外,再也没说一句话。

到了公寓以后,格雷让拉里驾车把我送回酒店,然后再把车泊回车库。拉里起身坐到驾驶座上,我坐在他身边。当伊莎贝尔和格雷穿过人行道时,她伸手挽住了他的胳膊,紧紧依偎在他身上,朝他望了一眼。虽然我看不到她的眼神,但个中含义我能揣测出来。我猜格雷会发现今晚他妻子在床上格外热情,但永远不会知道她是因为心怀内疚才如此激情四射的。

六月快过完了,我不得不返回里维埃拉。艾略特的一些朋友要去美国,把他们在迪纳尔①的别墅借给了马图林一家,他们准备等孩子一放假就过去。拉里则继续留在巴黎工作,他买了一辆二手的雪铁龙轿车,并承诺八月份还会再和他们共度一段时光。在离开巴黎的前一天晚上,我请他们三个一同去吃饭。

就在那个夜晚,我们遇到了苏菲·麦克唐纳。

伊莎贝尔一直想逛一逛巴黎的低等场所,因为我对那些地

---

① 迪纳尔:法国旅游胜地。

方略知一二,所以她想让我当向导。我不太喜欢这个提议,因为在巴黎,那种地方的人明显不欢迎从另一个世界来的观光客,但是伊莎贝尔坚持要去。我告诫她那种地方并没有什么意思,并请她穿得尽量朴素点儿。

我们晚饭吃得很晚,又在女神游乐厅①消磨了一个小时后才出发。首先我带他们去了巴黎圣母院附近的一个地下室,那里的常客是黑帮流氓和他们的情妇。我认识那儿的老板,他在一张长桌旁给我们找了几个座位。桌子边还坐了好几位臭名昭著的人物,不过我为他们每个人都点了葡萄酒,大家举杯祝愿彼此身体健康。地下室里又脏又热,烟气腾腾的。接着,我又带他们去了"斯芬克斯猫舞厅",那里的女人穿着时髦但艳俗廉价的晚礼服,礼服里面什么也没穿,透过薄薄的轻纱,她们的乳房、乳头和其他什么的全都暴露在外人眼里。这些姑娘面对面坐在两排长凳上,当乐队奏响舞曲时,她们就无精打采地跳起舞来,眼睛不时瞟向舞厅周围,那里摆着许多大理石台面的桌子,旁边坐着的都是男人。我们点了一瓶香槟,居然是温的。有些女人路过我们桌时会瞟伊莎贝尔一眼,我不知道她懂不懂她们的意思。

接着我们去了拉普路,那是一条昏暗狭窄的小巷,一踏进去就会感到一股肮脏的欲望扑面而来。我们进了一个咖啡馆,一个脸色苍白的年轻浪荡子,正摇头晃脑地弹着钢琴,旁边是一个满脸倦容的老头儿,刺耳地拉着小提琴,还有一位是吹萨克斯的,吹出的曲调儿荒腔走板,好似噪音。咖啡馆里人满为患,一张空桌也没有,不过老板看出我们是有钱的主顾,立刻不顾礼节,打发走了一对情侣,让他们和别人拼桌去了,把我

---

① 女神游乐厅:巴黎一家咖啡馆—音乐厅,位于第九区。

们安置在他们的座位里。被赶走的那两个人很不高兴，冲我们骂骂咧咧的。

很多人在跳舞：有帽子上戴红绒球的水手；有头戴便帽、脖子上围着手绢的男子；有成熟女人和年轻姑娘，她们画着眼影，不戴帽子，身上穿着鲜艳的女士衬衫和短裙。舞伴的组合也很奇特：男人同描眉画眼的矮胖男孩儿凑一对儿；干瘪枯瘦、一脸凶相的女人和染了发的胖女人凑一对儿；当然也有男人和女人凑成一对儿的。整个咖啡馆里充斥着烟酒味儿和人们身上的汗味儿。音乐无休无止，这帮不三不四的乌合之众绕着房间转圈儿，脸上汗津津的，一副严肃专注的表情，可怕极了。屋里还有几个眉眼不善的彪形大汉，但大多数人都显得孱弱且营养不良。

我看着演奏乐器的那三个人，他们好似机器一般，奏出的曲子呆板机械。我不禁自问，在他们刚开始学习乐器的时候，是否也曾幻想有朝一日成为音乐家，人们会不远千里赶来听他们的演奏并为之喝彩。一个人就算小提琴拉得再烂也要经过课程学习和训练，难道那个小提琴手忍受了这么多麻烦，就是为了拉狐步舞曲，在这个臭烘烘的肮脏咖啡馆里一直拉到凌晨吗？音乐停止了，钢琴手用一块儿脏手绢擦了擦脸，跳舞的人没精打采地停了下来，有的溜边儿，有的扭动身躯回到了自己的座位上。突然，我们听到有人操着美国口音叫起来："上帝呀！"

一个女人从房间对面的一张桌子旁站了起来，和她待在一起的男人想阻止她，但是她把他推到一边，跌跌撞撞地穿过舞池向我们走来。她醉醺醺的，一直走到我们桌旁，站在我们面前，轻微地摇晃着身子，咧嘴傻笑着，好像看到我们是一件非常有趣的事情似的。我看了一眼我的同伴们：伊莎贝尔一脸茫然地看着她；格雷皱眉阴沉着脸；拉里盯着那女人，一副不相信自己眼睛的样子。

"你好！"她说。

"苏菲！"伊莎贝尔叫道。

"你觉得还能是谁？"她咯咯笑着，一把拉住一个从她身边走过的服务员，"文森特，给我拿把椅子。"

"你自己拿。"他挣脱着走开了

"畜生！"她叫道，啐了他一口。

"T'en fais pas, Sophie[①]，"旁边桌的一个身穿汗衫、头发油腻腻的胖子说，"这儿有把椅子。"

"在这儿碰到你们实在太逗了，"她继续摇晃着身体说道，"你好，拉里；你好，格雷。"她一屁股坐进刚才那男人推到她身后的椅子里。"咱们都来喝一杯，老板！"她尖声叫道。

我看到老板打量了我们一眼，朝这里走过来了。

"你认识他们，苏菲？"他用很随便的语气称呼她，看来他们很熟。

"Ta gueule[②]，"她醉醺醺地大笑道，"我和他们是从小就认识的朋友，我要给他们买瓶香槟，不要马尿那样喝了就吐的东西。"

"你喝醉了，可怜的苏菲。"老板说。

"滚！"

他走了，很高兴能卖出一瓶香槟。为了安全起见，我们喝的是掺了苏打水的白兰地。

苏菲一脸迟钝地盯着我看了一会儿："这位朋友是谁，伊莎

---

① 法语：别担心，苏菲。
② 法语：住嘴。

贝尔？"

伊莎贝尔把我的名字告诉了她。

"噢？我想起来了，你去过芝加哥一次。你是个自命不凡的家伙，对吧？"

"也许吧。"我微笑着说。

我对她没有什么印象，不过这并不奇怪，我已经有十年的时间没去过芝加哥了。再说上次我去的时候见了那么多的人，之后又见了不少。

她个子很高，因为非常瘦，站着的时候显得愈发高了。她穿着一件皱巴巴、满是污点的亮绿色丝绸衬衫和一条黑色短裙；头发染成明亮的棕红色，剪得很短，烫成了蓬松的小卷儿，乱糟糟的。她画着夸张的浓妆：胭脂从双颊一直涂到眼角，眼睛周围一圈都是蓝色的浓厚眼影；眉毛画得很浓，眼睫毛上堆着厚厚的睫毛膏；嘴唇涂得鲜红；那双染了指甲油的手脏兮兮的，看起来比这屋里任何一个女人都更像个娼妇。我感觉她不仅喝醉了，可能还吸了毒。不过不可否认的是，她身上有一种堕落的吸引力，她傲慢地扬着头，眼睛的妆容使她的双眼绿得惊人。在酒精的浸润下，她变得厚颜无耻，不过可以想象这恰好能勾起男人下流的一面。她脸上带着嘲讽的微笑扫视了我们一圈。

"看来你们见到我并没有喜出望外嘛！"她说。

"我听说你来巴黎了。"伊莎贝尔脸上带着冷冷的微笑说道。

"你可以给我打电话嘛，我的地址就在电话簿里。"

"我们刚来此地不久。"

格雷连忙帮老婆打圆场："苏菲，你在这里过得挺好吧？"

"好极了。你破产了，格雷，对吗？"

他那张红脸刷的一下更红了。

"是的。"

"够惨的。我猜芝加哥现在一片凄凉吧？幸亏我早就离开了。看在上帝的分儿上，那个杂种怎么还没给咱们拿喝的来？"

"他这就来了。"我说，看见侍者正端着摆有酒和玻璃杯的托盘，从桌子的空隙中绕着朝我们走来。

这句话把她的注意力拉到了我身上。

"我那亲爱的婆家把我踢出了芝加哥，说我她妈的毁了他们的破名声。"她粗野地咯咯笑道，"我现在是靠汇款生活的人。"

香槟端来了，侍者给每人倒了一杯。她颤颤巍巍地把酒端到唇边。

"祝所有自命不凡的家伙下地狱。"她说毕将酒一饮而尽，然后瞟了一眼拉里，"你好像不怎么说话呀，拉里。"

他一直在毫无表情地看着她，自打她出现以来，他的眼睛就没有离开过她。

他亲切地微笑着说："我本来就不太爱说话。"

音乐又奏响了，一个男人朝我们走过来。他是个高个儿的家伙，身体壮实，长着鹰钩鼻，一头油光光的黑发和肉感的厚嘴唇，好像个邪恶版的萨伏那洛拉①。像咖啡馆里的大多数男人一样，他也没戴衣领，那件紧身衣服的扣子扣得非常紧，显出他的腰身。

"过来，苏菲，咱们去跳舞。"

"走开，我忙着呢。你没看见我正和朋友们在一起吗？"

"Je m' en fous de tes amis②。让你的朋友们都见鬼去吧，过来和我跳舞。"

他伸手抓住了她的胳膊，不过她挣脱了。

---

① 萨伏那洛拉（1452—1498）：15世纪后期意大利宗教改革家。
② 法语：我才不管你什么朋友呢。

"Fous-moi la paix, espèce de con[1]。"她突然激烈地大声喊道。

"Merde[2]。"

"Mange[3]。"

格雷不懂他们在说什么,但是我注意到伊莎贝尔就像那些最具美德的女人一样,奇怪地对下流话十分了解,她完全听懂了,脸沉了下来,皱着眉,一副被恶心到的样子。那个男人扬起了他的胳膊,张开了手掌——那只手十分粗糙,一看就是干粗活的——想要给苏菲一记耳光,格雷立刻从椅子上抬起身来。

"Allaiz vous ong[4]。"他大声喊道,口音非常重。

那只手在半空中停住了,男人愤怒地看了格雷一眼。

"小心点儿,科克。"苏菲说,脸上带着一种辛酸的笑容,"他会把你揍晕的。"

男人看了看人高马大、身强力壮的格雷,阴沉着脸耸了耸肩,朝我们骂了一句脏话,溜走了。苏菲醉醺醺地咯咯笑起来,剩下的人都沉默不语。我把她的空杯子重新斟满酒。

"你住在巴黎吗,拉里?"她将酒一口喝光后问道。

"目前是。"

和喝醉酒的人是无法好好交谈的,而且不可否认,清醒的人处于劣势。我们继续干巴巴地聊了几分钟,气氛尴尬极了。接着,苏菲把椅子朝后一推。

"如果我不回去找我男朋友的话,他会气疯的。他是个坏脾气的野兽,但是老天,床上功夫十分了得。"她摇摇晃晃地站了

---

① 法语:不要惹我,你个傻瓜。
② 法语:狗屎。
③ 法语:给你吃的。
④ 法语:滚开。

起来,"再见,伙计们。以后再来,我每天晚上都在这儿。"

她推开跳舞的人群往前走,很快就从我们的视野里消失了。我看着伊莎贝尔,她那富有古典美的脸上带着冷冰冰的嘲讽之情,差点儿让我笑出声来。我们谁也没说话。

"这是个令人恶心的地方。"伊莎贝尔忽然说,"咱们走吧。"

我付清了酒水钱,包括苏菲点的那瓶香槟,然后大家结队离开。人群还聚集在舞池里,我们出去的时候一句话都没说,那时已经凌晨两点多,我觉得应该回家睡觉,可是格雷说他饿了,于是我建议去蒙马特尔的格拉夫餐厅吃点儿东西。开车去的一路上大家都很沉默,我坐在格雷身边给他指路。我们到那家装饰俗丽的餐厅时,看见露台上还坐着一些客人,于是走了进去,点了培根鸡蛋和啤酒。伊莎贝尔至少表面上恢复了镇静,脸上带着些许讥讽的表情,祝贺我居然对巴黎如此声名狼藉的地区也能了如指掌。

"是你要来的。"我说。

"我过得很快活,度过了一个非常棒的夜晚。"

"见鬼!"格雷说,"那地方太烂了,苏菲也是。"

伊莎贝尔冷淡地耸耸肩。

"你还记得她吗?"她问我,"你第一次来我家吃饭时,她就坐在你旁边。那时她的头发还没红得那么吓人,她头发的本色是浅浅的暗棕色。"

我回忆了一下,想起了那个眼睛绿里泛蓝的小姑娘,她总是斜着头,挺可爱的样子。她并不漂亮,但是天真清新,既害羞又有点儿傲慢的模样让我觉得很有趣。

"我当然记得。我喜欢她的名字,我有一个姨母就叫苏菲。"

"她嫁给了一个名叫鲍勃·麦克唐纳的男孩儿。"

"一个非常不错的人。"格雷说。

"他是我见过的最帅的男孩儿之一,真不知道他看上她什么了。我刚结完婚她就结婚了。她父母早已离婚,母亲又嫁给了一个驻中国的美孚石油职员。她和父亲那边的人住在马文,那时候我们经常会见到她,但是自从她结婚后,就多少脱离了我们这个群体。鲍勃·麦克唐纳是名律师,不过赚不了多少钱,他们住在芝加哥北区的一栋不带电梯的公寓楼里。其实并不是他们住得远,他们只是不想见别人罢了。我从来没见过对彼此如此疯狂的夫妻,他们结婚两三年有了孩子后,在电影院里,他还搂着她的腰,她呢,把头靠在他的肩膀上,跟一对儿情侣似的。在芝加哥大家都笑话他们。"

拉里听伊莎贝尔说着,没有搭话,脸上一副让人看不透的表情。

"后来呢?"我问道。

"一天晚上,他们带着孩子,开着那辆小敞篷车回芝加哥。他们去哪儿都得带上孩子,因为没有帮手。苏菲事事都得自己做,不管怎么说,他们也崇尚这种生活方式。一帮醉鬼开着一辆大轿车,以八十英里的时速迎面撞上了他们。鲍勃和孩子当场就死了,不过苏菲只得了脑震荡,断了一两根肋骨。他们尽力向她隐瞒鲍勃和孩子已经死了的消息,可是最后实在瞒不住了,只好告诉了她。他们说那情景着实吓人,她几乎疯了,不停地高声尖叫,连楼都快塌了。他们不得不白天黑夜地守着她,就这样,有一次她还差点儿从窗户上跳下去。当然了,我们做了所有能做的,可是她好像恨我们似的。她出院后,他们把她送到疗养院待了几个月。"

"可怜的家伙。"

"等她从疗养院出来后就开始酗酒,喝醉后谁想和她睡觉都行,这对于她的婆家人来说简直太可怕了。他们都是很文静很好的人,非常痛恨这种丑行。起先我们都想帮助她,但是根本做不到。如果你请她来吃饭,她到的时候就已经醉醺醺的了,活动还没结束就晕倒了。不久她和一帮烂人混到了一起,我们只好不再理她了。她因为酒驾被捕了一次,还在一个非法经营的酒吧里认识了个拉丁佬,和他搅在一起,结果那人是个通缉犯。"

"她有钱吗?"

"她有鲍勃的保险金,车祸肇事者也上了保险,赔给她了一部分,但是这些钱没顶多长时间。她像个喝醉了的水手一样花钱如流水,两年内就破了产。她奶奶不让她回马文,她婆家人说如果她到国外去住的话,他们可以补贴她。我猜这就是她目前的生活来源。"

"风水轮流转,"我说道,"曾有一个时期,英国会把败家子儿送到你们美国去,显然如今美国的败家子儿又跑到欧洲来了。"

"我真为她感到可惜。"格雷说。

"是吗?我可不。"伊莎贝尔冷冷地说,"当然,这事太令人震惊了,而且没人比我更同情苏菲了,我们一直都很熟。可是正常人都会从这种事情中恢复过来的。如果她崩溃了,那是因为她性格中有不好的一面。她生来情绪不稳定,连她对鲍勃的爱都过于夸张了。如果她有勇气有毅力,就会让生活变得有意义。"

"说得轻巧……你不觉得你心肠太硬了吗,伊莎贝尔?"我低声道。

"我不这么认为。我有生活常识,而且觉得没必要对苏菲表现得如此多愁善感。上帝知道,没有人再比我更全身心地爱格雷和孩子们了,要是他们在车祸中死了,我肯定会发疯,但是我迟早会恢复的。这是不是也是你所希望的，格雷？还是你希望我每晚都寻欢作乐，跟巴黎的每个痞子上床？"

格雷的回答是我听他说过的最幽默的话。

"我当然希望你身着一件新的慕尼丽丝礼服投入火堆，一起和我火葬，但是既然现在这种做法不流行了，你可以去打桥牌。不过我希望你记住，除非能确保拿到三敦半或四墩，否则不要一上来就叫无王的牌。"

伊莎贝尔对拉里和孩子们虽然够诚挚，但是缺乏激情，不过现在不是我说这话的时候。她也许猜出了我正想什么，因为她略显粗暴地对我说："你有什么要说的吗？"

"我和格雷一样，为这个女孩儿感到遗憾。"

"她不是什么女孩儿，她都三十岁了。"

"我感觉丈夫和孩子的死对她来说就是世界末日。我觉得她不在乎自己变成什么样。生活对她这样残酷，她只能靠酗酒和滥交这样自我作践的方式对付生活。她原先活在天堂里，现在她从天堂里掉下来了，可又无法忍受凡夫俗子的普通世界，只能绝望地一头扎进地狱。如果她不再能饮众神的琼浆玉液，那她宁可去喝马桶里的尿。"

"你的小说就是这么写的，这是一派胡言，而且你自己也清楚得很。苏菲沉迷于阴沟一样的生活，因为她喜欢那样。其他女人也有失去丈夫和孩子的。并不是这件事让她变坏了，善中不能生恶，恶就是恶。当那场车祸打破了她的藩篱，她就彻底解放了。不要在她身上浪费你的同情心，她现在才是她本来的样子。"

这段时间拉里一直保持沉默，好像在沉思，我觉得他根本没听我们讲话。伊莎贝尔说完后，我们都没吭声，他却开口了，但是声音很奇怪，也没什么起伏，好像不是说给我们听，而是说给他自己听的。他的双眼好像看到了模糊遥远的过去。

"我还记得她十四岁时,把长发全部拢到后面,扎着一个黑色蝴蝶结的样子,也记得那张长着雀斑的严肃的脸。她是个既谦虚又骄傲、非常理想主义的孩子。凡是能找到的书她都读,过去我们经常一起谈论书籍。"

"这是什么时候的事?"伊莎贝尔微微皱着眉头说。

"噢,当你和你妈妈一起出去社交的时候。我经常去她奶奶那里,然后我们就会坐在一棵大榆树下,给彼此读书。她很喜欢诗歌,自己也写了不少。"

"很多女孩儿在那个年龄都会这么干,都是些不怎么样的东西。"

"当然,这是很多年以前的事了,而且我也不太会评判诗歌的好坏。"

"你那时不会超过十六岁。"

"那些诗歌是模仿性质的,里面有很多罗伯特·弗罗斯特①式的诗句,不过我觉得对于一个这么年轻的女孩儿来说,那些诗已经相当不错了。她的听觉非常敏锐,而且具备一种韵律感。她能敏捷地捕捉到大自然的声音和气味:空气中第一缕春天的柔和气息;焦灼的土地经过雨水滋润后散发出来的味道。"

"我从来不知道她还写诗。"伊莎贝尔说。

"她对此保密,害怕你笑话她。她这人很害羞。"

"现在不了。"

"我从战场上回来后,她几乎长成大人了。她读了很多关于工人阶级的书,在芝加哥她也看到了一些这样的人。她赞同卡

---

① 罗伯特·弗罗斯特(1874—1963):20世纪最受欢迎的美国诗人之一。

尔·桑德堡①的观点,写了大量关于穷人的悲惨经历和工人阶级被残酷剥削的自由体诗歌。这些诗写得水平一般,但是充满了真诚的悲悯之情和个人抱负。那时她想成为一名社会工作者,这种勇于牺牲的精神令人感动,我觉得她能做成很多事。她这人既不傻也不幼稚,但会给人一种可爱的纯洁感,还有一种奇怪的灵魂崇高感。那一年我们彼此经常见面。"

我可以看出伊莎贝尔越听越恼怒,拉里却一点儿也没意识到。他的话就如同匕首刺在她心上,他说的每一个字像在她伤口上撒盐,虽然那些字并不带有什么特殊的感情。不过当她开口说话时,唇上却带着微笑。

"她为什么选择你成为密友呢?"

拉里用那双真诚的眼睛看着她。

"我不知道。在你们这群有钱人里,她算是个穷女孩儿,我也不能算是你们这群人里的,我住在马文纯粹是因为鲍勃叔叔在那里行医。她可能觉得这是我们俩的共同点吧。"

拉里没有亲戚。我们中的大多数人至少有些堂表兄弟姐妹,虽然彼此之间并不太熟络,但会有一种自己是大家庭中的一分子的感觉。拉里的父母都是独生子,他的爷爷是个贵格会教徒,年纪轻轻就死在了海上;他的姥爷既无兄弟也无姐妹。在这个世界上再也没有什么人比拉里还孤独的了。

"你觉得苏菲那会儿爱上你了吗?"伊莎贝尔问。

"她从没爱过我。"他微笑着回答说。

"得了吧,她爱过你。"

"当他作为一个受伤的英雄从战场上回来时,芝加哥一半儿

---

① 卡尔·桑德堡(1878—1967):美国诗人、历史学家、传记作者,曾获普利策历史奖和普利策诗歌奖。

的女孩儿都为他着了迷。"格雷用他那夸张的口气说。

"她可不只是着迷,她崇拜你,我可怜的拉里。你的意思是你没看出来?"

"我没看出来,而且我也不相信。"

"我看你是把她看得太高尚了。"

"我好像还能看到那个头发上绑着蝴蝶结、瘦骨嶙峋的小姑娘,看到她那张表情严肃的脸。当她朗读济慈的诗歌时,眼里含着热泪,声音都颤抖了,因为那诗歌实在是太美了。她这会儿会在哪儿呢?"

伊莎贝尔轻轻地颤抖了一下,向拉里投去狐疑的目光。

"现在实在是太晚了,我也累坏了,不知道咱们还待在这里干什么。走吧。"

3

第二天傍晚,我乘坐蓝色列车回到了里维埃拉,两三天后我去昂蒂布看望艾略特,并把在巴黎的所见所闻告诉了他。他看起来身体状况很不好,在蒙特卡蒂尼的治疗并没有取得预估的效果,之后的旅行又使他筋疲力竭。他在威尼斯找到了一个洗礼盆,接着又去佛罗伦萨买了那幅一直在讨价还价的三联画。他急于看到这些宝贝被妥当地安置在教堂里,因此又去了蓬蒂内沼泽,住在一家糟糕的小客栈里,那儿的房间热气逼人。由于购置的东西还在运输途中,为确保万无一失,他又在客栈里多住了几天。当这些宝贝终于各就各位后,艾略特对呈现出来的效果感到既高兴又满意,并骄傲地拿出照片来给我看。教堂虽然小,但却非常庄严,而且内部装饰华贵却不张扬,显示出艾略特良好的品位。

"我在罗马看到一个早期基督教石棺,很喜欢,考虑了很长时间是不是把它买下来,但最终还是放弃了这个念头。"

"你要早期基督教石棺干什么呢,艾略特?"

"当然是为了百年之后时使用了,我亲爱的朋友。那石棺设计得非常好,我觉得它和教堂入口处一侧的洗礼盆正好相配。可是早期的基督徒个子都很矮小,我根本躺不进去。当最后的号角吹响时①,我可不想双腿蜷缩地挤在胸前,像个胎儿似的躺在那儿,那也太不舒服了。"

我笑了,可是艾略特却很严肃。

"我有个更好的办法,并做了所有的安排,虽然有点儿困难,但这困难是我早就料到的。我打算把自己埋在圣坛的前面,就在通往圣坛的台阶下,这样一来,那些蓬蒂内沼泽的穷苦农民来领圣餐时,他们那穿着笨重鞋子的双脚就会从我的尸骨上跨过去。这很有深意,对不对?我不要什么华丽的石棺,只要一个简简单单的石板,上面刻着我的名字和生卒年月。'Si monumentum quaeris, circumspice②。如果你想寻找他的纪念碑,就请环顾你的周围'。这句话你知道吧?"

"我的拉丁语足够明白那些老掉牙的引文,艾略特。"我辛辣地回答道。

"你说什么,我亲爱的朋友?我早已习惯于上流阶层的粗鲁与无知,竟忘了现在正在和一位作家说话呢。"

---

① 指最后的审判到来时。
② 拉丁文:如果你想寻找他的纪念碑,就请环顾你的周围。

他这话赢了我一局。

"不过我想和你说的是,我已经拟好了遗嘱,而且希望你作为我的遗嘱见证人。"他继续说道,"我可不想被埋在里维埃拉,混在那堆退休的上校和中产阶层的法国人中间。"

"我当然会照你说的去做,艾略特,但是我觉得那还要等很长一段时间呢。"

"不,我的时间快到了。知道吗,实话说,我死而无憾。兰多①那首诗是怎么说的?我的双手烤着火……"

虽然我背诵诗歌的能力不强,但是那首诗很短,我能记下来:

"我和谁都不争,和谁争我都不屑;
我爱大自然,其次就是艺术;
我双手烤着生命之火取暖;
火萎了,我也准备走了。"②

"对,就是这首。"他说。

我忍不住想,艾略特得有多非凡的想象力,才能把这首诗和他自己扯上关系。

"它完全表达出了我的心声,"他说,不过又加了一句,"我唯一想补充的就是:我终生游走于上流社会。"

"这句话很难插进那四行诗里。"

"上流社会已经死了。我曾经希望美国能取代欧洲,创造出一个寻常百姓尊敬的贵族阶层,但是大萧条毁掉了所有的机会,

---

① 兰多(1775—1864):英国诗人和散文家。
② 杨绛译文。

我那可怜的国家已经毫无希望地被中产阶级占领了。我亲爱的朋友，上次我回美国时，一个出租车司机竟然管我叫老兄，你能相信吗？"

虽然里维埃拉仍然受到一九二九年经济危机的影响，还没有从它的震动中恢复过来，好景不在，可艾略特却照样举办和参加宴会。他不怎么招待犹太人，除非他们来自罗斯柴尔德家族。可是最豪华的聚会都出自上帝的选民①之手，而只要是社交聚会，艾略特就必须得去参加。他在这些聚会中流连，优雅地同这位男士握手，又亲吻那位女士的面庞，但是当他这么做的时候，总带着一种孤独的冷漠神情，就好像一位被流放的贵族，略显尴尬地同这帮人混在一起。然而真正的流放贵族正在享受他们一生中最快乐的时光，同电影明星相识成了他们最大的野心。虽然艾略特并不赞同这种在社交中与戏子平起平坐的现代行为方式，奈何一位隐退的女明星在他家附近建造了一幢华厦，并不停地大宴宾客。内阁大臣、公爵、上流社会的女士们，在她家一住就是好几周，艾略特也成了那里的常客。

"当然了，那群人杂是杂了点儿，但是对于不喜欢的人可以不加理会嘛。"他跟我说，"况且她是我的美国同胞，我觉得理应帮助她。再说，她那些客人发现终于能有个说得上话的来宾，也算是一种安慰。"

有时他的健康状况明显堪忧，我问他为什么还是硬要去参加这些聚会。

"我亲爱的朋友，在我这个年纪是经不起落伍的。你不会认为，我在上流社会混了将近五十年，还不懂它的生存之道吧：要是他们看不见你，就会把你彻底忘掉。"

---

① 指以色列人。

我不知道他有没有意识到这句如此坦白的话听着是多么凄惨,我再也无心嘲笑艾略特了,对于我来说,他现在成了个让人深深同情的对象。他寄生在社交生活中,聚会就是他赖以生存的呼吸。在这种社交中,不被邀请就意味着当众受辱,一个人待着则意味着难堪失败。作为一个老年人,他现在害怕得要命。

夏季就这样过去了。艾略特从里维埃拉这头奔到那头,在戛纳吃午餐,在蒙特卡洛吃晚餐;不是在这个茶会上,就是在那个鸡尾酒会上展示自己的社交技巧;不管有多劳累,为了表现得友善、健谈、招人喜欢,忍受多大痛苦都在所不辞。他知晓所有的八卦新闻,你可以从他那里得知最新丑闻的细枝末节,因为除了当事人,就数他对情况最了解。如果你向他暗示这种生活方式是徒劳且无意义的,他就会带着毫不掩饰的惊诧之情,认为你是个粗鲁的平头老百姓,且悲惨到了无以复加的地步。

4

秋季来临,艾略特决定去巴黎待一段时间,一方面是为了看看伊莎贝尔、格雷和孩子们过得怎么样,另一方面,就像他所说的,"在首都露露面",然后还要去趟伦敦,定制些新衣服,顺便再拜访一些老朋友。我本来想直接去伦敦,可是他让我和他一起先开车去巴黎,想想这将是一段非常惬意的旅行,我便答应了,并打算也在巴黎逗留几天。

我们一路上不慌不忙,遇到美食之地就停留下来。艾略特的肾脏有点儿问题,所以除了维希矿泉水以外,什么也不喝。但是他总坚持为我挑选半瓶葡萄酒,一点儿也不怨恨他喝不到,反倒因为我能享受到如此佳酿而感到衷心的满意。他大方慷慨,我甚至都无法说服他让我为自己那份食物买单。虽然我对他那些津津乐道的陈旧贵族故事略感厌倦,但是还是很喜欢这趟旅行的。我们穿越的大部分乡村刚刚露出秋日的宜人美景,在枫丹白露吃过午饭后,直到下午我们才到达巴黎。艾略特送我到那间不起眼的老式旅馆门前,然后驱车转过街角,驶向里兹饭店。

我们已经将行程提前告知伊莎贝尔,所以当我看到她给我留的纸条时并不感到奇怪,可是那纸条的内容却十分令人诧异:

你一到巴黎就赶紧来我这儿,发生了一件非常可怕的事,但是不要带艾略特舅舅。看在上帝的分儿上,赶快过来。

我的好奇心不比别人差,可是我得先冲个澡,换件干净衬衫。等我收拾停当,就乘坐出租车去了那间位于圣纪尧姆大街的公寓。管家把我带进起居室,伊莎贝尔立刻从沙发上跳了起来。

"你们这么长时间磨蹭什么呢?我都等了好几个小时了!"

当时是下午五点钟,还没等我回答,管家已经把茶具端了进来。伊莎贝尔搅着双手,不耐烦地看着他。我不知道出什么事了。

"我刚刚到,我们在枫丹白露吃午饭,耽搁了些时间。"

"天啊,他可真磨蹭,简直让人发狂!"

管家把放着茶壶、茶杯、糖罐的托盘放在桌上后,又从容不迫地沿着托盘一一摆好放置面包和黄油、蛋糕、饼干的碟子,这才转身离开,随手轻轻关上了门。

"拉里要和苏菲·麦克唐纳结婚了。"

"和谁?"

"别冒傻气了。就是那个荡妇,在你带我们去的那个下流咖啡馆里遇见的。只有老天知道你为什么带我们去那种地方,格雷都被恶心坏了。"

"噢,你说的是你那位芝加哥的朋友吧?"我说道,没有理会她那不讲理的指责,"你是怎么知道的?"

"我是怎么知道的?他昨天下午亲自在这儿告诉我的,打那以后,我简直都快疯了。"

"你能不能先坐下,给我倒杯茶?然后好好跟我说一说。"

"你自己倒吧。"

她坐在茶桌旁,生气地看着我把茶水倒进茶杯里。我找了个靠近壁炉的小沙发,舒服地坐了下来。

"我们最近没怎么见到他,我是说,自打我们从迪纳尔回来以后。他在迪纳尔待了几天,但不肯和我们住在一起,而是自己住在酒店里。他经常和孩子们在沙滩上玩儿,她们可喜欢他了。我们一起在圣布里亚克打高尔夫,有一天,格雷问他是否又见过苏菲。

"'是的,我见过她几次。'他说。

"'为什么?'我问。

"'她是位老朋友。'他说。

"'我要是你,才不会在她身上浪费时间呢。'我说。

"他笑了。你知道他那种笑吧?就好像你说了什么可笑的话,但实际你并没有。

"'可你不是我。'他说。

"我耸了耸肩,换了个话题,对这场谈话并没有太在意。你可以想见，当他来这儿告诉我他俩要结婚时，我有多惊恐。
"'你不能，拉里！'我说，'你不能这么做！'
"'我要这么做。'他平静地说，那口气就像他想再要一份土豆似的，'而且我希望你能好好待她，伊莎贝尔。'
"'这太过分了。'我说，'你发疯了？她那么坏。'"
"是什么让你这么认为呢？"我打断她问道。
伊莎贝尔用一双怒火万丈的眼睛盯着我。
"她从早到晚醉醺醺的，不管谁想和她睡觉都行。"
"这并不能说明她是个坏人。很多德高望重的城镇居民也喝醉酒，还喜欢招男妓。这些都是坏习惯，就像啃指甲，不过如此罢了。我觉得撒谎、欺诈和对人不善才叫坏人。"
"如果你敢站在她那边，我就会把你杀了。"
"拉里怎么会又碰上她了呢？"
"他在通信簿上找到了她的电话号码，去看了她。她病了，当然了，就她那样的生活方式，能不病嘛？他为她找了个医生，还请人照顾她，就这么开始了。他说她已经戒了酒，那个傻瓜认为她还有药可救。"
"你难道忘了拉里是怎么帮助格雷的吗？他医治了他，是不是？"
"这是不同的。格雷希望得到医治，而她不是。"
"你怎么知道的？"
"因为我了解女人。当一个女人像她那样精神崩溃后，是不可能重归正常的。苏菲现在堕落成这样，是因为她本性如此。你觉得她会忠诚于拉里吗？不会的，迟早有一天她会离开他。这种本性早已融入她的血液里，她要像兽类那样生活，这就是她的驱动力，她追求那种兽性。她会毁了拉里，把他带入地狱的。"

"也许是吧，但是我觉得你对此无能为力。他是自己做的决定，他又不是睁眼瞎。"

"我对此无能为力，但你不一样。"

"我？"

"拉里喜欢你，愿意听你的意见。要是有谁能对他有点儿影响力的话，那肯定非你莫属，因为你了解这个世界。去找他，告诉他，别把自己弄成个大傻瓜，告诉他，这一切只会毁了他。"

"他只会跟我说，这事与我无关，他会过得很好。"

"可是你喜欢他，至少你对他感兴趣。你不能袖手旁观，让他毁了自己的生活！"

"格雷是和他关系最密切的老朋友，我觉得最好让格雷和他谈谈，虽然我认为这并不管用。"

"格雷？"她不耐烦地说。

"也许事情没你想得那么糟。我认识两三个人，一个在西班牙，两个在东方，他们都娶了青楼女子，并把她们变成了好妻子。她们对自己的丈夫心存感激，我是说，毕竟他们提供了安全感嘛，而且她们也知道该怎么取悦男人。"

"和你说话真累人。难道你觉得我做的一切牺牲都是为了把拉里送到一个色情狂手里吗？"

"你做什么牺牲了？"

"我当初放弃拉里，只因为我不想拖他的后腿。"

"得了吧，伊莎贝尔，你是为了钻石和貂皮大衣才放弃他的。"

话音未落，一只盛满面包和黄油的盘子就朝我飞来，全靠运气我才抓住了那只盘子，但是面包和黄油却撒了一地。

我站起身将盘子放回桌上："你要是打碎了王冠德比盘子，

你的艾略特舅舅是不会因此而感激你的。这些盘子是为多塞特公爵三世定制的，几乎价值连城。"

"把黄油和面包捡起来。"她怒气冲冲地说。

"你自己捡吧。"我一边说一边重新坐回沙发上。

她站起身，生气地把散落在地上的食物捡起来。

"亏你还自称是一位英国绅士。"她恶狠狠地提高嗓门说道。

"我可没这么说过，而且这辈子我也成不了那种人物。"

"从这里滚出去，我再也不想见到你了，看到你就让我讨厌。"

"对此我感到遗憾，不过看到你倒是令我很高兴。有没有人跟你说过，你的鼻子和那不勒斯博物馆里普绪克石像的鼻子一模一样，而那尊石像体现了世界上最可爱的少女之美。你还长着一双美腿，非常修长而且线条漂亮，每次看到它们都使我感到惊讶不已，因为当你还是个姑娘时，它们曾经又粗又胖。我搞不懂你是怎么让它们变好看的？"

"钢铁般的意志，还有，托上帝的福。"她生气地说。

"不过当然，最迷人的还是你的双手，它们如此纤细，如此优美。"

"我怎么觉得你过去认为我的手长得太大呢？"

"对于你高挑的身材来说，它们就不显大了。我总是惊叹于你举手之间的优雅，无论是出于自然还是出于技巧，你赋予双手的美，展现在每一个动作之间，它们有时就像花朵或展翅的鸟一般，比你的任何语言都更富于表现力。它们就像埃尔·格列柯画中的双手，实际上，当我看着它们时，几乎都要相信艾略特那使人高度怀疑的故事了：你的某位祖先是西班牙的大公。"

她困惑地看着我。

"你在说什么？这可是我头一回听说。"

于是我给她讲了德·劳里亚伯爵和玛丽女王御用侍女的故事。据艾略特说，他母系的血统就来源于此。伊莎贝尔一边听，一边得意洋洋地凝视着她那修长的手指和修剪整齐、涂了指甲油的指甲。

"反正每个人总得有个祖先，"她说，笑了一声，调皮地看着我，敌意全无，接着又加了一句，"你这个讨厌的混蛋。"

让一个女人明白道理很容易，你只消告诉她事实就行了。

"有些时候你还是挺招我喜欢的。"伊莎贝尔说。

她走过来在我身旁的沙发上坐下，挽住我的胳膊，探过身来想要亲我，我躲开了。

"我可不想让脸沾上口红，"我说，"如果你想亲我的话，就亲我嘴唇好了，仁慈的上帝就是为了亲吻才发明了它们。"

她笑出声来，伸手扳过我的脸，在我的唇上印下薄薄一层唇印，这感觉确实不错。

"好了，你也亲完了，也许现在可以告诉我你想要什么了吧？"

"你的建议。"

"我倒是很想给你建议，不过我认为你一刻也不会采用它的。你只有一件事可做，那就是尽量接受现实。"

她立刻重新火冒三丈，把手臂从我的胳膊里抽了出来，站起身，哐当一声跌坐在壁炉另一侧的一把椅子上。

"我是不会袖手旁观让拉里毁掉自己的，为了阻止他和那个贱货结婚，我什么事都干得出来。"

"你是不会得逞的。你看，他已经被人类胸中燃烧得最强烈的激情迷住了。"

"你不会认为他已经爱上她了吧？"

"不，爱情和那种激情比，不过是小巫见大巫罢了。"

"你什么意思？"

"你读过《新约》吧？"

"读过。"

"你还记得耶稣是怎么被领到荒芜之地并且在那里禁食四十天的吗？当他非常饥饿时，魔鬼走到他面前说：'如果你真是上帝的儿子，为什么不把这些石头变成面包呢？'但是耶稣抵住了诱惑。接着，魔鬼又把他带到一座寺庙的顶端，并对他说：'如果你真是上帝的儿子，为什么不从这里跳下去呢？'因为天使会守护他，并将他接住，可是耶稣再一次抵住了诱惑。于是魔鬼把他带到高山之巅，让俗世中所有的王国展现在他的眼前，并跟他说，如果他肯臣服于他，这一切都将会是他的，但是耶稣说：'走开吧，撒旦。'根据那单纯的《马太福音》，这就是故事的结尾了，然而事实并非如此。魔鬼如此狡猾，他再一次来到耶稣面前说：'如果你能忍受羞辱、鞭打、头戴荆棘之冠并被钉死在十字架上，人类就会得到救赎，因为人类最伟大的爱，莫过于为朋友献出自己的生命。'耶稣屈服了，魔鬼哈哈大笑，因为他知道罪恶的人类会仰仗有救世主的救赎而坏事做尽。"

伊莎贝尔生气地看着我。

"你到底是从哪儿听来这些的？"

"这不是我听来的，这是我灵光一现，编出来的。"

"简直是又蠢又傻，亵渎神明。"

"我只是想告诉你，自我牺牲是一种令人难以抗拒的激情，同它比起来，欲望和饥饿都算不得什么。它赋予受害者的人格以最高的褒扬，并在这褒扬中将它的受害者毁掉。受救助的人是什么样无所谓，也许值得，也许不值得。没有任何佳酿如此令人陶醉，没有任何爱如此具有毁灭性，没有任何堕落如此难以抗拒。当一个人自我牺牲时,有那么一刻,他比上帝还要伟大,因为那无限而全能的上帝如何自我牺牲呢?他最多不过是牺牲他那被创造出来的儿子罢了。"

"噢,天呐,你真是太烦人了。"伊莎贝尔说。

我并不理会她。

"当拉里被这种情感控制时,你怎么能指望谨慎精明的生活常识在他身上起作用呢?你对他这些年来的精神追求一无所知,当然,对此我也并不明了,只不过是猜测罢了。他这些年来付出的辛劳、他这些年获得的经验都不足以与他的愿望——愿望这个词不够准确,应该是一种急迫、喧腾、欲救堕落灵魂于水火的热望——相抗衡。他要救人,拯救一个曾经是天真孩童、如今是堕落女子的灵魂。我觉得你的看法是对的,他所做的一切将是徒劳,而他是个异常敏感的人,将会忍受这被诅咒的一切所带来的痛苦。他毕生的工作,不管那是什么,也会付之东流。卑鄙的帕里斯通因为用箭射中阿喀琉斯的脚踝而杀死了这位英雄,拉里所需的恰恰是那冷酷的一击,连圣者的光环都是因为这样的冷酷而诞生的。"

"我爱他,上帝知道,我对他无欲无求。"伊莎贝尔说,"无欲无求,世上再没有什么人能像我这样无私地爱他了。他以后会过上苦日子。"

她哭起来了,我觉得哭出来对她有好处,因此没有劝阻她。一个出乎意料的念头突然跳进了我的脑海,并使我玩味起来:我止不住地感觉到,魔鬼见到基督教引起的这些残酷战争、种族迫害、一个基督徒加在另一个基督徒身上的痛苦、冷酷伪善,一定会对这张资产负债表感到非常满意并得意非凡;当他想起人类背负的苦痛罪恶感会使浩瀚星空失色,并使人世间那短暂的欢愉也蒙上恶意的阴影时,他一定会笑出声来,并嘟囔道:

"让魔鬼得到他应得的吧!"

这时,伊莎贝尔从包里掏出一方手绢和一面小镜子,对着镜子小心翼翼地擦拭她的眼角。

"你他妈挺同情我,是不是?"她厉声问道。

我沉思地看着她,没有做声。她用粉扑扑了下脸,又给嘴唇上了上色。

"你刚才说你认为他这些年都在追求着什么,你什么意思?"

"我只是猜测罢了,你知道,也许我猜的都是错的。我觉得他在追寻一种哲学,或者说一种信仰,一种可以满足他身心的生活准则。"

伊莎贝尔琢磨了一会儿,然后叹了口气。

"他不过是个伊利诺伊马文的乡下男孩儿罢了,你不觉得他有这种念头让人觉得匪夷所思吗?"

"卢瑟·伯班克①不过是个马萨诸塞的乡下男孩儿,却培育出无籽蜜橘;亨利·福特不过是个密歇根的乡下男孩儿,却发明出小汽车,他不会比他们更匪夷所思了。"

"可是他们想的做的都是很现实的事呀,而讲究现实是美国的传统。"

我笑了。

"难道这个世界上还有比学习怎样更好地度过一生更现实的事吗?"

伊莎贝尔打了个厌倦的手势。

"总之,你不想失去拉里吧?"

她摇了摇头。

---

① 卢瑟·伯班克(1849—1926):美国植物育种家。

"你知道他是一个很忠诚的人,如果你不搭理他的妻子,他也不会搭理你的。如果你还有点儿头脑的话,最好和苏菲交上朋友。忘掉过去,等你接受这一切后,尽自己所能对她好。她快结婚了,我估计她会买些衣服,你为什么不提议和她一起去购物呢?她会高兴得跳起来的。"

伊莎贝尔眯起眼睛听着这一切,似乎下定决心要按我的话去做。她沉思了一会儿,我搞不清楚她脑子里在想什么。突然,她开口了,说的话让我大为吃惊。

"你能请她吃个午饭吗?如果我请的话未免有些唐突,毕竟昨天我对拉里说了她很多坏话。"

"你会注意自己的言行吗?"

"我会表现得像光明天使一样。"她展露出最迷人的笑容说道。

"我这就去约她。"

房间里有一台电话,很快我就找到了苏菲的号码,经过一番折腾后——在法国打电话,你必须得耐心地应付这一切——我打通了电话,并报上姓名。

"我刚到巴黎,听说你和拉里就要结婚了。"我说,"我想对你表示祝贺,并衷心祝你愉快。"站在我身旁的伊莎贝尔狠狠掐了我胳膊一把,我忍住才没叫出声来:"我在巴黎不会耽搁太久,因此后天想请你和拉里一起在里兹饭店吃午餐,我还请了格雷、伊莎贝尔还有艾略特·坦普尔顿。"

"我得先问问拉里,他就在这儿。"接着是一阵停顿,然后她说,"好的,我们很愿意。"

我和她定好了时间,说了句客套话,就把听筒放下了。这时,伊莎贝尔的神情引起了我的不安。

"你打什么主意呢?"我问她,"我可不太喜欢你这副样子。"

"我很遗憾,我还以为你挺喜欢我的样子呢。"

"你不是在憋什么坏招儿呢吧?"

她把双眼睁得大极了。

"我发誓绝对没有。实际上我很好奇,想看看苏菲被拉里改造成什么样了。我只希望她不要化一脸浓妆去里兹饭店就行了。"

我组织的这场小型聚会虽然不能说很成功,但也还可以。最早到场的是格雷和伊莎贝尔,五分钟后,拉里和苏菲·麦克唐纳也到了。伊莎贝尔和苏菲彼此亲热地亲吻了对方的面颊,并和格雷一起对她的订婚表示了祝贺。伊莎贝尔上上下下打量着苏菲,好像在给她的外貌打分一样,这场景恰巧被我抓到了。上次我在拉普路那个低级酒馆里见到她时,虽然她染着头发、浓妆艳抹、身穿亮绿色的衣服、一副醉醺醺的吓人模样,但是她身上有一种挑逗甚至堪称诱人的气息。现在呢,她看起来一副了无生气的样子,虽然她比伊莎贝尔要年轻一两岁,可是看上去却比她老得多。她的头依然高高地扬起,但是不知为什么,却给人一种可怜巴巴的感觉,头发已经褪成了原本的颜色,但是就像通常那样,染过又未经处理的头发总让人觉得邋里邋遢。除了嘴唇上的一抹红色,她完全没有化妆,她的皮肤很粗糙,并带有一种不健康的青白色。我记得她曾经有一双醒目的碧眼,但是现在那双眼睛的颜色已经褪掉了,还显得灰蒙蒙的。她穿着一条崭新的红裙子，还搭配了帽子、鞋和坤包。我不能自诩对女人的服饰有什么研究，但是我感觉这套装扮对目前这个场合来说未免有点儿过了。她胸前带着一套花里胡哨的假珠宝，类似是在里沃利大街上可以买到的那种玩意儿。伊莎贝尔站在她旁边，身穿黑色丝质裙子，颈项上围着一圈珍珠，头戴一顶俏皮的女帽，把她那一身打扮衬托得又廉价又寒酸。

我点了鸡尾酒，但是拉里和苏菲却滴酒不沾。接着，艾略特来了。不过当他穿过饭店宽阔的大厅时，得时不时停下来，不是和熟识的男士握手，就是亲吻女士们伸出来的纤纤玉手。他那一举一动让人觉得里兹就是他的家，而他这会儿正忙于确认那些接受了邀请的宾客在这里是否能够尽欢。对于苏菲身上发生的事情，除了她丈夫和孩子在一场车祸中丧生以及她要嫁给拉里外，他一无所知。最后他终于走到了我们面前，对订婚的两位表示了祝贺，带着那份非凡的优雅，毕竟在这方面他可是个专家。

我们一起去了餐厅，一共四位男士、两位女士，一起围坐在一张圆桌旁。我安排伊莎贝尔和苏菲对面而坐，苏菲身旁是格雷和我，桌子不大，所以大家聊起天来也很方便。午餐的菜我已经提前定好了，侍者将酒水单拿了过来。

"你对酒一无所知，我亲爱的朋友，"艾略特说，"把酒水单给我吧，阿尔贝。"他翻阅着酒水单："我自己只喝维希矿泉水，但是不能容忍别人胡乱喝酒。"

他和那位酒侍阿尔贝已经是老朋友了，他俩兴致勃勃地讨论了一会儿后，决定了我应该以哪种酒待客。然后，他转身对苏菲说："亲爱的，你们打算去哪里度蜜月呢？"

他扫了一眼她的装扮，不易觉察地抬了抬眉毛，表示对这身打扮看不上眼。

"我们打算去希腊。"

"我一直想去那儿,有差不多十年的时间了,"拉里说,"可是一直没去成。"

"这个季节,希腊一定非常漂亮。"伊莎贝尔表现得很热情。

她和我一样记得很清楚,拉里当初准备娶她时也曾打算带她去希腊,去希腊度蜜月好像是拉里的执念。

谈话进行得并不顺利,要不是伊莎贝尔,我觉得自己简直像是在犁地一般。伊莎贝尔表现得好极了,每次当尴尬的沉默出现,我绞尽脑汁寻找话题的时候,她总能以轻松的闲谈打破僵局,我打心眼儿里感激她。除非回答问题,苏菲从不主动开口,即便这样,对她来说也好像费了很大的力气似的,那股精气神好像从她身上逃跑了,你也可以说,她身上的某种东西死掉了。我不禁自问,拉里是不是给她太多压力,以至于她快承受不住了?我猜想她以前既酗酒又吸毒,现在将这两个恶习同时从她身上剥除,一定使她的精神受到了伤害,从而精疲力竭。有时我会看到他们彼此注视,他的眼神非常温柔,充满了鼓励,而她的眼睛里却满是可怜的求助之情。格雷的性情甜美柔和,他本能地感知到了我自认为看出来的东西,因为他突然开口对苏菲讲起拉里是如何治愈了使他几乎变成废人的头疼的,并告诉她,现在他是如何仰仗依赖他,拉里真是对他恩重如山。

"现在我结实得像头牛一样,"他继续说道,"只要一有机会,我就回去工作。现在有那么几个机会,打铁要趁热,希望不久以后我就能敲定一个。天啊,要是能回家可就太好了。"

格雷的用意是好的,不过他的话说得有些太直了。在我看来,拉里治疗苏菲酗酒的方法就是他成功治疗格雷头疼的方法——暗示法。

"你现在不再头疼了吗?"艾略特问。

"一连三个月都没疼过了,如果我感觉要头疼的话,就握紧护身符,然后就没事了。"他从兜里掏出拉里给他的那枚古币,"千金不换。"

午餐结束后,咖啡被端上了桌,侍者走上前来问我们需不需要利口酒。我们谁也不想再喝了,只除了格雷,他想来杯白兰地。当酒瓶被拿来时,艾略特执意要看一眼。

"这酒不错,值得推荐,对你没坏处。"

"先生也来一小杯?"侍者问道。

"可惜呀,我不能喝酒。"

艾略特相当详细地向侍者解释说他肾脏有毛病,医生不允许他饮酒。

"喝点儿朱波洛夫伏特加对先生没有坏处,大家都知道它补肾。我们刚从波兰进口了一批。"

"真的吗?现如今得到这酒可不容易了,拿瓶子过来让我瞧瞧。"

那位脖子上挂着一副长长的银链子、肥胖且庄严的酒侍去拿酒了,艾略特给我们解释说,这是一款波兰产的伏特加,非常高级。

"当年我住在拉济维乌府邸同他们打猎时曾喝过这种酒,你们真该看看那些波兰亲王是怎么喝这种酒的。我可没夸张,他们大杯大杯地喝,眼都不眨一下。当然了,他们血统纯正,贵族气质一直弥漫到指尖儿。苏菲,你必须尝尝,还有你,伊莎贝尔,千万不可错失良机。"

侍者把酒瓶拿来了。拉里、苏菲和我拒绝了诱惑,但是伊莎贝尔说她想尝尝。这未免令人感到惊讶,因为平日里她饮酒并不多,而那天她已经喝了两杯鸡尾酒,两杯或三杯葡萄酒。

侍者将淡绿色的酒注入玻璃杯，伊莎贝尔闻了闻。

"啊，好香啊。"

"对吧？"艾略特高声说道，"这是酒中香草的味道，就是这些香草赋予了它美妙的滋味。为了陪你，我也来点儿，喝一次要不了我的命。"

"太好喝了，"伊莎贝尔说，"就如同母亲的乳汁一般。我从没喝过这么好喝的酒。"

艾略特将玻璃杯举到唇边。

"啊，往日重现！你们这些没和拉济维乌家族一起住过的人是不知道什么叫生活的。那真是一种华丽的风格，你知道，封建领主的风格，你会觉得自己回到了中世纪。在车站等你的是由六匹马拉的豪华马车，车夫不止一位；晚餐时，每个人身后都站着一位穿制服的男仆。"

他继续描述着那些权贵的奢华生活以及聚会场所的富丽堂皇，这让我不禁起了小人的猜疑之心，觉得整个事件不过是艾略特和那位酒侍搞的花招，目的就是让他能够发表一通演讲，来歌颂那个亲王家族无与伦比的高贵社会地位和他在城堡里与波兰贵族共饮的美好生活。他说起这些来简直没完没了。

"再来一杯吗，伊莎贝尔？"

"噢，我可不敢了，不过这酒的味道真是美妙极了，真高兴能认识这样一款酒。格雷，咱们必须买一些。"

"我会买一些，让他们给你送到公寓里去。"

"噢，艾略特舅舅，真的吗？你对我们真是太好了！"伊莎贝尔兴奋地大声说道，"格雷，你必须也尝一尝。它闻起来有一股刚刚割过的青草气息和春花的香气，还有一股百里香和薰衣草的味道，口感非常绵软，舒适极了。喝这种酒简直就像在月光下听音乐一样美妙。"

伊莎贝尔平日里并不会使用这种夸张的口吻来赞美什么事物,我怀疑她是不是有点儿喝多了。聚会结束了,我同苏菲握手告别。

"你打算什么时候结婚?"我问她。

"下下周,我希望你能来参加婚礼。"

"恐怕那时我已不在巴黎了,我明天就要回伦敦。"

当我和剩下的客人说再见的时候,伊莎贝尔把苏菲拉到一旁,同她说了几句话,然后转向格雷。

"噢,格雷,我现在还不想回家。慕尼丽丝时装店有一场服装秀,我想带苏菲去看,她应该去瞧瞧那些新款式。"

"我很想去。"苏菲说。

我们就此道别。

当天晚上,我请苏珊·卢维耶外出吃晚饭,第二天就启程回英国去了。

两周后艾略特入住了伦敦克拉里奇酒店,我顺便去拜访他。他为自己定制了许多套衣服,并对我长篇大论地详细介绍他都买了些什么以及为什么要买。等我最终能插嘴时,赶紧问了一下婚礼办得怎么样。

"婚礼没办。"他阴着脸说。

"怎么回事?"

"离举办婚礼还剩三天时苏菲不见了,拉里到处找她。"

"这也太奇怪了。他们吵架了吗？"

"没有，他们好得很。一切都安排妥当了，由我来送她出嫁。婚礼一结束，他们就搭乘东方快车度蜜月。如果你非要问的话，我只能说拉里和此事没有牵连。"

我猜伊莎贝尔把一切都告诉了拉里。

"这到底是怎么回事？"我问他。

"你还记得上次咱们一起在里兹饭店吃饭吧？饭后伊莎贝尔带她去慕尼丽丝看秀。你记得苏菲穿的那条裙子吗？档次真低。你注意到她裙子肩部的剪裁了吧？肩部剪裁是否得当是判断衣服品质的标准。当然了，那可怜的女孩儿是买不起慕尼丽丝的衣服的。你也知道伊莎贝尔这人非常慷慨，再说她们打小就认识，因此她提议为苏菲买件衣服，这样她至少能体面地出嫁。苏菲为这个高兴得都跳起来了。长话短说，伊莎贝尔让她某天下午三点来公寓找她，她俩可以一起去慕尼丽丝把这事搞定。那天苏菲如约来了，可是不巧伊莎贝尔得带一个孩子去看牙医，下午四点才回家，那时苏菲已经离开了。伊莎贝尔觉得她可能等烦了，直接去了慕尼丽丝，于是她立刻赶到那里，发现苏菲并不在那儿。最后她只得放弃找她，回了家。当天晚上大家本来已经约好一起吃饭，可是到饭点儿时拉里一个人来了。伊莎贝尔马上问他是否知道苏菲在哪里。他不明所以，立刻给苏菲的公寓去了电话，可是没人接听，于是他决定亲自跑一趟。伊莎贝尔和格雷在餐馆里等啊等，可是那两人左等也不来，右等也不来，最终他们只得自己吃了晚饭。苏菲在拉普路遇到你们之前过着什么样的生活，你自然早就知道了，你真不应该带他们去那种下流地方。不管怎么说，拉里在她原来晃荡的地方找了一整夜，但是哪里也找不到她；后来又去她公寓找，但是门房说她根本没回来。他一连找了三天，而她简直消失得无影无踪。到了第四天,他又跑到她的公寓打听情况,门房说她回来了,不过收拾了行李,打辆车走了。"

"拉里非常难过吧?"

"我没见到他,伊莎贝尔告诉我,他很难过。"

"苏菲走前没留张纸条什么的吗?"

"什么也没留。"

我觉得这事就算泡汤了。

"你怎么看这件事?"我问艾略特。

"我亲爱的朋友,我的看法和你的一模一样。对于新的生活方式,她无法坚持到底,于是又回去酗酒了。"

这是显而易见的,但是这一切也太蹊跷了。我不明白她为什么非得选快结婚的节骨儿眼溜走。

"伊莎贝尔对这件事怎么看呢?"

"当然了,她对此事表示遗憾,不过她是个理智的女孩儿。她跟我讲,如果拉里和那种女人结了婚,将是一场灾难。"

"那拉里对此事怎么看呢?"

"伊莎贝尔对拉里特别有耐心,可是他就是不想讨论此事。你知道,他会扛过去的。伊莎贝尔说他从没有爱过苏菲,他想和她结婚不过是出于一种错误的骑士精神罢了。"

伊莎贝尔对事件的反转肯定感到很满意,可以想见她对此事摆出的一副假惺惺的面孔。我知道,等下次再见到她时,她肯定会提醒我,她早就料到了事情的结局,她是不会错过这个机会的。

可是一年后我才重新见到她,那时我本已经可以告诉她一些关于苏菲的事,让她好好思考一下,不过当时出现了一些状况,因此我并没有这么做。我在伦敦一直待到快过圣诞节的时候,从那里直接回到里维埃拉,没有在巴黎停留。我那时正着手写一部新小说，接下来的几个月一直处于一种隐居状态。我时不时地会见到艾略特，他的身体状况每况愈下，尽管如此，他仍然坚持社交生活，这让我深感不安。他很生我的气，因为我不肯驱车三十英里去参加他举办的那些没完没了的聚会。他认为我不参加聚会而宁愿待在家里工作是一种骄傲自负的表现。

"这可是一年中最绚烂的社交季节，我亲爱的朋友，"他对我说，"把自己关在家里错过这一切简直就是犯罪。至于你为什么躲在里维埃拉的一角，远离时髦生活，这是我活到一百岁也不会明白的事。"

可怜又愚蠢的艾略特，显而易见，他是活不了那么长时间了。

到六月时，我已经完成了小说的初稿，觉得理应休个假，于是我打包好行李，跳上一艘小艇，沿着海岸线向马赛驶去。在夏季里，我们经常乘坐这艘小艇去福斯湾洗海水浴。海面吹来阵阵微风，伴随我们一路前行的只有马达的嘟嘟声。我们在戛纳、圣马克西姆和萨纳里的港口分别停留了一夜，然后到达了土伦。

土伦是我非常喜爱的一个港口城市，法国舰队的船只赋予了它既浪漫又友善的氛围，那些古老的街道让我永远都逛不够。我可以一连几个小时流连在它的码头上，看着那些登岸的水手四处闲逛，他们有的两两结伴，有的带着自己的女朋友。人们在大街上来来回回地走动，好像除了享受宜人的阳光，在这个世界上就没有别的事情可做了。熙熙攘攘的人群搭乘船只和渡轮，前往这个巨大海港的各个停泊点，这一切使土伦给人一种印象，仿佛它是个终点站，大千世界的条条道路在此汇集。当你坐在咖啡馆里，因天空和海水那明亮的湛蓝色感到阵阵晕眩时，金黄色的想象力就会把你带到天涯海角：你乘坐一艘长艇来到太平洋那椰树环绕的珊瑚海岸；你从舷梯上下来，踏上仰光的码头,进入一辆黄包车;当你的船在太子港靠岸时,你在露天甲板上看着那些吵吵闹闹、手舞足蹈的黑人。

我们在将近中午的时候才进港,到下午三点钟左右我才上了岸。我沿着码头一边闲逛一边瞧着周围的商店、接踵而过的人流和在咖啡馆的遮阳伞下坐着的人们。突然,我看见了苏菲,她同时也看到了我,微笑着冲我打起了招呼,我停下来和她握手。她独自一人坐在一张小桌旁,面前放着一个空玻璃杯。

"坐下喝点儿东西。"她说。

"我请你一起喝。"我边说边拉开一把椅子坐了下来。

她穿着一件蓝白条相间的法国水手衫、一条亮红色的宽松长裤和一双凉鞋,涂了指甲油的大脚趾露在外面。她没戴帽子,头发剪得非常短,烫了很多卷儿,染成了浅浅的金色,浅得几乎快变成银色了。她脸上化了浓妆,就像当初我们在拉普路上见到她时那样。从散落在桌上的杯盘我推断她已经喝了一两杯酒,但是人还很清醒,见到我似乎并没有令她感到不快。

"巴黎的那些朋友们都怎么样了?"她问道。

"我认为他们过得还不错,自打上次在里兹饭店吃过饭后,我还没见过他们呢。"

她从鼻孔里喷出一大团烟雾,笑了起来。

"我后来并没和拉里结婚。"

"我知道,可为什么呢?"

"亲爱的,到了最后的时刻,我发现自己根本成不了耶稣基督的那位抹大拉的玛利亚[①]。饶了我吧,先生。"

"可是你为什么会在最后一刻变了主意呢?"

[①] 抹大拉的玛利亚:一直以被耶稣拯救的妓女形象出现在基督教的传说里,这里苏菲将被拉里拯救的自己比喻成耶稣拯救抹大拉的玛利亚。

她带着嘲讽意味看着我,头粗鲁地偏向一侧,挺着小小的胸脯和窄窄的小身板儿,那副样子活像一个坏小子。不过我得承认,她现在这股劲儿可比当初身穿红裙子、一副悲惨的乡巴佬样子强多了。她的脸和脖颈被太阳晒黑了,虽然棕色的肌肤使她脸上的胭脂和描黑的眉毛更显突兀,但是这股粗俗劲儿却自有它的诱惑力。

"你想让我告诉你吗?"

我点了点头。

侍者端来了我的啤酒和为她点的白兰地以及德国赛尔脱兹气泡水。她用快抽完的烟屁股点燃了另一支香烟。

"那时我已经有三个月滴酒未沾了,而且也没有吸烟。"她看着我那略带疑惑的表情笑了,"我说的烟不是香烟,是鸦片。我感觉难受极了,你知道,当我独自待着的时候,我简直能把楼叫塌。我喊道:'我受不了啦!我受不了啦!'当我和拉里待在一起的时候感觉还行,可是我独自一人的时候,简直就像待在地狱里。"

当她谈及鸦片的时候,我仔细打量她,发现她的两个瞳呈成针尖状[①],这说明她现在仍在吸食鸦片。她那双眼睛绿得惊人。

"伊莎贝尔要给我买一件婚礼穿的新裙子,不知道现在那条新裙子归谁了,它真的很美丽。我们说好我先去找她,然后一起去慕尼丽丝。我得为伊莎贝尔说句公道话,在衣服方面她可是个专家。我到她家的时候,管家说她带琼去看牙医了,留下口信说很快就会回来。我走进起居室,发现桌上还摆着喝剩的咖啡,我问管家能不能也喝一杯,那会儿我只能靠咖啡撑下去。

[①] 一般指瞳孔的缩小,除病理原因外,毒品也可以使瞳孔缩小。

他说会给我重新煮一些送来,然后把空杯子和咖啡壶收走了,在托盘里留下了一个瓶子。我看着那瓶子,发现那就是你们在里兹饭店谈论的波兰玩意儿。"

"朱波洛夫伏特加,对不对?我记得艾略特曾说过要给伊莎贝尔送去一些。"

"你们全都极力赞扬它的气味有多美妙,这使我感到很好奇。我把瓶盖拔下来,闻了一下。你们说得没错,它的气味闻起来真他妈棒。我点燃一支香烟,没过一会儿,管家端来了咖啡。咖啡闻着也很香。他们总是在谈论什么法式咖啡,当然,他们爱喝什么喝什么,我只要我的美式咖啡,那是我在这儿唯一怀念的东西了。不过伊莎贝尔家的咖啡还不错,我本来感觉糟糕透了,但是喝完一杯后,觉得好多了。我瞧着那个酒瓶,它简直是个致命的诱惑,但是我对自己说:'去他妈的吧,我想都不要想它。'我点燃了另一支香烟,觉得伊莎贝尔随时都会回来,可是她并没有。我的精神极为紧张,我讨厌就这么等着,而且那屋里一本书也没有。我开始四处走动,看墙上的挂画,但是却止不住地总是望向那个该死的酒瓶。我想倒出一杯来看看,它的颜色美丽极了。"

"淡绿色。"

"是的,很有意思,它的颜色就如同它的气味一般,是那种白玫瑰花心里透出来的绿色。我止不住想尝尝它的味道是不是也像它的气味和颜色一样,毕竟尝一口不会要了我的命。我其实只想抿一口,可是却突然听到门外有动静,我以为伊莎贝尔回来了,于是赶紧一口吞下了整杯酒,生怕被她抓住,可是伊莎贝尔并没有回来。哎,那杯酒给我的感觉简直太好了,自打我戒酒以来就再也没有过那么棒的感觉,我觉得自己又活过来了。要是当时伊莎贝尔进来,估计现在我早已和拉里结婚了,我纳闷儿那将会是一种什么样的生活，又会导致一个什么样的结果。"

"但是她没有回来？"

"不，她没有。我开始生起气来，她算老几，让我这么等她？突然，我发现玻璃杯里的酒又满了，这一定是我在无意识中倒出来的，不管你信不信，反正我不知道自己又倒了酒。如果把酒再倒回去，那未免也太傻了，于是我喝了它。用不着否认，它的味道好极了。我感觉自己变了一个人，我想开怀大笑，整整三个月我都没有这样的感觉了。你还记得那个老娘炮曾说，他看见那帮波兰人拿大杯子喝这种酒，眼都不眨一下吗？老娘我喝起来也不会比任何一个波兰杂种差。一不做二不休，我把杯子里的咖啡渣泼进壁炉里，又给自己倒了满满一咖啡杯酒。什么母亲的乳汁，胡说八道！接着发生了什么我就不太清楚了，反正等我喝够了时，瓶子里已经没剩多少酒了。我觉得我得赶在伊莎贝尔回来前离开，她差点儿就逮住了我，因为我刚一出她家门就听见琼说话的声音。我赶紧跑到楼上，一直等到他们全都进了屋才冲下楼，打了辆出租车。我让司机赶紧开车，他问我去哪儿，我对着他的脸哈哈大笑，跟捡了一百万美元似的。"

"你回公寓了吗？"我问她，虽然我知道她并没有回去。

"你把我当大傻子了？我知道拉里会去那里找我的。凡是以前常去的地方，我一个也不敢去，所以最后我去了哈基姆家，我知道拉里绝不会去那里找我，再说，我实在想抽一口。"

"哈基姆是谁？"

"哈基姆？他是个阿尔及利亚人，只要你有钱，他总能给你搞到鸦片。他是个不错的朋友，你想要什么他都能给你办到，不论是男人、女人、男孩儿还是黑鬼。他手头总有半打阿尔及利亚人可供差遣,我在他那儿一连待了三天,没被我睡过的男人估计不剩几个了。"她咯咯笑了起来,"什么形状、什么尺寸、什么颜色的都有,我把浪费的时间统统补了回来。不过你知道,我很害怕。在巴黎我感到一点儿也不安全,我怕拉里找到我,再说我也不剩几个钱了,和那些混蛋睡觉你得付钱。所以我从哈基姆那儿跑出来,回到了公寓,给了门房一百法郎,告诉她不管谁来找我,统统答复说我走了。我打包好行李,当晚就乘火车来了土伦,到这里我才完全放下心。"

"打那以后你就一直住在这儿吗?"

"还用问吗,我会永远住在这儿的。你想要多少鸦片都行,水手们会从东方把鸦片带过来,而且质量非常好,比他们在巴黎卖给你的那些垃圾玩意儿强多了。我在酒店里租了间房,你知道,就是那个'贸易与航海'酒店。晚上你一进入酒店走廊就会闻到一股鸦片味儿。"她兴奋地抽动了下鼻子,"是那种又甜又辣的味道,你知道有人正在房间里吸食,这给你一种回家的感觉,简直好极了。没人在乎你带谁回酒店,服务员会在凌晨五点钟猛敲你的房门,提醒水手回到他们的船上去,所以你也不必为此担心。"突然,她毫无征兆地转移了话题:"我在码头那儿的商店里看到了你写的一本书,如果早知道会遇见你,我就会把它买下来,并让你签名。"

当我路过那书店时也停下来看了眼橱窗,发现我一本小说的法译本出现在了一堆新书中,是最近出版的。

"我认为你可能觉得那书没什么意思。"我说。

"你怎么知道呢?我可是经常读书。"

"不只是读,我相信你还能写。"

她飞快地瞟了我一眼,笑了起来。

"对,当我是个孩子时还写诗呢,这挺吓人吧,不过我觉得还好,这一切都是拉里告诉你的吧?"她停顿了一会儿,然后说道,"生活就像地狱,如果这地狱里还有些乐子,可是你却视而不见,那只能说明你活该是个大傻瓜!"她挑衅地将头往后一扬,"如果我买了那本书,你会在上面写句话吗?"

"我明天就走了,如果你真想要那本书,我会给你买一本并送到你的酒店去。"

"那可太好了。"

正在这时,一艘海军汽艇靠上了码头,从里面涌出一群水手,苏菲的目光投向了那帮人。

"我男朋友来了。"她冲某人挥了挥手臂,"你可以请他喝一杯,然后赶紧走人。他是个科西嘉人,和我们的老朋友耶和华一样喜欢吃醋。"

一个年轻人朝我们走来,当他看见我时,略微迟疑了一下,不过苏菲朝他招了招手,于是他走到了我们的桌边。他个头很高,皮肤黝黑,胡子刮得很干净,长着漂亮的黑眼睛、鹰钩鼻子和一头带波浪的乌黑卷发,看起来不会超过二十岁。苏菲将我介绍给他,说我是她童年时代就认识的一位美国朋友。

"他人挺蠢,但是长得不赖。"她对我说。

"你就喜欢这种类型,对吧?"

"越粗鲁的越好。"

"总有一天他们会割破你的喉咙。"

"对此我不会感到惊讶,"她咧嘴笑了,"一了百了。"

"在这里应该讲法语,是不是?"水手厉声说。

苏菲面带微笑转向他,那微笑里带着一抹嘲弄。她说一口夹杂着俚语的流利法语,却带着浓重的美国口音,这使她那充满了污言秽语的市井之言有一种强烈的滑稽感,让人忍俊不禁。

"我跟他说你长得很帅,怕你不好意思,才用英语讲。"接着，她转向了我，"而且他还很壮实，长着拳击手那样结实的肌肉。来，摸摸看。"

水手那一脸的不高兴因为这几句奉承话立刻烟消云散。他得意洋洋地微笑着拱起了肱二头肌。

"摸摸看，"他说，"来，摸一摸。"

我照办了，并夸赞了他几句。我们又聊了几分钟，然后我站起身来买单。

"我得走了。"

"能见到你真的很高兴，别忘了那本书。"

"不会忘的。"

我同他们握了握手就信步离开了。

回去的路上，我在书店停留了一下，买了那本小说，在上面写下了苏菲和我的名字。由于意识到并无什么话可写，因此我在书上题了如下诗句：

Mignonne, allons voir si la rose.①

这是龙沙②那首可爱小诗的头一句，这首诗几乎被收入了所有的诗歌集。

我将书留在了酒店。这酒店就在码头上，我经常住在那里。当船上的号角将你从黎明的睡梦中唤醒时，它也将夜间离开的水手重新召回到他工作的岗位上。太阳从港口平滑如镜的水面升起，朦胧的晨光赋予那幽灵般的船只一种氤氲的魅力。第二天我们启航驶往卡西，我想在那里买一些葡萄酒，然后我们又驶向马赛，去取早已订好的一张帆。一周后，我回到了家。

---

① 法文：小可爱，让我们去看那玫瑰。
② 龙沙（1524—1585）：法国近代抒情诗人。

7

我收到了艾略特男仆约瑟夫发来的讯息,说艾略特卧病在床想要见我,于是第二天我驱车去了昂蒂布。在带我上楼去见主人之前,约瑟夫告诉我,艾略特得了尿毒症,医生认为他的情况很不乐观。目前他已经熬过了最差的时候,身体正在恢复之中,但是他的肾脏已经遭到了毁坏,不可能完全康复了。约瑟夫跟随艾略特有四十年之久,对他尽心尽责,虽然他的一举一动都表示出对主人患病的遗憾之情,但是你没法不注意到他跟他那个阶层的其他人一样,内心对这场主人家遭遇的灾难感到幸灾乐祸。

"可怜的先生,"他叹了口气说,"虽然他有些狂躁,但说到底还是个好人,但他迟早会死的。"

他说话的口气仿佛艾略特就剩一口气了。

"他肯定已经为你的今后做了打算吧?"我沉着脸问道。

"希望如此。"他悲哀地说。

当我被带入艾略特的卧室时,却惊讶地发现他状态良好,虽然脸色苍白,看起来很苍老,却很有精神,胡子刮得干干净净,头发也梳得整整齐齐。他穿着一件浅蓝色的丝绸睡衣,睡衣口袋上绣着伯爵冠饰,上面是他姓名的首写字母,掀开的被单上也绣着相同的图案,只是绣得更大更凸出。

我问他感觉如何。

"好极了,"他高兴地说,"我不过是得了一场小病而已,几天后就能起床四处转转了。我收到了德米特里大公的请柬,他邀请我星期六和他一起吃午餐,我已经告知医生,他必须想尽一切办法在周六之前把我治好。"

我陪了他半个钟头,出来时告诉约瑟夫,如果他病情恶化就立刻通知我。一周后,我和一位邻居外出吃午餐,在餐馆里居然碰见了艾略特,这让我大吃一惊。他穿着赴宴的正装,一副行将就木的样子。

"你不应该出来,艾略特。"我对他说。

"一派胡言,我亲爱的朋友。弗丽达要招待玛法尔达公主,而我与这个意大利贵族家庭已相识多年,那还是在可怜的路易莎驻节罗马的时候。再说,我怎么能丢下弗丽达不管呢?"

我不知道是该钦佩他这种不屈不挠的精神,还是该为他感到悲痛——已到风烛残年,还对社交生活保持如此高的激情,让人根本想不到他是个病人。就像一个垂死的演员,当他在脸上涂抹油彩、登上舞台时,会将一切病痛抛诸脑后一样,艾略特在人生舞台上也继续以他那惯常的自信扮演着圆滑谄媚者这一角色:对人极尽友善,特别是对那些重要人物更是曲意逢迎、体贴入微,但挖苦起人来又能逗人发笑,毕竟他是这方面的行家里手。我以前从没有见过他将社交手腕运用到如此出神入化的地步。当公主殿下离开时,艾略特优雅地深深一躬,既表现出对公主高贵头衔的尊重,又体现出一位长者对漂亮女子的赞美之情。弗丽达对他大加赞赏,称他为这场聚会的灵魂人物,对此我一点儿也不感到惊奇。

没过几天,艾略特又病倒在床上,这回医生禁止他走出房门,为此他颇为苦恼。

"现在出这么档子事儿实在是太糟糕了,要知道目前可是最热闹的社交季节。"

他一口气说出一长串重要人物的名字,他们都要到里维埃拉来消夏。

我每隔三四天会去看他一次,有时他躺在床上,有时身穿华贵的晨衣倚在贵妃榻上。他似乎拥有无数件华美的晨衣，因为我从没有见过他一件晨衣穿两次。八月来临了，有一天我去看他，发现他异常沉默。当我到他家时，约瑟夫曾跟我说他身体好一些了，可令我吃惊的是，他看上去一副无精打采的样子。我搜肠刮肚把近期听到的所有本地八卦都讲给他听，可是他却提不起任何兴趣，双眉紧锁、情绪消沉，这种情况可不多见。

"你会去参加艾德娜·诺维马利举办的聚会吗？"他突然问我。

"不，当然不会了。"

"她邀请你了吗？"

"她邀请了里维埃拉的每一个人。"

诺维马利亲王夫人是一个腰缠万贯的美国女人，嫁给了一位罗马亲王。这位亲王可不是什么"普通的亲王"——那种在意大利一分钱能买到两个的货色。他来自于一个显赫的家族，曾是该家族的顶梁柱。这个家族最早的一位祖先可以追溯至十六世纪，是一名雇佣兵，靠自己的本事开疆扩土，获得了封邑。诺维马利亲王夫人如今已年届六十，又守了寡，法西斯政权对她那来自美国的财富垂涎欲滴，要分一杯羹，且这杯羹大得让她难以忍受，于是她离开了意大利，并在戛纳附近为自己建造了一幢佛罗伦萨风格的美丽别墅。她从意大利购入大理石，铺满了那些宽敞会客室的墙面，还从意大利请来画匠为天花板做彩绘。别墅里的绘画和青铜艺术品精美绝伦，就连艾略特这个不喜欢意大利家具的人也不得不承认，她购置的家具漂亮极了。别墅外的花园非常可爱，游泳池造价不菲。诺维马利亲王夫人喜欢大宴宾朋，每次宴会桌上都坐着不下二十位客人。她打算在八月的月圆之夜举办一场化妆舞会，虽然离这场舞会还有三个星期的时间，但里维埃拉的人们对此津津乐道，已经不想谈论别的事情。据说舞会上要放烟花,还会从巴黎请来一个小型的黑人乐队助兴。那些流亡贵族带着掩饰不住的醋意交头接耳,说这场舞会的花销比他们一年的生活费还多。

"这也太奢华了。"他们说。

"简直是疯了。"他们讲。

"一股土豪气。"他们议论。

"你打算穿什么呢?"艾略特问我。

"我告诉过你了,艾略特,我不想去,你不会觉得我到了这个年龄还会穿那些稀奇古怪的衣服吧。"

"她没有邀请我。"他哑着嗓子说,一双憔悴的眼睛看着我。

"噢,她会邀请你的,"我轻描淡写地说,"请柬还没发完呢。"

"她不会邀请我的,"他因激动,嗓音都变了,"这是在故意羞辱我。"

"噢,艾略特,这我可不相信。我敢肯定这不过是个疏忽罢了。"

"我可不是那种让人随便疏忽的人。"

"不管怎么说,到时你的身体状况也不允许你参加。"

"我当然要参加,这可是本季最隆重的聚会。哪怕我已奄奄一息,也要从床上爬起来。我要穿我的祖先德·劳里亚伯爵的衣服去。"

对此,我不知如何作答,因此保持了沉默。

"保罗·巴顿来看我了,就在你来之前。"艾略特突然说道。

我不指望读者能记起此人是谁,连我自己都是翻阅了前面的文稿才搞清楚他的名字。他就是那位艾略特引荐到伦敦社交界的美国年轻人,站稳脚跟后就把他甩掉了,因此引起了艾略特的恨意。此人最近颇受人瞩目,首先是因为他取得了英国国籍，其次是因为他娶了一位报业大亨的女儿，而那位大亨已经荣升为贵族了。凭借如此根基，再加上他本人灵敏的头脑，日后定能平步青云。艾略特感到一阵酸楚。

"每次我半夜醒来，听到老鼠在护墙板后窸窸窣窣地跑动，我就跟自己说：'那是保罗·巴顿在向上爬呢。相信我，我亲爱的朋友，他会一路爬到上议院的。感谢上帝，我活不到那个时候，也就眼不见心不烦了。'"

"他来看你有什么目的呢？"我问道，和艾略特一样，我深知这个年轻人无事不登三宝殿。

"我来告诉你他有什么目的，"艾略特几乎咆哮着说，"他想借我那身德·劳里亚伯爵的衣服。"

"不可能！"

"你难道看不出来吗？他知道艾德娜没有邀请我，也不打算邀请我，而且是她撺掇他来找我的。这个混账老娘们儿。要不是我，她怎么能走到这一步？为了她，我举办了多少次聚会，可以说她现在认识的人都是我给介绍的。她和自己的司机鬼混，想必你已经知道了，真恶心。保罗就坐在那儿，告诉我整个花园正在安装照明设备，还要放烟花。我很喜欢看烟花。他说人们不停地向艾德娜索要请柬，但是她把他们都打发走了，因为她要保证这场聚会的质量，不能让什么人都来。听听他那口气，就好像我一定会被邀请似的。"

"你打算把衣服借给他吗？"

"先等他死了下了地狱再说吧，而且我还要穿着那身衣服入葬呢。"艾略特欠起身来，半靠在床上，摇来晃去像个抓狂的女人一样，"噢，多么残酷，我恨他们，恨所有人。当我能招待他们时，他们对我体贴入微，可现在我老了、病了，对他们没用了。自打我病倒，只有总共不到十个人打电话询问过我的病情，整整一星期只收到了一束可怜巴巴的花儿。我为他们做了一切，他们吃我的食物、喝我的酒，我为他们效劳、为他们举办宴会、搜肠刮肚地帮助他们。我得到回报了吗？没有！没有！他们没有一个人会在乎我的死活，噢，这是多么残酷的事。"他哭了起来，又大又沉的泪珠沿着他枯瘦的双颊滚落："上帝啊，我真希望从没有离开美国。"

看着这位垂垂老矣之人，面对死亡的血盆大口，哭得像个孩子似的，只因为没被邀请参加聚会，不免令人感到悲伤、震惊，同时还有一种挥之不去的怜悯之情。

"别在意，艾略特，"我说，"也许聚会那天晚上会下雨，让一切都泡了汤。"

他抓住我这句话就如同快要溺死的人抓住最后一根稻草，竟破涕为笑了。

"我从没想到这个，我要用以往从没有的虔诚祈祷，让那天下雨。你说得对，那一定会让聚会泡汤。"

我设法将他那狂乱的注意力从聚会这件事上转移出去，等我离开时，他虽然说不上高兴，但至少镇静多了。但我并未就此罢休，一到家就给艾德娜·诺维马利打了电话，说我第二天将去戛纳，问她是否可以一起吃个午饭。她回复说很愿意和我一起吃饭，但是没有什么别的客人作陪。可是当我到她家时，发现除她之外，竟然还有十个人。

她这人并不坏，大方好客，最大的缺点不过是她那条毒舌。她喜欢嚼舌根，对别人的倒霉事津津乐道，哪怕是最亲密的朋友也不放过。不过她之所以这么做，只因为她是个蠢女人，不知道还能通过什么别的方式让自己显得有趣。她那些诋毁别人的话被四处传播，受害者往往不再愿意同她讲话，但她总是举办很好的聚会，所以被中伤的大多数人经过一段适当的时间后，最终还是选择原谅了她。我不想直接开口请求她邀请艾略特参加那场盛大的聚会，因为这样会使艾略特蒙羞，所以我准备静观其变、见风使舵。她因即将举行的聚会感到无比兴奋，午餐的话题也一直聚焦于此。

"艾略特会很高兴有机会穿上他那身腓力二世时代的服装。"我尽量装作漫不经心地说。

"我没有邀请他。"她说。

"为什么呢？"我故作惊讶地问道。

"我为什么要邀请他？与他交往已经不值当了。他是个无聊的势利鬼，还爱传八卦。"

这些指责恰好可以用在她本人身上，我觉得匪夷所思，真是个蠢货。

"再说，"她又加了一句，"我想让保罗·巴顿穿那身衣服，那一定神气极了。"

我没再说话，但下定决心无论如何也要给可怜的艾略特搞到一张他梦寐以求的请柬。

午饭过后，艾德娜带着她那些朋友们到花园里去了，这给了我一个机会。我曾经在她家住过几天，因此对房间的布局很清楚。我猜秘书办公室里一定还有一些富余的请柬，因此我溜到那里，打算拿一张放进兜里，写上艾略特的名字并寄出去。我知道他病得十分厉害，是不可能参加这场聚会的，但是收到请柬对他意义重大。我推开办公室的门，发现艾德娜的秘书正坐在书桌旁，这不禁让我吃了一惊，因为我以为她仍在吃午饭。

这位秘书是一位来自苏格兰的中年女人，大家都叫她吉斯小姐。她长着一头土黄色的头发，脸上布满雀斑，戴着夹鼻眼镜，浑身上下散发着老处女的顽固气息。我赶紧收起吃惊的表情，让自己镇定下来。

"亲王夫人带大家到花园里散步去了,我想过来找你一起抽支烟。"

"欢迎欢迎。"

吉斯小姐说话带着苏格兰特有的喉音,当她沉浸于给最好的朋友们讲冷笑话时,会故意加重喉音,这使她的话显得更可笑了。可是当你忍俊不禁时,她却摆出一脸刺痛的惊讶之情,好像认为你疯了,竟认为她的话有什么可笑之处。

"我猜这个聚会一定让你忙得够呛吧,吉斯小姐。"我说。

"晕头转向。"

我知道她是个可信赖的人,于是开门见山,直奔主题。

"她为什么不邀请坦普尔顿先生呢?"

吉斯小姐那严肃的五官绽放出一道笑容。

"你知道她是什么样的人,她想让他不堪,亲自从名单上划掉了他的名字。"

"你知道,他快死了,下不了床了,被抛弃让他感觉伤心透了。"

"如果他想和亲王夫人保持来往,就应该放聪明点儿,不要逢人就说她和自己的司机睡觉,特别是那司机已经娶了老婆,还有三个孩子。"

"她真的和司机睡觉了?"

吉斯小姐从夹鼻眼镜的上方看着我。

"我当秘书已经二十一年了,亲爱的先生,我秉承一个信条,那就是相信所有的雇主全部都纯洁无瑕。有一次,我的一位女主人发现自己怀孕三个月,而老爷半年前就去非洲猎狮了。我得承认这件事确实严重挑战了我的信念,幸亏她去巴黎做了一次短暂旅行,虽然这次旅行耗费不少,但是效果却很好,我和她都如释重负地长舒了一口气。"

"吉斯小姐,我不是来找你抽烟的,我是来偷请柬的,我想把它寄给坦普尔顿先生。"

"这可有违道德,堪称不择手段。"

"确实如此。行行好,吉斯小姐,给我张请柬。他是不会来的,不过请柬会让那位可怜的老人感到高兴。你和他并没有什么过节,对吧?"

"他一向对我很有礼貌。要我说,他是一位绅士,比大多数到这儿来的人都强。他们来这里不过是想用亲王夫人的饭,免费填饱他们那肥肚子罢了。"

在所有要人的身旁总会有一位随从人员,可以和这些要人说得上话。这类随从对冒犯这样的行为异常敏感。假如他们认为自己被怠慢了,就会不停地在主人身旁吹耳边风,说坏话,直到那个引起了他们仇恨的倒霉蛋也引起了主人的反感为止。最好和他们保持友好关系,对于这一点,艾略特比谁都更清楚,所以在同穷亲戚、老仆人或受信赖的秘书打交道时,他总是面带友好的微笑,说话也很客气。我相信他会经常和吉斯小姐愉快地开玩笑,圣诞节时也绝不会忘了送她巧克力、小化妆箱或手提包之类的东西。

"行了,吉斯小姐,发发慈悲。"

吉斯小姐稳了稳高鼻梁上的夹鼻眼镜。

"毛姆先生,您肯定不会指望我做出对雇主不忠的事情吧?再说,要是她知道了,非把我开除不可。请柬连同信封就放在桌上,现在我要到窗边看看,一方面舒展舒展筋骨——我的腿都坐麻了;另一方面也赏赏风景。至于我背后会发生什么事,不论是人还是上帝都无法指责我了。"

当吉斯小姐回到她的座位时,请柬已经在我的口袋里了。

"今天见到你很开心,吉斯小姐。"我伸出手说,"你打算在化妆舞会上穿什么呢？"

"我是牧师的女儿，亲爱的先生，"她回答说，"还是把这种蠢事留给上流阶级吧。等先驱报和邮报的记者们吃完饭，喝完我们的二等香槟后，我的活儿就算干完了。那时我就可以回到自己的卧室读侦探小说去了。"

8

过了几天，我又去看艾略特，发现他容光焕发。

"瞧，"他说，"我收到了请柬，是今天早晨寄来的。"

他从枕头下取出请柬，拿给我看。

"我就说过嘛！"我说："你看，你姓氏的首写字母是 T，按照字母顺序，秘书肯定刚刚开始寄 T 打头的请柬。"

"我还没有回复呢，准备明天再回复。"

有那么一刻，我感到有点儿害怕。

"你想不想让我来帮你回复呢？等离开这里的时候，我可以帮你把回复函寄出去。"

"不，我为什么要让你替我回复？我自己完全可以做到这一点。"

幸亏拆信的人是吉斯小姐，我想她一定会把他的回复函扣下来的。

艾略特摇了摇铃："我想让你看看我的舞会服装。"

"你不会真想去参加舞会吧，艾略特？"

"我当然要去，自打博蒙特舞会后我再也没穿过那套衣服。"

约瑟夫进来了，艾略特让他把舞会服装拿来。那套服装被收在一个又大又扁的盒子里，用雪梨纸包裹着，里面有一条长长的男士白色丝质紧身袜、一条镶白缎子裂口金边厚衬短裤、一件与之配套的紧身上衣、一件斗篷、一条围在脖颈上的拉夫领、一顶天鹅绒平顶帽，还有一条长长的金链子，是用来挂金羊毛勋章的。我认出这一套服装跟提香所绘的腓力二世画像里的那套华服一模一样，那幅画就挂在普拉多博物馆里。艾略特告诉我，德·劳里亚伯爵就是穿着这身礼服参加了西班牙国王和英国女王的婚礼，他的想象力真可谓信马由缰。

第二天早晨吃早饭的时候，约瑟夫打电话给我，说昨夜艾略特的病情突然加重了，被紧急招来的医生担心他无法熬过今天。我立刻派人叫车，驶向昂蒂布。艾略特已经昏迷不醒，他以前坚决不愿请护士，但是现在我却高兴地发现医生从英国医院叫来了一位护士。那医院就位于尼斯和博略的中间地段。我走出屋门去给伊莎贝尔发电报，她和格雷正带着孩子在拉鲍尔海滩消夏，住在一间不太昂贵的海边度假酒店里。那里离昂蒂布很远，我很担心他们无法及时赶过来。除了那两个与艾略特多年未见的兄弟，她目前是他唯一的亲人了。

但是艾略特的求生欲很强，或者是医生的药物起了作用，总之他渐渐缓过来了。虽然感到极度疲倦，他仍强打起精神同护士开玩笑，故意问她一些性方面的下流问题来打趣。几乎整个下午我都和他待在一起，第二天我又去看他，发现他虽然极为虚弱，情绪却很不错，护士只让我在他房间里待了一小会儿。

我还没有收到伊莎贝尔的回复，感到万分焦急。由于不知道她在拉鲍尔的具体地址，我昨天将电报发给了她在巴黎的公寓，现在十分担心门房没有及时将信息传递给她。直到两天后我才收到伊莎贝尔的回复，说他们即刻就赶过来。实在不巧，那时他们正开车在布列塔尼旅行,刚刚收到我的电报。我查阅了火车时刻表,发现他们最快也要在三十六小时后到达。

第二天清晨,约瑟夫又给我打来电话,告诉我昨夜艾略特很难受,并说要见见我。我立刻往他家赶,等我赶到时,约瑟夫把我拉到一边。

"如果我跟先生说个敏感的话题,先生不会介意吧?"他对我说,"我自己当然是个无神论者,相信所有的宗教不过是神职人员的阴谋,目的是掌控老百姓,但是先生也知道,女人可不这么想。我老婆和家庭女仆都坚持认为,那位可怜的绅士应该接受最后的圣礼,而且显而易见,留给他的时间已经不多了。"他十分不好意思地看着我,继续说道:"实际上,毕竟现在谁也说不准,要是一个人快死了,最好还是要确认一下自己和教会的关系。"

我完全理解他的意思。不管法国人平时如何嘲笑宗教,当大限来临时,他们中的大多数人还是希望能和宗教重归于好,宗教信仰毕竟已经刻在了他们的骨血之中。

"你想让我和他说一下吗?"

"如果先生有此好意的话。"

我并不太喜欢这个差事,但是不管怎样,艾略特多年以来一直是位虔诚的天主教徒,遵从宗教的教义是他应该做的,对于他也是十分恰当的。我上楼来到他的房间,看见他仰面躺在床上,形容枯槁,脸色苍白,意识倒是很清醒。我请护士出去,说我们要单独谈一谈。

"恐怕你病得很严重,艾略特。"我说,"我想……我想你是不是应该见见牧师?"

他沉默不语地看了我一分钟。

"你的意思是我快要死了?"

"噢，不是，但是见见牧师倒也没什么不可以的。"

"我明白了。"

他又一次陷入了沉默。我觉得那一刻好可怕，你只有经历过这一切才会明白。我都不敢正眼看他，只能拼命咬紧牙关，因为害怕自己会哭出来。

我面冲他坐在床沿上，两个胳膊前伸，支撑着身体。

他拍了拍我的手："别难过，亲爱的伙计，要像贵族那样保持住体面，知道吧。"

我止不住哈哈大笑起来："你真是个可笑的家伙，艾略特。"

"这才对，现在去给主教打电话吧，就说我希望做忏悔并接受抹油礼。如果主教大人能派查理神父来，我将感激不尽。他是我的朋友。"

查理神父是主教大人的代理主教，在前面的章节中我曾提到过他。我下楼去打电话，电话是主教本人接听的。

"情况紧急吗？"

"非常紧急。"

"我马上就处理这件事。"

医生来了，我告诉了他我做的一切。他和护士上楼去看艾略特，我则在一层的餐厅里等着。

从尼斯开车来昂蒂布只需要二十分钟的时间，半个多小时后，一辆黑色的轿车终于停在了大门前，约瑟夫跑来找我。

"主教大人亲自来了，先生。"他急匆匆地说。

我出门去迎接他，他并没有像往常那样带着自己的副主教，而是由一位年轻的神父陪着，个中缘由我也没搞明白。那位神父随身带着一个盒子，里面大概装着举行忏悔仪式的用具。司机跟在后面，手里提着一个简陋的黑色小提箱。主教同我握了握手，向我介绍了他的同伴。

"咱们那位可怜的朋友怎么样了？"

"恐怕病得不轻，主教大人。"

"能不能请你帮我们找个房间，好让我们换上圣袍？"

"餐厅就在这里，主教大人，会客厅在楼上。"

"餐厅就可以。"

我将他带入餐厅，约瑟夫和我一起在大堂里等着。

不一会儿门开了，主教走了出来，后面跟着神父，双手捧着圣餐杯，上面还有一个小盘子，里面装着圣饼，一块麻纱餐巾覆盖在杯盘上面，麻纱的质地非常优良，几近透明。我只在午餐或晚餐的宴会上见过这位主教大人，他的饭量大得惊人，喜欢享用美食美酒，还会热情洋溢地给我们讲有趣甚至下流的故事。他那时给我的印象是个中等身高的结实胖子，可是现在他身穿牧师白袍，看起来既高大又神圣。他那红通通的脸庞，平常总是因为狡猾却又不失亲切的笑容泛起皱纹，现在却只有一片庄严之相。他的身上再也找不到一丝一毫骑兵军官的影子，他本人看起来，不，应该说他本人就是教会的显要人物。我看到约瑟夫在胸前画起了十字，感到一点儿也不奇怪。主教大人微微点了点头说道："带我去病人那里吧。"

我将他带到楼梯旁，想请他先上楼，但是他却让我走在前面。我们在肃穆的气氛中一言不发地上了楼，我先进入了艾略特的房间。

"主教本人来了，艾略特。"

艾略特挣扎着在床上坐了起来。

"主教大人，我从不敢想到自己竟会有此殊荣。"

"别动，我的朋友。"主教说完这句话后又转身对我和护士说，"请离开这里，我们要单独待一会儿。"然后又冲神父说，"等准备好我会叫你的。"

神父四下里看了看，我猜他是想找个合适的地方摆放圣餐杯，于是连忙将搁在梳妆台上的玳瑁梳子推到了一边。护士下了楼，我引着神父进入卧室旁的一个房间，那里是艾略特的书房。

书房里所有的窗户都敞开着，外面是湛蓝的天空，神父走到一扇窗前，站在那里，我坐了下来。海面上正举办帆船比赛，洁白的船帆在碧空的映衬下耀人眼目。一艘巨大的黑色双桅纵帆船，张开它那鲜红的船帆，迎风破浪朝港口驶来。我认出那是一艘捕虾船，正满载着龙虾从撒丁岛回航，要为赌场晚宴贡献一道海鲜大餐。透过房门，从艾略特的卧室里传来低语声，他正在做忏悔。此刻我很想抽一支香烟，怎奈神父就在身旁。他一动不动地站在那里，望向窗外。他是一个身材苗条的年轻人，长着浓密的波浪黑发和一双漂亮的黑眼睛，橄榄色的皮肤显示出他的意大利血统，整个外表给人一种南欧人特有的热烈印象。我不禁自问，到底是怎样迫切的信仰，到底是怎样燃烧的欲望，才使他抛弃了生活中的享受、青春年少的乐事、七情六欲的满足，将自己完全奉献给了上帝？

突然，隔壁房间的低语声停止了，我朝房门望去。门被打开了，主教站在门口。

"来吧。"他对神父说。

我被独自留了下来。主教的声音从隔壁屋传来，我知道这是他在按照教会的要求，为濒死的人念祷文。接着是一阵沉默，我知道这是艾略特在分享基督的肉和血。我不知道这是一种什么感觉，不过我猜想这感觉应该是从远古的祖先那里继承下来的，虽然我并不是天主教徒，但是每次参加弥撒的时候，当辅祭的铃铛摇响，预示将要举扬圣体时，一种充满战栗的敬畏感就会油然而生。现在这种感觉又来了，我浑身颤抖，好像被一阵冷风吹透了,这是一种充满畏惧和惊奇的颤抖。这时,门又被打开了。

"你可以进去了。"主教说。

我走进房门。神父正将那方麻纱餐巾覆盖到圣餐杯和装过圣饼的镀金小碟子上去。艾略特的眼睛闪闪发光。

"请送主教大人上车。"他说。

我们一起下了楼。约瑟夫和女仆们正在大堂里候着,她们都在哭泣。三个女仆逐次上前,跪下来亲吻主教的戒指,他伸出两个手指为她们祝福。约瑟夫的老婆用胳膊肘捅了他一下,于是他也走上前来,双膝跪倒,亲吻了戒指。

主教微微一笑:"你是个无神论者吗,我的孩子?"

我可以看出约瑟夫自我挣扎了一下。

"是的,大人。"

"不要让它困扰你,你是一个对主人尽心忠诚的仆人。上帝会原谅你的无知。"

我和主教大人一起走到门外的街道上,并为他拉开了车门。当他坐进车里时,冲我点了下头,宽容地微笑着说:"我们那可怜的朋友时间不多了。他的缺点是表面的,他拥有一颗慷慨的心,对朋友们很仁慈。"

考虑到经过这场仪式后,艾略特可能希望独自一个人待着,因此我上了楼,到客厅读书去了。我刚读了一会儿,护士就走了进来，告诉我说他想见我。我爬上一段楼梯，来到他的卧室。要么是因为医生为他注射了针剂，好让他能撑过刚才那场临终傅礼；要么是因为这仪式带给他的兴奋，艾略特显得平静而愉悦，双眼亮晶晶的。

"这真是莫大的荣幸，我亲爱的伙计，"他说，"我将带着教会里一位大人物的介绍信步入天国，我相信所有的门都会为我打开的。"

"恐怕你会发现那里什么人都有。"我笑了。

"你相信吗，我亲爱的伙计，《圣经》告诉我们说，天上也有等级，跟地上一样。那里有六翼天使和小天使，有天使长和普通天使。我总是生活在欧洲的上流社会里，到了天国里也会是这样的。我们的主已经说了：'在我父的家里，有许多华宅。'把老百姓安排在他们完全不习惯的住处里也是极为不合适的。"

我猜艾略特把天上的居所看作是一位罗斯柴尔德男爵的城堡，墙壁上安装着十八世纪的护墙板，房间里摆着布尔制作的桌子、镶嵌式橱柜和覆盖着法式斜针绣珍品的路易十五式家具。

"相信我，我亲爱的伙计，"他停了一会儿后说道，"在天国里是没有什么公平这类该死的东西的。"

他很快就打起瞌睡来，我坐在那里看着书，他一会儿睡一会儿醒。一点钟的时候护士来叫我，说约瑟夫为我准备了午餐。

他看上去一副闷闷不乐的样子。

"没想到主教大人亲自来了，对于我们那不幸的主人来说，这真是莫大的荣幸了。您刚才看到我亲吻他的戒指了吗？"

"看到了。"

"我自己是不会这么做的！纯粹是为了让我那可怜的老婆满意。"

整个下午我都待在艾略特的房间里，在此期间我收到了伊莎贝尔的电报，说他们乘坐的蓝色列车将在明天上午到达，不过我觉得他们赶不上了。医生来了，摇了摇头。快日落的时候，艾略特醒了，勉强吃了点儿东西。食物好像使他回光返照，他叫我，我走到了床前。

他的声音非常微弱："我还没有回复艾德娜的请柬呢。"

"噢，你现在别管它了，艾略特。"

"为什么？我向来是一个通晓人情世故的人，为什么要在离开这个世界的时候忘掉礼仪呢？那张请柬呢？"

请柬放在壁炉架上，我把它取来递到他手里，不过十分怀疑他现在是否还能看得清。

"我书房里有一沓信纸，把信纸拿来，我想口述回复函。"

我走进隔壁房间把信纸取来，并坐在他的床边。

"准备好了吗？"

"准备好了。"

他闭上双眼，唇边露出了一丝恶作剧般的微笑，我不禁纳闷儿他会如何回复。

"艾略特·坦普尔顿先生十分遗憾无法接受诺维马利亲王夫人的诚挚邀请，因为万福的主和他有约在先。"

他发出了轻微的如幽灵般的笑声。他惨白的脸色中又透出铁青，看着十分吓人，浑身因疾病散发出令人作呕的臭气。可怜的艾略特曾经非常喜欢喷香奈儿或慕尼丽丝的香水。他紧紧抓着那张被偷来的请柬，我觉得它有点儿碍事，想把它从他手中拿走，但是他紧紧抓住不放。突然，我吃惊地听到他大声说："这个老婊子！"

说完这最后一句话，他就陷入了昏迷。

护士昨晚守了他一整夜，看起来非常疲惫，于是我让她回去睡觉，说我会在这里守着，有事就去叫她。其实并无事情可做，我点亮了一盏有罩的灯读书，直读到双眼酸痛，然后把灯熄灭，坐在黑暗里。夜晚很温暖，窗户都敞开着，灯塔发出的光线时不时扫过房间。月亮落下去了，当它变得圆满时，将会看到艾德娜·诺维马利举办的那场空虚、喧闹又欢乐的化妆舞会。在深蓝色的天空中，无以计数的繁星闪烁着，发出亮得吓人的光芒。我想我可能睡过去了一小会儿，不过我睡得很轻，所有的感官都保持着警惕。突然，我被一种快速的、非常奇特的声音惊醒，那是一种最令人感到恐怖的声音——临终喉鸣。我跑到床边，借着灯塔的光线摸了摸艾略特的脉搏——他死了。

我拧亮床头灯看着他。他张着嘴、睁着眼睛，在合上那双眼睛之前，我朝它们望了望。我深受触动，觉得泪水滑下了面庞。他可以说是一位亲切的老朋友，想起他这一生过得是如此愚蠢、无价值以及平庸，我不禁悲从中来。无论他参加过多少聚会，无论他与那些亲王、公爵和伯爵们如何过从甚密，现在看起来都不重要了。他们已经把他忘了。

我觉得没有必要去叫醒精疲力尽的护士，于是重新坐回到窗边的那把椅子上。当护士早晨七点钟进来时，我已经睡着了。我起身下楼去吃早餐，留下她完成剩下的工作，然后就去车站接格雷和伊莎贝尔。我告诉他们，艾略特已经死了，由于他家里没有地方给他们住，所以我邀请他们住到我这里来，可是他们更愿意住酒店。于是我回了家，冲澡、刮胡子，并换了身衣服。

没过一会儿格雷打来电话，说约瑟夫给了他们一封信，说是艾略特让他转交给我的。想到这是一封私人信件，我立刻回复说这就开车赶过去，于是我又一次进入了那所房子，离我上次离开时还没超过一个小时。

那封信的信封上写着，请在他死后立即送出，里面的内容是有关他葬礼的安排。我知道他下定决心想要埋在他建造的那座教堂里,这事我已经跟伊莎贝尔讲过了。他希望自己的尸体能够进行防腐处理,在信中他还提到了一家公司的名字。他写道:"我已经做过调查,这家公司在这方面做得很好。我信任并委托你监督他们好好完成这项工作,不要草率了事。我希望能够穿我的祖先德·劳里亚伯爵的衣服入殓,并在身侧佩戴他的宝剑,胸前悬挂金羊毛勋章。我请你为我选择棺木,希望它不要太过华丽,但是要符合我的身份。为了避免麻烦,我希望由托马斯·库克父子的公司来运送我的遗体,他们需要出一个人陪同棺木一直到安葬的地方。"

我记起来艾略特曾说过他想穿着那身花哨的服装下葬,我以为他是心血来潮,没想到他是当真的。约瑟夫一再坚持,说主人的愿望应该被实现,实际上也没理由不去实现这些愿望。尸体被适当地做了防腐处理,我和约瑟夫一起为它穿上了那套可笑的衣服。这真是一项可怕的任务:我们给他那两条长腿套上白色丝质紧身袜,又将那条织金厚衬短裤拉上去;我们费了半天力气才把他那两条胳膊塞进紧身上衣的袖口里,然后给他的脖子套上大而僵硬的拉夫领,将缎子斗篷拉上他的肩头,最后在他头上戴上天鹅绒平底帽、脖子上套上金羊毛勋章。殓尸官已经在他双颊上涂抹了胭脂,并给他的嘴唇上了色。艾略特的身架消瘦,现在已经撑不起这身装束了。他看上去活像个威尔第早期喜剧里的合唱演员或者那位追逐虚幻梦想的悲伤的堂·吉诃德。当殡仪员把他的尸体装入棺木时,我把那柄宝剑放在他身下,就在他的两腿之间,让他的双手杵在剑柄的圆头上,就像我在一位圣骑士的雕刻石棺上看到的那样。

格雷和伊莎贝尔前往意大利去参加了他的葬礼。

第六章

1

我觉得有必要告知读者,完全可以跳过本章不去阅读,本章缺失与否不会影响故事的整个脉络,因为这一章的绝大部分内容只是我和拉里的一场谈话而已。不过我需要再补充一句:要不是有这场谈话,我可能会觉得这本书根本没有写的价值。

2

那年秋季,也就是艾略特死后几个月,我在回英国的路上顺便到巴黎待了一个星期。伊莎贝尔和格雷在那场凄凉的意大利之旅后,又回到了布列塔尼,不过现在他们已经重新在圣纪尧姆大街的公寓里安顿了下来。她给我细致地讲了艾略特遗嘱的内容:他给他建造的教堂留了一笔钱,一部分用于为他的灵魂做弥撒,一部分以备教堂将来维修之用;他将一笔巨款遗赠给尼斯主教,用来进行慈善事业;他把书房里那些十八世纪可疑的黄色小说都留给了我,除此之外,还留给了我一幅弗拉戈纳尔绘制的美丽图画，内容是萨梯①与山林仙女在行苟且之事。这幅画作的内容不太适合挂在墙上，而我又绝非喜欢私下里窥探春宫画之人；他慷慨留下一笔钱，为仆人们的将来做了很好的打算；他两个外甥每人得到了一万美元；剩下的遗产全部留给了伊莎贝尔，至于具体有多少，她并没有告诉我，我也没有问，不过从她那心满意足的表情中我可以推断出来，那绝不会是一笔小数目。

自从格雷恢复健康以来，有很长一段时间他都迫不及待地想回美国找工作，虽然伊莎贝尔在巴黎过得很舒适，但是他整天坐立不安也影响了她的情绪。他和朋友们取得联系已经有一段时间了，但是最好的工作机会需要他投入一大笔钱。他并没有这笔钱，可是艾略特的死带给伊莎贝尔的财产远远超过了他需要的数目。在伊莎贝尔的同意之下，他又开始了谈判与协商，假如一切都如目前呈现出来的这般顺利，他就打算离开巴黎亲自去考察一番。不过在这之前还有很多事情要打理：他们要同法国财政部一起就继承税达成共识；他们要卖掉昂蒂布的别墅和圣纪尧姆大街上的公寓，并在德鲁奥拍卖行②拍卖艾略特的家具以及他收藏的油画和素描作品。这些遗产都非常有价值，所以最好明智地等到春天再拍卖，因为那时不少有名的收藏家都会到巴黎来。伊莎贝尔很愿意在巴黎再过一个冬天，孩子们现在法语说得和英语一样流利，她很高兴她们能在法国学校再待几个月。三年来，两个小姑娘都长高了，现在变成了身形纤细活泼好动的小家伙。目前看来，她们还没有继承多少母亲的

---

① 萨梯：古希腊神话中半人半兽的森林之神，长有公羊角、腿和尾巴的怪物，性喜淫乐。
② 德鲁奥拍卖行：法国最大、最重要的拍卖行之一。

美貌,但是举止有礼,并怀着强烈的好奇心。

情况就是这样。

3

我是无意中遇到拉里的。我曾经向伊莎贝尔询问过他的情况,她告诉我说,自打他们从拉鲍尔回来后,就没怎么见过他了。她和格雷认识了一些新朋友,那些人和他们年纪相仿,比起以前我们四个在一起度过的那几个愉快的星期,他们现在可要忙多了。

一天晚上,我去法兰西剧院看一出叫作《贝蕾妮丝》的戏。我当然已经阅读过原著,但是还没有在剧院里看过演出,由于这出戏很少在剧院上演,所以我不愿丧失这个宝贵机会。《贝蕾妮丝》并不是拉辛最好的作品,因为剧情稍显单薄,无法支撑五幕的结构,但是它自有动人之处,还包括了一些非常著名的片段。故事是根据塔西陀[①]的一篇小文编写的:提图斯[②]充满激情地爱上了巴勒斯坦的女王贝蕾妮丝,并对她许以婚姻,可是当他登基后,为了国家大义,竟置自己与爱人的幸福于不顾,将贝蕾妮丝逐出罗马,因为元老院和罗马民众强烈反对他们的皇帝和一位外国女王联姻。这部戏剧重点刻画了提图斯在爱与责任之间进行选择时内心的矛盾冲突。当他犹豫不决时,还是

[①] 塔西陀(约56—120):古罗马历史学家,曾任执政官。
[②] 提图斯(39—81):古罗马皇帝。

贝蕾妮丝帮助了他。当她确认提图斯是真心实意地爱着自己，也明白了他对国家前途负有的责任后，选择了永远离他而去。

我猜只有法国人才能充分感知拉辛那优雅却又不失庄严的文风，以及他诗歌所表现出的音乐性，不过即便作为一个外国人，一旦熟悉了戏剧舞台上那种特有的略显矫揉造作的表现形式，也很难不为他抒发激情时的温柔笔触和弘扬崇高思想时流露出的伤感情绪所感动。拉辛是少数几个深谙人性、可以创造强烈戏剧性效果的剧作家之一。对于我来说，不管怎样，那些悦耳的亚历山大式诗句完全可以替代演员的肢体表演，而且我还发现，那些长长的独白，与炉火纯青的演技珠联璧合，可以令戏剧达到所能期望的最激烈的高潮，完全可以和电影所表现出的惊人特效相媲美。

戏剧的第三幕表演结束后有一段幕间休息的时间，我走出剧场到休息室去抽烟，那里耸立着一个没牙、一脸嘲讽的伏尔泰雕像，是乌冬①雕刻的。突然有人拍了一下我的肩膀，我有些不悦地转过身去，因为我的耳边还充斥着那些抑扬顿挫的宏亮对白，我想继续沉浸在戏剧带给我的欢乐中，不想被打扰。拍我肩膀的人原来是拉里，像以往那样，我很高兴能见到他。我们有整整一年没见了，我建议等演出结束后找个地方去喝杯啤酒。拉里说他还没吃晚饭，感到很饿，能不能去蒙马特尔找地方吃饭。于是看完戏后，我俩又碰了面，一起走出剧院，来到外面的空地上。法兰西剧院里的空气污浊，有一种独有的霉臭味儿，是一代又一代女领座员身上散发出的味道。她们长年累月不洗澡，总是苦着一张脸，把你领到座位上后就摆出一副不拿到小费誓不罢休的架势。

---

① 乌冬（1741—1828）：法国雕塑家。

呼吸到新鲜的空气使人顿感放松，再加上当晚夜色温和，我俩决定散步去蒙马特尔。歌剧院大道上的弧光灯发出挑衅的光芒，天上的群星不屑与之竞争，将它们的光辉隐藏到无边无际的黑暗中去了。我们一边走一边讨论刚才的演出。拉里感到有些失望，觉得演出要是再自然一点儿就好了——台词应该像人们平时的对话那样说出来，动作也大可不必如此夸张。我觉得他这个观点失之偏颇，该剧以韵文见长，而且是华丽的韵文，这些华美的诗句理应被抑扬顿挫地诵读出来。我爱那诗文的韵律，在我看来，那些程式化的身形手势具有悠久的传统，和这种正剧十分相配。我不禁认为，这种表演形式恰恰是拉辛所希望的。对于演员的演技我也大加赞赏，他们在有限的条件下，将人性、激情和真诚表现得淋漓尽致。当艺术能够采用传统手法将它的目的表现出来时，它就已经胜利了。

我们走到了克利希大街，进了格拉夫酒馆。刚过午夜，酒馆里挤满了人，不过我们还是找到了位置，点了培根煎蛋。我跟拉里说我已经见过伊莎贝尔了。

"格雷很想回美国，在这里他就像条离了水的鱼。"他说，"只有工作才能让他高兴，我相信他一定会挣很多钱。"

"如果他真能挣很多钱，那都是因为你。你不仅医好了他的身体，还治好了他的精神，使他重拾信心。"

"我做得很少，我只是告诉他如何自愈罢了。"

"你是怎么学会'做得很少'这个本事的呢？"

"这纯属偶然，当时我在印度，一直受失眠的困扰。有一次我对一位瑜伽长者提起了这件事，他说他很快就能帮我解决这个问题。他对我做的就和我对格雷做的一模一样，你已经见过了。当天晚上，我睡得很香，我已经有好几个月没这么舒服地睡过觉了。一年以后，我和一位印度朋友在喜马拉雅山的时候，他的脚踝扭伤了,在那种地方根本找不到医生,他又疼得要命,于是我想用那位瑜伽长者的方法试一试,居然成功了。不管你相信与否,我那位朋友完全感受不到任何疼痛了。"拉里笑着说,"我可以向你保证,没人比我更觉得惊奇了,其中并没有什么奥妙,你只消把念头植入痛苦者的头脑里就行了。"

"说起来容易,做起来难。"

"如果你的胳膊不受你的意志控制,自己从桌子上抬起来,你会觉得很奇怪吗?"

"那当然。"

"这种情况是有可能发生的。当我们回到文明世界后,我那印度朋友把我做的一切告诉了人们,并且带着他们来找我。我并不喜欢做那件事,因为我并不理解个中缘由,可是他们一再坚持,让我再做一遍。不知什么原因,这类事我总能做得很好。我发现我不仅可以减轻人们的疼痛,还能减轻他们的恐惧。很多人都因为恐惧而备受煎熬,这实在是一件怪事。我说的恐惧并不是指害怕密闭空间或是恐高,而是害怕死亡,或者更甚,害怕活着。通常感到害怕的人身体都极为健康、生活富足、没有任何后顾之忧,可是他们就是被恐惧纠缠,受尽了折磨。我有时会认为这是一种不断攻击人类的最为古怪的念头,有一次我不禁自问,这个念头是不是来自一种深深的动物本能,我们的祖先继承了这种原始的、最初感知生命之恐惧的某类说不清道不明的东西。"

我满怀期待地听着拉里讲话,因为他很少长时间地说话。我有种感觉,他这次很愿意和人交流。也许刚才我们看的那场戏剧稍稍削弱了他的拘束感,戏中韵文响亮的节奏和韵律就如同音乐一样,战胜了他那种喜爱自我保留的本性。突然,我意识到自己的手有点儿不对劲。我对拉里刚才半开玩笑问的那个问题并没有太在意，可现在我意识到我的手已经离开了桌子，正停留在距离桌面一英寸的地方，可这并非我自己所为。我大吃一惊，盯着那只手看，它轻微地颤抖着。我感觉手臂上的神经麻酥酥的，肌肉在微微抽搐。我的手和前臂又自动向上抬了抬，这绝非出自我的意愿，我既没有用力向上抬也没有用力向下压，可是手臂自己又往上移动了几英寸，接着我感到整个胳膊举过了肩膀。

"这简直太奇怪了。"我说。

拉里笑了。

我轻轻用了一下力，手臂重新回落到桌面上。

"这没什么大不了的，"他说，"千万别把它当回事。"

"你第一次从印度回来时曾跟我们提起过一个瑜伽修行者，你是跟他学的这个本领吗？"

"噢，不是，他对这类事情可不感兴趣。我不知道他是否相信他具有其他瑜伽修行者声称拥有的魔力，但是他觉得修炼那种魔力是十分幼稚的行为。"

培根煎蛋来了。我们一边大口地吃着，一边喝着啤酒，谁也没再说话。拉里不知在琢磨什么事，而我在琢磨他。吃完饭后，我点燃了一支烟，拉里也点燃了他的烟斗。

"是什么使你去了印度呢？"我有点儿唐突地问道。

"偶然为之吧，至少在那时我是这么想的，不过现在我更倾向于认为，这是我在欧洲停留数年后必然要发生的事情。几乎所有对我产生巨大影响的人都是我无意中碰见的，可是回过头去再看，我觉得遇见他们是冥冥中的安排。他们好像在我需要的时候就会出现，并在那里等着我。我去印度是因为我想休息，我一直在努力学习，觉得有必要将自己的思绪整理一下。我在一艘周游世界的游船上找了个甲板水手的工作，这艘船将开往东方,经过巴拿马运河,最后抵达纽约。我已经有五年没有回美国了,很想家,还有点儿沮丧。多年以前咱们在芝加哥第一次相遇时,我是那么无知。之后我在欧洲阅读了大量书籍,也长了不少见识,可是离我要追求的东西还是那么遥远,一点儿进步也没有。"

我想问他追求的是什么,又害怕他只会笑着耸耸肩,说那不过是无关紧要的东西罢了。

"可是你为什么要当甲板水手呢?"我换了个问题,"你又不是没钱。"

"我想得到些经验。每当我在精神上吸收了能够吸收的一切,并趋于饱和,就想干点儿体力活儿,觉得这样对自己有好处。伊莎贝尔和我分手的那年冬天,我在朗斯附近的一个煤矿里干了六个月。"

他那时的经历我已经在前面的章节里复述过了。

"当伊莎贝尔把你甩了时,你感到难过吗?"

他用那双黑眼睛看着我。那双眼睛那么黑,黑得不可思议,好像是用来观照人的内心世界,而不是用来观察外部世界似的。

过了一会儿,他才说道:"是的。那时我还很年轻,一心以为我们就要结婚了,并为婚后的生活做了打算,认为那会是很美的日子。"他微微笑了一下:"不过结婚是两个人的事,如同争吵也需要两个人一样。我从没有想到我带给伊莎贝尔的生活会让她感到失望和沮丧。如果能早点儿意识到这一点,我就不会那么说了。她那时太年轻了,对生活充满热望。我不会为此责备她,但也不会委曲求全。"

读者也许会记起来,在与农夫守寡的儿媳妇干了那档荒唐事后,他从农场跑了出来,去了波恩。我迫不及待地想让他讲讲后面的经历,但是我知道必须要非常小心才行,问题不能问得太直接了。

"我从没有去过波恩，"我说，"当我还是个孩子的时候，倒是在海德堡待过一段时间。我认为那是我生命中一段最幸福的时光。"

"我喜欢波恩，在那里待了整整一年。我在一个大学教授的遗孀家里寄宿，那里除了我以外，还有另一个寄宿的客人。寡妇和她的两个人到中年的女儿负责做饭和打扫卫生。我发现和我一起寄宿的是个法国人，起先不免感到有点儿失望，因为我只想说德语。但是他来自阿尔萨斯，所以也说德语，说得和法语一样流利，而且没什么口音。他的穿着看起来就像个德国牧师，过了几天，我惊讶地发现，他原来是个本笃会①的修道士。他被允许离开自己的修道院到波恩大学的图书馆进行研习。他是一个非常博学的人，看起来一点儿也不像我心目中的僧侣的形象。他又高又壮，长着一头土黄色的头发、一双引人注目的蓝眼睛和一张又圆又红的脸。他这人既害羞又内敛，看起来不想和我有任何瓜葛，礼貌得有些过分，在饭桌上说话时总是十分客气。我平时只能在吃饭的时候看见他，午餐一结束，他就赶回图书馆工作；吃过晚饭，当我坐在客厅里和寡妇的某个当天不必刷碗的女儿聊天、练习德语时，他就会回到自己的房间。

"一天下午，大约在我到那里住了至少一个月后，他突然问我愿不愿意同他一起去散步，这令我大吃一惊。他说他想带我看看周围几个地方，都是我自己不容易找到的。我走起路来很在行，可是他比我更能走，头一回散步我俩就走了不少于十五英里。他问我来波恩做什么，我告诉他我来学德语并学习一些德国文学。他很有学识，还说愿意尽可能地帮助我。打那以后，

---

① 本笃会：天主教隐修院修会。

我们每周都要散步两到三次。我发现他曾经教过哲学。在巴黎时，我读过不少哲学书籍，斯宾诺莎、柏拉图和笛卡尔的书都有所涉猎，但是我还没有读过任何伟大的德国哲学家的著作，因此当他谈及他们的时候，我感到高兴极了。一天，我俩去远足，当我们穿过莱茵河，来到一个啤酒花园喝啤酒的时候，他问我是不是新教徒。

"'大概是吧。'我说。

"他快速瞟了我一眼，我觉察到他眼睛里的笑意。他开始谈起埃斯库罗斯①，我一直在学习希腊语，他知晓很多我根本不知道的古希腊悲剧作家，他的谈话令人大受启发。我十分纳闷儿他为什么会突然问起刚才那个问题。我的监护人鲍勃·尼尔森叔叔是一个怀疑论者，不过他还是定期去教堂，因为他的病人们希望他能这么做，基于相同的原因，他把我送进主日学校上学。我们的仆人玛莎是一个虔诚的浸礼会②教徒。在我小时候，她总是用地狱之火来吓唬我，说干坏事的人会受到惩罚，永远不得翻身。她还饶有兴味地给我描述村里那些和她不对付的人在大限来临后将要遭遇怎样可怕的折磨。

"冬天来临的时候，我已经和恩舍姆神父很熟了，我觉得他是一位非常杰出的人物。我从来没见他有过任何烦恼。他脾气温和，待人友善，心胸开阔而且非常宽容。他博学多闻，一定能看出我有多无知，但是他和我谈话的时候，就好像我和他一样博学多才似的。他对我极有耐心，非常愿意帮助我，对我却别无所求。

"一天，不知怎么我犯了腰疼病，格拉鲍夫人，也就是我们

---

① 埃斯库罗斯（公元前525—公元前456）：古希腊悲剧诗人。
② 浸礼会：基督新教主要宗派之一。

的房东，给我拿了个热水袋，还执意让我卧床休息。晚饭后，恩舍姆神父听说我卧床不起，特意来我房间看望我。其实除了腰疼得厉害外，我并无大碍。你也知道喜欢读书的人是什么样的，他们总是对书籍抱有好奇。当他进来时，我放下手里正读的书，他把书拿起来，看了看封皮。那是一本关于埃克哈特大师的书，是我从城里的一个书商那儿买来的。他问我为什么要读这本书，我告诉他我读了很多神秘主义文学，并且跟他提起了考斯蒂，说他激起了我在这方面的兴趣。他用那双引人注目的蓝眼睛审视着我，眼里有一种我只能称之为'温柔的揶揄'般的神情。我有种感觉，他一定认为我可笑极了，不过他对我那充满善意的慈爱却并没有减退一分一毫。不管怎么说，如果别人认为我有点儿傻乎乎的，我也并不太介意。

"'你读这些书想要得到什么呢？'他问我。

"'如果我知道答案的话，'我回答说，'至少我已经在寻找它的路上了。'

"'你还记不记得，我曾经问过你是否是个新教徒？你说大概是。你这么说是什么意思呢？'

"'我是按新教徒的规矩被养大的。'我说。

"'你相信上帝吗？'他问。

"我不喜欢别人问我私人问题，所以我最初的反应是想告诉他这并不关他的事。不过他人真是太好了，我并不想去冒犯他。可是又不知如何作答，既不想肯定，也不想否定。最终也许是我的腰痛，要不然就是他身上的某种魅力使我告诉了他。不管怎么说，我跟他讲了我自己的看法。"

拉里迟疑了一下，当他继续讲下去的时候，我知道他的那些话并不是说给我听的，而是讲给那位本笃会修道士的，他已经把我全然忘记了。他生来沉默寡言，总是将心里话隐藏在心底。我不知道当时是什么促使他说出那些话的,也许我们所在的酒馆起了什么作用,反正我并没有刨根问底。

"鲍勃·尼尔森叔叔是一个具有民主平等精神的人,他送我到马文中学读书。后来纯粹是因为路易莎·布拉德利唠唠叨叨个不停,他才在我十四岁的时候,把我送到了圣保罗学校。我在学校的表现很一般,体育和其他科目都不是很好,但是我还算适应学校的生活。我认为自己十分普通,不过却对飞行着了魔。那时人们刚刚开始驾驶飞机不久,鲍勃叔叔对此也非常感兴趣,就像我一样。他认识一些飞行员,当我说我想学习开飞机时,他说可以帮我实现这个愿望。我的个子比同龄人要高,当我十六岁的时候,就可以轻而易举地冒充十八岁的人员过关。鲍勃叔叔让我赌咒发誓,不要把这件事告诉别人。他明白,不管是谁知道他让我去开飞机,都会把他臭骂一顿的。但不管怎样,他还是设法把我送到了加拿大,并给了我一封介绍信,把我推荐给了一个他认识的人,结果就是我在十七岁的时候已经在法国开飞机了。

"我们那时驾驶的飞机都是一些华而不实、粗制滥造的玩意儿。实际上,每次驾驶这样的飞机上天,你都是在玩儿命。以现在的标准来看,我们当时驾驶飞机所能达到的高度简直可笑,但是那会儿我们对此一无所知,觉得一切都棒极了。我简直无法描述飞行带给我的感觉,我只知道我感到非常幸福和自豪。在空中一路上升,我觉得我已经成为那伟大而美丽的一部分了。我不知道那伟大而美丽的神秘事物到底是什么,我只知道我并不是独自一人在两千英里的高空,而是人有所属。如果这么说听着好像在冒傻气,那我也没办法。当我在云端穿行时,那些在我身下的云朵好似无边无际的羊群,而我已回归那无穷无尽的本一。"

拉里停了下来，用那双深陷的、黑不可测的眼睛盯着我，但我却拿不准他看的到底是不是我。

"我早就知道有成百上千的人被杀死了，但我并没有亲眼看到他们被杀害，所以这件事对我来说也算不了什么。然后我亲眼看到了一个死人，那场景让我感到惋惜。"

"惋惜？"我不自觉地惊呼起来。

"惋惜。因为那男孩儿只不过比我大三四岁罢了。他曾经精力充沛、大胆无畏，一分钟之前还活蹦乱跳，那么美、那么好，现在则成了一堆烂肉，看起来好像从没有活过一样。"

我什么也没说。当我还是个医学生的时候，曾看见过死尸，在战争期间，看到的就更多了。让我感到沮丧的是，它们是那么微不足道、毫无尊严，仿佛是杂耍艺人丢弃的一堆牵线木偶。

"那晚我睡不着觉，哭了一宿。我并不是因为担心自己而哭；我感到愤愤不平，那种残忍的景象击垮了我。战争到了尾声，我也回家了。我对机械一直充满了兴趣，如果不能飞行，我大概会进汽车厂。我受了伤，不得不休息了一段时间。之后他们想让我去工作，可是我并不想干他们让我干的那种工作，那样的工作是徒劳无益的。我花了很多时间思考，不停地自问生命的意义到底是什么？不管怎么说，我能活下来也许全凭运气。我想做点儿什么，让自己的生命变得有意义，但却不知道做什么才好。以前我从来没有思考过上帝，现在我开始思考了，我不明白世界上为什么会存在恶。我知道自己非常无知，也不知道谁能帮助我。我想要学习，于是在一个偶然的机会里，我开始了阅读。

"当我向恩舍姆神父说了这一切后，他问我：'这么说，你已经读了四年书了？你得出什么结论了吗？'

"'没有。'我回答说。

"他充满仁慈地看着我,看得我都糊涂了。我不知道自己做了什么,在他心中引起了这样的情感。他的手指轻轻敲打桌面,好像脑子里在思考着什么问题似的。

"'我们那古老而睿智的教会已经发现,'过了一会儿他说道,'如果你表现得完全信服,信仰就会降临到你身上;如果你心怀疑虑,但仍然能够虔诚地祈祷,疑虑终将会消散;如果你能完全投身于那充满大美的礼拜仪式中,并完全臣服于它那高于人类精神的力量,而那力量早已被先人的经验证明过了,你的内心就会得到平静。不久我就要回到修道院去了,你为什么不跟我一起回去,在那里待几个星期呢?你可以和我们那些世俗兄弟们一起在地里干活儿,还可以在我们的图书馆里读书。这对你来说也是一个有趣的经验,不比下矿或在德国农场里干活儿差。'

"'你为什么会对我提这样的建议呢?'我问道。

"'我已经观察你整整三个月了,'他说,'也许我比你还要了解你自己。你和信仰的距离不会比一张卷烟纸更厚了。'

"我什么也没说,不过他的话使我有一种奇怪的感觉,好像我的心弦被拨动了。最后我说我会考虑一下,他也不再提这个话题。在剩下的时间里,恩舍姆神父再也没说过任何与信仰有关的话,但是当他离开时,给了我修道院的地址,并告诉我说,如果我下定了决心,只消给他个消息,他就会帮我安排好一切。

"我比预料中更想念他。时光荏苒,又到了仲夏时节。我在波恩的日子过得很愉快,我阅读了歌德、席勒和海涅的作品,还读了荷尔德林①和里尔克②,可是仍然没有找到我想寻求的答

---

① 荷尔德林(1770—1843):德国诗人,古典浪漫派诗歌的先驱。
② 里尔克(1875—1926):奥地利诗人。

案。我总是想起恩舍姆神父的话，最后我决定接受他的建议。

"他到车站来接我，修道院位于阿尔萨斯，那里的景色非常美丽。恩舍姆神父带我见了修道院院长，又带我去了分配给我的房间。房间里有一张窄窄的小铁床，墙上挂着刻有耶稣受难像的十字架……总之，都是一些必要的非常简单的家具。午餐的铃声响了，我向食堂走去。食堂是一个巨大的带有拱形房顶的房间，修道院院长和两个修道士站在门口。这两个修道士一个手里端着脸盆，另一个手里拿着毛巾。院长将几滴水洒在来客的手上，权当为他们洗手，然后拿起修道士递给他的毛巾，把客人的手擦干。来客除了我以外，还有三个人：两名路过停下来吃饭的牧师和一位一脸不高兴的法国老人——他是来此地静修的。

"院长、第一副院长和第二副院长在餐厅的上首落了座，他们每人都有一个单独的桌子。神父们沿着墙两边坐好，见习修道士、世俗兄弟和客人们则坐在中间。大家做完饭前祷告后就开始吃饭了。一个见习修道士站在食堂门边，用毫无变化的语调读着劝善书，吃完饭后大家又做了饭后祷告。院长、恩舍姆神父、客人们以及当差的修道士一起进入了另一个小房间，大家在那里一边喝咖啡一边闲聊，然后我就回自己的房间了。

"我在那里待了三个月，很适应那里的生活，感到十分高兴。修道院里的图书馆也非常好，我读了很多书。神父们从没有试图劝说我皈依上帝，但是他们都很乐意同我谈话。他们的学识、虔诚和超凡脱俗的精神境界给我留下了深刻的印象。你千万不要以为他们的生活很闲适，他们每天都有很多事情要做，还要在修道院的地里干活儿，我和他们一起种地，他们很高兴有人帮忙。

"我非常喜欢他们那些壮观的宗教仪式，不过最让我喜欢的还是晨祷。晨祷通常在凌晨四点钟进行,你坐在教堂里,外面还是一片漆黑。修道士们身着长袍,帽子遮住了他们的头,使他们显得非常神秘。他们用那高亢的男声唱诵祷告文,曲调是如此简洁,这一切又是那么令人感动。修道院的日常生活给人一种安心的感觉,这种生活需要大量精力,你的思想也异常活跃,可是你却觉得自己在一种无尽的休养生息之中。"

拉里的唇边浮起一丝伤感的笑容。

"就像罗拉一样,我出生得太晚了,而这个世界又太老了。如果我出生在中世纪,那时一个人有信仰是天经地义的事,摆在我面前的路也将是清晰可辨的,我将加入基督教会。可我现在没办法有信仰,我想有信仰,但是却无法相信一个比正派人好不了多少的上帝。修道士告诉我,上帝为了自身的荣耀而创造了世界,这在我看来可不是一种什么值得称赞的行为。难道贝多芬创造出交响曲是为了自身的荣耀吗?我才不相信呢。我觉得他之所以写出那些交响曲,是因为他的灵魂需要表达,而他做的就是尽力为之罢了。

"我曾经听那些修道士背诵主祷文,纳闷儿他们怎么能做到毫不怀疑地祈祷,并希望通过祈祷使天父赐予他们每日所食的面包。孩子会通过乞求从他们的父亲那里得到食物吗?他们天生就知道父亲会给他们食物,对此他们从不感激或者用不着感激。假如一个男人有了孩子,却不能或不愿养活他,大家就会谴责他。在我看来,如果一个万能的造物者不打算为自己创造出的生命提供必要的物质和精神食粮的话,他还不如不把他们创造出来。"

"亲爱的拉里,"我说,"幸亏你没出生在中世纪,否则你肯定会被处以火刑的。"

他笑了。

"你已经取得了不少成功，"他接着说，"你愿意别人当面奉承你吗？"

"那只会让我感到尴尬。"

"我也是这么想的，而且我觉得上帝也不会愿意被人当面奉承。当我在陆军航空兵团里服役时，假使哪个家伙靠奉承拍马从长官那儿谋得了个美差，那是没人看得起的。我实在不敢相信，一个人靠溜须拍马、奉承赞美就能从上帝那儿骗取救赎。我觉得最能取悦上帝的行为莫过于把事情在你能达到的范围之内做得最好。

"不过这些并不是困扰我的主要原因。对罪恶的关注让我无法释怀，据我所知，这种关注也存在于那些修道士的头脑里。我在陆军航空兵团里认识很多小伙子，只要有机会，他们就满口污言秽语，喝得酩酊大醉，还要找女孩儿。我们那儿还有一两个坏蛋，其中一个因为使用空头支票被关了六个月，这也不能全怪他，他以前一分钱也没有，当他有了做梦也想不到的那些钱后，就利令智昏了。我在巴黎见过一些坏人，等我回芝加哥后，见到的坏人就更多了。不过大多数情况下，他们的坏都来自遗传，或者迫于所处的环境，而对于环境，他们是无法选择的。我搞不清楚到底是社会还是他们自己更应该对犯下的罪行负责。如果我是上帝，我可无法做到对他们中的任何人，哪怕是最坏的人，处以永久的惩罚。恩舍姆神父是一个宽宏大量的人，他认为地狱就是上帝不存在的地方，假如生活在上帝不存在的地方是一种难以忍受的惩罚，甚至堪称地狱的话，你能设想一个仁慈的上帝会让人去吃这样的苦头吗？不管怎样，毕竟是他创造了人类。如果他创造的人类是可以犯罪的，那是因为他这样创造了他们。如果我训练一只狗，叫它一看到陌生人走进我的后院就扑上去咬那人的喉咙，等它真这么做时我却去打它,这是不公平的。

"如果至善而全能的上帝创造了这个世界,那他为什么也要创造恶呢?那些修道士说,是为了能够让人战胜自身的脆弱,让人学会拒绝诱惑并忍受悲伤、痛苦和不幸。当一个人完全经受住了上帝的这些考验,从而使自己得到净化,也许最终能够配得上主的恩典。对我来说,这就像你想让一个人去送信,却为了增加他的困难,特意为他造了个迷宫一样。你挖了条护城河,他得游过去;你建了座城墙,他得翻过去。我不打算信仰一个聪明绝顶但没有常识的上帝。我不明白为什么你不信仰这样一个上帝:他并没有创造这个世界,但是却竭尽全力去拯救那些坏的人和事物。作为一个比人类更美好、更智慧、更伟大的存在,他与邪恶做斗争,而这邪恶并不是他创造出来的,而且你希望他最终能够取得胜利。话又说回来,你也可以不去信仰他。

"那些好心的神父对于这些困扰我内心和头脑的问题并没有什么答案,所以我也就没有再待下去的必要了。当我和恩舍姆神父告别的时候,他并没有问我是否从这段经历中获益,他本以为我会收获良多。他充满仁慈地看着我。

"'恐怕我让你失望了,神父。'我说。

"'不,'他回答说,'你是一个内心深处充满信仰但却不信上帝的人。上帝会找到你,你会回到他身边的,至于是在这里还是在哪里,上帝自有主张。'"

4

"那年冬天剩下的日子我是在巴黎度过的。我对科学一无所知,觉得是时候稍微了解一下这方面的知识了。我读了不少书,但是并不觉得自己习得了很多知识,反而越发觉得自己无知了,不过对此我早已心知肚明。当春天来临的时候,我去了乡下,住在河边的一个小客栈里。那个小客栈离一座古老的美丽小城不远,法国有很多这样的古城,一切好像还是两百年前的样子。"

我猜拉里就是在那里和苏珊·卢维耶度过了之后的那个夏天的,但是我并没有打断他。

"之后我去了西班牙,想去欣赏委拉斯开兹和埃尔·格列柯的画作,并看看宗教不能给我指出的道路,艺术可不可以给我指出来。我在那里游荡了一些日子,后来又去了塞维利亚。我很喜欢塞维利亚,于是打算在那里度过整个冬天。"

我本人在二十三岁时去过塞维利亚,也很喜欢那里。我喜爱它那白色的、曲折蜿蜒的街道,大天主教堂和瓜达基维尔河广阔的平原。我也喜欢那些优雅欢快的安达卢西亚少女,她们长着闪烁的黑眼睛,乌发上插着康乃馨,花朵与秀发交相辉映。我爱她们那蜜色的肌肤,还有那诱人的性感红唇。青春年少是多么畅快!拉里去那里时只不过比我当时大一点儿而已,我不禁自问,对于那些迷人的尤物,他难道还能保持无动于衷吗?他回答了我并未发出的疑问。

"我在那里遇到了一个在巴黎认识的法国画家,叫作奥古斯特·科特,他曾经收留过苏珊·卢维耶。他去塞维利亚画画,并在那里认识了一个姑娘,两人住在一块儿。一天晚上,他邀请我和他们一起去埃雷塔尼亚剧院听一位弗拉门戈歌手演唱，那姑娘还带上了一个朋友。那位朋友是我见过的最漂亮的小姑娘，才十八岁。她因为一个男孩儿惹上了麻烦，不得不离开居住的村庄，因为她怀孕了。那男孩儿在部队里服役。她生完孩子后，就把孩子托付给保姆抚养，自己到卷烟厂工作去了。我把她带回了家。

"她生性欢乐甜美，过了几天，我问她愿不愿意搬过来和我一起住。她同意了，于是我们就在一家家庭旅馆里租了两个房间：一间卧室和一间起居室。我跟她说她可以不用工作，可是她不愿意，这样也好，因为白天我就可以自己一人待着了。家庭旅馆里有公共厨房，所以早晨她上工前都会给我做早餐，中午的时候她会回来做午饭，晚上我们就出去吃饭，然后去看电影或去跳舞。她把我当疯子看，因为我有个橡胶浴盆，每天早晨都用海绵蘸冷水擦身。她把孩子寄养在离塞维利亚几英里远的一个村庄里，每到星期日，我们就去那里看望孩子。

"她从不隐瞒和我住在一起是为了存钱，好等她男朋友退役后一起租便宜的房子。她是一个可爱的小东西，我一点儿也不怀疑她会成为那个西班牙男孩儿的好妻子。她生性快乐，性格甜美，感情充沛。她把我们委婉称作'性交'的那种行为看作是人类身体的一种本能，和身体其他的本能并无两样。她从中得到欢乐，同样也愿意给予欢乐。她当然有点儿兽性，但是她是一只可爱、迷人、经过驯养的小兽。

"一天晚上，她跟我说，她收到了帕科从西属摩洛哥寄来的信件，他就在那里服兵役。信中说他很快就要退役了，这几天就会到达加的斯[①]。第二天一早她收拾好行李，把钱藏在袜子里

[①] 加的斯：西班牙西南部海港。

后,我就送她去了车站。她给了我热情一吻,我帮她登上了火车车厢。她太兴奋了,满脑子都是见到情人时的情景。我敢说车还没开出站台,她就把我忘到九霄云外了。

"我在塞维利亚一直待到了秋天,然后就踏上了去往印度的旅程。"

夜渐渐深了,酒馆里的人越来越少,只剩下了几桌客人。那些无事可做的人早已回了家,看完戏或看完画展又到此喝一杯或吃点儿东西的人也走了,不过不时还有夜猫子三三两两地走进来。

我看见一个高个儿男人——显然是个英国人——和一个看起来有点儿粗鲁的年轻人一起进了门。他长着一张充满倦容的长脸,头上是英国知识分子特有的稀疏卷发。他明显有一种大家在国外都有的幻觉,那就是你的熟人不会认出你来。那个粗鲁的年轻人正贪婪地吃着一盘三明治,他的同伴则带着一脸可笑的仁慈表情看着他,好像在说胃口不错。

我还看见一个面熟的人,因为在尼斯他和我光顾过同一家理发店。他长得很肥胖,比我年长,有一头灰白的头发和一张肿胀的红脸,眼睛下面垂着松松的眼袋。他曾在美国中西部地区的一个银行供职,在大萧条后离开了家乡,据说是为了躲避一场调查。我不知道他到底犯没犯罪,不过即便他犯了罪,也不值得政府兴师动众把他引渡回去。他举止浮夸,有一种不入流的政客特有的虚伪热情，但是他的眼睛总是流露出害怕和悲伤的神情。他这人既不会酩酊大醉，也不会滴酒不沾，总是和一些妓女混在一起，而她们只想从他身上捞些油水。现在他正和两个涂脂抹粉的中年女人坐在一起，她们则在毫不掩饰地嘲弄他，因为他对她们说的话似懂非懂，只是一味地咯咯傻笑。多么快乐的生活！我纳闷儿他是不是应该待在家里吃药，也许那样更好些。迟早那些女人会把他榨干的，那时他将一无所有，能做的只剩下跳河或服毒自杀了。

　　大约两点到三点钟之间，又来了一些客人，我猜那会儿夜店已经关张了。一群年轻的美国人走了进来，闹哄哄醉醺醺的，不过他们待的时间并不长。离我们不远处坐着两个面容阴郁的胖女人，身上是紧绷绷的男式服装。她俩肩并肩地坐着，在一片悲伤的沉默中喝着掺了苏打水的威士忌。一群穿着晚礼服的人登场了，他们就是那种法语所说的 gens du monde①，肯定已经混了不少夜场，现在想以一份晚餐来结束他们今晚的寻欢作乐。这些人来了又去了。

　　一个小个子男人引起了我的好奇心，他穿着朴素，面前放着一杯啤酒，已经在那里坐了一个多小时。他一直在读报纸，戴着夹鼻眼镜，蓄着修剪整齐的黑胡子。终于，一个女人走进来，坐到他的桌旁。他不太友善地冲她点了点头，我猜他有点儿不高兴，因为她让他等得太久了。她很年轻，穿着寒酸，化着浓妆，看起来很疲惫的样子。接着，我看到她从包里取出了什么东西递给了他。是钱。他瞧着那些钱，脸色暗了下去，冲她说了几句话，我听不清说的是什么。不过从她的举动中我可以猜出他在骂她，而她似乎在辩解。突然，他倾过身子，给了

---

① 法语：上流社会的人物。

她一记响亮的耳光。她叫了一声并开始啜泣。被这阵骚乱惊动了的经理赶忙跑过去看看发生了什么事情,接着看起来像是警告他们,如果他们不能注意自己的举止,就赶紧出去!那女人朝他转过身,尖声喊叫着,好让每个人都能听到,满口污言秽语,让他少管闲事。

"如果他给了我一耳光,那也是我活该!"她嚷道。

女人啊女人!

我原来一直以为要想以女人的嫖资为生,你非得是一个魁梧暴躁、具有性吸引力的家伙才行,还得随时亮出刀子或手枪。可是这么一个孱弱的家伙,看起来好像是律师事务所的职员,居然也能涉足这个已然人满为患的行业,真让我大吃一惊。

我们这桌的侍者就要下班了,为了拿到小费,他送来了账单。我们付过账后点了咖啡。

"然后呢?"我说。

我感觉拉里很想继续说下去,我也很想继续往下听。

"我说的这些让你烦吗?"

"不。"

"好吧。我们去了孟买。船在那里靠岸三天,游客们可以上岸观光探险。第三天下午我有半天假,于是也上岸了。我在岸上闲逛了一会儿,瞧着人群,人可真多。中国人、伊斯兰教徒、印度人、皮肤黝黑的泰米尔人,还有长着长长牛角的、弓着背拉车的小公牛。

"我去象岛看石窟。

"一个去孟买的印度人在亚历山大港登船,其他的旅客都不太待见他。他是个肥胖的小个子男人,长着一张圆圆的棕色脸,穿一身粗花呢质地的绿黑格西服,还戴着那种神职人员戴的硬白领。有一天晚上,我到甲板上透口气,他走过来和我攀谈,我当时并不想和人说话,只想一个人待着。他问了我很多问题,我回答得十分简短。我告诉他我是个学生,回美国的路上在船上打打工。

"'你应该在印度上岸,'他说,'西方人在东方能够学到的东西要比他们预想得要多。'

"'噢?真的吗?'我说。

"'你至少应该到象岛去看看那里的洞窟,你不会后悔的。'他说。"

这时拉里中断了他的叙述,问我说:"你去过印度吗?"

"没有。"

"我正在象岛看着那个巨大的三头雕像,这个雕像是该岛著名的景观,同时心中纳闷儿它到底代表了什么。这时,我听到身后传来一个声音:'看来你接受了我的建议。'我转过身去,过了一会儿才认出说话的人是谁。他就是那个穿着格子西装、戴着硬白领的小个子男人,不过现在他穿的是一件长长的橘黄色长袍。我后来才知道,那是罗摩克里希纳[①]长老穿的服装。一改以前那滑稽、结结巴巴的形象,他现在看起来十分庄严,光彩照人。我们一起看着那个巨大的半身雕塑。

"'梵天,创造之神;'他说,'毗湿奴,保护之神;湿婆,

---

① 罗摩克里希纳(1836—1886):印度教改革家、宗教哲学家。

毁灭之神,这是终极实相的三种表现形式。'

"'我不太明白你的意思。'我说。

"'这不奇怪,'他回答道。

"他的眼光闪烁,唇边浮现出一丝笑意,好像在善意地嘲弄我似的:'神要是能被理解,那就不是神了,谁又能用语言解释什么是无穷呢?'

"他双手合十,略微躬了躬身,缓缓朝前走去。

"我留在原地,盯着那个神秘的雕像。可能是因为我愿意接受这一新的思想,因此内心受到了触动。你知道,有时你想回忆起一个名字,它就在嘴边,但是你却怎么也说不出来,我当时就是那种感觉。

"我从洞窟里出来后,在台阶上坐了许久,望着眼前的大海。我对婆罗门教所知的不过是爱默生的那些诗句罢了。我试着背诵它们,令人恼怒的是我根本背不出来。我一回孟买就跑到一家书店,看看能否从哪本诗集里找到那首诗。最后我在一本《牛津英诗选》中找到了它。你记得这首诗吗?

> 那些遗弃我的人错失了主意,
> 当他们飞离,我却是那双翼;
> 我是疑虑者也是疑虑,
> 我是僧侣所吟圣歌的旋律。

"我在本地的一家小吃店吃了晚餐,回船的时间是晚上十点,时间尚早,因此我去了广场,在那里散散步,看看大海。我从没有在天空中见过那么多星星,经历了一天的酷热,夜晚的凉爽分外宜人。我在一个公共花园的长凳上坐下来,花园里漆黑一团,静悄悄的,只有白色的人影来了又去。那是精彩纷呈的一天：灿烂的阳光；各种肤色、喧喧嚷嚷的人；辛辣却又芳香的东方气味。这一切都使我着迷。就像一位画家通过在作品上泼墨以完成最后的构图一样，那座巨大的梵天、毗湿奴、湿婆三头半身像也赋予了这一切神秘而重要的意义。

"我的心狂跳起来，因为我突然意识到印度要给我一件礼物，而我必须要接受它；我感觉上天好像给了我一个机会，我必须立刻抓住它，否则它将会永远消失，再也不会回来了。我当即下定决心，不回船上去了。我在船上并没有留什么重要物品，只有一个装了少量东西的旅行袋。我溜溜达达地回到城区，找到一家旅店，租了一个房间。除了身上的衣服，我还有护照、一些钱和银行的信用证。我感觉自由极了，不禁笑出声来。

"船在十一点钟离港，为确保安全，我一直在房间里待到那个时候才出来。我走到码头，看着它拔锚起航，然后就去了罗摩克里希纳教会，找到了那位在象岛和我说话的长老。我并不知道他的名字，但是我告诉人家，我想找的长老刚刚从亚历山大港回来。我告诉他，我打算留在印度，并问他我都应该去看些什么东西。我们聊了很长时间，最后他说当晚他要去贝拿勒斯，并问我想不想和他一起去。我高兴得都要跳起来了。

"我们坐着火车出发了。三等车厢里挤满了乘客，人们吃吃喝喝、吵吵嚷嚷，车厢里热得吓人。我一夜都没合眼，第二天早晨感到疲惫极了，但是那位长老看起来却神清气爽。我问他是怎么做到这一点的，他回答说：'冥想那大象无形，在绝对真理中可以找到安宁。'我不知对此如何评价，但是我亲眼所见，他精神饱满、头脑清醒，就跟在一张舒服的床上踏踏实实睡了一夜好觉似的。

"当我们最终到达贝拿勒斯的时候，一个年龄和我相仿的人来接我们。长老让他给我找个房间住。这人名叫马亨德拉，在大学里教书。他是一个和善聪明的家伙，我俩彼此欣赏。那天晚上，他带我到恒河上坐船，对我来说，这是一个令人激动的经历。整个城市一直铺展到水边，景色十分美丽，令人惊叹。第二天一早，他带我去看了更令人惊奇的景象。他在黎明前就来酒店接我，再一次把我带到恒河边，我看到了不可思议的一幕：成千上万的人为了祛邪，下到河里洗澡并进行祈祷。我看见一个个子很高、形容憔悴的家伙，长着浓密、纠缠在一起的头发和乱蓬蓬的胡子，身上除了一块遮羞布什么也没有。他站在那里，长长的两臂伸展开来，头向上仰着，冲着朝阳大声祈祷。我无法用语言描述这个场景给我留下了什么样的印象。

"我在贝拿勒斯待了六个月，在黎明时分一次又一次去恒河，只为观看那一奇特景象。那是一个我永远也不会忘怀的奇观。那里的人们对于信仰是全心全意的，没有任何保留、没有任何不安和疑惑，他们用尽全身心去信仰。

"每个人对我都很和善。当他们发现我不是来猎老虎或做买卖，而仅仅是来学习的，他们愿意做一切事来帮助我。当他们发现我愿意学习印度斯坦语时，表现得很高兴，并为我找来了老师。他们还借书给我读，对我提出的问题从未表现出丝毫厌倦。你知道印度教吗？"

"不太知道。"我回答说。

"我觉得你会对它感兴趣的。宇宙无始无终，只是永无休止地在成、住、坏、空中循环往复，直到永远——还有什么比这样的观点更惊人的呢？"

"印度人认为这种永无止境地轮回的目的是什么呢？"

"我猜他们会说那就是绝对真理的本性，他们相信一个生命的诞生是对它的灵魂上辈子所作所为的奖励或惩罚。"

"这种信仰要建立在相信灵魂轮回的基础上才行。"

"这可是世界上三分之二的人的信仰。"

"真理不以人多人少而论。"

"对,但至少它是值得深思的。基督徒曾从新柏拉图主义那里汲取养分,也许也可以从印度教中汲取养分。实际上,一个早期基督教宗派已经这么做了,不过它被认为是异端邪说。要不然,基督徒也会相信灵魂轮回,就像他们相信基督复活一样。"

"由于前世的善举或恶行,灵魂会永无止境地从一个身体转入另一个身体。我这个理解对吗?"

"我觉得是这样的。"

"可是你看,构成我的不仅仅有我的灵魂,也有我的肉体。那么谁又能决定,我这个独一无二的存在,有多少是因为身体的意外缺陷构成的呢?如果拜伦没有跛足,他还会成为拜伦吗?如果陀思妥耶夫斯基没有患癫痫病,他还会是陀思妥耶夫斯基吗?"

"印度人是不相信什么身体的意外缺陷这类说法的,他们会说那是因为你上辈子的所作所为,使你的灵魂在这辈子进驻到一个不完美的身体里去了。"拉里的手指漫不经心地敲打着桌面,双目直视前方,仿佛陷入了沉思。接着,一丝微笑浮上他的嘴角,他有一种若有所思的表情,然后他开口继续说道:"你有没有这种想法——轮回既解释了恶为什么会存在也解释了这种存在的正当性?如果我们认同现在忍受的痛苦是因为以往我们犯下的罪过,那我们就能够心平气和地忍受这些痛苦,同时希望通过此生的奋斗向善来确保我们今后的生命少受痛苦的折磨。不过人对于降落在自己身上的恶报是不难忍受的,只要有点儿男子气概就行了。可是当别人的身上出现不幸,特别是当那不幸看起来降临得如此莫名其妙、没有理由的时候,你是很难接受的。如果你能说服自己相信，这种不幸是由于当事人过去的行为造成的一种不可避免的结果，你就会可怜那个人，你就会竭尽全力去减轻他的痛苦。你也会为他感到愤愤不平，但同时也知道，你并没有理由感到愤恨。"

"但是为什么上帝不在开始时就创造一个没有苦难、不必忍受痛苦的世界呢？那时人们还没有善恶之分，因而他们的行为也不会有任何差别。"

"印度教徒会说这个世界是没有起始的，个体的灵魂与宇宙是共存的，灵魂早已存在于永恒之中了，并基于以前的经历具有自己的特性。"

"这种灵魂轮回的信仰对信徒的生活会有影响吗？毕竟这也是一种考验。"

"我认为是有影响的。我认识一个人，这种信仰对他的生活产生了巨大的影响，我可以讲给你听。我在印度居住的最初两三年，基本是住在本地人开的旅店里，不过不时会有人邀请我和他住上一段时间。有一两次，作为印度王公的客人，我还住过奢华的居所。通过一位在贝拿勒斯的朋友的介绍，我被邀请到北部的一个比较小的城邦住过一阵子。那个城邦的首府非常可爱，是一个玫瑰色的小城，非常古老。我被介绍给该城的财务部长。他曾经在欧洲受教育，并且在牛津上了大学。当你和他交谈时，你会认为他是一位进步、智慧、开明的人。他被看作是一位工作卓越的部长、一位足智多谋的政治家。他穿西装，仪表整洁，长得不错，像大多数印度人一样，人到中年稍稍有些发胖的趋势，蓄着剪得短短的胡须。他经常邀我去他家做客。他家有一座大花园，我们会坐在那些大树的绿荫中讨论问题。他有一个妻子和两个业已成人的孩子，你会把他看作是一个普普通通的英国化的印度人。令我吃惊的是，在五十岁那年，他要辞去报酬颇丰的职务，把财产转到妻子和孩子名下，去当一名云游四方的托钵僧。不过这还不算什么，最令人感到惊奇的是，他那些朋友，包括那位印度王公，并不把这当作什么奇怪的事情，而认为这是再自然不过的事情了。

"一天，我对他说：'你是一个如此开明的人，并且已经见识过整个世界，读过那么多科学、哲学和文学书籍，在你内心深处真的相信再生轮回吗？'

"他脸上的表情突然变了，那是一张充满了宗教幻想的面孔。

"'我亲爱的朋友，'他说，'如果我不相信再生轮回，我的生命将没有意义。'

"你相信再生轮回吗，拉里？"我问。

"这是一个很难回答的问题。我认为对于我们这些西方人来说，很难做到像东方人那样绝对地相信再生轮回。对他们而言，这是一个与生俱来的观点，而对于我们而言，这只是一个选择。我既非相信它，也非不相信它。"

他停顿了一会儿，手托着腮，低头望向桌面，然后身体向后一靠。

"我想告诉你我碰到的一件非常奇怪的事情。有一次，我正在修行处我那个小房间里练习冥想，就像印度朋友教我做的那样。我点燃了一支蜡烛，将注意力集中在火苗上。过了一会儿，透过那火苗，我清清楚楚地看到了一长串人影，他们一个接一个地排成了一条长龙。站在第一个的是一位带着蕾丝帽的老妇人，灰色的卷发垂到耳际。她穿着一件黑色紧身上衣和一条黑色丝绸花边的裙子，我想这应该是上世纪七十年代的装束。她面冲着我，以一种安逸却不同寻常的姿势站着。她的两臂下垂，掌心朝向我，布满皱纹的脸看起来非常和蔼温和。紧跟在她身后的是个男人，不过他斜向一边站着，因此我看到的是他的侧影。他是一个长着大大的鹰钩鼻和厚嘴唇、骨瘦如柴的高个儿犹太人，身穿黄色宽松长袍，浓密的深色头发上戴着一顶黄色的无檐便帽。他带着一种学者的学究气，有一种严肃的、对苦行充满激情的气质。在他身后面冲我站着一个年轻人，他的影像如此清晰，就仿佛我俩之间并未隔着其他人一样。他面色红润，一副很喜兴的样子，一眼看去就知道他是一个生活在十六世纪的英国人。他稳稳地站在地上，两腿略微岔开，显得大胆鲁莽又放纵。他穿着一身红色的华服，好像是宫廷服装，脚蹬一双丝绒宽头鞋，头上戴一顶丝绒平顶帽。在这三个人身后是一连串没有尽头的身影，就像电影院门口排长队的人群，但是他们看上去很模糊，我并不能看清他们的模样，只能感觉到他们那模糊的影子，感觉到他们轻微地移动，就好似在夏季微风中摇摆的麦子一样。过了一小会儿，我也不知道是一分钟、五分钟还是十分钟，这些身影渐渐融入夜晚的黑暗中，那里除了蜡烛的微光以外，什么都没有了。"

拉里微微笑了一下。

"当然很可能我当时只是打了个盹，做了个梦而已。也许是因为我太关注那微弱的烛光，以至于它对我起到了催眠的作用，我看到的那三个人影如此清晰，就像我看到的眼前的你。不过那也许只是存在于我潜意识中的、以前曾经看到过的画像罢了。但是，他们也可能是前生的我。也许在不是很久远的以前，我曾经是居住在新英格兰[①]的一个老太太；而在那之前，我是生活在地中海东部的犹太人；而在塞巴斯蒂安·卡伯特从布里斯

[①] 新英格兰：美国本土的东北部地区。

托尔①启航后的年代里,我是威尔士亲王亨利②宫廷中的一个喜欢对女人献殷勤的时髦青年。"

"你那位玫瑰红城市里的朋友后来怎么样了?"

"两年以后我去南方一个叫马杜赖的地方。有一天晚上在寺庙里,有人碰了一下我的胳膊。我四下里瞅了瞅,看见一个长着又长又黑的头发、蓄着胡子的男人,身上除了一条缠腰布什么也没穿,手里拿着僧侣的化缘钵和手杖,直到他开口说话我才认出他是谁——竟是我那位朋友。我大为吃惊,以至于都不知道说什么好了。他问我在此地做什么,我如实相告;他又问我要到哪里去,我告诉他,我要去特拉凡哥尔。他让我到了那里后去见甘尼沙大师。'他会给予你所追求的东西。'他说。我请他给我讲讲那位大师,可他只是笑着说,等我见了他,自会找到所需要的一切。那会儿我已经从惊奇中恢复过来了,就问他在马杜赖做什么。他说他正在步行朝圣的路上。我又问他如何解决食宿问题,他说除非有人同意他睡在屋外的游廊上,除此之外,他都是睡在树下或寺庙的周围。至于吃饭问题,如果有人施舍给他食物他就吃,如果没有,他就饿着。我看了看他说:'你瘦了。'他笑了起来,并回答说这样更好,然后他同我告别。听到一个只穿缠腰布的人用英语说'再会,老朋友',真是一件滑稽的事情。然后,他就步入了那所我不能进入的寺庙。

"我在马杜赖待了一段时间,我想那里的寺庙是全印度唯一一所允许白人在四周自由走动的寺庙,只要他们不进入寺庙

---

① 塞巴斯蒂安·卡伯特(约1474—1557):意大利航海家、探险家和制图学家。
② 威尔士亲王亨利:斯图尔特王朝第一代国王詹姆斯一世之长子,王储,18岁去世。

内最神圣的地方就行。当夜幕降临时,寺庙里到处都是人:男人、女人、孩子。男人们穿着从脚踝一直裹到腰部的缠腰布,他们的前额、通常还有胸部和手臂,都涂了一层厚厚的牛粪烧成的白色灰烬。你可以看到他们在这个或那个神龛前礼拜,有时五体投地,脸冲下整个身体都伏在地面上,这是一种宗教的礼拜模式。他们一边祈祷一边背诵祷文。他们彼此呼应、互相问候,也彼此争吵、激烈辩论。整个场景吵吵闹闹,一点儿都不具神性,但是奇怪的是,你又感觉到,神似乎就在附近并且居于此地。

"你从长长的大厅穿过,房顶由雕刻的廊柱支撑着,在每一根柱子底部都坐着一位虔诚的托钵僧。每个托钵僧的面前都放着一个化缘钵或者一个小垫子,信徒们不时地将铜板扔在上面。有些托钵僧穿着衣服,有些则近乎裸体。有些在你路过他们身边时茫然地看着你,有些则在默读或高声朗读,似乎对过往的人群视而不见。我在他们中间寻找那位朋友,可是再也没有见到他。我想他一定是继续他寻找目标的旅途去了。"

"他的目标是什么呢?"

"从轮回中解脱。根据吠檀多派①的理论,atman 即我们所说的灵魂,是不同于肉体和感官的,也不同于思想和它所产生的智慧。它并不是绝对真理的一部分,因为绝对真理是没有边际的一个整体,不可分割。atman 不是被创造出来的,它的存在是永恒的。当它最终摆脱了那七层无知的面纱后(淫乱、贪婪、嗔怒、仇恨、自私、傲慢、嫉妒)就会回归绝对真理,而它原本也来自绝对真理。它就像一滴从大海中蒸腾而出的水珠,在雨水中重新滴落到水潭里,然后汇入小溪,流入江河,在高

---

① 吠檀多派:印度六派哲学中最有影响的一派。

山峡谷和广阔平原中奔腾流淌、蜿蜒曲折，越过岩石和倒塌的树木所构成的重重障碍，最终到达那无边无际的海洋，而当初它就是从这里升入空中的。"

"可是那可怜的水珠，当它再一次与大海合而为一的时候，也就丧失了它的自我。"

拉里咧开嘴笑了。

"你想要尝尝那蜜糖，可是你不想变成那蜜糖。什么自我，那不过是利己主义罢了。除非灵魂甩掉自我的最后一点羁绊，否则它是不会和绝对真理融为一体的。"

"你谈起绝对真理来头头是道，拉里，它不过是个冠冕堂皇的名词罢了。它对你又有什么现实意义呢？"

"它是真相。对于真相来说，你无法定义它是什么，你只能定义它不是什么。它是无法用语言表达的。印度人称之为'梵'，它并不存在但又无处不在，世间万物都是它的表象且依赖它而存在。它不是人、不是物，也不是因缘。它没有任何属性。它超越了恒定与变化、整体与局部、有限与无限。它是永恒的，因为它的圆满和它的至善至美并不依靠时间的积累。它是真理和自由。"

"天哪！"我暗自叫道，但却对拉里说，"可是一个纯粹的、理性的概念如何能成为受苦受难的人类的慰藉呢？当人类处于困境之中时，总是想找一个具象的神来寻求安慰并获得鼓励。"

"也许在遥远的将来，更强大的洞悉力会让人们明白，必须从自身的灵魂里寻求慰藉和鼓励。我觉得敬奉神灵的需求与人类古老残存的对残酷神灵的记忆有关，人们必须和那些可怕的神灵和解，否则将会遭到报应。我相信真正的神灵存在于我的身上，而不在其他什么地方。如果真是如此，我敬奉的是谁？我敬奉的又是什么？难道要敬奉我自己吗？人类灵性的发展有不同的层次，所以印度人的想象力逐步将绝对真理演化为梵天、毗湿奴、湿婆以及其他上百种神灵的表现形式。绝对真理即存在于这个世界的创造者与统治者大自在天神中，也存在于最卑微的宗教木雕神像中。在烈日炎炎的田地里，农夫曾将一朵花献祭在它的面前。印度那众多的神灵只不过是个幌子，目的是让人们认识、领悟到天人合一的真相。"

我若有所思地看着拉里："我纳闷儿是什么使你坚信这样的信仰的？"

"我觉得和你说说也无妨。我一直认为那些宗教的缔造者有些可怜，因为他们说你必须得相信他们，才能得到救赎，这就好像他们需要通过你的信仰才能相信他们自己似的。他们让我想起古时的那些异教神——如果没有信徒焚烧祭品来供养它们，它们就会变得虚弱不堪。

"不二论并不要求你盲目相信任何理论，它只要求你心怀激情去探求真相。它告诉你，你能体会到绝对真理，就如同你能体会到痛苦和欢乐一样。在如今的印度，据我所知，有好几百人，他们已经确实有这样的体会了。

"同时我惊喜地发现，通过知识你也可以获得真相，这样的观念十分合我的心意。后来，鉴于人类的弱点，印度的圣贤承认，人可以通过爱和劳作的方式获得救赎，但是他们从没有否认过，人也可以通过获得知识来获得救赎，而且这是一种最高贵的方式，虽然它也是最艰辛的，因为获得知识要凭借人类最珍贵的才能——理性。"

7

　　我必须停下来解释清楚,我并无意在此介绍吠檀多派这一哲学体系。我没有相应的知识,即便有,也不应该在这本小说里介绍它。我和拉里的对话很长,拉里跟我说的话也很多,我无法一一在此记录下来,毕竟这只是一本小说而已。我所关注的是拉里这个人。我本不该触及这一敏感的话题,只是因为我觉得如果不对他的内心思索以及由此产生的特殊经历略作说明,我就无法解释他为什么会有这样的行为,而这些行为正是我要告知读者诸君的。

　　让我感到苦恼的是,我的语言竟是如此苍白,我既无法准确描述出他那愉快可亲的嗓音,正是这种嗓音赋予了那些随意说出的言语一种无可辩驳的说服力;又无法准确描述他表情的丰富变化:他时而端庄严肃,时而温和喜悦;时而若有所思,时而嬉笑戏谑,这些表情伴随着他的思想,就像激扬的小提琴协奏曲乐章中出现了一连串钢琴的律动。虽然他所讲的都是极其严肃的事情,但是却用了非常自然的方式,以聊天的口吻讲述出来。他的口气甚至可以说是略带羞怯的,但是却无拘无束,就好像在谈论收成或天气似的。如果我让读者诸君感到他上述的言谈有任何说教的痕迹,那都是我的过错,因为他的谦卑和他的真挚一样显而易见。

　　咖啡馆里的人已经不多了。那些吵吵闹闹的人早已离去,那些把爱变成皮肉买卖的倒霉家伙也回到了自己肮脏邋遢的住所。偶尔还有一两个满脸倦色的男人走进来,点上一杯啤酒和一个三明治,一两个半睡半醒的家伙进门要杯咖啡。他们是办公室里的白领，有的刚刚下了夜班，准备回家睡觉；有的则刚刚被闹钟叫醒，不情愿地赶往办公室，准备开始一天漫长的工作。

拉里好像既不在乎时间的流逝也不在乎周围环境的变化。

我发现自己正处于生命中某个奇特的时刻。在我生命中有很多这样的时刻：我曾不止一次命悬一线，也曾不止一次坠入爱河；我曾骑马沿着马可·波罗走过的路线，穿越中亚细亚，直进入中国那片神奇的土地；我曾坐在彼得格勒一间整洁的客厅里，一边饮俄国茶一边听一个身穿黑色外套和条纹裤子的小个子男人轻声细语地给我讲述他行刺大公的故事；我还曾坐在威斯敏斯特一间会客室里欣赏海顿①那宁静悠扬的钢琴三重奏，而彼时房间外正炮弹横飞。然而在我生命中从没有发生过比现在还要奇特的事情了：我坐在一间花哨餐厅的红绒椅子上，一个又一个小时地倾听拉里谈论上帝、永恒、绝对真理和令人疲惫的永无止境的轮回。

拉里沉默了几分钟，我并不想打扰他，于是静静地等候着。过了一会儿，他冲我友善地微微一笑，好像突然再一次意识到了我的存在。

"我到了特拉凡哥尔后发现，不用去特意寻找甘尼沙大师，

---

① 海顿（1732—1809）：奥地利作曲家。

因为每个人都知道他。他在山上的洞穴里住了很多年,后来终于被劝说来到了平原上,信徒们在那里为他准备了一小块土地,还为他用土砖修建了一所小房子。

"从首府特里凡得琅到我要去的修行所有很长一段路。我先是坐火车,然后又乘牛车,花了整整一天时间才到。我在修行所的院子门口看到一个年轻人,于是问他我可不可以见见那位大师。我随身带了一篮水果,这是一种传统礼物。过了几分钟,那位年轻人回来了,把我领进一个四周全是窗户的长厅。在长厅的一角,甘尼沙大师正坐在一张铺了虎皮的高台上打坐冥想。

"'我一直在等着你呢。'他说。这让我感到很惊奇,以为那位马杜赖的朋友跟他提起过我。可是当我说起那位朋友时,他却摇了摇头。我呈上那篮水果,他让年轻人把水果拿下去。厅里就剩下我们两个人,他一言不发地看着我。我不知道这阵沉默持续了多长时间,也许有半个小时吧。我已经跟你说过他的长相,但是我还没跟你说过他周身散发着宁静、慈祥、和谐、无私的气质。经过一天的旅途,我本已又累又热,可是慢慢地感觉到体力完全恢复了过来。还没等他再开口,我就意识到,他就是我要找的那个人。"

"他说英语吗?"我插嘴问道。

"不说,但是你知道我学语言很快,我的泰米尔语已经足够应付我在印度南部同人交流了。最后他终于开口讲话了。

"'你为何而来呢?'他问我。

"于是我给他讲了我是如何来的印度,并已经在印度度过了三年时光;给他讲了我如何慕名去见了一位又一位神圣智慧的圣人,可是并没有找到可以指引我的那个人,也没有找到我寻求的东西。

"他打断了我的话:'这些我都知道了,你不必再和我说一

遍。我想知道你来这里做什么呢？'

"'我想拜您为导师。'我回答说。

"'婆罗门教徒自己就是自己的导师。'他说。

"他继续以一种奇特的方式凝视着我。突然，他的身体变得一动不动，眼睛也不再关注外部世界，而是转向了内观。我看到他陷入了一种恍惚的状态，印度人把这种状态称作入定。人在入定时具有主体二元性，即外部的客体已经消失，人已经与绝对知识融为一体。我在地板上盘腿坐着，面冲着他，心脏狂跳不止。不知过了多长时间，他舒了口气，我知道他又恢复到了常态。他和蔼可亲地看了我一眼。

"'留下来吧，'他说，'他们会带你去住宿的地方。'

"我就住在甘尼沙大师刚搬到平原地区时居住的那间小屋里。他现在居住的那个大厅是后来建造的，那时在他身边已经聚集起了很多信徒，越来越多的人被他的声名吸引，前来拜见他。

"我不想引人注目，因此穿上了舒适的印度服装，把自己晒得非常黑，不仔细看根本看不出我是个外国人。我读了很多书，经常打坐冥想。当甘尼沙大师开口讲话时，我仔细聆听。他讲话不多，但是很愿意回答问题，他的嗓音如同音乐般悦耳，语言很具启发性。虽然他在年轻时曾经受过严格的苦行训练，但他并不要求信徒也这么做。他帮助信徒破除五蕴、六根的羁绊，并告诉他们自我克制、放弃邪欲、忍耐逆境、保守内心的安宁、保持坚定的信念、保有对自由的热望，就会获得解脱。

"人们通常从三四英里外的一所邻近城镇赶来，那座城镇里有一个著名的寺庙，在一年一度的节日期间，大批人群汇集在那里。也有人从特里凡得琅或更远的地方赶来，向他诉说自己的遭遇，征求他的意见并聆听他的教诲。当这些人离去的时候，内心无一不重获平静并带着坚定的信念。他的教诲非常简单。他教导我们，说我们远比自己想象的要强大，说智慧是获得自由的手段。他教导我们，不必非得出家，只要做到摒弃自我就能获得救赎。他说无私的工作可以纯洁我们的心灵，肩负的责任是人类抛弃小我、融入宇宙大我的良机。和他的教诲比起来，他本人更加非凡卓越。他是那么仁慈、圣洁，拥有伟大的灵魂。他的存在就是上天的恩赐，和他在一起我感到非常幸福，我觉得我终于找到了一直在寻觅的东西。

"时光飞逝，日月如梭。我打算要么待到他死（他告诉我们，他并不想长时间地禁锢在会腐朽的肉体里），要么待到我得到启示，从愚昧的束缚中最终挣脱并心无旁骛地明白，自己已经与绝对真理合而为一的那一天。"

"然后呢？"

"然后，如果他们所言为真，就没有什么然后了。灵魂在世俗的旅程业已结束，不会再有任何轮回。"

"甘尼沙大师死了吗？"

"据我所知并没有。"

他回答时轻轻笑了一声，因为他已看出我的提问所隐含的用意。他停顿了一会儿，接着说了下去，好像是要规避我提的第二个问题似的。他当然知道我的第二个问题是什么，那问题已经在我唇边了，那就是，他是否得到了启示？

"我并没有一直住在修行所。我有幸认识了一位本地的林业官员，他的家就在山脚下的村边。他是甘尼沙大师的信徒，工作之余总会来修行所和我们待上两三天。他是一个很好的人，我们总是长谈，他喜欢和我说话，因为可以练习英语。

"我们认识一段时间之后，他告诉我林务局在山上有一个小屋，如果我想单独在那里住几天，他可以给我钥匙。我时不常地会去那里居住。从修行所到那里需要两天的时间。我先要坐车去林业官员所在的村庄，然后还得步行，不过山上有壮丽的风景，而且在那里独居是十分惬意的。我在背包里装满东西，背在背上，还雇了一个挑夫挑着我的口粮。我每次都在小屋里住到口粮吃光为止。

"那是一个简朴的小木屋，屋后有一间厨房。屋里的陈设非常简单：一张支架床，上面铺着床垫，还有一张桌子和几把椅子。山上很冷，晚上我偶尔会生火，炉火令人感到愉快。当我想到方圆二十英里以内，除我以外再无任何一个生灵时，就会激动得打个寒战。夜里我经常会听到老虎的吼叫，或者象群穿越丛林时发出的喧闹声。我在森林里长时间地散步，总爱去同一个地方坐一坐，因为从那里可以看到绵延的群山，还可以看到下面的一个湖泊。黄昏时分，总有野生动物去那里喝水，可以看见鹿、野猪、野牛、大象和猎豹。

"我在修行所住满两年后，有一次我又去了那间山林寓所，原因一定会让你发笑，因为我想在那里度过我的生日。我是在生日前一天到达的。第二天黎明之前我就起了床，想去经常坐的地方看日出。去那里的路很熟，即便蒙住双眼我都不会迷路。我在一棵大树下坐了下来，静静等待着。那时夜色还未退去，不过天上的星星已经开始变得暗淡了，黎明即将来临。我有一种奇怪的预感。不知不觉中，光线渐渐渗透黑暗，就好似一个神秘的身影在树林中悄悄游走。我的心狂跳起来，就好像面临什么危险似的。太阳升起来了。"

拉里停了下来，一丝懊恼的微笑浮上了他的嘴角。

"我没有语言天赋，无法用言语来描绘画面，无法使你身临其境地，感受破晓时在我眼前展现的壮丽画卷。群山怀抱着深深的丛林，薄雾在枝头缭绕不去，在我脚下很远处是那深不可测的湖泊。阳光透过山峦间的缝隙从高空一泻而下，照在湖面上，整个湖泊发出金属一样闪亮的光芒。我为这壮丽的自然美景而沉醉，也从未领略过如此极致的狂喜。我奇怪地感觉到一阵电波从脚底直升头顶，好像我的灵魂突然摆脱了肉体，纯粹的精神体会到了超越想象的美好，高于人性的知识攫住了我整个人，一切的疑惑顿时烟消云散，我好似顿悟了。这是一种带着痛苦的感觉，我很高兴最终摆脱了它，因为时间再长一点儿我恐怕就要死了；不过这也是一种狂喜的感觉，我宁可死去也不愿意放弃它。我怎么说才能让你明白这种感觉呢？任何语言都无法描述那种犹如天赐的极乐。当我恢复意识后，全身都在颤抖，感到疲惫极了，然后就昏睡了过去。

"我醒来时已是正午时分。我向小木屋的方向走去。我的心是如此轻快，以至于感觉自己好似在飘动一般。回到小木屋后，我给自己做了点儿吃的，天啊，我真是饿极了，然后我点燃了烟斗。"

说着，拉里掏出了烟斗，把它点燃了。

"我不敢想这就是上天对我的启示。当别人苦行禁欲、奋斗多年尚未获得天启时，我，来自伊利诺伊州马文的拉里·达雷尔居然就获得天启了？"

"也许这不过是那闪烁着金属光泽的湖泊、神秘的破晓和你独居时的内心活动引起的一种催眠状态罢了。是什么让你觉得它不是催眠状态呢？"

"我实实在在地感受到了它。毕竟全世界的神秘主义者和宗教团体世世代代都有这样的亲身经历。不论是印度的婆罗门、波斯的苏菲派、西班牙的天主教徒还是新英格兰的新教徒，他们在描述这一实际上用语言很难描述的感觉时，措辞都非常相似。你无法否认这种感觉，你只是很难解释它而已。我不知道，是否有那么一刻,我真的和绝对真理融为了一体,或者那潜伏在我们每一个人身上的、与我们紧密连接的宇宙精神已经从我的潜意识中涌动而出了。"

拉里停了下来,向我投来戏弄的一瞥。

"你能不能用小拇指碰一下你的大拇指?"他说。

"当然可以了。"我笑着说,并立刻做给他看。

"你有没有意识到,只有人类和灵长类才能做这个动作?因为我们的大拇指可以和其他手指相对,这样才使我们的手变得如此灵巧,可以做很多事情。有没有可能,只有一少部分人类和大猩猩的祖先,具有这种看起来并没有发育完全、能与其他手指相对的大拇指,然后在世世代代的进化中,这种特性才成为了普遍的共性?有没有哪怕一丝一毫的可能,这种与绝对真理合而为一的经历——毕竟这么多不同种族、不同信仰、不同年代的人已经有过这样的经历——是来自人类发展出来的第六感?也许在遥远的未来,这种第六感也会逐步进化成人类拥有的最普遍的感觉,到那时,人们感知绝对真理就如同现在感知客观物体一样容易了。"

"这种第六感会对人类有什么影响呢?"我问道。

"就跟当初第一个发现自己的大拇指可以触碰小拇指的生物一样,我现在所能回答得很少,不过那貌似微不足道的动作却产生了无穷无尽的后果。目前我所能说的只不过是:那强烈的安宁喜悦、那极乐的感觉仍然充斥我全身,那令我目眩的壮丽美景仍然栩栩如生地展现在我面前。"

"但是拉里,你对绝对真理的信仰难道不使你认为,这个世界和它的美景只不过是幻影——摩耶女神①的织物——而

---

① 摩耶女神:印度教中的虚幻女神。

已吗？"

"这种认为印度人把世界看作幻影的说法是个错误。他们并不这样看待世界，他们只不过认为这个世界不像绝对真理那样真实罢了。那些热心的思想家创造出摩耶，只是为了说明无限可以创造有限而已。他们中最具智慧的商羯罗①认为，这是个无解的谜题。难点就在于为什么'梵'——这一万事万物的本质，代表着极乐、智慧、永恒、圆满、和谐——要创造出这么个世界？如果这就是你的问题，那么你能得到的答案通常是：绝对真理创造这个世界只是一场游戏而已，并无什么特殊的目的和意义。可是当你想到洪水、饥荒、地震、飓风等一系列使生灵遭受涂炭的灾难时，你的道德感会对这种答案感到无比愤怒。甘尼沙大师宅心仁厚，并不相信这类说法。他把世界看作是绝对真理的一种表达，是绝对真理至善至美特性的一种流露。他教导说，神无法不创造，这个世界是他本性的表象。我问他，如果这个世界是如此至善至美的神的表象，那为什么挣脱世界的羁绊反倒成了人类最合乎情理的目标了呢？这岂不是最可悲可恨的事吗？甘尼沙大师回答说，俗世间欲望的满足是短暂的，只有无限才能产生持久的幸福。可是无尽的时光并不会使那美好的变得更好，也不会使那白的变得更白。如果一朵玫瑰在正午时分已经失去了它在黎明时的美貌，那它也已经美丽过了，那美丽是真实的。在这个世界上没有什么是永恒的，如果我们在这个世界上苛求永恒，那就是傻瓜；如果我们不明白要享受当下，那就更傻了。如果存在的本质就是变化，那么我们的哲学就必须以此为前提，这才是合乎理智的。我们之中没有人能够两次踏入同一条河流，但是那河流会不停地流淌下去；我们

---

① 商羯罗：古代印度哲学家，吠檀多派的主要代表。

今后踏入的其他河流也会像它一样凉爽清澈。

"当雅利安人①第一次踏上印度的土地，他们看到我们了解的这个世界不过是未知世界的表象，但他们一样欢迎这个表象的世界，认为它一样富足、一样美好。只是在许多世纪之后，不断的征服使他们感到精疲力尽，严酷的气候削弱了他们的生命力，使他们成为入侵者的猎物。他们只能看到生命中的恶，并希望从轮回中解脱。

"可是为什么我们西方人，特别是我们美国人也要被死亡和腐朽、饥饿和干渴、病痛和衰老、悲伤和妄想吓倒呢？我们生命中的精神和灵魂可是很强壮的。当我坐在小木屋里抽烟斗的时候，觉得全身充满了比以往更强烈的生机，具有一种呼之欲出的能量。我可不会遁世躲到修行所里去，我要真真切切地活在这世界上，还要爱这世界的万物，并不是爱它们的表象，而是爱它们所具备的无穷的特质。如果在那极乐的时刻，我真的和绝对真理融为一体，如果他们所言非虚，那么什么也伤害不了我，等我这一生的业消除后，我就再也不会回来了。这个想法突然让我感到沮丧，因为我想无穷无尽地活着。我愿意接受任何一种生活，不管它有多么痛苦和悲惨；我感到只有通过一次又一次的生命、一次又一次的轮回，才能使我的热情、精力以及好奇心得到满足。

"第二天一早我就下了山，一天后回到了修行所。甘尼沙大师惊讶地看到我穿着一身欧洲服装。这身衣服是我在上山去小木屋时穿上的，因为当时山上有点儿冷，之后我也没有想到要把它换下来。

"'我是来向您告别的，大师。'我说，'我要回到自己人那

---

① 雅利安人：欧洲19世纪文献中对印欧语系各族的统称。

里去了。'

"他什么也没说，只是像往常一样盘腿坐在那个铺了虎皮的高台上。一支香在高台前的火盆里燃烧着，使空气中弥漫着一股淡淡的香味。他独自一人坐在那里，就像我第一天见到的那样。他用那双敏锐的、具有洞察力的眼睛紧紧盯着我，我觉得他看进了我灵魂深处。我知道他已经明白发生了什么事。

"'好吧，'他说，'你出来的时间很长了。'

"我双膝下跪，他为我祝福。当我站起身时，泪水模糊了双眼。他是一个高贵的人，品格高洁，我将永远把与他相识看作我的荣幸。我与信徒们告别，他们中有些人已经在修行所待了很多年，有些人则是在我之后来的。我把自己的一些东西和书籍留了下来，觉得可能有人用得着，然后我背起背包，穿上来时穿的棕色外套和宽松长裤，戴上那顶破破烂烂的遮阳帽，跋山涉水回了城。一周后，我登上一艘开往孟买的船只，在马赛上了岸。"

接下来是一阵沉默，我们各自想着心事。我虽然感到很疲惫，但是觉得有必要再问一个很重要的问题，于是先开了口。

"拉里，老伙计，"我说，"你这个漫长的旅程开始于对恶的追问，正是因为不明白恶为什么会存在，才促使你去追寻它的答案。可是你说了这么多，并没有提到你是否已经找到了答案，连个模棱两可的答案都没有。"

"也许根本就没有答案，也许我不够聪明，所以没能找寻到它。摩罗克里希纳认为神为游戏创造了世界。'这就是场游戏。'他说，'在这场游戏中有喜有悲、有善有恶、有智有愚、有好有坏。如果天地万物中不存在恶和痛苦，这场游戏就无法进行下去了。'对此结论我绝不苟同。我所能想到的最好答案是：当绝对真理将它的本质显现在这个世界时，坏也包含在好的里面。

没有那惊天动地般可怕的大地震，你就不会看到喜马拉雅山不可思议的壮观美景。中国巧匠可以造出他们称之为蛋壳瓷的花瓶，它的形象优美，做工精细，颜色雅致，上釉技巧纯熟，可是这工匠却不能改变它的本质——脆弱。如果你把花瓶丢到地上，它就会化作无数碎片。这些现象有没有可能预示着，在这个世界上，我们所珍视的美德必须要和罪恶共同存在呢？"

"这只不过是个巧妙的说法而已，拉里，恐怕并不能令人满意。"

"我也不满意。"他微笑着说，"最好的说法是：如果你已经得出结论，有些事情是无可避免的话，你所能做的也只能是尽力而为了。"

"那你现在有什么打算呢？"

"等我把手头的工作做完就回美国去。"

"去干什么呢？"

"生活。"

"怎么生活呢？"

他的回答很冷静，眼睛里却闪烁着调皮的目光，因为他知道我期待的并不是这样的答案。

"平静、自制、无私、节欲，对受苦受难的人充满同情地活着。"

"这是一个很高的标准。"我说，"但是为什么要节欲呢？你还很年轻，压制人性中最饥渴的本能欲望是明智的做法吗？"

"我很幸运，性欲对我来说并非必要的需求，而仅仅是带给我愉悦感受的事情而已。通过个人经验我得知，印度的智者认为，再没有什么品质比贞洁更能提升精神力量了。"

"我倒是认为智慧存在于对肉体和精神需求的平衡之中。"

"这一点恰恰是印度人所拥有而我们西方人却不具备的。他们认为,我们那无数的发明创造、我们的工厂和机器生产出的产品,为我们提供了大量的物质享受,大大满足了我们肉体的需求。印度人并没有这样的物质享受,他们的享受都在精神层面。他们认为,我们所选择的这种生活方式将把我们引向毁灭。"

"那你还认为在美国实践你刚才提到的那些美德,是一个明智的做法吗?"

"为什么不能在美国实践呢?你们欧洲人并不了解美国,就因为我们积累了大量财富,你们就认为我们的眼里只有钱。我们并不在乎钱,我们手头一旦有钱,就会把它花掉,有时候花得是地方,有时候花得不是地方,总之我们不会存着它。钱对我们来说不算什么,只不过是成功的象征罢了,我们是这个世界上最大的理想主义者。我只是认为我们把理想的目标设置错了,我认为一个人最伟大的理想应该是自我完善。"

"这真是一个崇高的理想。"

"在生命中实践这一理想难道不是最值得做的事情吗?"

"你有没有想过,你,一个人,能对如此活跃、忙碌、无拘无束、极度个人主义的美国民族产生任何影响吗?这简直比赤手空拳让密西西比河倒流还难呢。"

"我可以试一下呀。轮子难道不是一个人发明的吗?万有引力难道不是一个人发现的吗?任何事情的发生都会产生结果。如果你往池塘里丢进一块石头,整个宇宙都不再会是原来那个模样了。有人认为那些印度圣贤过的是一种无用的生活,这种看法是错误的。他们就像黑暗中的光束一样,给同胞们提供了精神典范。普通人可能成为不了这样的典范,但是他们尊重他,因为他有益于他们的生命。当一个人真正达到了至善至美,他的影响力会使寻求真理的人不断向他靠拢。也许当我过上理想的生活后，也会对其他人产生影响，也许这影响微弱得不过像石头投进水中所产生的一道涟漪罢了，但是第一道涟漪会激起第二道涟漪，以至更多的涟漪。也许一些人看到我的生活方式会给内心带来幸福和平静，他们也会这样生活，从而继续影响更多的人。"

"拉里，我十分纳闷儿你知不知道自己在面对什么？市侩们早已不再用酷刑来对付异己者了，他们现在找到了更为致命的武器——冷嘲热讽。"

"我这人很坚强。"拉里笑着说。

"好吧，我只能说你不用工作就有一份收入，真是太幸运了。"

"这笔收入对我来说确实非常有用，没有它，我不可能做到现在做到的一切，但是我的学徒期已经结束了。从今天开始，对于我，它不过是一个负担罢了，我要让自己摆脱它。"

"这是十分不明智的。你首先得在经济上独立才能过上你所说的那种生活。"

"恰恰相反，经济上的独立会让我说的那种生活变得毫无意义。"

我忍不住打了个不耐烦的手势。

"对于印度的托钵僧来说，也许这一切都不成问题。他可以睡在树下，信徒们为了积善行德很愿意施舍食物给他。美国的气候可不允许你睡在户外，虽然我不能自诩是个美国通，不过我可清楚得很，在你们国家，人人都信服不劳无获。可怜的老弟，还没等你过上那理想的生活，你就被当作无业游民被送到贫民习艺所里去了。"

拉里笑出了声。

"我知道。人要入乡随俗嘛，我当然会工作的。等我回了美国，就会到汽车修理厂工作。我是个很不错的机械工，我觉得在修理厂工作不是什么难事。"

"你不觉得这有点儿大材小用吗？"

"我喜欢体力劳动。每次当我看书看得精疲力尽时，就去干一段时间的体力活儿，这样就能让我重新恢复活力。我曾读过一本有关斯宾诺莎的传记，作者认为斯宾诺莎为了填饱肚子去磨镜片是一个极为悲惨的经历，他真是傻透了。我敢肯定磨镜片有助于斯宾诺莎的智力活动，可以把他从繁重的哲学推理中暂时解救出来。当我洗车或修补化油器时，我的大脑会获得休息，而且工作完成后，我也很高兴。我自然不会总想待在汽修厂里，我已离开美国多年，必须重新了解它。我应该会找个卡车司机的活儿干，这样一来我就可以到处转转了。"

"你大概忘了钱财的最大用处了，它可以帮你节省时间。生命如此短暂，要做的事情又那么多，一分一秒都是浪费不起的。想想你会浪费多少时间吧，别人坐公交你却要步行，别人打车可你要坐公交。"

拉里微微一笑。

"确实是这么回事，我竟没有想到这一点，但是我可以通过拥有自己的出租车解决这个问题。"

"你这话是什么意思？"

"我最终应该在纽约安顿下来，除了其他的理由外，最重要的是它拥有的那些图书馆。我过日子花不了多少钱，我不在乎睡在哪里，一天吃一顿饭我也很满意。等我把美国四处都看遍了的时候，我也应该存下不少钱，足够买一辆出租车了，我就能以开出租为生。"

"快别说了，拉里，你简直疯了。"

"才没有呢，我这人可是很理智也是很现实的。我拥有自己的出租车,不用日夜劳作,我挣来的钱只要能供应我的食宿、抵消车辆折旧费用就可以了。剩下的时间我可以用来做自己想做的事。如果我想立刻去某地某处,我就可以开自己的出租车去。"

"可是拉里,出租车和国债有什么区别呢,它们可都是资产。"我逗他说,"作为一个拥有车辆的出租车司机,你可是个有产者。"

他哈哈一笑。

"不,我的出租车只不过是谋生工具罢了,就像四处云游的托钵僧手中的拐杖和化缘钵一样。"

我们的谈话就以这个玩笑告终了。

我意识到咖啡馆里的人逐渐多了起来。一个穿晚礼服的男人坐在离我们不远的桌子旁,给自己点了一份丰盛的早餐。他一脸疲惫却满足的样子,看来对整晚调情的成果相当满意。几位因年迈睡眠减少而早起的老绅士,正一边透过厚厚的镜片阅读晨报,一边小心翼翼地啜饮着牛奶咖啡。一些年轻人——有的打扮得齐齐整整,有的则穿着磨损的旧外套——在他们去店铺或办公室的上班路上,匆匆赶来狼吞虎咽地灌下一杯咖啡、吞掉一块面包卷。一个干瘪的老太婆,夹着一沓报纸走进来四处兜售,在我看来徒劳无益地在各个桌旁兜着圈子。我透过巨大的玻璃窗朝外望去,发现天光已经大亮。一两分钟后,除了这座巨大餐厅的后部,其他的灯光也熄灭了。我低头看了看表,已经过了早晨七点钟。

"吃点儿早餐吧?"我说。

我们吃了刚出炉的羊角面包——又热又脆,还喝了牛奶咖啡。我非常疲惫,无精打采,觉得自己一定像遭了天谴般难看,可是拉里却像往常一样,一副清新的模样。他的双眼闪闪发亮,脸上没有一丝皱纹，看上去只有二十五岁。咖啡让我重新打起了精神。

"我能不能给你提个建议呢，拉里？我这人可不常提建议。"

"我这人也不常听建议。"他咧嘴一笑。

"在你处理你那笔小小的资产之前，要不要再慎重考虑一下？你一旦失去它，就永远失去它了。等你以后再急需用钱的时候——不管是你急需还是别人急需——你就会追悔莫及，觉得自己干了件蠢事。"

当他回答我的问题时，眼中掠过一抹嘲弄的神色，但并不带恶意。

"你把钱看得太重了，和我不一样。"

"那是当然，"我辛辣地回答说，"我可不像你似的，一直有钱。对我而言，人生独立就靠它了。一想到我可以想跟谁说滚蛋就跟谁说滚蛋，真是浑身舒坦。"

"可是我并不想让谁滚蛋呀，如果想，兜里没钱也不能阻止我这么说。你看，钱财对于你来说意味着自由，对我来说则意味着束缚。"

"拉里，你真是太倔了。"

"我知道，可我就是这样。不过我有的是时间改变主意，到明年春天我才会回美国。我的画家朋友奥古斯特·科泰把他在萨纳里的小木屋借给了我，我打算去那里过冬。"

萨纳里是里维埃拉一个不显眼的海边小度假村，地处邦多勒和土伦之间，受到画家和作家的频繁光顾，这些人讨厌圣特罗佩那种花里胡哨的氛围。

"它就像阴沟里的死水一样无趣，如果你不介意这一点的话，应该会喜欢上它的。"

"我有活儿要干，我收集了很多资料，准备写本书。"

"什么内容呢?"

"等写完你就知道了。"他微笑着说。

"写完后如果你愿意寄给我的话,我可以让人帮你出版。"

"不必费心了。我有一些美国朋友,他们在巴黎有一家小的出版社,我已经联系好让他们帮我出版了。"

"如果这样的话,你可不能指望这本书会卖得出去,而且也没有人帮你写评论。"

"我不在乎有没有人写评论,也不在乎书卖不卖得出去。我只是想出版几本,寄给我在印度的朋友,还想送几本给一些对此感兴趣的法国人。这本书并不是特别重要,我只是把那些罕见的资料公之于众罢了。我出版它也是因为,书只有在销售的过程中,才能看得出它写得怎么样。"

"言之有理。"

早饭吃完了,我叫侍者来结账。账单送来后,我把它递给了拉里。

"既然你想把钱扔进阴沟里,那就由你来买单吧。"

拉里笑着付了账。

坐的时间太久,我感到全身僵硬,走出饭馆时两肋生疼。天空湛蓝,秋日新鲜干净的空气令人愉悦。克利希大街也不再像夜晚时那样肮脏暗淡,它摇身一变,成了个虽然憔悴但略施脂粉的妇人,迈着年轻小姑娘特有的弹性步伐,显示出一股随和的活泼劲儿,倒也不叫人讨厌。

我伸手拦住一辆路过的出租车。

"要不要送你一程?"我问拉里。

"不用。我想走路去塞纳河,找个浴场游游泳,然后去图书馆查阅资料。"

我们握了握手,然后我看着他迈着轻松的步伐,大步流星地穿过了街道。我没他那么硬朗,只好钻进出租车,回到了酒店。等我进入起居室时,发现已经过了早晨八点钟了。

"对于一位略微年长的绅士来说,现在回家正是时候。"我面带不悦地冲着一位裸体女士说道。这位女士打一八一三年起,就躺在放置于玻璃罩子里的钟上面了。在我看来,她那姿势极为不舒服。

女士继续在一张镀金青铜镜里端详着自己那镀金青铜的面庞,回答我的只有钟表的滴答声。我将浴缸灌满了热水,在里面一直泡到水变温为止,然后擦干身体,吞下一片安眠药,从床头柜上拿起正在阅读的瓦莱里①的《海滨墓园》②,上了床,一直读到沉入睡眠为止。

---

① 瓦莱里(1871—1945):法国诗人、评论家。
② 《海滨墓园》:瓦莱里的代表诗作。

第七章

1

半年过后,四月里的一个早晨,我正在费拉角寓所的阁楼书房里忙于写作,一个仆人突然上来报告说,隔壁村庄圣让警察局来人了,就在楼下,正等着见我。有人打搅了我的写作,我感到很生气,而且不明白警察局的人找我干吗。我问心无愧,刚给慈善基金会汇了款。慈善基金会给我寄来了感谢卡片,我特意把它放在车里,以备超速或违规停车被警察拦下、需要出示驾驶证时,捎带手地让他们看看卡片,从而得到宽大处理。

我觉得可能有人秘密告发了我的一个仆人——这可是在法国生活的一大便利——因为她的证件不合格。可我一向和本地警察打得火热,如果他们来我家,不喝一杯,我是不会让他们离开的,还要祝他们一路平安。我觉得仆人被告发并不是什么难以处理的大事,可没想到,楼下那两位警察是为别的事而来的。

在我们握手并询问了彼此的健康状况后,两位警察中职位较高(他被称作"队长")、长着一嘴令人瞩目的胡须的那位,从兜里摸出一个记事本,用肮脏的大拇指将本翻开。

"苏菲·麦克唐纳这个名字您听着耳熟吗?"他问我。

"我认识一个人叫这个名字。"我谨慎地回答说。

"土伦警察局刚刚给我们打过电话,警长请您立刻赶过去。"

"为什么？"我问道，"我和麦克唐纳太太并不熟。"

我估摸麦克唐纳可能惹上了麻烦，多半儿和毒品有关，但是我为什么要跟着蹚浑水呢？

"这就不归我管了，您肯定跟这个女人有关系。她好像已经失踪五天了，有人从港口打捞起一具尸体，警方认为是她，他们想让您去辨认一下。"

我打了个寒战，但是并不感到惊讶。她那种生活方式，迟早有一天会逼得她结束自己的生命的。

"可是她身上的衣服和证件就能证明身份了呀。"

"她被发现时身上没穿衣服，喉咙被割开了。"

"老天呀！"我被吓坏了。

我想了一下，警察完全可以强迫我去，我还不如表现得积极一点儿。

"好吧，我立刻坐火车赶过去。"

我查了一下火车时刻表，发现可以赶上下午五点到六点之间到达土伦的那趟火车。队长说他会打电话告诉警长我的安排，并让我一到土伦就赶往警察局。那天早上我再没写一个字，匆匆打包了几件必要的物品，吃过午饭后就开车向火车站赶去。

2

我一出现在土伦警察局就被带进了警长办公室。警长坐在桌子后面，他身材肥胖，皮肤黝黑，一脸阴郁，看起来像个科西嘉人。他习惯性地朝我投来怀疑的目光，不过当他看到我胸前的勋章时——这可是我特意戴上的——脸上立马浮起一阵假笑，招呼我坐下，并连连道歉，说麻烦我这样的人跑一趟实属无奈。我也赶紧虚情假意地向他保证，再没有什么能比为他效劳更让我感到高兴的事儿了。然后我们就转入正题，他也恢复了生硬粗鲁的作风。

他一边看着堆放在眼前的文件一边说："真是伤风败俗，看来麦克唐纳这个女人名声不太好啊。她是个醉鬼、瘾君子，还是个色情狂。她不仅和离船的水手睡觉，还和城里的地痞流氓鬼混。像您这么个受人尊敬、有一定阅历的人怎么会认识这种人呢？"

我很想说让他少管闲事，不过读过的上百本侦探小说让我明白，跟警察打交道时还是客气点儿好。

"我和她并不熟。我第一次在芝加哥见到她时，她还是个孩子，后来她嫁给了一个好人家。大约一年前，通过我俩的朋友，我们又见面了。"

我纳闷儿他怎么会把我和苏菲联系起来，然后他朝我推过来一本书。

"这是在她房间里发现的。劳驾您读读扉页上的赠言，这关系可不像您说的那样是泛泛之交。"

这就是那本麦克唐纳在书店橱窗里看到的我的小说——法文译版，她还让我在上面写几句话来着。我看到在我的名字底下写着"Mignonne, allons voir si la rose"，我当初写这句诗纯粹是因为它跳进了我的脑子，不过现在看起来，这句话是有点儿亲密的感觉。

"如果您认为我是她的情人，您可就错了。"

"这我可管不着。"他回答说，同时眼睛亮了一下，"我不想冒犯您，不过从我听到的信息判断，您并不属于她喜欢的类型，可您也不会随随便便对一个陌生人称呼'小可爱'吧。"

"警察先生,那句话是龙沙一首著名诗歌的第一句。像您这样有知识有文化的人肯定很熟悉龙沙的作品吧?我写那句话是因为,我确信她读过那首诗,看到那句话一定会使她回忆起整首诗来。这也许会令她意识到,自己过的那种生活,怎么说呢,至少是不太检点的。"

"我当然在上学的时候读过龙沙的作品,但是却不记得你说的这首诗了。"

于是我开始背诵诗歌的第一章节,并确信在我提及龙沙之前,他压根儿就没听说过这个名字。这下我放心了,因为他不可能知道这诗的最后一节,而那段诗文可不是对恪守美德的规劝。

"显然她是个受过良好教育的女人,我们在她家里发现了几本侦探小说,还有两三本诗集。一本是波德莱尔①的,一本是兰波②的,还有一本是英文诗集,作者是什么艾略特③。这个人很有名吗?"

"广为人知。"

"我可没时间读诗,也读不懂英文。如果他是个好诗人,那他不用法语写作真太可惜了,不然有文化的人都会读的。"

我脑海中浮现出这位警长读《荒原》④的景象——真有意思。突然,他朝我亮出一张快照。

"你认识这个人吗?"

---

① 波德莱尔(1821—1867):法国现代派诗人,象征派诗歌先驱。
② 兰波(1854—1891):法国诗人,早期象征主义诗歌的代表人物。
③ 托马斯·斯特尔那斯·艾略特(1888—1965):英国诗人、剧作家和文学批评家。
④ 《荒原》:托马斯·斯特尔那斯·艾略特代表诗作。

我立刻认出照片上的人是拉里。这是一张近期的照片,拉里穿着泳裤,我猜是他和伊莎贝尔还有格雷在迪纳尔消夏的时候照的。我的第一反应是说我不认识他,因为我不想让他也卷入这场可恶的麻烦之中来,但是转念一想,万一警察查出了他的身份,我的话倒像是要隐瞒什么似的。

"他是个美国人,名叫劳伦斯·达雷尔。"

"这是从那女人留下的东西中找到的,唯一的一张照片。他俩是什么关系?"

"他们是老乡,都来自芝加哥附近的一个小村子,两人从小就认识。"

"可是这是一张近期的照片,估计是在北方一个海边度假地拍的,要不就是在法国西部,总之,找到这个地方很容易。这人是干吗的?"

"他是个作家。"我冒失地说。

警长微微抬起毛茸茸的眉毛,看来他对我们这个行业的道德标准略有微词。

"写作可以独立谋生。"我加了一句,好让这个职业听起来更让人尊敬。

"他现在在哪儿?"

我又想说不知道,不过我知道这么说只会让事情变糟。法国的警察部门可能有许多缺点,但是他们的系统能让他们立刻就找到要找的人。

"他住在萨纳里。"

警长抬起了头,看来对这句话颇感兴趣。

"哪儿?"

我记得拉里跟我说过,奥古斯特·科泰把自己的小屋借给了他。圣诞节我回家的时候,曾给他写信,邀请他到我那儿住一阵子。不出我的意料,他拒绝了。我把地址给了警长。

"我会给萨纳里警察局打电话,让他们把他带过来,有必要问他几个问题。"

我看出警长觉得拉里身上可能有疑团,这个想法使我发笑。我敢肯定,拉里轻而易举就能证明他与此事一点儿关系也没有。我很想打听到更多有关苏菲悲惨结局的消息,可是警长只在我知道的那些事情上转圈子。尸体是两个渔夫发现的,并没有像圣让那个警察说的那样赤身裸体——那纯粹是浪漫主义的夸张——而是穿着胸罩和紧身衣。如果苏菲遇害时穿的衣服和我最后一次见到她时一样,凶手只需扒下她的长裤和毛线衫就行了。警方无法确认她的身份,因此在本地报纸上登出了消息。一个女人来了警察局,她在后街有一幢房屋出租,就是法国人说的供妓女使用的旅馆,男人可以带女人和男孩儿入住。她是警方的线人,可以告知警方都有谁会经常出入她的旅馆,以及去那儿干什么。

我见到苏菲时,她已经被码头上的那间旅馆赶了出去,因为最宽容的房东都忍受不了她那些丑行。她跟那女人说,想在她的旅馆里租一间带小起居室的客房。这种客房一晚上可以短租两到三次,可是苏菲出的租金更高,于是那女人同意按月将客房租给她。如今她来警察局,说她的租客已经好几天没露面了。起初她并不介意,以为她去马赛或自由城①玩儿了,因为最近那里有英国轮船靠岸,这种事对整个海岸的老少娘们儿颇具吸引力。可是当她读到报纸上有关尸体的消息时,觉得和她的租客有关。警察带她去看了尸体,她立刻看出那就是苏

---

① 自由城:泛指居民可以随意行走迁徙的新城,法国有多个地方都叫"自由城",此处应指"滨海自由城"。

菲·麦克唐纳。

"既然你们已经知道尸体是谁的了，为什么还要找我呢？"

"贝莱夫人是一位品德高尚的人，"警长说，"不过她也可能将尸体指认成一个我们不认识的女人。不管怎样，我觉得还是找与她更熟的人来看看，确保万无一失。"

"你觉得能抓到凶手吗？"

警长耸了耸他那肥厚的肩膀。

"我们正在调查，已经到她常去的酒吧间里询问了几个人。她也许是被一个嫉妒的水手杀死的，不过那水手的船只已经离港了；要不然就是被一个流氓劫财害命了，她身上好像总是带着足够让那种人盯上的钱。有些罪犯看起来很有嫌疑，不过在她生活的那个圈子里，除非对自己有好处，否则没人会说出实情。种瓜得瓜，种豆得豆，像她这种人有这样的下场不足为奇。"

对此我无话可说。

警长让我第二天上午九点再来一趟，那时他应该已经见过"照片里的那位绅士"了。之后，一个警察会带我们去附近的停尸房。

"那她的尸体怎么办呢？"

"如果身份最终得到确认，她真的是你们那位朋友，而你们又愿意出丧葬费，那就交由你们全权处理喽。"

"达雷尔先生和我希望她能尽快入土为安。"

"不难理解。这是个悲惨的事件，那可怜的女人是应该早点儿入土安息。我这儿有一张殡仪馆负责人的名片，他会快速处理此事，并给你个合理的价钱。我可以在名片上写上一句话，他就会更关照你了。"

我心知肚明，他肯定会从这笔生意中抽成，不过还是热情地感谢了他。在他过分客气地将我送出门后,我径直朝名片上的地址走去。

殡仪馆负责人是个干脆利落的买卖人。我选定了一款中等价格的棺材,并接受了他的建议——从他一个熟识的花商那里订购两三个花圈。

"这样就不劳烦先生了,对死者也是一种尊重。"他说,并安排灵车于明天下午两点钟到达停尸房。

当他告诉我不用自行寻找墓地,他自会帮我安排好一切时,我不禁对他的行事效率大为钦佩。

"我猜夫人是一位新教徒。"他接着说。如果我同意的话,他会让一位牧师等在墓地,为死者念祷告词。不过鉴于我是一个国外来的陌生人,如果他让我先付支票,我应该不会介意。他开了个价格,比我预估的要高,显而易见等着我和他讨价还价。当我拿出支票簿,在上面毫无异议地写下他要的金额时,我觉察出他脸上显出惊讶甚至堪称失望的表情。

我在一家酒店订了个房间,第二天一早又回到了警察局,在那儿等了一会儿后就被带进了警长办公室,看见拉里坐在我昨天坐的那把椅子上,一脸严肃忧虑。警长兴高采烈地同我打招呼,好像我是他失散多年的兄弟似的。

"亲爱的先生,您的朋友回答了所有的问题,我的责任迫使我令他开诚布公。我完全有理由相信,他已经有一年半没见过那可怜的女人了。他对自己上周的行踪做出了令人满意的解释,同时也解释了他的照片为什么会出现在那女人的房间里。那张照片是在迪纳尔拍摄的,有一次,当他俩一起吃午饭时,照片恰好就在他的口袋里。萨纳里警方给我寄来了报告,证明您的朋友行为端正。不是我自夸,我可是识人的高手,我敢肯定,以您这位朋友的天性,他可犯不了罪。我已经冒昧地向他表达了我对他那位发小的同情,生长在如此优越的家庭中,却落得了这么个下场。可这就是生活。现在,亲爱的绅士们,我的手下会陪你们去停尸房,等你们确认好尸体的身份,剩下的时间就可以自便了。去吃顿好的吧!我这儿有一张土伦本地最好的饭馆名片,我只消在上面写上一句话,保管你们能受到老板最热情的接待。在这场可怕的经历之后,一瓶好酒对二位绝对有好处。"

警长现在可谓满怀善意,笑逐颜开。

我们和一位警察去了停尸房。那里的光景很惨淡,停尸台上只有一具尸体。我们走上前去,太平间的工作人员掀开了遮尸布,露出了死者的头。这可不是什么令人愉悦的景象。海水的冲刷已将染过的银色发卷拉直,潮湿的头发紧紧地贴在头盖骨上,脸肿得可怕,看起来恐怖极了,显而易见,这就是苏菲。工作人员继续掀开遮尸布,露出了我们并不想看到的死者喉咙上的伤口——一条又深又长、横亘在两耳之间的裂缝。

我们回到了警察局。警长在忙,于是我们跟一位助理说明了情况,他请我们等一下,接着拿来了必要的文件。我们把文件交给了殡仪馆的负责人。

"现在去喝一杯吧。"我说。

除了承认那是苏菲·麦克唐纳的尸体以外,这一路拉里没再说过一个字。我把他带到码头上,坐在上次和苏菲一起去过的咖啡馆里。一股寒风迎面扑来,港口那原本异常平静的海水泛起了白色的泡沫,水面上的渔船轻轻晃动着。阳光耀眼。像往常一样,冬日强劲的寒风使周围的一切变得亮闪闪的,你好像在透过镜片看东西,目之所及的一切事物都变得更清晰了,且被赋予了一种紧张、悸动的活力。

我喝着掺了苏打水的白兰地,拉里却没有动我给他点的那杯酒。他一声不吭、闷闷不乐地坐着,我没有打搅他。

过了一会儿,我看看了表。

"咱们最好去吃点儿东西,"我说,"下午两点钟还得去停尸房。"

"我确实饿了,早晨就没有吃早饭。"

从警长的模样就能看出,他一定知道什么地方的东西好吃,于是我带拉里去了他推荐的餐厅。考虑到拉里很少吃肉,我点了一份煎蛋卷和一只烤龙虾,然后向侍者要来了酒单。酒也是根据警长的建议点的,是一款年份佳酿。酒被送来后,我给拉里倒了一杯。

"赶紧喝了它,"我说,"也许你就能恢复说话的能力了。"

他顺从地照我说的做了。

"甘尼沙大师说沉默也是一种交谈。"他嗫嚅着说。

"剑桥大学那些才智超群的教员们在一起欢乐地聚会时,想必也是这么交谈的。"

"恐怕你得独自负担葬礼的费用了,"他说,"我一个子儿也没有了。"

"我本来就打算付钱的。"我回答道。

突然,他的话让我醒过闷儿来:"你不会已经处理掉你的年金了吧?"

他并没有立刻回答我。我注意到他眼中闪过一丝古怪、逗弄的目光。

"你没有处理掉你的钱?"

"不,我处理掉了。现在剩的钱只够我等到船来。"

"什么船?"

"我在萨纳里的邻居是一家货轮公司在马赛的代理商,他们公司专跑近东到纽约的线路。有一艘货轮从亚历山大港给他发电报，说船上有两个船员得了病得上岸，等船到马赛后，希望他能再找两个人补上来。他是我的朋友，答应给我留一个位置。我把自己的那辆老雪铁龙留给他当告别礼物，等我上船时，除了身上这套衣服和背包里的几件东西外，就什么都没有了。"

"好吧，反正那是你的钱。不管怎么说，你是个自由的白种成年人。"

"别的不说，自由这个词你用对了。我这辈子还没有这么幸福独立过。等我到了纽约，就会拿到工资，这笔钱足可以支撑我找到下一个工作。"

"你的书怎么样了？"

"哦，写完了，也出版了。我列了一个名单，会把书寄给名单上的人。你的书过一两天就到。"

"谢谢。"

要说的都说完了，我们在友好的沉默中吃完了饭。我点了咖啡。

拉里点燃他的烟斗，我点燃了一支烟。

我若有所思地看着他。他感受到了我的目光，瞥了我一眼。他的眼睛亮晶晶的，满是调皮的意味。

"如果你想告诉我，我是个彻头彻尾的大傻瓜，直接说好了。我一点儿也不会介意的。"

"不，我才不那么想呢。我只是纳闷儿，如果你像别人那样娶妻生子，是不是会过得更好呢？"

他笑了。

我应该已经说过不下二十次，他笑起来是多么好看。他的笑容温暖、天真、甜蜜，反映出他天性中的纯洁真诚。但我还是忍不住要再赞美一次他的笑容，因为现在，那笑容中又添了一丝悲伤的柔情。

"现在说这个太晚了,我遇到的唯一可以结婚的女人就是可怜的苏菲。"

我吃惊地盯着他。

"在这一切发生后,你还能这么说吗?"

"她曾有可爱的灵魂、炽热、有抱负、慷慨大度,并拥有高尚的理想,甚至在最终的自我毁灭中也蕴藏着崇高的悲剧感。"

我没有做声,不知道对这些奇怪的论断作何评价。

"你那时为什么不和她结婚呢?"我问道。

"她还是个孩子。说实话,当我在她爷爷家的那棵老榆树下和她一起读诗时,从没有想到在那个皮包骨头、乳臭未干的身体里孕育着美丽的精神。"

在这个节骨眼他提都没提伊莎贝尔的名字,不禁让我大吃一惊。他肯定不会忘了他曾和她订过婚。我只能假设他把这一经历看作是毫无结果的愚蠢行为——他们两个那时都太小了,并不了解自己是什么样的人。我已经开始相信,他从不知道,打那时起她一直为他肝肠寸断。

出发的时间到了。我俩走到拉里停车的广场,那辆车看起来非常破旧,我们开车去了停尸房。

殡仪馆的负责人像他说的那样,把一切都打理得很好。在湛蓝的天空下,下葬仪式有条不紊地进行着。狂风将墓园的翠柏吹得弯下了腰,为可怕的葬礼之曲添上了最后的终止符。

当一切都结束后,殡仪馆负责人友善地与我们握手:"一切都进行得很顺利,先生们,希望你们能满意。"

"很满意。"我说。

"我随时准备为先生效劳,距离不是问题。"

我感谢了他。

当我们来到墓园门口时,拉里问我还有什么事要做。

"没有了。"

"那我想尽快回萨纳里。"

"先把我送回酒店吧,好吗?"

一路上我们再没有说一句话。我在酒店门口下了车,与拉里握了握手,他就离开了。

我回酒店结了账,拿起行李,打了辆出租车去火车站。我也不想在这里待了。

3

几天后,我出发去英国。

我原本想直接回去,但是在发生了那件事后,我特别想见见伊莎贝尔,因此决定取道巴黎,在那里待上一天。我给她发了份电报,问能不能在下午晚些时候去拜访她,并在她那里吃晚餐。到酒店后,我看到了她的回信,说当晚她和格雷要外出参加晚宴,不过如果我能在下午五点半以后到她那里,她很愿意和我见面。五点半以前她没空,因为约好了要试衣服。

那天天气寒冷,大雨时下时停,我觉得格雷肯定不会去蒙特枫丹打高尔夫了。这让我觉得很不方便,因为我想单独与伊莎贝尔见面。不过当我到达她的公寓时,她跟我说的第一句话就是,格雷到旅行者俱乐部打桥牌去了。

"我跟他说如果想见到你就不要太晚回来,不过我们的晚餐安排在晚上九点钟,九点半到那里就行,所以我们有的是时间好好聊聊,我有很多事要告诉你呢。"

他们已经将这间公寓转租了出去,艾略特的那些收藏品也将于两周内进行拍卖。他们想参加拍卖会,并准备搬进里兹饭店,等拍卖结束后就坐船回美国。伊莎贝尔打算卖掉艾略特所有的收藏品,只留下昂蒂布别墅里的几幅现代派绘画,虽然她并不是特别喜欢那些画作,但是明智地认为那些名画会为她的新家添彩。

"可怜的艾略特舅舅不够新潮,真令人遗憾。要知道,毕加索、马蒂斯①还有鲁奥②的画作会更值钱。我明白他收集的那些画自有妙处,但是它们未免有点儿过时了。"

"我要是你就不会有这种担心。几年后新的画家会出现,到那时,毕加索和马蒂斯就不会比你的那些印象派画家更时髦了。"

格雷的谈判工作已经到了收尾阶段,有了伊莎贝尔的资金帮助,他进入了一个正在蓬勃发展的行业,并得到了副总裁的职位。这个行业与石油有关,因此他们将在达拉斯③安家。

"我们要做的第一件事就是找一所合适的房子。我希望能有一个漂亮的大花园,这样一来,格雷下班后就有地方溜达了。客厅也要大,我好招待客人。"

"你不会把艾略特的家具运到美国吧?"

"我觉得那些家具不太合适,我想要现代家具,可能带点儿墨西哥风格,那样才有情调。等我一到纽约,就会打听到现在哪个设计师最受欢迎了。"

---

① 马蒂斯(1869—1954):法国画家、雕塑家、版画家,野兽派创始人。
② 鲁奥(1871—1958):法国画家、版画家,作品多为宗教题材。
③ 达拉斯:位于美国得克萨斯州,经济支柱为石油工业、电信业、计算机产业、银行业和航空运输业。

男仆安托万端着一个摆了很多瓶子的托盘进来了。处世圆通的伊莎贝尔知道，十个男人里有九个都认为自己比女人会调酒（没错，他们说得很对），因此请我调两杯鸡尾酒喝。我倒出琴酒[1]和味美思[2]，又加上了一点儿苦艾酒[3]，顿时把干马提尼从一款乏善可陈的饮品变成了美味，连奥林匹斯的众神都会为了它抛弃自家酿的琼浆玉液——我总认为它的味道应该像可口可乐。

当我把伊莎贝尔那杯酒递给她时，看到桌上摆着一本书。

"嘿，"我说，"这不是拉里的书嘛。"

"是的，今天早晨寄过来的，但是我太忙了。午餐前我有上千件事情要做，午饭也是在外面吃的，下午的时候又去了慕尼丽丝服装店。真不知道什么时候才有时间读它。"

我带着酸楚想：一个作者花了好几个月写成一本书，将他的心血注入其中。然后呢？这本书就被扔在那儿，要等到读者在这个世界上无事可做时，才会想起去读读它。

那本书有三百页，装订得非常好。

"我想你大概知道拉里整个冬天都住在萨纳里。你有机会见他吗？"

"我们前几天刚在土伦见过面。"

"真的吗？你们到那儿去干什么？"

"把苏菲埋了。"

"她不会死了吧！"伊莎贝尔叫道。

"她要是没死，我们可没理由埋她。"

---

[1] 琴酒：又称金酒、杜松子酒，鸡尾酒的基酒之一。
[2] 味美思：一款具有草本和花香的酒。
[3] 苦艾酒：一种有茴芹茴香味的高酒精度酒。

"你的话一点儿也不好笑。"她停了一秒钟后说道,"我也不准备假装难过,我看是过量饮酒、吸毒造成的吧。"

"不是,她被人割了喉咙,赤身裸体地扔进了海里。"

我发现自己就像圣让的警察队长一样,对她没穿衣服这事添油加醋。

"太可怕了!可怜的人!当然,像她那样生活注定不会有什么好下场。"

"你和土伦警方的说法一样。"

"他们知道是谁干的吗?"

"不知道,但是我知道。我看是你杀了她。"

她吃惊地盯着我。

"你说什么呢?"接着,她发出一阵轻微的咯咯的笑声,"再猜猜,我可有不在场的铁证。"

"去年夏天,我碰巧在土伦遇到了她,和她聊了很长时间。"

"她那会儿清醒吗?"

"十分清醒。她告诉了我,为什么在嫁给拉里的前几天莫名其妙地失踪了。"

我注意到伊莎贝尔的脸变僵了。我把苏菲跟我说的话一五一十地复述给她,她谨慎地听着。

"从那时起,我就老想这件事,越想越觉得不对劲,这里面肯定有鬼。我在你家吃过很多次午饭,你从不在午餐时喝酒。你那会儿刚一个人吃过午饭,可为什么托盘里除了咖啡杯还有一瓶朱波洛夫伏特加呢?"

"艾略特舅舅刚把它寄给了我,我想尝尝,看看自己是不是还像在里兹饭店时那样喜欢它。"

"好吧,我记得你当时对它赞不绝口。可我觉得很奇怪,因为你从不喝烈酒,你太在意自己的身材了。当时我就有个感觉——你在引诱苏菲。我觉得这一切都是你故意为之。"

"谢谢。"

"总的来说,你这人还是很守时的。为什么在那天你偏偏就外出了呢?试婚纱对苏菲来说可是很重要的事,而且你也对此颇感兴趣。"

"她自己已经告诉过你了:琼的牙疼,我很着急。我们的牙医很忙,他让我什么时候去,我就得什么时候去。"

"每个人都是这次看完牙医后,当场就约定下次什么时候再来看。"

"我知道。可是那天早晨他给我打了个电话,说要改时间,要不当天下午三点也可以,我当然得那时候去了。"

"难道管家不能带着琼去吗?"

"她害怕,可怜的孩子,我觉得我陪她去会好点儿。"

"等你回来后,发现那瓶酒只剩了四分之一,苏菲也不见了,你难道不感到很奇怪吗?"

"我以为她等烦了,自己直接去慕尼丽丝服装店了。我跑到店里,可他们说她并没有来,我也不知道是怎么回事啊。"

"可那瓶酒呢?"

"我注意到有人喝了它,我以为是安托万干的。我很想质问他,可他是艾略特舅舅雇的,况且他还是约瑟夫的朋友,所以我觉得还是算了。他是个很好的仆人,就算喝了点儿酒,也轮不到我去骂他。"

"伊莎贝尔,你真是个撒谎精。"

"你不相信我说的话吗?"

"一点儿也不信。"

伊莎贝尔站起身来,朝壁炉走去。炉膛里的木柴正燃烧着,在这么一个阴冷沉郁的日子里使人感到愉悦。她用一只胳膊肘支在壁炉架子上,姿态优雅地站着——这是上天赐予她的最迷人的天赋之一:她总能漫不经心地摆出各种优美的姿势。像大多数法国贵妇一样,在白天她穿黑颜色,这颜色很衬她的肤色。现在,她穿着一条剪裁简单、价格昂贵的黑裙,把她那苗条的身材衬托得更迷人了。她默不作声地抽了一会儿烟。

"我并没有理由向你隐瞒任何东西。很不幸,我那时出去了,而且安托万确实不该把酒和咖啡留在房间里。当我出门的时候,以为那些东西会被拿走。当我回来,发现酒瓶子几乎都空了,当然知道发生了什么事。苏菲不见了,我猜她一定出去鬼混了。我什么也没说,因为我知道那只会让拉里难过,再说他已经够着急的了。"

"你确定不是你让仆人把酒留在那里的吗?"

"当然不是。"

"我不相信。"

"不信算了。"

她恶狠狠地把香烟扔进火里,眼睛的颜色因愤怒而变得更深了。

"好吧,如果你想知道实情我就告诉你,混蛋!是我干的,如果需要我还可以再做一遍。我告诉过你,为了阻止她和拉里结婚,我什么都干得出来。你什么也不想做,格雷也是。你只是耸耸肩,说那场婚姻将是个可怕的错误。你才不在乎呢,可是我在乎!"

"要不是你做的这一切,她现在还活着呢。"

"对,她还会嫁给拉里,而他呢?就只能受苦了。他以为能改变她。男人真愚蠢!我知道她早晚会出事,这是显而易见的。上次咱们一起在里兹饭店吃饭的时候,你自己也看到了,她多么神经衰弱!我发现当她喝咖啡的时候,你在盯着她。她的手抖得那么厉害，都不敢用一只手端咖啡杯，得用两只手才能把杯子送到嘴边。当侍者把葡萄酒倒入酒杯时，我注意到了她的眼神。她那双可怕的暗淡眼珠子跟着酒瓶子转，就像一条蛇盯着一只刚出生的正在抖动翅膀的小鸟。我知道为了喝上一口酒，她可以出卖灵魂！"

现在，伊莎贝尔已经与我面对面了。她的双眼因怒火而闪闪发光，声音也变得嘶哑了，说话的速度非常快。

"当艾略特舅舅大肆吹捧那瓶该死的波兰酒时，我有了个主意。我觉得那酒差劲极了，可是却装作从没喝过这么美妙的东西。我知道，只要逮着机会，她是拒绝不了它的诱惑的。这就是为什么我要带她去看时装秀；这就是为什么我答应送给她一件婚纱。

那天是她最后试婚纱的日子。我跟安托万说，想在午饭时喝朱波洛夫伏特加。我告诉他，有一位女士会来找我。我让他请她等一下，并为她准备咖啡。我还叫他把酒留下来，以便她想要喝的话，可以喝上一杯。

我确实带琼去牙医那儿了，当然了，我们没有预约，他是不会接待我们的，于是我带她去看了一场电影。我下定决心：如果苏菲没有动酒，我就会让这件事过去，并和她好好相处。我发誓这是我的心里话。但是当我回家看到那个酒瓶子，我就知道自己并没有错怪她。她走了，我敢打赌，赌多少钱都行，她一去不回了。"

伊莎贝尔说完这一切，气喘吁吁的。

"跟我设想的差不多。"我说，"你看，我说对了，是你割了她的喉咙，你的所作所为和亲手用刀抹了她的脖子并没有什么两样。"

"她坏透了，我很高兴她死了。"她咣当一声坐进一把椅子妄与卖弄。读者一定会看出,他经常刻苦阅读最优秀的作家的作品,就像艾略特·坦普尔顿热衷于研究贵族和上流人士一样。

这时,伊莎贝尔叹了口气,把我从书中拉了回来。她坐直身体,一脸痛苦地喝干了那杯已经变得温吞吞的鸡尾酒。

"我要是再哭下去,眼睛就会肿得没法看了,今晚我们还要出去吃饭呢。"她从包中取出一面小镜子,担心地照了照,"看来我得用冰袋敷半个小时才行。"然后她拿出粉扑重新扑了扑脸,又涂了口红,心事重重地问道:"你认为我干的这件事很坏吗?"

"你介意吗?"

"奇怪的是,我很介意你怎么看我。我想让你认为我是个好人。"

我咧嘴笑了。

"亲爱的,我是个没什么道德标准的人。"我回答道,"如果我真的喜欢某个人,就算我谴责他的恶行,也不会影响我喜欢他。从你的角度看,你并不算个坏女人,而且你还那么优雅迷人。你的美在我这儿不会有一丝一毫的减损,因为我知道,你的完美品位和冷酷决断巧妙地结合在一起才造就了这种美。你只差一点儿就能做到迷人至极了。"

她笑眯眯地等着。

"体贴温柔。"

笑容从她唇边消失了。她恶狠狠地瞪了我一眼,正准备回击的时候,格雷蹒跚着走进了房间。

整整三年的巴黎生活让格雷胖了不少,他的脸更红了,头发变得越来越少,不过他的身体很结实,兴致也很高。见到我,他很高兴。他的谈吐充满了陈旧的俚语,不论那些话有多陈腐,他都坚定地认为自己是说那些话的第一人。他从不说"去睡觉",而是说"往稻草上一倒",还"去睡正义的觉①";如果下雨,那雨肯定是"压过了乐队②";巴黎呢,在他嘴里永远是"Gay Paree③"。可他是那么和善无私、正直可靠,还那么谦逊,让你没法不喜欢他,我就真心喜欢。他对于就要回美国这件事感到异常兴奋。

"天啊,又要重新套上笼头了,"他说,"我已经闻到了燕麦香④。"

"一切都已敲定了吗?"

"我还没签合同,不过这事已经在冰上了⑤。同我合作的那个家伙是我大学里的室友,是个不错的人,不会给我个柠檬的⑥。不过等我们一到纽约,我就会飞到得克萨斯,再去考察一下那个机构。你放心,我保管睁大眼睛像在柴堆里找黑鬼⑦似的,不会丢掉伊莎贝尔的一个子儿。"

"你知道,格雷可会做买卖了。"伊莎贝尔说。

"我可不是谷仓里长大⑧的。"他笑着说。

他继续长篇大论地给我讲着他就要进的行当,我对那些东西并不十分了解,不过可以肯定的是,他很有可能会赚大钱。他越讲兴致越高,突然,他转身对伊莎贝尔说:"别去参加那个没意思的聚会了,咱们仨到银塔餐厅去吃顿大餐吧!"

---

① 俚语,指问心无愧地安睡。
② 俚语,指雨下得很大。
③ 灯红酒绿的巴黎。
④ 俚语,上笼头,指去工作;闻到了燕麦香,指兴高采烈、非常兴奋。
⑤ 俚语,指十拿九稳,极有可能成功。
⑥ 俚语,指欺骗某人。
⑦ 俚语,指仔细观察。
⑧ 俚语,指出生在农村、没有见识的乡巴佬。

"亲爱的，不能这样儿，他们可是为了给咱们践行啊。"

"反正我也不能和你们一起吃晚饭的。"我插嘴道，"当我听说你们今晚已经有了安排后，就约了苏珊·卢维耶，要和她一起出去呢。"

"苏珊·卢维耶是谁？"伊莎贝尔问道。

"哦，拉里的一个情人。"我逗弄她说。

"我早就怀疑拉里在什么地方藏着情人了。"格雷咯咯笑出了声。

"胡说八道！"伊莎贝尔厉声说，"我了解拉里，他没有情人。"

"好吧，咱们走之前再喝一杯吧。"格雷说。

我们又喝了一杯，然后我就同他们告别。他们和我一起走到门厅，当我穿外套的时候，伊莎贝尔挽起格雷的胳膊，紧贴着他，做出一副柔情的样子（那副柔情样子正是我指责她不具备的），并望着他的眼睛说："格雷，说真话，你觉得我这人很冷酷吗？"

"才不呢，亲爱的。怎么了，难道有人这么说你吗？"

"没有。"

她转过脸，背着格雷冲我伸了下舌头。艾略特一定会大不以为然，认为这样的举动有失淑女风范。

"这可不是一码事儿。"我小声嘟哝着走了出去，随手关上了门。

4

  我再路过巴黎的时候,马图林一家已经搬走了,别的人住在艾略特的公寓里。我想念伊莎贝尔,她长得好看,也易于聊天,反应机敏、不记仇。后来我再也没有见过她。我不太爱写信,回信也拖拖拉拉。伊莎贝尔干脆就不写信,如果她不能靠电话和电报和你联系的话,她就不联系你了。那年圣诞节,我收到了一张她寄给我的卡片,上面印着一幢带有殖民风格门廊的美丽别墅,周围环绕着橡树。我猜那就是他们没钱时卖不出去的种植园,现在很可能不会再被卖掉了。卡片上的地址显示它是从达拉斯寄出的,看来格雷的谈判很成功,他们已经在那里定居了。

  我从没有去过达拉斯,估计它和我知道的别的美国城市一样:住宅区和商业区有便利的公路相连,开车很快就能到达。富人们聚集在乡村俱乐部里,他们的豪宅带有巨大的花园,从客厅的窗户里可以望到山川美景。伊莎贝尔一定就住在这样的地方,她的房子从地板直到天花板,都由纽约最时髦的设计师按最新潮的式样来装饰。我只希望她带回去的那些画——马奈画的花朵、莫奈画的风景,还有雷诺阿和高更的画作——不要显得太老派了。餐厅一定够大,方便她不时地请闺蜜们来吃午餐,餐桌上一定摆满了美酒佳肴。伊莎贝尔受过巴黎的熏陶,除非客厅宽敞得能够供妙龄少女们跳舞,否则她是不会选择那栋房子来居住的。她的女儿们应该都长大了,琼和普里西拉都到了该结婚的年龄。我敢肯定,她们都是令人羡慕地被养大的,被送到了最好的学校,伊莎贝尔一定会关注她们习得必要的才艺,好获得那些合格金龟婿的青睐。

格雷的脸一定更红了,双下巴更肥了,头顶更秃了,身体也更胖了,我可不相信伊莎贝尔会有一丝一毫的改变,她还是比她的女儿们要漂亮。马图林一家一定是社区里的显赫人物,我一点儿也不会怀疑他们受欢迎的程度。伊莎贝尔慷慨大方、热情好客、志得意满、处世圆通;格雷呢,当然是好人中的典范。

5

我一直和苏珊·卢维耶保持交往,直到她身上发生了一个出乎意料的事件,该事件改变了她的生活,使她离开了巴黎,从而也从我的生活中消失了。

一天下午,大约在我和伊莎贝尔最后一次见面的两年后,我在奥德翁剧院的画廊里愉快地随意翻阅了一个小时的书籍后,感到无事可做,于是决定去拜访苏珊。我已经有半年时间没见过她了。

她打开了门,手里拿着个调色盘,嘴里叼着一支画笔,身上的工作服布满了油彩。

"Ah, c'est vous, cher ami. Entrez, je vous en prie①。"

她称呼我"您",这让我有点儿吃惊,因为我俩一向以"你"来互相称呼。我走进那间兼做工作室的小客厅,看见画架上有一张画布。

---

① 法语:啊,是您,亲爱的朋友。请进。

"我都忙得晕头转向了,坐吧,我得继续画画儿,一分钟都不能耽搁。您肯定不信,我将在迈耶海姆画廊举办个人画展,必须准备好三十幅油画。"

"迈耶海姆画廊?那真太棒了!你是怎么做到的?"

迈耶海姆画廊可不是那种在塞纳街上因没钱付房租而朝不保夕的小店铺,它位于塞纳河富裕的右岸,享有国际声誉。哪个画家要是被这个画廊老板看中了,肯定会大有前途。

"阿希尔先生带迈耶海姆先生来看了我的画,他认为我很有才华。"

"A d'autres, ma vieille,"我回答说,翻译过来就是,"鬼才信呢,老伙计。"

她瞟了我一眼,咯咯笑了起来。

"我就要结婚了。"

"和迈耶海姆先生?"

"别冒傻气了,"她放下画笔和调色盘,"我已经画了一天,也该歇会儿了。喝杯波尔图酸葡萄酒吧,我给你讲讲是怎么回事。"

在法国生活需要付出的代价之一就是:你得准备好在不合时宜的时候,被迫喝下一杯酸溜溜的波尔图酒,对此必须入乡随俗。苏珊拿来一瓶酒和两只酒杯,放松地长舒一口气,将酒杯斟满,坐了下来。

"站的时间太长了,我的腿有静脉曲张,疼死了。好吧,让我来告诉你是怎么回事。今年年初,阿希尔先生的太太死了。她是个好女人,也是一个虔诚的天主教徒,不过他和她结婚不是出于感情,而是为了利益。虽然他很敬重她,可要是说她的死让他痛不欲生,那就过分了。他儿子已经娶了个门当户对的媳妇,公司的生意也很好;他女儿也准备嫁给一位伯爵,虽说利用她的天分自力更生并独自抚养着一位过早失去父爱的可爱女儿。我们欣喜地告诉大家：公众很快将在慧眼识人的迈耶海姆先生的画廊里欣赏到她那细腻的笔触和稳健的画风。"

"你说的这都是什么玩意儿？"我问道，并竖起了耳朵。

"这个，我亲爱的，可是阿希尔先生为我做的前期宣传，会出现在法国每一份重要的报纸上。他真是太棒了。迈耶海姆提出的条件很苛刻，但是阿希尔先生眼都不眨就答应了。在预展上会安排香槟酒会，美术部长（他欠阿希尔先生一份人情）会致长篇开幕词，他将以无可辩驳的雄辩力夸赞我作为女人所表现出的贞德和作为画家所展现出的才华。在开幕词的结尾，他还要宣布，既然国家的职责是对优秀人才进行奖励，政府已经决定买下我的一幅作品，作为国家收藏。所有巴黎的美术界要人都会出席，迈耶海姆本人会负责画展后的评论工作。他已经保证，评论家们发表的评论不仅会充满溢美之词，篇幅也短不了。那些可怜的家伙，他们挣得那么少，能让他们挣点儿外快真是慈善之举。"

"这一切都是你应得的，亲爱的，好人有好报。"

"Et ta soeur[①]。"她说，这句话我就不好翻译出来了。

"我还没说完呢，阿希尔先生用我的名字在圣拉斐尔海岸买了一幢别墅，所以我在里尔的社交场合登场时，不仅是一位著名的画家，还是一位有产业的女人。再过两三年，等他退休后，我们就会像上流人士（comme des gens bien) 那样，搬到里维埃拉去住了。我画画的时候，他可以在海上划船或者捕虾。现在，我要带你看看我的画。"

---

① 法语：字面意思为"以及你的姐妹"，意思是别插嘴。这话比较粗鲁，显示了苏珊的出身。

苏珊已经画了很多年了，通过对不同情人画风的模仿，逐渐形成了自己的风格。她仍然画不好素描，但是对色彩很有感觉。她给我看了一些风景画，那是她和她母亲一起住在安茹时画的。有的画的是凡尔赛的花园，有的是枫丹白露的森林，还有巴黎郊区一些引起她兴趣的街景。她的作品画面模糊，基本功不扎实，给人一种轻飘飘的感觉，但是这些画像花朵一般优美，甚至带着一种漫不经心的并非故意为之的优雅。

有一幅画引起了我的兴趣，我知道，要是我提出想买她的画，她一定会感到高兴的。如今我已记不清这幅画的名字了，不知是叫《林间空地》还是《白围巾》，后续的问询也没能使我搞明白。我问了问价格，发现出价合理，于是提出要买下它。

"你真是个天使，这是我卖出的第一幅画！"她叫道，"当然了，你得等画展结束时才能拿到它。我还要在报上刊出这个消息，不管怎么说，做点儿宣传不会有害处。我很高兴你选择了这幅画，我觉得它是我最好的作品之一。"

她拿出一面手镜，从镜子里瞧着那幅画。

"它有种魅力，"她一边说一边眯起眼睛，"没人能否认这一点。瞧那绿颜色——多么的浓烈又多么的柔和！还有中间那抹白色，真是神来之笔，它使整个画面融合在一起，别具风格。这就叫才华，毫无疑问，真正的才华。"

看来她已经在成为职业画家的路上走得很远了。

"现在，小宝贝儿，咱们聊得够长啦，我得回去画画了。"

"我也得走了。"我说。

"噢，对了。可怜的拉里还混在那群红皮人里吗？"

这是她对生活在上帝国度[1]里的那群人的蔑称。

---

[1] 指美国。

"据我所知是这样的。"

"对他那样既和善又温柔的人来说,这可是够难的。如果电影里演的都是真的,那里的生活可真吓人——有那么多歹徒、牛仔和墨西哥人。当然了,那些牛仔看着倒是挺吸引人。不过,哎呀呀,在纽约,兜里没个左轮手枪就上街可太危险了。"

她送我到门边,亲吻了我的双颊。

"咱们在一起度过了不少愉快的时光,记住我的好吧!"

我的故事到此就结束了。

我再没有听到过拉里的消息,实际上对此也不抱任何希望。拉里是一个说到做到的人,他应该已经回了美国,在一家修理厂找到了工作,驾着卡车四处跑,直到对这个已经离开很久的国家重新认识为止。当他做完这一切后,也许已经将那奇妙的想法付诸实践,成为了一名出租司机。那诚然是个咖啡桌上的随机笑谈,不过如果他真这么做了,我一点儿也不会感到惊奇。我在纽约乘坐出租车时,总是会留意驾驶员,生怕错过那双深陷的、带着深沉笑意的双眼。可我从没有碰见过他。

战争爆发了①。他的年纪已不再允许他驾驶战斗机,不过也许在美国或是别的什么国家,他又一次驾驶上了大货车;或者是在工厂里工作。在闲暇时间里,我觉得他会再写一本书,在

---

① 指第二次世界大战。

书中讲述生活给他的启示,并把那些必要的信息传递给他的同胞。不过那书一定会花很长时间才能完成,他有的是时间,岁月不会在他身上留下任何痕迹,他仍是个年轻人。

他淡泊名利,成为公众人物实非所愿,因此他将满足于过自己选择的那种生活,且欣然自得。他为人谦逊,不愿将自己树为别人的榜样,但当一些游离的灵魂如夜蛾飞向烛火般向他靠拢时,他可能也会愿意将自己闪光的信仰与他们分享,并使他们知道,真正的满足只能在精神生活中找到。他认为自己通过无我和克己来追求至善之路的行为,就如同著书和布道般可以服务大众。

但这一切只是我的猜测而已。我生于俗世,是个俗人,对他身上散发出来的那种稀有的光辉只有艳羡的分儿。我既不能步他的后尘,也无法进入他的心灵深处,虽然我自诩有时对某些世俗之人的心思拿捏得很准。

拉里,正如他所愿,已经淹没在混乱驳杂的人群中了,这人群因众多彼此冲突的利益而分心,完全迷失于世界的困惑之中,又如此希冀得到那美好。他们外表自负,内心矛盾:既友善又冷酷,既大方又吝啬,既值得信赖又充满戒心。这就是美国人。

关于拉里,我就只能说这么多了。我知道这令人十分不满,可也是没办法的事。当我就要结束本书的时候,一想到读者将会无可避免地面临这么一个悬而未决的结局,就感到惶惶不安。我重新回头审视我那长长的叙事,想看看能否找到什么方法重新设计一个更能令人满意的结局,却意外地发现,我竟无意地恰巧写出了一个圆满的故事。就书中的人物而言,都得到了他们想要的结局:艾略特在社交界声名显赫;伊莎贝尔带着巨大的钱财和良好的社会地位回归到了活跃且有文化氛围的社区;

格雷找到了朝九晚五、获利颇丰且稳定的工作；苏珊·卢维耶得到了生活保障；苏菲求得一死；拉里则获得了幸福。

虽然目空一切的高傲知识分子对此吹毛求疵，表示不满，但我们这些普罗大众归根结底还是喜欢圆满的故事，所以这本书的结尾也许并非那么不尽人意吧。

© 民主与建设出版社，2023

图书在版编目（CIP）数据

刀锋 /（英）毛姆著；赵青云译 . -- 北京：民主与建设出版社，2023.8
ISBN 978-7-5139-4307-9

Ⅰ．①刀… Ⅱ．①毛… ②赵… Ⅲ．①长篇小说—英国—现代 Ⅳ．① I561.45

中国国家版本馆 CIP 数据核字（2023）第 142478 号

刀锋
DAOFENG

著　　者	［英］毛姆
译　　者	赵青云
责任编辑	郝　平
封面设计	冬　凡
出版发行	民主与建设出版社有限责任公司
电　　话	（010）59417747　59419778
社　　址	北京市海淀区西三环中路 10 号望海楼 E 座 7 层
邮　　编	100142
印　　刷	三河市华成印务有限公司
版　　次	2023 年 8 月第 1 版
印　　次	2023 年 9 月第 1 次印刷
开　　本	880mm×1230mm　1/32
印　　张	12
字　　数	279 千字
书　　号	ISBN 978-7-5139-4307-9
定　　价	46.00 元

注：如有印、装质量问题，请与出版社联系。

条纽带,不管这纽带有多么纤细。现在,他把这纽带割断了,她知道将永远失去他了,再后悔也没用了,她正在遭受着折磨,我觉得痛痛快快地大哭一场对她有好处。

我拿起拉里的书,翻到目录那一页。当我离开里维埃拉时,我的那本还没寄过来,因此这几天我都不会拿到了。这本书的内容跟我设想的一点儿也不一样,通篇都是散文,篇幅跟里顿·斯特拉奇[①]的《维多利亚名人传》[②]差不多,介绍了一系列有名的人物,可是他为什么选择那些人物却让我有点儿摸不着头脑。有一篇是介绍苏拉[③]的,他曾是罗马帝国的独裁者,在取得了绝对权力后却归隐了;另一篇介绍的是阿克巴[④]——莫卧儿征服者,曾统治整个帝国;还有几篇分别介绍的是鲁本斯[⑤]、歌德和写有书信集的切斯特菲尔德勋爵[⑥]。很明显,每篇文章都需要查阅很多资料才能完成,怪不得拉里要花那么长时间来写这本书。不过我搞不明白,他为什么会觉得这本书值得花费那么多心血,换言之,为什么他会选择这些人来进行研究呢?接着我领悟到,那些人在自己的人生领域都取得了显著的成功,我猜就是这个原因引起了拉里的兴趣。他很好奇这些成功最终将他们引向了何方。

我粗粗略读了一页,想看看他写得怎么样。他的文风带有学术性,不过写得简明易懂,完全没有业余作者常有的那种狂

---

① 里顿·斯特拉奇(1880—1932):英国传记作家。
② 《维多利亚名人传》:介绍了红衣主教曼宁、南丁格尔、阿诺德博士和戈登将军四位名人。
③ 苏拉(公元前138—公元前78):古罗马统帅。
④ 阿克巴(1542—1605):印度莫卧儿帝国第三代皇帝。
⑤ 鲁本斯(1577—1640):佛兰德斯画家。
⑥ 切斯特菲尔德勋爵(1694—1773):英国政治家、作家。

里,"给我一杯鸡尾酒,该死的混蛋。"

我走过去又调了一杯酒。

"你是个冷酷的魔鬼。"当她从我手里接过酒时说,然后忽然一笑。她的笑容就像个孩子,明知自己犯了错,却认为只要用天真无邪的甜言蜜语求求你,你就不会生气了:"你不会告诉拉里的,对吗?"

"做梦也不会。"

"你敢发誓吗?男人的话不可信。"

"我发誓不会告诉他,就算想也没机会了。我估计这辈子再也不会见到他了。"

她立刻坐直了身子:"你这话什么意思?"

"这会儿他正在一艘开往纽约的货轮上当甲板水手,要不就是个司炉。"

"你不是当真的吧?他这人真是太奇怪了!几周前他曾来过这里,为了到图书馆查阅资料,好写他那本书。他从没有提到过要回美国。我很高兴,这下我们可以在美国见到他了。"

"我可不这么认为。他的美国离你的美国可远着呢。"

接着,我给她讲了他的所作所为以及他有什么打算。她张着嘴听着,一脸惊慌失措的表情,不时地用感叹词和"他简直疯了"这样的话打断我。等我全部讲完后,她垂下了头,我看到两滴眼泪从她的面颊上滚落下来。

"现在我真的失去他了。"

她背过身去抽泣起来,把脸埋在椅子背上,漂亮的脸蛋因为悲伤而扭曲了,可她一点儿也不在乎。我什么也做不了。我未曾料到这个消息已经将她那徒劳且矛盾的希望打破了,而这曾是她所珍视的。我模模糊糊地感觉到:能够偶尔见到他,至少知道他仍存在于她的世界中,这对她来说就是联系他俩的一我，美满的婚姻必须建立在双方忠诚的基础之上。"

"道德标准很高啊，我的美人儿。"我说，"阿希尔先生还会继续他那每两周一次的巴黎生意之旅吗？"

"哎呀呀，你把我当什么了，我的小朋友？当阿希尔先生向我求婚时，我跟他说的第一句话就是：'亲爱的，听好了，以后你去巴黎参加董事会时我也去。这你能理解吧？我可不放心你一个人待在那儿。'

"'你不会认为我到了这个年纪还会冒傻气吧？'他回答说。

"'阿希尔先生，'我说，'你的年纪正是男人最好的年纪，而且没有人比我更了解你了，你是个在感情上易冲动的人。你长得不错，举止得体，很有气度，这一切都很招女人喜欢。一句话，你还是不要受诱惑为好。'"

"最后他同意把董事会里的席位让给儿子，这样他就不用去巴黎了。阿希尔先生假装认为我在无理取闹，实际上他听了这些吹捧的话很受用。"苏珊满意地叹了口气，接着说，"要不是男人那难以置信的虚荣心，我们这些可怜女人的日子就更难熬了。"

"听起来安排得很不错，不过这和你那迈耶海姆的个人展有什么关系呢？"

"你今天怎么有点儿呆头呆脑的，我可怜的朋友？我不是这些年来都在跟你说，阿希尔先生是个很精明的人吗？他的地位迫使他考虑很多东西，再说里尔的人可挑剔着呢。阿希尔先生希望我能有一个与他相称的社会地位，你知道那些小地方的人，恨不得把自己的鼻子伸进别人的私生活里去。见到我，他们第一个想问的问题就是：这个女人是谁？他们会得到答案的：她是一位杰出的画家，近期在迈耶海姆画廊举办的个人展获得了引人注目、实至名归的成功。'苏珊·卢维耶夫人是一位殖民地步兵军官的遗孀。多年来，她凭借着我们法国妇女特有的勇气，这位伯爵是个比利时人，但却是个货真价实的贵族，在那慕尔附近有一栋非常漂亮的城堡。阿希尔先生认为，他那可怜的太太绝不愿耽搁两位年轻人的幸福，因此虽然他们还在服丧期，婚礼仍会在财务问题处理完后尽快举行。这样一来，阿希尔先生就被一个人孤零零地留在了里尔那座大房子里。他需要一个女人，不仅要照顾好他的起居，还要帮他打理好家务，对于他那样身份的人，这可是必要的。长话短说，他想让我取代他那可怜的老婆，他的理由很充分，是这么说的：'我第一次结婚的时候是为了使两个对立的公司友好合作，对此我一点儿也不感到后悔；第二次结婚为什么不只为了自己高兴呢？'"

"恭喜恭喜！"我说。

"当然了，我一定会怀念自由自在的日子，这样的日子我很喜欢，但是一个人也得为日后做打算。就咱俩私下里说，我不介意告诉你，我已经四十多岁了，而阿希尔先生正处在一个非常危险的年龄。要是他突然头脑一热去追求一个二十岁的年轻姑娘，我该怎么办呢？再说，我还得为自己的闺女着想呢。她已经十六岁了，肯定会出落得和她爸爸一样容貌出众，还受到了良好的教育，可是不切实际也是不行的：她既没有当演员的天分，也没有她可怜的妈那样的好脾气，能当别人的情妇。那我就要问问：她的出路在哪儿呢？也许当个秘书，或者在邮局里谋份差事。阿希尔先生人非常好，同意让她和我们住在一起，还答应给她准备一份丰厚的嫁妆，让她能嫁个好人家。我亲爱的朋友，别人爱说什么说什么，相信我，对于女人来说，最好的职业仍然是嫁人。显然，一想到我女儿的幸福，我就得立刻接受这次求婚，不管付出什么代价，即便是牺牲过去让我满意的生活，反正我年龄越来越大，那种乐趣也越来越少了。我得告诉你，等我一结婚就要恪守妇道，因为多年的经验告诉